À PROPOS DE L'AUTRICE

B. J. Daniels est une autrice américaine de romans sentimentaux à suspense. Elle a écrit son premier livre après une carrière de journaliste et d'autrice de nouvelles. Remarquée par les critiques, elle a obtenu de nombreux prix depuis son premier roman. Quand elle n'écrit pas, elle pratique le snowboard, la voile et le tennis. Elle vit dans le Montana avec son époux Parker et leurs deux springer spaniels.

Le soupçon au cœur

B. J. DANIELS

Le soupçon au cœur

Traduction française de

FRANÇOISE NAGEL

HARLEQUIN

Titre original :
REDEMPTION

Ce roman a déjà été publié en 2015.

HARPERCOLLINS FRANCE
83-85, boulevard Vincent-Auriol, 75646 PARIS CEDEX 13
Service Lectrices — Tél. : 01 45 82 47 47 - www.harlequin.fr
ISBN 978-2-2804-6289-1

Composé et édité par HarperCollins France.
Imprimé en décembre 2021 par CPI Black Print (Barcelone)
en utilisant 100% d'électricité renouvelable.
Dépôt légal : janvier 2022.

FSC
www.fsc.org
MIXTE
Papier issu de sources responsables
FSC® C159065

Pour limiter l'empreinte environnementale de ses livres, HarperCollins France s'engage à n'utiliser que du papier fabriqué à partir de bois provenant de forêts gérées durablement et de manière responsable.

Je dédie ce livre à mon père, Harry Burton Johnson, le meilleur conteur que j'aie jamais connu. Rien ne lui plaisait davantage que les histoires de chasses aux trésors, quand lui-même avait passé la plus grande partie de sa vie à chercher des trésors perdus. Alors que je suis née à une époque où les femmes n'avaient souvent guère de choix, il m'a encouragée à vivre pleinement ma vie et a adoré me voir devenir écrivain. Il m'a appris à imaginer que tout était possible.

Merci, papa. Tu me manques.

1

Jack ne voulait pas d'ennuis. A peine de retour dans sa ville natale, il ne pouvait se le permettre. C'était d'ailleurs pour cette raison qu'il avait décidé de passer sans s'arrêter devant le Range Rider, d'ignorer les beuglements de la musique country qui s'échappaient du bar, et de poursuivre son chemin dans l'obscurité. Il longea des bâtiments laissés depuis longtemps à l'abandon.

Dans le ciel nocturne — le plus immense qu'il eût jamais contemplé, il en aurait mis sa main au feu —, un croissant de lune luisait parmi une myriade d'étoiles au-dessus des montagnes. L'odeur du printemps était perceptible jusque dans les pins et les eaux du ruisseau gonflé de neige fondue qui contournait la petite ville.

Enfant, il essayait d'imaginer à quoi Beartooth avait bien pu ressembler à la fin du XIXe siècle. Une ville-champignon poussée au pied des Crazy Mountains dans le Montana, à l'époque de la ruée vers l'or. En ce temps-là, l'agglomération comptait plusieurs hôtels et pensions de famille, une demi-douzaine de saloons, des écuries, quelques magasins, sans oublier le bureau de l'essayeur chargé de contrôler la qualité du métal précieux.

Une fois la fièvre de l'or retombée, la ville s'était rendormie pour devenir ce qu'elle était à présent : un bar, une épicerie, un café, une église et un bureau de poste. La plupart des bâtiments d'origine tenaient encore debout, toutefois, comme autant de vestiges fantomatiques du dynamisme passé.

Malgré son isolement, Beartooth avait survécu, alors que tant d'autres localités du Montana nées pendant la ruée vers l'or avaient complètement disparu. Les villes s'éteignaient de la même façon que les lignées familiales, se dit Jack en songeant à la sienne. Ses racines plongeaient profondément au cœur de cette région, à l'ombre des Crazies, comme les gens du coin appelaient cette magnifique chaîne de montagnes.

Au fil des ans, deux théories s'étaient développées pour expliquer l'origine du nom « Crazy Mountains ». D'après l'une d'elles, les Amérindiens croyaient qu'il fallait avoir perdu l'esprit pour s'aventurer sur leurs sommets désolés et inhospitaliers, balayés par des vents effroyables. L'autre s'appuyait sur l'histoire d'une femme de pionnier qui s'était égarée dans les montagnes. Lorsqu'on l'avait finalement retrouvée, elle était devenue folle.

Jack, pour sa part, était convaincu que la proximité d'une nature aussi hostile pouvait rendre cinglé n'importe qui. Son arrière-grand-père lui avait souvent raconté des histoires d'échanges de coups de feu et de bagarres qui s'étaient déroulés dans cette même rue. Et, comme par hasard, il s'était toujours trouvé au cœur de la mêlée.

Que ce fût la faute des montagnes ou une question de génétique, tel était son héritage familial. Les ennuis étaient inscrits dans ses gènes, pour ainsi dire gravés dans son ADN. Et pourtant, n'avait-il pas prouvé, ce soir, qu'il pouvait changer ? Il avait été tenté de s'arrêter pour boire une bière au Range Rider, histoire de fêter son retour en ville. Après tout, pourquoi pas ?

Mais ces deux dernières années passées à Deer Lodge, la prison d'Etat du Montana, pour le vol d'un taureau primé, lui avaient fait comprendre qu'il était temps de modifier certaines vieilles habitudes familiales. Qu'il ait été innocent du vol dont on l'avait accusé importait peu. Il avait mené une vie aussi sauvage et indisciplinée que la nature autour de Beartooth, et cela avait fini par le rattraper. Au bout du compte, il avait seulement facilité les choses pour celui ou celle qui l'avait piégé en faisant peser les soupçons sur lui.

Il avait eu deux ans pour y penser et réfléchir à ce qu'il allait faire. Ou pour décider de tirer un trait sur le passé et d'aller de l'avant. Non pas que la vie en prison eût été très pénible. Il avait passé ces deux années dans le ranch de l'établissement pénitentiaire, à vérifier l'état des clôtures, à poursuivre du bétail, à faire ce qu'il avait toujours fait depuis qu'il avait l'âge de monter à cheval.

Mais à présent, il était de retour dans le seul endroit qu'il considérait comme chez lui.

Un pick-up le dépassa en vrombissant. Sur son pare-chocs, un autocollant phosphorescent proclamait : « Klaxonnez, et je recharge mon flingue ». Jack inspira l'air nocturne et l'odeur de la poussière, le long de l'étroite route pavée qui se couvrait de gravier une fois passé la station-service abandonnée, à la sortie de la ville.

Lorsque le grondement du moteur se fut estompé, des éclats de voix lui parvinrent de la ruelle située entre le Branding Iron Café et les vestiges de ce qui avait été autrefois le Beartooth Hotel.

Comme ses yeux s'accommodaient à la pénombre, il distingua l'ombre d'un homme dans la lueur diffusée par l'enseigne lumineuse du café. Il ne vit pas immédiatement la seconde silhouette. Il ne saisit que quelques phrases, juste assez pour se rendre compte que l'homme menaçait quelqu'un qu'il pressait contre le mur de pierre du café. Il faisait trop sombre, toutefois, pour voir de qui il s'agissait.

— Je te cherchais, dit l'homme. Mais je ne m'attendais pas à te trouver ici.

Jack ne reconnut pas la voix. Même après deux années d'absence, il pensait encore connaître la plupart des gens de cette partie du comté. Il était plutôt rare que des têtes nouvelles viennent s'installer par ici. Encore plus que des habitants de souche quittent la région.

La sagesse lui souffla de passer son chemin. Quoi qu'il pût se passer dans cette ruelle, cela ne le concernait pas. La dernière chose qu'il souhaitait, c'était bien de se retrouver mêlé à une querelle d'ivrognes le jour même de son retour au bercail.

Un peu plus tôt dans la soirée, il avait emménagé avec ses quelques effets personnels dans une cabane en rondins située à la périphérie de la ville, au milieu des pins. Le logement était tout à fait convenable, à deux pas seulement du café et de l'épicerie de Beartooth. Il ferait très bien l'affaire pour l'instant. Jack n'était pas certain de vouloir réintégrer la propriété familiale dans l'immédiat.

Tout en poursuivant son chemin, il se félicita d'avoir su se tenir à l'écart des embêtements pour cette nuit. Il aurait continué ainsi — du moins s'en persuada-t-il — s'il n'avait pas discerné une voix de femme.

— Lâchez-moi !

Aucun doute, c'était bien une voix féminine.

— Je vous dis que vous vous trompez de personne. Si vous ne me laissez pas tranquille…

Jack avait déjà fait demi-tour pour revenir sur ses pas lorsqu'il perçut le bruit d'une gifle, suivi aussitôt du cri de douleur de la femme en question. Avec un juron, il s'engouffra dans la ruelle obscure.

En entendant Jack marteler de ses bottes le sol de la ruelle et accourir dans sa direction, l'homme se retourna.

— Mêle-toi de ce qui te regarde ! Ce n'est pas tes oi...

Ce fut tout ce qu'il eut le temps de prononcer avant que le poing de Jack ne l'atteigne en plein visage.

Seulement, l'inconnu était beaucoup plus costaud qu'il ne le paraissait vu de loin. Il avait les bras d'un homme qui s'est entraîné pendant des heures à soulever des haltères. Et sous les manches de son T-shirt noir, Jack entraperçut des tatouages — de ceux que portent les détenus dans les maisons d'arrêt. Il étouffa un autre juron. Il commençait déjà à se dire que se faire tabasser n'était pas exactement ce qu'il avait espéré pour sa première soirée en ville. Si encore il ne finissait pas étendu raide mort.

Se frottant la mâchoire, l'homme recula en chancelant dans un coin d'ombre. Au moment où Jack l'avait frappé, il avait perdu son chapeau, lequel gisait maintenant sur le sol entre eux.

— Tu n'aurais pas dû me chercher, cow-boy, grommela l'inconnu.

Sur ce point, il avait sûrement raison, il fallait en convenir. Jack se prépara à une sanglante riposte. Il avait pris part à d'innombrables bagarres dans sa jeunesse et, à trente et un ans, s'estimait encore capable de se défendre. Il espérait seulement que son adversaire n'était pas armé. Encore que cette pensée ne lui vint qu'un peu tard.

Mais, à sa grande surprise, l'homme, sans plus lui accorder d'attention, porta son regard en direction de la femme. Puis il pivota sur ses talons et battit en retraite vers l'obscurité épaisse du fond de la ruelle. Etrange, songea Jack, l'individu n'avait même pas pris la peine de ramasser son chapeau. Etait-il parti chercher un fusil ?

Jack n'avait pas très envie de le savoir. Mais, quelques instants plus tard, une portière s'ouvrit puis se referma en claquant, le moteur d'une voiture se mit à gronder, et le véhicule partit sur les chapeaux de roue.

Jack se pencha pour ramasser le chapeau de cow-boy avant de se tourner vers la femme.

— Vous n'avez rien ?

Comme elle s'écartait du mur et s'avançait dans la lumière imprécise de l'enseigne du café, Jack réprima un mouvement de surprise. Même si elle semblait avoir à peu près son âge, il ne la connaissait pas, il en était certain. Car elle portait une tenue de jogging, et personne à Beartooth ne s'amusait à courir — à moins d'avoir un ours à ses trousses. Et personne ne portait du Lycra non plus — en tout cas, pas en public.

Mais s'il n'y avait eu que ça ! Les cheveux noirs de la jeune femme encadraient un visage d'ange alors qu'une fureur glacée étincelait dans ses yeux sombres. Jack mit un moment à prendre conscience que cette colère était dirigée contre lui.

— Non, mais qu'est-ce qui vous a pris ? fulmina-t-elle.

— Je vous demande pardon ?

— Je peux très bien me tirer d'affaire toute seule, répondit-elle en lui arrachant le chapeau des mains. Je n'avais pas besoin que vous veniez à mon secours !

Et elle s'élança à grands pas dans la direction que son agresseur avait prise.

Jack se reprocha intérieurement d'être intervenu dans ce qui lui apparaissait maintenant comme une querelle d'amoureux. Il aurait dû se méfier. Tout comme il aurait dû se douter qu'il valait mieux ne pas insister, et laisser la femme repartir sans ajouter un mot.

— D'après ce que j'ai entendu, vous sembliez plutôt avoir besoin de mon aide, lança-t-il dans son dos.

Elle s'arrêta net et se retourna pour le dévisager. Les paupières plissées en deux fentes étroites, elle s'avança vers lui, de nouveau éclairée par la faible lueur de l'enseigne lumineuse.

— Ce que vous avez *entendu* ? Et que croyez-vous avoir entendu exactement ?

Il leva les mains et recula d'un pas.

— Rien. J'aurais dû vous laisser vous débrouiller toute seule.

— En effet.

Il hocha la tête.

— Je ne referai plus la même erreur.

Sur ces mots, il tourna les talons et s'éloigna en secouant la tête. Ça lui apprendrait à vouloir jouer les preux chevaliers ! N'empêche, il ne pouvait se défendre de penser à cette marque rouge sur la joue de la jeune femme, là où l'inconnu l'avait visiblement frappée. En tout cas, pas plus que l'homme avec lequel elle s'était querellée, elle n'était du coin.

Il ne croiserait vraisemblablement plus leur chemin, ni à l'un ni à l'autre. Ce qui lui convenait tout à fait.

— Bienvenue à la maison, marmonna-t-il pour lui-même, tout en se dirigeant vers sa cabane.

2

Le shérif Frank Curry repoussa son Stetson sur sa nuque et regarda Charlie Brooks, le coroner adjoint, examiner le corps. Haut dans le ciel, le soleil dardait ses rayons brûlants. Encore une belle journée de printemps dans le sud du Montana. Une brise légère agitait les feuilles nouvelles des peupliers de Virginie qui poussaient le long des eaux limpides de la Yellowstone River. Au loin, les sommets enneigés des Crazy Mountains étincelaient comme des diamants.

Au matin, un pêcheur avait découvert le cadavre parmi les roseaux. Une truite fardée de belle taille venait de mordre à l'hameçon, et il s'escrimait à tirer le poisson hors de l'eau lorsqu'il avait quasiment trébuché sur le mort.

Perché sur une branche surplombant la rivière, un corbeau croassa, détournant brièvement l'attention de Frank. L'oiseau battit des ailes avant de poser ses yeux noirs et perçants sur lui, comme pour signaler qu'il avait tout vu et pourrait lui en dire long, si seulement Frank était capable de comprendre le langage des oiseaux.

Le corbeau poussa un autre croassement et s'envola. Charlie Brooks émergea des hautes herbes en se frottant la nuque. C'était un homme trapu, aux jambes épaisses comme des troncs d'arbre et au crâne aussi lisse qu'une boule de billard.

— Je dirais qu'il a été tué de très bonne heure ce matin. Cause de la mort ? Strangulation.

A l'instar de nombreux coroners, Charlie était un lecteur assidu de romans policiers.

— Le corps n'est ici que depuis quelques heures. Je suppose qu'on l'a largué de là-haut.

Il pointa du doigt la berge qui remontait vers la route gravillonnée conduisant aux mines d'Otter Creek.

— On dirait qu'il a roulé jusqu'au bas de la pente pour venir s'arrêter au bord de l'eau.

Frank opina du chef. Il était parvenu à la même conclusion. C'était d'ailleurs pour cela qu'il avait chargé l'un de ses adjoints de faire des moulages en plâtre des traces de pneus les plus proches du talus.

— Une fois que vous l'aurez emmené à la morgue, il faudra relever ses empreintes, dit-il au coroner. Nous n'avons trouvé aucune pièce d'identité sur lui.

— Nous le garderons au frais jusqu'à ce que vous ayez pu l'identifier et prévenir sa famille.

Cela ne devrait pas prendre trop de temps, estima Frank. A en croire le bel assortiment de tatouages de prison qu'il portait sur les bras et le cou, l'homme avait certainement fait au moins un séjour en centre de détention. Ses empreintes devaient figurer dans le fichier central.

— Il semble que vous ayez déjà trouvé l'arme du crime, remarqua le coroner. Qu'est-ce que c'est ? On dirait de la corde tressée.

— Du crin de cheval, précisa Frank. Ça se fait beaucoup, dans la prison d'Etat du Montana. C'est d'ailleurs ce qui explique que, par ici, l'expression « faire des nœuds » est synonyme de « purger une peine ». Vous connaissez la légende de Tom Horn ? On raconte qu'il a été pendu avec la corde qu'il avait lui-même tressée pendant son incarcération dans une prison territoriale.

— Du crin de cheval teint en couleur, hein ? Voyez-vous ça !

Médecin à la retraite, Charlie venait d'arriver dans le Montana, après avoir passé toute sa vie dans une grande métropole.

Frank s'écarta pour laisser le coroner adjoint et l'un des ambulanciers locaux placer la victime dans une housse mortuaire et l'emporter vers le parking du site de pêche. De loin lui parvenait le grondement assourdi de la circulation sur l'autoroute 90. Plus près de lui, une truite jaillit hors de l'eau dans une gerbe de gouttelettes scintillantes.

Frank regarda les ondulations provoquées par le poisson se propager sur la surface lisse de l'eau. En fin de compte, les meurtres aussi entraînaient des répercussions en chaîne. Repoussant cette pensée, il suivit les traces que le corps avait laissées dans l'herbe en dévalant la pente. Il espérait trouver un portefeuille ou n'importe quel objet qui aurait pu tomber des poches de la victime.

Heureusement, dans le Montana, peu de gens jetaient leurs détritus par terre, si bien que seuls une demi-douzaine de canettes de bière rouillées, deux bouteilles d'eau en plastique et quelques cartons trempés de rosée parsemaient le talus herbeux. Frank était sur le point de renoncer lorsqu'il repéra ce qui ressemblait à un morceau de papier blanc accroché dans les herbes hautes.

De ses mains encore gantées de latex, il ramassa le morceau de papier, surpris de constater qu'il s'agissait d'une photo pliée en deux. Elle était jaunie par le temps, fendillée le long de la pliure médiane et passablement écornée, comme si elle avait été souvent manipulée. Les personnes qui avaient posé pour la photo appartenaient, semblait-il, à une même famille, la plus jeune encore dans les bras de sa mère.

Frank retourna le cliché et s'aperçut que quelque chose était écrit au verso. L'encre avait pâli, rendant les caractères impossibles à déchiffrer. Mais son cœur se mit à battre plus vite lorsqu'il se rendit compte que la photo n'était pas restée dans l'herbe bien longtemps. La rosée n'avait même pas eu le temps de l'imprégner complètement d'humidité.

L'intuition de Frank lui suggéra qu'elle avait appartenu à l'inconnu.

Les coups frappés à la porte de sa cabane arrachèrent Jack à son sommeil. Il enfila son jean en toute hâte et, pieds nus, se dirigea vers la porte d'un pas mal assuré.

— Qu'est-ce que…

Sans achever sa phrase, il afficha un large sourire en voyant qui se tenait sur le seuil.

— Désolé de te réveiller si tôt, mais je meurs de faim, annonça Carson Grant d'un ton enjoué.

Jack tendit le bras vers son ami, lui serra la main et l'étreignit d'un geste rapide et maladroit.

— Ça me fait vraiment plaisir de te voir, dit Carson.

— A moi aussi. Entre.

Son ami lui avait proposé de venir le chercher à sa sortie de prison.

— Inutile, avait répondu Jack. Le directeur du centre pénitentiaire a fait sortir mon pick-up du dépôt des pièces à conviction pour le faire suivre ici, avec mon cheval et mon van, juste après mon incarcération. Comme ça, je vais pouvoir partir avec classe, avait-il ajouté pour se moquer de sa vieille guimbarde. Mais je vais avoir besoin d'un endroit pour mettre mon cheval en pension, jusqu'à ce que je m'installe quelque part.

— C'est très gentil de la part du directeur, avait plaisanté Carson. Ma parole, Jack, on peut dire que tu as le don de te faire des amis partout où tu vas ! Tu n'auras qu'à déposer ton cheval au W Bar G. Je préviendrai ma sœur.

Jack boutonnait à présent sa chemise western.

— Donne-moi une minute que je finisse de m'habiller, dit-il. Ensuite, on ira tous les deux au Branding Iron Café.

— J'ai été étonné d'apprendre que tu ne retournais pas au ranch de tes parents, dit Carson tandis que Jack enfilait ses bottes.

— J'avais envie de passer quelques jours en ville, prétendit-il.

Il lui en aurait trop coûté de reconnaître, même devant son meilleur ami, qu'il ne se sentait pas le courage d'affronter les souvenirs que la maison familiale ne manquerait pas de raviver. Il avait réussi à assurer l'entretien de la propriété, mais n'était toujours pas certain de vouloir demeurer à Beartooth.

— Prêt ?

Ils traversèrent à pied le bosquet à flanc de colline. Les rayons du soleil matinal brillaient à travers les branches, éclaboussant d'or les aiguilles desséchées des pins. Une brise fraîche soufflait des sommets encore couverts de neige, mais le soleil répandait déjà une chaleur agréable. Jack aurait juré qu'il n'avait jamais respiré un air plus doux que celui-ci.

Au-dessus de leurs têtes, le vaste ciel du Montana était d'un bleu limpide jusqu'à l'horizon. C'était par des journées comme celle-là qu'un cow-boy se sentait heureux d'être en vie — et dans le Montana.

Jack poussa la porte du café, faisant tinter la clochette accrochée au-dessus du chambranle. Du fond de sa cuisine, le chef l'accueillit d'un geste de la main. D'aussi loin que Jack s'en souvînt, Lou faisait partie intégrante du Branding Iron.

— Asseyez-vous où vous voulez, lança Bethany Reynolds en sortant de derrière le comptoir, les bras chargés d'une demi-douzaine d'assiettes pleines.

La jeune femme, qui approchait maintenant de la trentaine, travaillait par intermittence comme serveuse dans le café depuis ses années de lycée.

Humant l'odeur du café et du bacon croustillant, Jack s'installa sur la banquette d'un box en face de Carson.

— Bethany a l'air en forme, fit-il remarquer.

— Si j'étais toi, je ferais attention que Clete ne m'entende pas, l'avertit Carson.

Ancienne star de football et mari de Bethany, Clete Reynolds était le propriétaire du Range Rider, et gardait à portée de main toute une panoplie d'armes à feu derrière le comptoir de son bar.

Décidément, rien à Beartooth ne changeait jamais. Jack en était encore à s'en émerveiller lorsqu'une autre femme sortit de la cuisine. Ses cheveux et ses yeux n'étaient pas aussi sombres qu'ils lui étaient apparus la nuit précédente dans la ruelle. Sous son tablier, un jean moulait joliment son corps mince, et une chemise western mettait ses atouts en valeur — ce qu'il n'avait pas non plus remarqué la veille.

Elle s'approcha de leur table avec deux tasses et une cafetière, sans aucunement lui laisser voir qu'elle l'avait reconnu.

— Bonjour, dit-il tout en retirant son Stetson pour le poser sur le siège à côté de lui, sans la quitter des yeux.

Malgré le soin qu'elle avait dû employer pour la dissimuler sous une couche de fond de teint, une ecchymose était nettement visible sur sa joue.

Elle déposa les tasses sur la table et les remplit, prenant soin de ne pas croiser le regard des deux amis, mais il n'échappa nullement à Jack que sa main avait tremblé en lui servant son café. Elle l'avait reconnu, il en aurait mis sa tête à couper. Malgré tout, elle se dirigea sans un mot vers une grande table près de l'entrée du café, où un groupe de cow-boys venait de prendre place.

Jack la suivit des yeux avant de se tourner finalement vers son ami.

— Qui est-ce ?

Carson, qui, visiblement, avait aussi observé la jeune femme avec attention, lui adressa un sourire énigmatique.

— Tu as appris que Claude Durham était mort, il y a quelques mois, n'est-ce pas ? Eh bien, voici la nouvelle propriétaire du café, Kate LaFond. C'est en tout cas le nom qu'elle nous a donné. Je suis sûr et certain de l'avoir déjà vue quelque part et, à ce moment-là, elle ne s'appelait *pas* Kate LaFond.

— Vraiment ? demanda Jack, reportant son regard vers la mystérieuse jeune femme.

— A mon avis, tu ferais bien de ne pas t'en approcher.

Jack focalisa un instant son attention sur son café, et en avala une gorgée. Le conseil de Carson était sans aucun doute très avisé, vu ce à quoi il avait assisté la nuit précédente. Et pourtant, il ne put empêcher son regard de s'attarder sur la jeune femme, alors qu'elle disparaissait dans la cuisine.

— Alors, tu arrives à te réadapter ? demanda Carson, une fois que Bethany eut pris leurs commandes.

— J'ai l'impression de n'être jamais parti, répondit Jack, sous le regard scrutateur de son ami.

— Tu ne penses plus à te venger de celui qui t'a fait accuser de vol, n'est-ce pas ?

Jack sourit et jeta un coup d'œil vers le groupe de cow-boys attablés près de l'entrée du café. Il les reconnaissait tous, surtout Hitch McCray.

— Tout ça, c'est du passé.

Carson s'esclaffa.

— Si je ne te connaissais pas aussi bien, je pourrais presque te croire ! Mais je n'ai pas envie de te voir retourner derrière les barreaux.

— Dans ce cas, nous sommes deux.

Jack se laissa aller en arrière contre la cloison du box et allongea ses jambes sous la table.

— Et *toi*, comment vas-tu ?

— Je participe aux réunions des Joueurs Anonymes à Big Timber, une fois par semaine. Le reste du temps, je travaille au ranch.

Jack hocha la tête. Carson avait beaucoup galéré ces douze dernières années, il ne l'ignorait pas. Tout d'abord, la femme qu'il aimait avait été assassinée. Tout le monde dans le comté l'avait cru coupable du meurtre de Ginny West. Pour soustraire son fils à la justice expéditive d'une milice autoproclamée, le père de Carson, W.T. Grant, l'avait éloigné pendant onze ans. Carson avait fini par se retrouver à Las Vegas — pour son malheur —, où le démon du jeu lui avait attiré de gros ennuis.

Il n'avait été que récemment innocenté du meurtre de Ginny. Mais Jack savait que Carson luttait toujours pour rembourser ses dettes de jeu et accepter la mort de son père. Quelle importance qu'il ne se soit jamais bien entendu avec le vieux Grant ? Qu'on le veuille ou non, les liens du sang étaient toujours les plus forts, songea Jack avec regret.

— Tu as décidé de rester dans les parages ? demanda-t-il.

Carson avait juré ses grands dieux que la dernière chose qu'il désirait sur cette terre, c'était bien de devenir cow-boy. Sauf que — et cela, Jack le savait pertinemment — il s'occupait en ce moment du bétail au W Bar G, le ranch familial, avec sa sœur, Destry.

— Pour l'instant, répondit Carson. Et toi, tu as des projets ?

Jack secoua la tête. Il s'était délibérément abstenu de penser à l'avenir, de même qu'au passé, d'ailleurs. En particulier aux raisons qui l'avaient fait échouer en prison. Ou à celui par la faute de qui on l'avait enfermé. Et surtout à ce qu'il avait l'intention de faire à ce sujet.

— Du travail, ça t'intéresserait ? demanda Carson.

— Tu as quelque chose en tête ?

— Tu pourrais travailler au W Bar G.

— Destry a offert de m'engager quand elle a appris que j'allais être libéré, mais j'ai cru que c'était juste par gentillesse.

Carson éclata de rire.

— Quand il est question du ranch, ma sœur ne propose du travail à personne simplement pour se montrer aimable ! Si tu envisages sérieusement de te fixer ici et autant que possible de rester à l'écart des ennuis, je sais qu'elle serait très heureuse de t'embaucher. Mais tu préfères peut-être exploiter la ferme de tes parents.

— Pour te dire la vérité, je ne suis pas encore sûr de ce que je vais faire.

— Ecoute, on va commencer à rassembler les troupeaux dans les prochains jours, et on aura bien besoin d'un coup de main pour marquer les bêtes, si tu es toujours dans le coin à ce moment-là.

Jack réfléchit à l'offre généreuse de Carson et Destry puis, l'espace d'un instant, contempla ses vieilles bottes éculées, celles qui lui avaient toujours porté chance.

Devait-il rester ? Il pressentait qu'une telle décision risquait de ne lui causer que des problèmes, et pourtant… Il regarda Kate LaFond passer de nouveau près de leur table.

— Merci pour la proposition. Je vais y réfléchir.

— Parfait, approuva Carson, qui sembla ensuite hésiter, comme s'il craignai t d'aborder le sujet. Tu as revu Chantell ?

Chantell Hyett… Jack se doutait que ce n'était qu'une question de temps avant que son chemin ne croise celui de son ancienne petite amie.

— La seule lettre qu'elle m'a envoyée en prison m'a clairement fait comprendre qu'elle n'attendrait pas mon retour.

— Tu n'as pas l'air particulièrement effondré à cette idée, remarqua Carson.

Jack esquissa un sourire. Le père de Chantell n'était autre que le juge qui l'avait expédié sous les verrous — et le seul à avoir pris leur relation au sérieux. Peut-être trop au sérieux, du reste. Deux ans au centre pénitentiaire de Deer Lodge, c'était une peine sévère pour le vol d'un taureau qu'on avait retrouvé indemne vingt-quatre heures après le signalement de sa disparition. Jack se remémora la lueur de satisfaction dans les yeux du juge Hyett, le matin où ce dernier avait prononcé sa condamnation. Jack s'était estimé heureux de s'en tirer avec seulement deux ans de prison.

Comme les cow-boys installés à la grande table réglaient leurs additions et commençaient à quitter la salle, Jack s'aperçut que Hitch McCray venait vers lui. Il réprima un juron.

— Jack French, grommela Hitch, un cure-dents au coin de ses lèvres tordues par un rictus.

Le cow-boy approchait la quarantaine. Avec sa mère,

il exploitait les terres voisines de celles des French. Ruth McCray commandait son fils et dirigeait son ranch d'une poigne de fer. Chaque fois que Hitch trouvait moyen d'échapper à sa vigilance, il s'éclipsait pour aller courir les filles et boire, deux activités auxquelles il s'adonnait sans retenue.

Mais rien de tout cela ne constituait la raison pour laquelle Jack ne pouvait supporter la vue de cet homme.

— Hitch McCray, marmonna-t-il entre ses dents serrées.

Jack n'ignorait rien des frasques de Hitch — il en avait entendu parler jusqu'en prison —, y compris de ses arrestations pour conduite en état d'ivresse. Non qu'il se sentît le droit de lui reprocher ses excès de boisson. Si Ruth McCray avait été sa mère, nul doute qu'il se serait lui aussi appliqué à rester ivre en permanence.

On racontait en ville que Ruth était en lutte perpétuelle avec son fils, aussi bien à cause de ses démêlés avec la justice que de son penchant pour l'alcool et son goût pour les femmes. Hitch courait après tous les jupons qui passaient à sa portée. Mais quand il lui arrivait d'en attraper un, sa mère ne lui permettait jamais de le garder. Aucune des femmes que son fils avait ramenées à la maison n'avait trouvé grâce aux yeux de Ruth — et cela, sans nul doute, ne changerait jamais.

— Alors, comme ça, tu es rentré ? dit Hitch d'un ton surpris.

— C'est dans cette ville que je suis né et que j'ai grandi. Pourquoi est-ce que je n'y reviendrais pas ? demanda Jack.

Hitch haussa les épaules. Il laissa son regard glisser sur la table avant de le poser sur Carson.

— En tout cas, si jamais tu décidais de vendre la

propriété de tes parents… Je sais qu'elle ne vaut pas grand-chose, mais je pourrais quand même être intéressé.

Il se tourna de nouveau vers Jack.

— Tiens-moi au courant. Et passez une bonne journée, tous les deux, conclut-il en riant, comme s'il venait de faire une plaisanterie irrésistible.

— Ne fais pas attention à lui, dit Carson une fois Hitch reparti. Tu ne peux pas être sûr qu'il a quelque chose à voir avec ta condamnation *ni* avec ce qui est arrivé à ton père.

Jack hocha la tête. Non, en effet, il n'avait aucune certitude. Pas encore, en tout cas.

Bethany apporta leurs petits déjeuners. Les deux amis parlèrent peu en mangeant. Jack se surprit à observer avec intérêt la femme qu'il avait rencontrée la veille dans la ruelle. Kate LaFond. Du moins était-ce ainsi qu'elle se faisait appeler.

Ce n'est qu'après qu'ils eurent terminé leur repas et quitté le café que Jack se trouva incapable de se retenir plus longtemps. Il lui fallait absolument en apprendre davantage sur la nouvelle propriétaire du Branding Iron.

— J'essaie de la situer depuis l'enterrement de mon père, dit Carson. Je sais que je l'ai rencontrée quelque part au cours des onze années que j'ai passées loin du Montana. En tout cas, je serais prêt à parier que son nom n'était pas Kate LaFond.

— Tu n'arrives pas à t'en souvenir ?

— Non, et ça me rend cinglé.

— Pourquoi est-ce que tu ne le lui demandes pas, tout simplement ? suggéra Jack.

Comme Carson ne répondait pas, Jack le considéra avec plus d'attention.

— Tu crois qu'elle avait des ennuis, à l'époque ?

— Ou peut-être maintenant. Pour quelle autre raison est-ce qu'on change de nom ?

Bonne question, songea Jack.

— Il se peut que tu la confondes avec quelqu'un d'autre.

Ne l'avait-il pas entendue dire quelque chose comme : « Vous vous trompez de personne », à cet homme dans la ruelle, la nuit précédente ?

— Elle a peut-être un de ces visages ordinaires comme on en voit partout, enchaîna-t-il.

Carson éclata de rire.

— Ouais, c'est ça !

En vérité, Kate LaFond avait le visage d'un ange.

— Mais je suppose que c'est possible, ajouta-t-il d'un ton sceptique.

— C'est sa camionnette ? demanda Jack alors qu'ils passaient devant un pick-up rouge de modèle récent.

— Oui, répondit Carson avant de froncer les sourcils. Jack ?

— Quoi ?

— Je connais ce regard. Si tu veux mon avis, tu devrais éviter cette femme.

Jack approuva d'un signe de tête. Selon toute évidence, la jeune femme avait des secrets et, vu l'homme avec lequel elle s'était querellée la veille au soir, des fréquentations discutables. Mais pour l'instant, c'était davantage ce qu'il venait d'apercevoir à l'arrière du pick-up qui éveillait sa curiosité. Une pelle maculée de terre. Kate LaFond avait récemment creusé le sol — mais pas celui des parterres de fleurs devant le café, que visiblement elle abandonnait aux mauvaises herbes.

— Elle a dit d'où elle venait ? demanda-t-il à Carson.

— Non. Personne ne semble savoir quoi que ce soit sur elle. Un jour, elle a débarqué ici, après la mort de

Claude Durham, et a repris la direction du café. Même cette commère de Nettie Benton n'a pas pu découvrir la moindre chose à son sujet.

— Une femme bien mystérieuse, en somme, conclut Jack avec un sourire gourmand.

Carson lâcha un juron.

— Je me demande pourquoi j'ai pris la peine de te mettre en garde.

Comment Jack aurait-il pu ne pas être intrigué par cette femme ? Non seulement son meilleur ami lui recommandait de garder ses distances, mais l'intéressée elle-même lui avait formellement conseillé de la laisser tranquille.

Kate LaFond regarda les deux hommes s'éloigner. Elle n'avait nul besoin de demander qui était le beau blond aux yeux bleus qui était arrivé avec Carson Grant. Elle en avait déjà appris beaucoup, au sujet de Jack French.

— Exactement comme son père, avait dit l'un des cow-boys les plus âgés en secouant la tête, avant que Jack et Carson n'entrent dans le café.

Elle s'affairait alors à servir les habitués qui se retrouvaient autour de la grande table chaque matin, lorsqu'elle les avait entendus dire que Jack était sorti de prison et revenu en ville.

— Delbert French était un sacré casse-cou, dans sa jeunesse... On peut dire qu'il n'avait pas froid aux yeux ; il était capable de monter n'importe quelle bête. Mais il n'était pas fichu de se tenir à carreau, même au risque d'y laisser sa peau. Et Jack est le digne fils de son père. Comme quoi, les chiens ne font pas des chats.

— C'est triste, ce qui est arrivé à ce vieux Del, avait

convenu un autre cow-boy. Je me demande si son fils a l'intention de garder la ferme.

Hitch McCray était alors intervenu.

— Si Jack était vraiment malin, il débarrasserait le plancher. Son père n'a jamais rien fait de bon, sur ses terres. Ça m'étonnerait que Jack réussisse mieux dans l'élevage que son vieux. Il préfère sûrement passer son temps à traîner à cheval toute la journée.

Ce n'était un secret pour personne que Hitch convoitait le domaine des French.

Kate se rappela la façon dont les autres s'étaient tus pour manifester leur désapprobation. Hitch était le plus jeune du groupe, et elle avait eu l'impression que ses compagnons ne l'aimaient pas particulièrement, mais le toléraient parmi eux à cause de sa mère.

— Jack a autant le droit de vivre ici que n'importe qui, avait déclaré Taylor West, brisant enfin le silence. Il a payé pour sa faute. Si c'est vraiment lui qui avait volé le taureau, bien entendu.

— Pourquoi tu dis ça ? avait objecté Hitch. Il a été pris la main dans le sac, non ?

— Si Jack a volé cette bête, c'est qu'il avait trop bu ou alors qu'il débloquait complètement, avait décrété Taylor. Dans tous les cas, le juge Hyett s'est montré terriblement sévère avec lui. J'ai dans l'idée que si Jack n'était pas sorti avec la fille d'un juge partisan du « Pendez-les haut et court », il s'en serait tiré sans avoir à purger une peine de prison, en plus de la détention provisoire.

Le silence était retombé sur la tablée. Kate avait fini de remplir les tasses et était allée chercher leurs commandes dans la cuisine. Quand elle était revenue avec les petits déjeuners, la conversation avait dévié sur les conditions météo.

La discussion qu'elle avait surprise entre ses clients lui donnait maintenant envie d'en connaître davantage sur l'homme venu à sa rescousse la nuit précédente. Qu'il eût seulement imaginé qu'elle avait besoin de renfort l'avait mise en colère. Cela faisait si longtemps qu'elle se débrouillait seule qu'elle répugnait à accepter l'aide de qui que ce fût. La dernière chose qu'elle désirait, c'était d'être redevable à un homme — surtout un homme comme Jack French. Et voilà qu'à présent ce maudit cow-boy était persuadé de lui avoir sauvé la vie !

Elle avait remarqué sa surprise lorsque l'inconnu avait battu en retraite sans insister. Ce que Jack n'avait *pas* vu, c'était le petit pistolet qu'elle avait dégainé. Lequel, en revanche, n'avait pas échappé à son agresseur. Un coup d'œil sur l'arme pointée sur lui, et il avait filé sans demander son reste.

A ce souvenir, Kate frissonna. Elle avait espéré disposer d'un peu plus de temps avant que l'un d'eux ne se manifeste. Pour autant, elle ne devait pas se laisser troubler par cet incident. Elle y ferait face, comme elle avait affronté tout le reste, au cours de sa vie. Cela ne lui faisait que prendre davantage conscience de la nécessité de hâter les choses.

L'automne dernier, elle avait eu à peine le temps de s'installer avant que l'hiver ne s'abatte sur la région dans toute sa fureur. Elle s'était rapidement rendu compte qu'il lui faudrait patienter. Mais maintenant que le printemps était enfin arrivé dans les montagnes, plus rien ne pourrait l'arrêter. Ni personne.

Kate regarda Jack French et son ami Carson Grant remonter la rue d'un pas nonchalant. Elle vit Jack jeter un œil curieux sur le plateau de son pick-up, puis se retourner pour regarder derrière lui comme s'il avait senti qu'elle l'observait. Elle s'empressa de détourner la tête. De l'autre côté de la rue, elle perçut un mouvement dans la pièce au-dessus de l'épicerie et réprima un ronchonnement.

Jack French n'était pas le seul à fourrer son nez dans ses affaires. Cette fureteuse de Nettie Benton l'espionnait depuis des mois.

3

Nettie Benton éteignit l'aspirateur et inspecta la pièce du regard. Il y avait des années qu'elle parlait de transformer en appartement la réserve située au-dessus de l'épicerie de Beartooth.

Il avait fallu le départ de son mari pour la décider à prendre le taureau par les cornes. Voilà quatre mois que Bob était parti, à présent. Il avait embarqué toutes ses affaires dans son pick-up et mis le cap sur l'Arizona, sans intention de jamais revenir. Non pas qu'elle fût prête à le reprendre, si d'aventure il changeait d'avis.

Compte tenu de la façon dont il était parti, elle ne s'était pas attendue qu'il lui donne de ses nouvelles, mais quelques semaines plus tôt, elle avait reçu une carte postale. Au recto figuraient un cactus en fleur et les mots « Bons baisers de l'Arizona ». Elle avait retourné la carte et reconnu sans peine l'écriture de celui qui avait été son mari pendant trente ans.

Juste un petit mot pour te dire que je suis bien arrivé. J'espère que tout va bien pour toi. Je suis désolé pour tout. Bob

Pendant quelques secondes, elle avait fixé les mots griffonnés, puis jeté la carte à la poubelle sans plus y penser. Certes, elle se sentait coupable de ne pas avoir songé à lui pendant tout ce temps, et d'avoir encore moins regretté son absence. Mais elle en avait assez de Bob Benton, et prenait conscience qu'elle en avait terminé avec lui depuis des années.

Les parents de Bob leur avaient offert le magasin en guise de cadeau de mariage. Pour être plus précis, ils le lui avaient confié à elle, vu que Bob ne manifestait aucun intérêt pour le commerce, ni pour quoi que ce fût d'autre, d'ailleurs.

C'était elle qui travaillait au magasin sept jours par semaine — un peu moins le dimanche, il est vrai, car elle devait d'abord se rendre à l'église. Elle s'enorgueillissait de ce que, dans son magasin, on pouvait trouver de tout, aussi bien des aliments en conserve que des couches pour bébés, des bottes en caoutchouc ou du matériel de pêche.

Nettie se flattait également d'être au courant de tout ce qui se passait dans la petite ville. La plupart du temps, comme les affaires tournaient au ralenti, elle se postait derrière la vitrine de son magasin et observait la vie de la communauté qui se déroulait sous ses yeux. Elle apprenait une foule de choses de cette façon, et se vantait volontiers d'en connaître plus sur les habitants du comté de Sweet Grass qu'ils n'en savaient sur eux-mêmes.

Le tintement de la clochette au-dessus de la porte d'entrée retentit. Nettie jeta un coup d'œil par la fenêtre, vit le véhicule de police du shérif garé devant, et se hâta de vérifier sa coiffure — cheveux courts teints en rouge — dans le miroir fixé au mur avant de descendre l'escalier.

Comme toujours, son pouls s'accéléra à la vue du shérif, debout dans l'encadrement de la porte. Elle redressa les épaules, s'efforçant de réprimer le sourire béat qui lui venait aux lèvres, et s'appliqua à ne pas accorder trop d'attention à sa nouvelle coupe de cheveux.

— 'Jour, Lynette, dit Frank, inclinant son Stetson en arrière sur son crâne.

Le shérif était le seul à l'appeler par son prénom.

Grand et large d'épaules, la moustache épaisse et tombante, il semblait sorti tout droit d'un vieux western. La cinquantaine bien sonnée — comme elle, d'ailleurs —, il était encore plus séduisant qu'à l'époque où ils étaient tous deux jeunes et amoureux. Il avait de fines rides au coin des yeux et le visage tanné à force de travailler au grand air.

— Bonjour, Frank, dit-elle, essayant comme toujours de dissimuler la joie qu'elle éprouvait à le voir.

Après tout, elle était encore légalement une femme mariée, et même si Frank avait fait de son mieux pour gagner ses faveurs depuis le départ de Bob, il n'était pas allé jusqu'à l'inviter à sortir avec lui. Le fait qu'elle lui eût brisé le cœur trente ans plus tôt semblait l'avoir rendu méfiant. En tout cas peu désireux de revivre la même situation.

— Qu'est-ce que je peux te proposer ? demanda-t-elle, tandis qu'il se dirigeait vers la glacière.

Il en sortit son habituel soda à l'orange, ouvrit la canette et but une longue gorgée. Puis, tout en lui souriant, il prit sa traditionnelle barre chocolatée.

— J'avais juste envie de quelque chose de frais, expliqua-t-il.

Elle avait pourtant le sentiment qu'il n'était pas passé uniquement pour boire un soda à l'orange et manger une confiserie. En fait, elle espérait qu'il s'agissait d'une excuse pour venir la voir. Elle pouvait se tromper, cependant, et cette seule idée la retenait de l'encourager en ce sens.

— Il fait chaud, pour un début de printemps, remarqua-t-elle en lançant un regard vers la vitrine du magasin d'où l'on apercevait, dans le lointain, le sommet pointu qui avait donné à la ville son nom de « dent d'ours ».

De l'autre côté de la rue, elle entrevit Kate LaFond dans son café. La jeune femme était comme une épine dans son pied, et ce depuis le premier jour où elle était arrivée en ville.

Nettie s'apprêtait à demander au shérif s'il s'était renseigné sur Kate, chose qu'elle l'avait prié de faire avant Noël. Avec tout ce qui s'était passé à ce moment-là, il avait sans doute oublié, songea-t-elle.

Mais lorsqu'il prit la parole, toute pensée relative à Kate LaFond s'évanouit.

— J'ai quelque chose à te demander, commença Frank en s'approchant du comptoir.

Il posa sa canette de soda et, avec une réticence visible, sortit de sa poche un de ces petits sacs en plastique destinés à recevoir les indices et pièces à conviction récoltés sur les scènes de crime.

— Il faut que cela reste entre nous, Lynette... Tu dois me donner ta parole.

Les yeux écarquillés, elle hocha la tête. Il ne la connaissait que trop bien. Tout le monde la considérait comme une terrible commère, et Frank ne faisait pas exception. Mais elle aurait fait n'importe quoi pour lui. Même garder un secret.

Il aplatit ce qui ressemblait à une vieille photo à l'intérieur du sachet, et extirpa une loupe de son autre poche.

— Je sais que ce n'est pas facile de voir à travers le plastique, mais je préfère que ce cliché ne soit pas trop manipulé.

Sa curiosité piquée, Nettie prit la loupe qu'il lui

tendait et se pencha au-dessus de la photo. Un effroi soudain s'empara d'elle.

— Tu connais ces gens ? demanda Frank.

Sa réaction ne lui avait pas échappé, elle le savait. Elle devinait même qu'il avait dû accuser le coup de la même façon, en examinant le cliché de près.

— Où as-tu trouvé ça ?

— Je ne peux pas te le dire.

La présence de cet instantané dans une pochette à scellés judiciaires signifiait qu'il avait un rapport avec une enquête criminelle. Le cœur battant, elle regarda de nouveau les visages sur la photo, retourna le sachet pour en examiner le verso, puis rendit la loupe à Frank.

— Eh bien ? demanda-t-il.

— Tu sais aussi bien que moi qu'il s'agit de la famille Ackermann.

Elle avait du mal à imaginer ce qu'il pouvait bien faire avec cette photo sans parler de la raison pour laquelle elle se trouvait dans un sac à indices.

— A qui d'autre l'as-tu montrée ? demanda-t-elle.

Cela faisait plus de trente ans que ces horribles événements s'étaient déroulés. Seuls les gens de son âge et de celui de Frank devaient s'en souvenir. Pour autant, ce n'était pas comme si personne d'autre n'avait entendu parler de ce qui s'était passé là-bas, dans le vallon, à quelque distance de la ville.

— Tu es la seule personne à qui je l'ai fait voir, répondit Frank en secouant la tête. J'espérais t'entendre me dire que je me trompais.

— Je ne comprends pas pourquoi tu te mettrais à poser des questions sur les Ackermann. Ils sont tous morts.

En voyant l'expression qui s'afficha sur le visage de Frank, son cœur tomba comme une pierre dans sa poitrine.

— N'est-ce pas ? reprit-elle.

— J'ignore ce que cette photo signifie, même si elle signifie quelque chose. Je voulais juste m'assurer que je ne faisais pas erreur. Il faut vraiment que tu n'en dises rien à personne, Lynette. Je parle sérieusement.

— Inutile de t'inquiéter, je serai muette comme une tombe.

Elle frissonna au souvenir de ce que le père de Frank, qui était shérif à l'époque, et ses adjoints avaient découvert dans la vallée, plus de trois décennies auparavant.

— Je savais que je pouvais te faire confiance, reconnut Frank en remettant le cliché et la loupe dans ses poches. C'est pour ça que je te l'ai apportée.

A ces mots, le cœur de Nettie s'emballa. Elle le regarda boire les dernières gorgées de son soda, et devina quel lourd fardeau cette découverte faisait peser sur ses larges épaules.

— Qu'y a-t-il d'écrit au dos ? demanda-t-elle.

Tout en payant sa boisson et sa barre chocolatée, il secoua la tête.

— Pour moi, ça ressemble à des hiéroglyphes.

— Ou à une sorte de carte.

Il leva les yeux vers elle et, pour la première fois, son regard s'éclaira.

— Une carte ? Tu es vraiment une femme extraordinaire, tu sais ?

Se sentant devenir rouge comme une pivoine, elle s'empressa de ramasser la monnaie qu'il avait posée sur le comptoir, et s'employa à la ranger dans le tiroir-caisse.

— Bon, je ferais mieux d'y aller, annonça-t-il.

Il se tourna alors vers la sortie et laissa échapper un juron. Le Branding Iron Café était situé exactement en face du magasin, de l'autre côté de l'étroite chaussée.

— Je suis désolé, reprit-il. Je t'avais promis de recueillir des informations sur ta nouvelle voisine, mais ça m'est complètement sorti de la tête.

— Tu as eu beaucoup de pain sur la planche, avec le meurtre de Ginny West.

L'affaire était demeurée non résolue pendant onze ans — jusqu'à ce que, à la fin de l'automne dernier, de nouveaux éléments apparaissent au grand jour.

— Tout de même, ce n'est pas une excuse... Je t'ai dit que je m'en occuperais et je tiendrai parole.

Puis, comme frappé par une pensée soudaine, il fronça les sourcils.

— J'ai bien vu une pancarte disant « A louer » dans ta devanture, non ?

— Tu sais, il y a des années que je songe à utiliser l'ancien appartement du premier étage pour autre chose que du stockage.

Bob et elle y avaient habité au début de leur mariage, en attendant que la construction de leur maison sur la colline soit achevée.

— Je sais que je ne pourrai pas en tirer grand-chose, mais je me suis dit que j'allais tout de même essayer, poursuivit-elle. Ce serait bien d'avoir quelqu'un qui loge là-haut et m'aide à garder un œil sur le magasin, se hâta-t-elle d'ajouter.

Elle ne voulait surtout pas que Frank en déduise qu'elle avait besoin d'argent. Ni qu'il s'imagine que Bob lui manquait.

— C'est une bonne idée, approuva-t-il, même si elle le sentait un brin distrait. Lynette, si jamais tu avais besoin de quoi que ce soit...

— Ne t'inquiète pas pour moi, Frank. Je me débrouille très bien.

Il sourit et, sous la chaleur de son regard, elle se sentit redevenir adolescente.

— Oui, c'est vrai, tu t'en sors très bien. Au fait, j'aime beaucoup ta nouvelle coupe de cheveux.

Puis il hésita avant de reprendre :

— Tu ne diras rien à propos de…

— Non.

Elle ravala le mauvais goût laissé dans sa bouche par le rappel inopiné de ce qui était arrivé à la famille Ackermann. Elle en aurait presque souhaité que Frank ne lui montre jamais cette photo. Au-delà des visages, elle avait aperçu le cellier derrière la maison, et s'était rappelé ce qu'on avait découvert dans les ténèbres froides et humides masquées par une lourde porte de bois.

Elle frissonna, serra ses bras autour de sa poitrine et, tandis que le shérif prenait congé, prononça une prière silencieuse pour tous les membres de cette malheureuse famille.

Jack mit son cheval au pas afin de pouvoir contempler à son aise la vallée verdoyante qui s'étendait devant ses yeux. Il respira à pleins poumons, heureux comme il ne l'avait jamais été d'être revenu au pays. Tout près de lui, le torrent grondait en bondissant sur les larges pierres de granit. Un peu plus loin, des veaux beuglaient pour appeler leurs mères dans un pré couvert de hautes herbes et de fleurs sauvages.

Il adorait donner un coup de main pour le grand rassemblement printanier des troupeaux du W Bar G, procéder au comptage des veaux et préparer le marquage des bêtes. Compte tenu de la taille du ranch, ce n'était pas une mince affaire. Il chevauchait maintenant depuis deux longues journées, passant au peigne fin gorges et ravins, à la recherche d'animaux égarés pour les conduire au point de rassemblement. Là, d'autres cow-boys surveillaient les bêtes en attendant de les convoyer vers les corrals où elles seraient marquées au fer.

Chaque nuit, il s'était endormi comme une masse, épuisé, le corps meurtri d'être resté en selle si longtemps, les oreilles résonnant encore du meuglement des bovins. Le travail l'avait empêché de penser à autre chose qu'aux vaches. Mais c'était terminé, à présent, et il lui fallait décider s'il allait rester au W Bar G, exploiter son propre ranch, ou vendre ses biens et passer à autre chose.

— Tu sais t'y prendre avec les chevaux et le bétail, remarqua Destry Grant alors qu'ils regagnaient la demeure principale de l'exploitation. J'ai besoin de quelqu'un en qui je puisse avoir confiance, et mon régisseur aussi t'apprécie. Ce qui ne veut pas dire que Russell se montrera plus indulgent avec toi qu'avec les autres cow-boys.

Cette idée le fit sourire. Ils mirent pied à terre.

— Je ne m'attends pas à être traité différemment.

Destry le serra dans ses bras.

— Je suis heureuse que tu sois rentré, Jack. Et Carson aussi.

Carson était son meilleur ami depuis qu'ils étaient gosses. Onze ans plus tôt, Jack avait menti pour lui, persuadé que Carson n'avait rien à voir avec la mort de sa petite amie, Ginny West. Et il n'aurait pas hésité une seconde à le refaire, car il considérait Carson comme un frère.

Mais se voir soupçonné de meurtre s'était révélé très difficile à vivre pour son ami. Carson avait bien assez de problèmes à surmonter, surtout du fait qu'il avait grandi sous la férule d'un père dominateur et autoritaire comme W.T. Grant. *Paix à son âme*, ajouta intérieurement Jack. Le vieux Grant était mort à la fin de l'automne précédent, léguant le ranch à Destry plutôt qu'à son fils.

— Carson va bien, maintenant, n'est-ce pas ? demanda Jack alors qu'ils se dirigeaient vers la grande maison bâtie par le père de Destry et Carson.

— Il ne joue plus et il rembourse ses dettes, précisa-t-elle. Mais je m'inquiète pour lui. Je le trouve agité.

— Il a seulement besoin d'une gentille femme, intervint Margaret en accueillant Jack d'un sourire au moment où, avec Destry, il entrait dans la cuisine. Contente de te revoir, Jack !

Margaret avait été l'amie la plus proche de W.T. Grant, faisant en même temps, pour lui, office de cuisinière et de gouvernante. A sa mort, le chef de famille lui avait laissé la maison, dès lors que Destry préférait habiter la vieille ferme au bout de la route en attendant son mariage imminent avec Rylan West.

Rylan était en train de faire construire leur maison. Le W Bar G et le ranch des West, où Rylan travaillait avec son père, étant contigus, les deux fiancés avaient décidé de bâtir leur nid entre les deux.

— Vous n'essayeriez pas de caser Carson, toutes les deux ? devina Jack.

— Lisa Anne Clausen a un faible pour lui depuis le collège, déclara Destry en croisant les doigts. Ils feraient un beau couple.

Jack secoua la tête.

— Je ne suis pas sûr que Carson soit prêt. Mais ce que j'en dis…

Quoi qu'il en soit, Carson semblait plutôt bien s'en sortir, songea-t-il alors qu'il repartait vers Beartooth et sa cabane. Jack était fier que son ami se soit finalement pris en main et assume la responsabilité de ses actes. C'était son penchant pour le jeu et son inculpation pour meurtre qui avaient poussé W.T. Grant à rayer son fils de son testament. Carson n'avait que le droit de vivre dans la grande maison aussi longtemps qu'il y travaillerait. Par bonheur, il avait, selon toute apparence, pris goût à la vie d'éleveur de bestiaux, après s'y être farouchement opposé pendant des années.

Les longues journées passées au W Bar G avaient aussi permis à Jack de rester à l'écart des ennuis et du Branding Iron Café. Ce qui signifiait qu'il n'avait pas revu Kate LaFond. Même s'il n'avait jamais cessé de penser à elle. Il était encore tôt lorsqu'il se gara devant sa cabane, mais il était fatigué et avait hâte de s'allonger et de se détendre.

Le coup frappé à la porte, quelques minutes plus tard, lui sembla-t-il, l'arracha à un profond sommeil. L'espace d'un instant, il se sentit désorienté. Après une journée entière à cheval, il s'était écroulé sur le lit tout habillé.

Pensant que Carson passait le voir pour une raison ou une autre, il se leva et se traîna jusqu'à la porte.

En voyant la haute silhouette du shérif obscurcir l'ouverture de la porte, Jack ressentit la vieille peur familière qui l'avait accompagné durant toute sa jeunesse. Un représentant des forces de l'ordre sur votre seuil n'augurait jamais rien de bon.

— Shérif Curry, réussit-il à articuler, luttant pour chasser les dernières bribes de sommeil.

Quelle que fût la raison de la présence du shérif, Jack se doutait qu'il lui faudrait se montrer vigilant.

— Il y a un problème ?

— Désolé de t'avoir réveillé, dit Frank.

— Je viens de faire le grand rassemblement de printemps, lui expliqua Jack, même s'il se doutait que le shérif était déjà au courant.

Les shérifs avaient tendance à tenir à l'œil les anciens

taulards, et Frank Curry, qui l'avait vu grandir, devait s'intéresser particulièrement à lui.

— Oui, j'ai entendu dire que tu travaillais au W Bar G, admit Frank en retirant son chapeau. Rassure-toi, Jack, je n'en ai que pour une minute. J'ai quelque chose à te montrer et j'espère que tu seras en mesure de m'aider. Je peux entrer ?

Jack recula de quelques pas, se demandant de quoi il pouvait bien retourner. Il alluma une lampe et offrit un siège au shérif.

— Je ne te dérangerai pas longtemps, poursuivit ce dernier. Si tu veux bien jeter un coup d'œil là-dessus…

Il sortit un sachet en plastique de la poche de sa veste. A l'intérieur se trouvait une fine cordelette enroulée. Même de loin, Jack l'identifia sans peine comme étant du crin de cheval tressé. Il avait vu assez de codétenus, à Deer Lodge, s'en servir pour confectionner toutes sortes d'objets — rênes, cordes, ceintures et rubans de chapeau.

Cette technique particulière de tissage consistait à torsader trois ou quatre crins teintés pour en faire des cordons. A l'aide d'une cordelette de coton, on nouait ensuite ces brins autour d'une tige de bois ou de métal pour créer toute une variété de motifs multicolores, le plus souvent en forme de losanges ou de spirales.

Ce qui épatait le plus Jack, c'était le temps que cela prenait — il ne fallait pas moins de deux heures pour obtenir à peine trois centimètres de tissage. Une fois terminé, on retirait la tige et on trempait la bande tissée dans l'eau avant de la laisser sécher, pressée entre deux lourdes plaques d'acier.

De nombreux détenus vendaient le produit de leur travail, pouvant ainsi gagner entre 4000 et 8000 dollars pour des brides. Les ceintures, rubans de chapeau et cravaches étaient moins chers, car plus faciles à confectionner.

— Tu reconnais le motif décoratif ? demanda le shérif. Est-ce l'un de ceux qu'on utilise à la prison d'Etat du Montana ?

Jack prit le sachet et le tint sous la lumière de la lampe. Les couleurs étaient plus vives et le dessin différent de ceux qu'il avait vus en prison.

— Ça ne vient pas de Deer Lodge, affirma-t-il en rendant le sachet au shérif. En tout cas, ça ne ressemble à rien de ce que j'ai pu y voir.

Avec un hochement de tête, le shérif remit la pochette en plastique dans sa poche.

— Tu as fabriqué ce genre d'articles, quand tu étais là-bas ?

Jack ne put retenir un petit rire.

— Je travaillais dans le ranch de la prison, j'avais largement de quoi m'occuper ! Mais j'ai vu pas mal de types le faire. Cela nécessite plus de patience que je n'en ai.

— Bon, je te remercie de m'avoir accordé un peu de ton temps.

Frank s'apprêtait à repartir lorsqu'il s'arrêta et fit volte-face.

— Oh ! Au fait, est-ce que par hasard tu aurais rencontré Cullen Ackermann, pendant ton séjour en prison ?

Le tristement célèbre Ackermann… Le shérif avait posé la question avec désinvolture, ce qui n'en mit pas moins Jack sur ses gardes.

— J'ai fait tout mon possible pour me tenir à l'écart des cinglés — surtout de celui-là.

Le shérif approuva d'un signe de tête.

— Est-ce qu'il prêchait toujours la révolution et prédisait l'apocalypse pour notre pays ?

Légèrement surpris par l'intérêt visible de son interlocuteur, Jack opina du chef. Mais il fallait reconnaître que Cullen Ackermann avait été le dingue le plus notoire et le plus charismatique de Beartooth, même si on ne l'avait jamais considéré comme faisant partie des gens du coin, vu qu'il n'était pas né dans la région.

— J'imagine qu'il s'est trouvé un auditoire, là-bas, avant de mourir, supposa Frank.

— Absolument, convint Jack. Il avait des adeptes en prison. De jeunes contestataires soi-disant survivalistes comptaient parmi ses partisans les plus fervents. Quelques-uns gobaient tout ce qu'il leur racontait.

Pour combler le silence qui suivit ses paroles, Jack ajouta :

— Mais je crois que la plupart s'intéressaient davantage au trésor qu'il prétendait avoir caché avant de se faire coffrer.

— Cette vieille légende circule toujours, on dirait...

Le shérif secoua la tête et parut sur le point de poser une autre question, mais changea d'avis.

— Eh bien, je te souhaite une bonne nuit.

Jack le suivit jusqu'au seuil de la cabane, regarda la voiture de police s'éloigner en direction de Big Timber, puis regagna l'intérieur de sa cabane. Il n'avait pas demandé où le shérif avait trouvé la cordelette, ni pourquoi il voulait son avis sur le dessin qui l'agrémentait. Pas plus qu'il ne l'avait interrogé au sujet du sang séché sur le crin de cheval dans le sac à indices.

Jack avait appris depuis longtemps qu'il ne fallait pas poser de questions, quand on ne voulait pas connaître les réponses.

Nettie s'activait à ranger diverses marchandises dans les rayons, s'efforçant de ne pas penser à ce que le shérif lui avait montré, lorsque la jeune fille entra dans son magasin. Il fallut à Nettie quelques secondes pour déplier ses genoux et se remettre sur ses pieds. La plupart du temps, elle ne ressentait pas le poids son âge, tant elle avait la sensation de n'avoir jamais dépassé la trentaine.

Enfin, jusqu'à ce qu'elle essaie de se relever — comme elle venait de le faire — et que son corps lui rappelle qu'elle frisait maintenant la soixantaine. Quelle drôle d'impression ! Il lui avait toujours semblé avoir l'avenir devant elle et, à présent, elle prenait conscience que la plus grande partie de sa vie se trouvait désormais *derrière* elle.

Après avoir franchi le seuil, la jeune fille s'était arrêtée et retournée pour regarder à travers la vitrine. C'était une petite maigrichonne, avec de longs cheveux blond pâle qui lui tombaient presque jusqu'au bas du dos.

Comme absorbée dans ses pensées, elle n'entendit pas Nettie s'approcher. Ce qui, bien sûr, ne manqua pas d'intriguer cette dernière. Que trouvait-elle donc de si intéressant, de l'autre côté de la devanture ?

Suivant son regard, Nettie aperçut trois hommes en grande conversation devant le bureau de poste, au bout de la rue. Elle reconnut parmi eux deux habitants du coin. Le troisième était le shérif.

— Je peux vous aider ?

La jeune fille sursauta et pivota sur ses talons, les yeux écarquillés. Elle était jolie, avec ses grands yeux sombres, et plus âgée que Nettie ne l'avait cru au début, même si elle n'avait pas encore vingt ans.

— Je suis désolée, reprit Nettie. Je ne voulais pas vous faire peur.

Sauf que c'était raté.

La jeune fille mit un moment à reprendre son souffle, avant d'articuler :

— Je viens pour l'appartement.

Nettie la dévisagea. Elle avait espéré trouver un homme comme locataire, de préférence un homme sur qui elle aurait pu compter pour surveiller les lieux. La maison qu'elle habitait sur la colline était trop éloignée pour qu'elle entende quoi que ce soit, en cas de cambriolage nocturne. L'automne précédent, un grizzly avait cassé la fenêtre à l'arrière de la boutique. Heureusement, quelque chose l'avait effrayé avant qu'il ne pénètre à l'intérieur et ne mette tout sens dessus dessous.

— Je comptais louer plutôt à un homme, dit-elle.

Le dépit de la jeune fille fut presque palpable.

— C'est qu'il n'y a pas d'autre endroit où loger dans Beartooth…

Parce que peu de gens ont des raisons de venir ici, faillit répondre Nettie. Big Timber ne se trouvait qu'à une trentaine de kilomètres et offrait plus de possibilités d'hébergement.

Le regard de Nettie alla de la jeune fille à la petite voiture de modèle récent, garée devant le magasin.

— Je vous demanderai de me verser d'avance deux mois de loyer, plus une caution.

Elle indiqua un montant, légèrement supérieur à ce qu'elle avait envisagé de réclamer à l'origine. Cela mettrait un point final à la discussion, supposa-t-elle.

— D'accord, accepta la jeune fille. J'ai du liquide.

Du liquide ?

— Pour combien de temps aviez-vous l'intention de louer l'appartement ?

— Je ne sais pas encore. Mais je suis prête à vous

payer six mois d'avance, si vous voulez, ajouta précipitamment la jeune fille.

Six mois ?

— Je peux vous demander ce qui vous amène à Beartooth ?

L'adolescente repoussa une mèche de cheveux de son visage et releva le menton, presque dans un mouvement de défi.

— J'ai fait une demande d'inscription dans une école d'art pour l'automne prochain, et j'ai besoin d'un endroit où je puisse travailler à mon dossier.

L'explication paraissait vraisemblable. Peut-être même véridique. Alors pourquoi Nettie avait-elle l'impression que l'inconnue avait soigneusement répété son texte ?

— Je vous serais vraiment reconnaissante si vous vouliez bien me louer votre appartement, reprit la jeune fille d'un ton presque suppliant.

Un signal d'alarme se déclencha alors dans l'esprit de Nettie.

— Vous ne voulez pas le voir d'abord ?

— Si, bien sûr.

L'adolescente avait visiblement l'air nerveuse, mais après tout, elle était encore si jeune… Il devait s'agir de son premier appartement. Nul doute que ses parents paieraient le loyer, et ses études à l'école d'art par-dessus le marché. En tout cas, Nettie n'aurait pas à craindre d'éventuels chèques en bois.

— Suivez-moi, dit-elle. Il y a une entrée privée à l'extérieur en haut de l'escalier, mais vous pouvez aussi passer par ici pour accéder à l'appartement.

Et elle ouvrit la marche, se répétant à chaque pas qu'elle aurait dû refuser.

Mais la curiosité avait toujours été le gros défaut

de Nettie, celui qui la conduirait inéluctablement à sa perte. Et puis, il y avait quelque chose qui l'intriguait, chez cette fille… et dans son désir d'habiter Beartooth à tout prix.

4

Frank Curry s'était toujours glorifié de sa patience. Il avait l'habitude des retards pris par le laboratoire d'analyses criminelles du Montana, retards qui pouvaient être de plusieurs semaines, voire de plusieurs mois. Il fallait beaucoup de temps pour boucler une enquête. Certaines arrestations ne pouvaient être effectuées avant des mois, et parfois les prévenus attendaient des années avant de comparaître devant un tribunal. La justice avançait lentement, dans le Montana, car la plupart des opérations n'étaient pas automatisées. Les choses se faisaient de la même façon depuis des lustres, surtout en ce qui concernait les empreintes digitales.

Seules quelques villes de l'Etat étaient équipées de systèmes électroniques. Faute de quoi, les empreintes étaient relevées selon la méthode à l'ancienne et envoyées au labo d'analyses criminelles. Frank ne doutait pas que les empreintes de la victime étaient répertoriées dans le fichier central, car il était prêt à parier que l'inconnu avait fait de la prison quelque part, peut-être même à Deer Lodge, à un moment ou à un autre. Ce qui, s'il y avait croisé la route de Cullen Ackermann avant sa mort, expliquerait comment il s'était trouvé en possession de la photo.

« Une sorte de carte », avait remarqué Lynette en examinant les signes à moitié effacés au dos du cliché.

Si, à une époque, il s'était agi d'un plan, le dessin était maintenant presque impossible à distinguer. Malgré tout, avant de mourir, Cullen Ackermann avait très bien pu confier la photo à l'un de ses fils. A condition, bien sûr, que l'un d'eux ait survécu. Et si ces griffonnages au dos du cliché constituaient réellement une carte, se pouvait-il qu'elle indique l'endroit où était enterré le légendaire trésor caché ?

Frank avait appris à vivre au rythme lent que suivaient souvent les enquêtes criminelles.

Jusqu'à celle-ci.

Il éprouvait à présent une certaine impatience, impossible à réprimer. Il lui fallait savoir à quoi et à qui il avait affaire, à commencer par ce mort qu'il avait mis au frais dans un tiroir de la morgue locale.

C'est à cause de cette maudite photo…

Son instinct l'avertissait que l'homme étendu à la morgue avait un lien avec les Ackermann. Peut-être avait-il fait la connaissance de Cullen en prison. Mais dans ce cas, pourquoi, s'il fallait en croire Jack, la cordelette n'avait-elle pas été tressée dans la prison d'Etat du Montana, où Ackermann avait purgé sa peine pendant les trente dernières années ?

Frank savait que les causes de son anxiété étaient beaucoup plus profondes. N'avait-il pas craint pendant des années que Cullen Ackermann n'assouvisse sa vengeance sur Beartooth, ainsi qu'il l'avait juré, longtemps auparavant ?

Cullen est mort. Tous les Ackermann sont morts.

Vraiment ? Il essaya de se convaincre que si l'un ou l'autre des enfants s'en était sorti sain et sauf, à l'époque, il serait réapparu beaucoup plus tôt. Les quatre fils, ainsi que la petite fille, avaient été présumés morts plus de trois décennies auparavant. Mais seuls les restes du cadavre de l'un des garçons avaient été retrouvés dans les Crazies. Qui pouvait affirmer qu'un ou plusieurs autres n'avaient pas échappé à la mort ? Et ne venaient pas de refaire surface ?

Mais alors, pourquoi *maintenant* ?

— Parce que leur père est mort, conclut-il en s'adressant à son bureau vide. La disparition de Cullen a déclenché ce qui est en train d'arriver.

Il avait conscience de tirer des conclusions un peu trop hâtives, et cela non plus ne lui ressemblait pas. Mais le coroner adjoint avait estimé l'âge de la victime aux environs de quarante-cinq ans. Les garçons sur la photo semblaient avoir entre douze et dix-sept ans, et le cliché devait dater d'une trentaine d'années. Ce qui signifiait que le mort pouvait fort bien être l'un des fils Ackermann.

Frank avait l'impression qu'un compte à rebours s'était enclenché au moment de la mort de Cullen Ackermann. Il devait à tout prix savoir qui était la victime. Ou qui elle n'était pas, pensa-t-il en examinant de nouveau la photo.

Incapable de supporter l'attente plus longtemps, il saisit le téléphone et composa le numéro d'un artiste peintre de sa connaissance.

— As-tu déjà dessiné le portrait d'un mort ? lui demanda-t-il.

— Le genre portrait-robot, tu veux dire ?

— Exactement.

La nouvelle de la découverte du cadavre près de la rivière se répandit dans le comté comme une traînée de poudre. Mais dès lors que la victime avait été trouvée près de la Yellowstone River, à plus d'une trentaine de kilomètres de Beartooth, et qu'aucun habitant de la ville n'était porté disparu, les rumeurs ne tardèrent pas à retomber rapidement.

Du moins jusqu'à ce que l'hebdomadaire de Big Timber publie le portrait du mort, le samedi suivant, et invite toute personne susceptible d'identifier l'inconnu à se manifester.

— C'est sûrement un vagabond, supposa-t-on.

Trop occupé par son travail au W Bar G, Jack n'avait pas lu le journal. Il ne s'intéressait guère à l'affaire, de toute façon. Toute son attention, en ce samedi matin, au café, se focalisait sur Kate LaFond.

— Un clochard, entendit-il dire. Ou un saisonnier sans domicile fixe.

Il sourit intérieurement. Existait-il encore de ces vagabonds qui se cachaient dans les trains de marchandises et vivaient d'expédients ?

Le Branding Iron Café était plein à craquer, ce matin-là. Pas à cause des bruits concernant l'homme retrouvé mort, mais parce que la grande foire de printemps du comté de Sweet Grass se tenait ce week-end à Big Timber.

Tout le monde avait attendu cet événement avec impatience. Il indiquait que le printemps était enfin arrivé. La foire offrait quantité d'attractions, et il y en avait pour tous les goûts : rodéo, vente de bétail aux enchères, fête foraine, stands de produits artisanaux et vide-greniers. Sans compter qu'elle fournissait une bonne excuse, le printemps venu, pour retrouver les gens qu'on n'avait pas vus de tout l'hiver.

Jack terminait son café lorsque Kate vint remplir sa tasse. C'était la première fois qu'il se rendait au Branding Iron depuis qu'il avait commencé à travailler au W Bar

G. Destry ayant accordé à tous ses employés un jour de congé pour se rendre à la foire, Jack avait décidé d'en profiter pour s'offrir un petit déjeuner au café. Du moins était-ce ainsi qu'il se justifiait à ses propres yeux.

Comme elle l'avait fait quelques jours plus tôt, Kate semblait mettre un point d'honneur à ne pas le regarder. Mais au moment où elle vint lui resservir du café, il poussa sa tasse vers elle pour lui faciliter la tâche, si bien que les doigts de la jeune femme effleurèrent les siens. Elle tressaillit et s'écarta brusquement, renversant dans son geste du café brûlant sur la table. Elle marmonna un juron entre ses dents.

Jack extirpa du distributeur une poignée de serviettes en papier.

— Attendez, laissez-moi…

— C'est bon, je m'en occupe, lecoupa-t-elle, levant le regard vers lui.

Dans la pénombre de la ruelle, ses yeux avaient paru sombres, de même que ses cheveux. Or, Jack s'apercevait maintenant qu'ils avaient la couleur ambrée d'un bon whisky. Ses cheveux étaient de la même teinte, entremêlés de mèches dorées, et lui arrivaient sous le menton.

Il retira vivement son bras et l'observa, tandis qu'elle lui arrachait les serviettes des mains et entreprenait de nettoyer. Le choc qu'il avait ressenti au contact de ses doigts continuait à lui échauffer le sang. Elle, de son côté, semblait lutter de toutes ses forces pour masquer sa propre réaction.

Comme l'établissement commençait à se vider, elle retourna précipitamment derrière le comptoir pour encaisser le règlement des additions et aider Bethany à débarrasser les tables. Jack ne la quittait pas des yeux. Cette femme était capable d'évoluer avec une aisance étonnante au milieu d'un café bondé. Il ne pouvait qu'admirer son professionnalisme et son efficacité. Elle avait sans doute travaillé comme serveuse avant d'acheter cet établissement.

— Avez-vous déjà assisté au marquage du bétail ? lui demanda-t-il lorsqu'elle revint remplir sa tasse une fois de plus.

Sans le regarder, elle secoua la tête.

— Il va y en avoir un très important au W Bar G à partir de lundi. Vous devriez venir. Ça vous permettrait de faire la connaissance de quelques voisins, vous savez, histoire de fréquenter des gens…

De nouveau, elle leva les yeux vers lui. La colère y avait allumé des étincelles.

— Ah ! c'est vrai, j'oubliais, vous n'avez besoin de personne ! ajouta-t-il avec un large sourire destiné à atténuer son manque de tact. Surtout pas de types dans mon genre, hein ?

Les flammes dans ses yeux sombres s'éteignirent quelque peu.

— Surtout pas, confirma-t-elle.

— Je pensais seulement que vous aimeriez voir quelque chose du véritable Far West avant de quitter Beartooth.

— Qui vous dit que je veux m'en aller ?

— Ce n'est pas votre intention ?

Elle détourna le regard quelques secondes avant de répondre :

— Je pourrais apporter des petits pains à la cannelle. J'ai cru comprendre que ça se faisait, entre voisins.

Le sourire de Jack s'élargit.

— Ce serait très aimable de votre part.

Elle laissa échapper un petit rire amusé et s'éloigna. Il la suivit du regard. Cette femme le fascinait, et il sentait que ce n'était pas bon signe.

Elle commençait à ramasser la vaisselle sale éparpillée

sur une grande table lorsqu'il la vit se figer. Sa curiosité en éveil, il la regarda s'emparer de ce qui ressemblait à un morceau de papier plié, coincé sous une assiette.

Lui tournant le dos, elle déplia le billet pour le lire. Ses épaules s'affaissèrent aussitôt. Elle s'agrippa au bord de la table, comme si elle avait eu besoin d'un appui. L'espace d'un instant, il fut tenté de se précipiter vers elle. Mais elle se remit rapidement d'aplomb, fourra le papier dans la poche de son tablier et empila les assiettes.

Jack tenta de se rappeler qui avait occupé cette table. Il n'arrivait pas à s'en souvenir, trop absorbé qu'il avait été dans la contemplation de Kate pour remarquer qui que ce soit d'autre.

Que pouvait bien contenir ce message, pour avoir produit un tel effet sur elle ? Toujours est-il que, lorsqu'elle revint dans sa direction, son visage ne trahissait aucun signe de contrariété. Il se demanda vaguement où elle avait appris à si bien dissimuler ses sentiments. Elle passa devant lui sans lui accorder un regard.

Frank Curry sortit sous la galerie. La matinée était claire, l'air vif, la brise chargée des senteurs des pousses printanières.

Perché sur la corde à linge, un corbeau poussa un croassement. Une demi-douzaine de ses congénères s'étaient rassemblés là, soit une partie seulement de ceux que Frank considérait comme les membres de sa famille étendue.

Il avait pris l'habitude d'observer ces oiseaux, qu'il trouvait fascinants. La « famille » qui avait élu domicile dans son ranch comprenait non seulement la mère, le père et leurs petits, mais aussi plusieurs neveux, frères et demi-frères apparentés au couple, supposait-il. Quinze individus, en tout, composaient la petite troupe.

A l'instar de certains humains, les corbeaux formaient des familles très soudées. Souvent, les jeunes restaient au nid parental pendant plus de cinq ans. Il arrivait même parfois que la famille adopte les petits de voisins sans aucun lien de parenté avec elle.

L'ironie de la chose — que ces corbeaux puissent constituer des familles unies — n'échappait nullement à Frank, lui qui n'en avait jamais été capable. Certes, il avait été marié, autrefois, longtemps auparavant, après que Lynette lui eut brisé le cœur. Il avait cru s'en être libéré. Mais en réalité, il avait pris une femme par dépit amoureux — terrible erreur qu'il n'avait même pas eu le bon sens de réparer aussitôt commise.

Pauvre Pam… Elle s'était tellement évertuée à le rendre heureux ! Une fois qu'elle avait compris qu'il était toujours amoureux de Lynette, toutefois, elle avait fait de sa vie un enfer.

Du moins avaient-ils eu tous deux la sagesse de mettre un terme à leur mariage. Pam était partie, et il lui avait souhaité de trouver quelqu'un qui l'aimerait autant qu'il aimait Lynette. Cependant, il doutait qu'elle lui pardonne jamais, et il aurait été malvenu de le lui reprocher.

Mais il avait perdu toute chance de fonder une famille. Il n'avait jamais voulu qu'une seule femme au monde, et Lynette avait épousé Bob Benton. Il se demandait si elle aussi regrettait de ne pas avoir eu d'enfants, ou s'il était le seul dans ce cas.

L'un des corbeaux croassa de nouveau. D'autres oiseaux vinrent s'aligner sur la corde à linge, comme pour le saluer.

— Bonjour ! leur lança-t-il en souriant.

A force de passer des heures à étudier leurs comportements et leurs habitudes, il était devenu une sorte d'expert en corbeaux.

C'était le printemps, et les oiseaux s'employaient à construire leurs nids et à se livrer à des parades nuptiales. Tout compte fait, ils étaient très semblables aux cow-boys qui viendraient à la foire de printemps aujourd'hui. Ces derniers allaient se rengorger, courtiser les filles, se prendre le bec, et il y aurait des bagarres. Comme à l'accoutumée.

Il jeta un coup d'œil à sa montre et s'avisa qu'il était temps de se mettre en route. Il espérait voir Lynette à la foire et s'en voulait terriblement de ne pas l'avoir invitée. Mis à part le fait qu'il devait travailler, il n'aurait pas été de très bonne compagnie, de toute façon.

Tout en roulant en direction de Big Timber, il envisagea de proposer pour de bon à Lynette de sortir avec lui. Après tout, qu'attendait-il pour se jeter à l'eau ?

Tucker Williams n'avait pas lu un seul livre depuis le lycée et ne jetait que rarement un œil sur le journal local. Mais sa femme, Mary, lisait le quotidien chaque matin, histoire de savoir qui avait donné naissance à un enfant et qui avait divorcé, qui était mort et qui avait été arrêté. Ensuite, elle mettait Tucker au courant des potins du comté, que ces nouvelles l'intéressent ou non. Ce matin-là n'était en rien différent des autres matins.

— Il y a un homme qui s'est fait assassiner au bord de la rivière, annonça Mary en lui tendant une tasse de café.

Elle adorait les séries policières et les enquêtes médico-légales qui passaient à la télé.

— Comme il n'avait aucun papier d'identité sur lui,

ils ont dessiné son portrait et interrogent les gens pour savoir si quelqu'un le connaissait.

Elle retourna le journal pour lui permettre de voir la photo.

Tucker jeta un coup d'œil sur le croquis et laissa échapper un juron.

— C'est le type que j'ai vu l'autre soir. Quand je suis sorti du Range Rider. Il venait de descendre de son pick-up. Il m'a demandé si je savais où se trouvait la femme qui tient le café. Je lui ai indiqué le bas de la rue...

Il sentit un frisson glacé le secouer.

— Tu l'as donc vu de près ? demanda Mary, les yeux écarquillés. Et maintenant, il est mort ? Tu dois aller parler au shérif.

Il y avait des tas de choses que Tucker devait impérativement faire. A commencer par travailler. Pendant des années, il avait été employé par la Grayson Construction Company, jusqu'à ce que récemment son patron, Grayson Brooks, perde sa femme, Anna, atteinte d'un cancer. Grayson lui avait alors revendu son entreprise pour une bouchée de pain et avait quitté la ville. Maintenant que Tucker était le patron, il ne pouvait se permettre d'arriver en retard au travail.

— A un autre moment, peut-être, grommela-t-il.

— Tuck, tu ne dois pas remettre ça à plus tard. Tu es peut-être la dernière personne à l'avoir vu vivant — à part l'assassin.

— Ou bien, c'est Kate LaFond, objecta-t-il.

Il se rappelait avoir vu quelqu'un descendre la rue cette nuit-là, alors qu'il passait avec son pick-up. Le cow-boy se trouvait tout près du café — s'il s'agissait bien de la même personne. Tucker n'y avait pas prêté attention, désireux seulement de rentrer à la maison avant que Mary n'appelle le bar pour demander où il était passé.

— Il faut que tu appelles le shérif et que tu lui dises ce que tu sais, insista Mary.

— Je suis sûr que Kate a déjà parlé au shérif…

— Tucker ? Téléphone-lui ! Est-ce que quelqu'un a revu Kate depuis ? Et si quelque chose lui était arrivé, à elle aussi ?

Il soupira.

— J'imagine que si le café n'avait pas rouvert, on s'en serait aperçu. Mais je vais appeler le shérif, si ça peut te faire plaisir, d'accord ?

Frank Curry avait passé la matinée dans son bureau à surfer sur internet, à la recherche d'informations sur le tissage du crin de cheval, et à attendre de voir si la photo parue dans le journal allait lui permettre de recueillir quelques indices.

Jusque-là, tout ce dont il disposait, c'était de l'arme du crime — un morceau de cordelette de crin tressé trouvé autour du cou de la victime.

Frank fixa de nouveau le sachet contenant la corde. Ce bout de cordon allait-il l'aider à élucider le meurtre ? Il fallait l'espérer.

Jack avait déclaré que, à son avis, le motif du tissage n'était pas de ceux qu'on trouvait dans la prison d'Etat du Montana. Frank comprenait enfin ce qu'il avait voulu dire. Apparemment, il n'y avait que quatre centres de détention où cette forme d'art traditionnelle typique de l'ouest américain était encore pratiquée : Deer Lodge, dans le Montana ; Rawlins, dans le Wyoming ; Walla Walla, dans l'Etat de Washington ; et Yuma, dans l'Arizona. Et chacun se distinguait par des couleurs et des motifs spécifiques. Cette activité artistique extrêmement minutieuse était populaire dans les établissements pénitentiaires, où les détenus n'avaient rien d'autre à faire que tuer le temps.

D'après les couleurs éclatantes utilisées pour teinter la corde, il y avait de fortes probabilités pour que celle-ci eût été fabriquée à la prison de Yuma. Les teintes vives témoignaient indéniablement de l'influence mexicaine dans ce centre pénitentiaire.

Ainsi, s'il était vrai que chaque prison avait ses propres motifs et couleurs, et s'il n'existait pas deux cordes tressées identiques, le lacet découvert autour du cou du mort, de même que la photo de la morgue, pourrait servir à identifier la victime… ou son assassin.

Frank venait à peine de laisser un message à l'intention du directeur de la prison de Yuma lorsque Tucker Williams entra dans son bureau.

— Tu es sûr qu'il s'agissait bien de l'homme du portrait ? demanda le shérif après avoir écouté le récit de Tucker.

— Absolument. C'était juste derrière le bar, sous le lampadaire, si bien que j'ai tout vu.

— Et il a demandé après Kate LaFond ?

— Il ne l'a pas appelée par son nom.

Tucker retira son chapeau et se gratta le sommet du crâne, comme pour essayer de se remémorer la conversation.

— Il l'a décrite et a précisé que, d'après ce qu'il avait entendu dire, elle tenait le café. Maintenant que j'y repense, je crois qu'il ne savait pas qu'elle en était propriétaire.

Frank hocha la tête.

— Alors, tu lui as indiqué où il pouvait la trouver ?

— Ben oui… Enfin, ça ne m'a pas paru bizarre, tu comprends ?

De toute évidence, Tucker se sentait dans ses petits souliers.

— Elle va bien ? ajouta-t-il. Mary s'inquiète.

— Elle va bien, lui assura Frank.

Encore que, en y réfléchissant bien, il avait remarqué un hématome sur la joue de la jeune femme, un bleu qu'elle avait essayé de camoufler sous son maquillage le matin où on avait découvert le cadavre.

— Merci d'être passé pour me tenir au courant.

— J'espère que ça te sera utile.

— Certainement.

Kate avait hâte que le café se vide de ses derniers clients. Elle s'affairait dans la salle, peu désireuse de s'arrêter, et encore moins de relire la note qu'elle avait fourrée dans la poche de son tablier. Elle sentait littéralement le regard de Jack French fixé sur elle. L'avait-il vue ramasser la feuille de papier pliée sur la table ?

Pendant tout le service, elle avait eu conscience de son regard posé sur elle. Malgré tout, elle n'avait guère le loisir de s'en inquiéter. Elle avait des soucis autrement plus graves que ce cow-boy. Elle s'était trouvée tellement stupide, lorsque les doigts de Jack avaient effleuré les siens, quelques instants plus tôt… Elle en avait éprouvé un choc, comme la fois où elle était allée se baigner dans le ruisseau et qu'elle avait regagné en courant la caravane de son père. Au moment où son pied nu et mouillé avait touché la marche métallique du véhicule, elle avait reçu une décharge électrique à travers tout le corps. C'était le même genre de secousse qu'elle avait ressentie quand Jack lui avait frôlé la main.

Avec soulagement, elle le vit s'apprêter à partir. Comme il se dirigeait vers la caisse, Kate fit signe à Bethany de s'occuper de lui. Elle s'activa à nettoyer la dernière table, jusqu'à ce qu'elle entende tinter la sonnette au-dessus de la porte.

Cette maudite clochette ! Elle avait maintes fois menacé de s'en débarrasser mais, tout comme le fer à marquer qui avait donné son nom au café, la clochette semblait ancrée dans une longue tradition instaurée par le précédent propriétaire, Claude Durham.

— Tu as l'air bien pressée… Où vas-tu comme ça ? demanda-t-elle à Bethany alors que toutes deux enlevaient leur tablier, avant de le jeter dans le panier à côté de la machine à laver.

— Sérieux ? Tu n'es pas au courant ? La foire de printemps du comté de Sweet Grass se tient aujourd'hui et demain. Tous les habitants des trois comtés alentour y seront. C'est l'événement le plus important de la saison.

Bethany la considérait d'un air perplexe, l'air de dire : « Mais d'où sors-tu ? Tu vis dans une caverne, ou quoi ? »

— Tu n'as pas entendu tout le monde en parler ce matin, au petit déjeuner ?

Kate avait cessé d'écouter les bavardages des consommateurs le jour où elle s'était rendu compte que tout ce dont les gens parlaient tournait le plus souvent autour du bétail, des récoltes et du temps qu'il faisait.

— Bon, alors, amuse-toi bien, dit-elle en poussant Bethany vers la porte.

— Tu devrais venir.

— Et laisser Lou s'occuper de tout ? plaisanta-t-elle.

Elle imaginait mal le cuisinier tenir le café. Il vivait encore plus reclus qu'elle-même.

— Je crois que tu ne perdrais rien en fermant la

boutique pour le restant de la journée, suggéra Bethany. Tout le monde sera à la foire, de toute façon.

Kate hocha la tête. En fait, l'idée la tentait assez. Profiter d'un après-midi de congé, loin de cet endroit, lui ferait le plus grand bien. D'autant plus que si toute la population des environs se retrouvait à la foire, ce serait une occasion rêvée pour elle de partir en exploration.

Elle regarda la voiture de Bethany s'éloigner, et envisagea sérieusement de verrouiller la porte d'entrée et de retourner l'écriteau « Fermé » sur la vitre. Lou ne serait pas fâché d'avoir un après-midi de libre, songea-t-elle en se dirigeant vers la cuisine pour en parler avec le cuisinier.

Derrière elle, la clochette retentit, et un courant d'air printanier s'engouffra dans la salle. Kate étouffa un juron silencieux, plaqua sur son visage un sourire de bienvenue et fit demi-tour.

— Bonjour, Kate ! lança une grande femme blonde en chemise à carreaux, jean, bottes de cow-boy rouges visiblement neuves et chapeau de paille.

Dans ses bras, elle portait une pile de courtepointes en patchwork vivement coloré.

Le sourire de Kate s'élargit. Priscilla Farnsworth, que tout le monde appelait Cilla, était une bouffée d'air frais. Dotée d'une voix tonitruante, d'une énergie débordante et d'un rire contagieux, Cilla était membre du Club de patchwork de Beartooth. Les femmes de l'association, dont l'âge allait de trente à quatre-vingts ans, venaient tous les jeudis après-midi au Branding Iron déguster une part de tarte et une tasse de café. Souvent, elles apportaient quelques-unes de leurs plus récentes créations pour les lui montrer.

Aussitôt arrivée en ville, Kate avait été invitée à participer à l'une de leurs réunions. Dès la première semaine,

Cilla et Thelma Brooks avaient débarqué dans le café, un matin après le coup de feu, et lui avaient demandé si elle savait coudre, si elle désirait apprendre et si elle voulait acheter des tickets de tombola pour tenter de gagner une courtepointe, tickets qu'elles vendaient afin de récolter des fonds pour l'école à classe unique de la ville.

Les deux femmes s'étaient excusées de s'être montrées si pressantes.

— C'est que nous avons si peu de sang neuf, par ici, avait dit Thelma pour essayer de se justifier.

Et Cilla d'ajouter dans un grand éclat de rire :

— Tu vas nous faire passer pour des vampires !

C'était à ce moment-là que Kate avait été conquise par le rire de cette femme. Elle leur avait pris un ticket de tombola, et elle avait prétexté qu'elle n'avait pas pour l'instant le temps de coudre — plus tard, peut-être.

— Nous faisons du patchwork, mais nous papotons aussi, et nous mangeons ! avait précisé Cilla. Seigneur, qu'est-ce qu'on peut manger ! Mais à quoi servirait de nous réunir si personne n'apportait de gâteau ?

Kate savait à peine coudre et n'avait aucune idée de la façon dont il fallait s'y prendre pour confectionner un dessus-de-lit en patchwork, mais elle se garda bien de l'avouer. Dans cette région, toutes les femmes maniaient l'aiguille, jardinaient et préparaient des conserves. Toutes, sauf elle.

— Il m'est venu une idée formidable, claironna Cilla en entrant d'un air affairé, avant de laisser tomber le tas de couvre-lits sur la banquette d'un box. J'étais en route pour la foire et j'ai eu comme une inspiration. Alors j'ai foncé jusqu'ici. Maintenant, si vous n'aimez pas mon idée, n'hésitez pas à me le faire savoir. Je ne me vexerai pas. Que diriez-vous si nous exposions quelques-unes de nos courtepointes dans le café ?

Kate ouvrit la bouche, pas très sûre de ce qui allait en sortir. Mais elle n'aurait pas dû s'inquiéter. Cilla ne lui donna pas l'occasion de placer un mot.

— O.K., vous n'avez pas envie. Pourtant, je me disais qu'un peu de couleur ne ferait pas de mal sur ces murs. Sans vouloir vous offenser, bien sûr. Oh ! moi et ma grande gueule ! Vous aviez déjà sans doute le projet de repeindre et moi, je déboule et…

— Non, non, votre idée ne me déplaît pas du tout, s'empressa de dire Kate.

Le projet ? Tout s'était passé tellement vite, ces derniers temps, que son seul projet avait consisté à emménager dans l'appartement du premier étage et à rouvrir le café le plus tôt possible. Elle avait eu besoin d'argent et n'avait pas pensé une seconde à se lancer dans des travaux de décoration. Si les clients avaient trouvé la salle assez accueillante du vivant de Claude, il n'y avait aucune raison pour que cela change maintenant, avait-elle estimé.

En tout cas, le Branding Iron était le seul café de Beartooth, et elle savait que si l'établissement ne rouvrait pas très vite après la mort de Claude, les habitants de la ville commenceraient à se rendre à Big Timber. Ces gens-là tenaient à leurs petites habitudes, et elle ne voulait surtout pas qu'ils en changent et cessent de fréquenter le Branding Iron.

— Voulez-vous me montrer ce que vous avez apporté ? demanda-t-elle, prenant soudain conscience que les murs avaient vraiment besoin d'un bon coup de peinture.

Les femmes du Club de patchwork de Beartooth avaient été les premières et les seules à lui faire des avances amicales lorsqu'elle était arrivée en ville. Elle savait trop bien comment, dans ces petites communautés, les gens se comportaient avec les étrangers. Ce qui, pour sa part, ne la dérangeait pas le moins du monde. Elle préférait qu'on respecte sa vie privée. De toute façon, elle ne comptait pas s'attarder très longtemps dans la région, n'est-ce pas ? Elle pensa au commentaire qu'avait fait Jack French à propos de son départ prochain. Qu'en savait-il donc ?

— Vous ne craignez pas que les couvre-lits sentent la friture ? demanda Kate, humant l'odeur de bacon qui imprégnait l'air.

— Nous les remplacerons régulièrement, répondit Cilla. Et nous nous chargerons de les suspendre et de les décrocher. Vous n'aurez pas besoin de vous embêter avec ça.

Kate considéra les murs.

— J'avais pensé repeindre d'abord.

Du moins elle y songeait *maintenant*.

— Quelle couleur me suggérerez-vous ?

Encore quelque chose dont elle n'avait pas l'ombre d'une idée.

— Un ton neutre serait parfait, affirma Cilla. Vous savez, j'ai rénové mon rez-de-chaussée, il n'y a pas longtemps, et il me reste de la peinture. Si vous voulez, les filles et moi, nous pourrions passer lundi après la fermeture. Nous n'en aurions pas pour longtemps.

— Cilla, c'est une offre très généreuse, mais…

— Pas du tout ! Nous serions très heureuses de le faire. Maintenant, jetez un coup d'œil sur ces courtepointes et dites-moi ce que vous en pensez.

Kate se sentait entraînée malgré elle, comme si elle était tombée dans le ruisseau qui contournait la ville et maintenant emportée par le courant vers la Yellowstone River et le Missouri.

— Je crois qu'elles feront merveille sur ces murs, vous ne trouvez pas ? déclara Cilla après avoir étalé devant Kate tout un assortiment de superbes courtepointes aux motifs compliqués.

— Elles me plaisent toutes, reconnut Kate. Et je vous remercie d'avoir pensé à moi.

Cilla sourit, l'œil pétillant.

— Je n'arrive pas à comprendre ce qui vous a amenée à Beartooth, mais je suis heureuse que vous soyez là. J'espère que vous resterez parmi nous.

— Merci, dit Kate, en lançant un regard vers l'épicerie, de l'autre côté de la rue.

Comme à l'accoutumée, Nettie Benton l'observait par la vitre de sa devanture, manifestement déterminée à découvrir tout ce qu'il y avait à savoir au sujet de sa nouvelle voisine. Nettie n'aurait de cesse qu'elle la perce à jour, Kate en avait bien peur.

Elle se rappela alors le message qu'elle avait trouvé sous une assiette et sentit un frisson lui parcourir l'échine. Elle avait fourré le papier dans la poche de son tablier, et jeté ce dernier dans le panier de linge sale.

Après avoir pris congé de Cilla, Kate ferma la porte à clé derrière elle, retourna l'écriteau « Fermé » sur la vitre et dit à Lou de prendre le reste de la journée. Dès qu'il fut parti, elle se précipita vers le panier et, le cœur battant follement dans sa poitrine, plongea la main dans le linge pour en extirper son tablier, fouilla désespérément dans une poche, puis dans l'autre.

Le morceau de papier avait disparu.

5

Kate s'acharnait à fourrager dans le tas de linge sale, à la recherche de ce maudit bout de papier, lorsqu'elle entendit un véhicule s'arrêter devant le café. Elle décida de ne pas en tenir compte, pas plus que du coup frappé à la porte quelques secondes plus tard. La pancarte indiquait clairement que le café était fermé. Le visiteur finirait bien par comprendre et s'en aller.

Elle essaya de se convaincre qu'il n'y avait pas lieu de s'affoler. Après tout, elle n'avait pas besoin de retrouver ce message. Elle ne savait que trop bien ce qu'il contenait. Alors pourquoi paniquait-elle ?

Parce qu'elle n'avait pas du tout envie que ce billet tombe entre les mains de quelqu'un.

Avec un sursaut de frayeur, elle se rendit compte qu'il était sans doute déjà trop tard.

— Vous ne m'avez sans doute pas entendu frapper…

Kate se retourna brusquement pour se retrouver face au shérif, planté dans l'encadrement de la porte de derrière. La cinquantaine bien tassée, Frank Curry était un homme de haute taille, à la carrure imposante.

— Vous avez perdu quelque chose ? demanda-t-il.

Il était plutôt beau, pour son âge. Ses cheveux blonds commençaient à grisonner, mais cela se voyait à peine, excepté dans les poils de son épaisse moustache tombante.

Retirant son Stetson, il ouvrit la porte à moustiquaire et entra, sans la quitter de son regard résolu, qui lui fit battre le cœur encore plus fort.

— Ma liste de courses, répondit-elle en ramassant le tas de serviettes et de tabliers qu'elle avait jetés par terre. Je croyais l'avoir laissée dans mon tablier, mais apparemment je l'ai rangée ailleurs, ajouta-t-elle, dans un effort pour se ressaisir. Je m'étais dit que je pourrais déposer ma commande en allant à la foire.

Elle n'avait jamais eu l'intention d'aller à la foire. Bien au contraire — elle avait autre chose à faire, de beaucoup plus important. Seulement, s'il pouvait venir à l'idée du shérif qu'il la dérangeait…

— Je ne vous retiendrai pas longtemps, dit-il.

A l'évidence, il avait saisi l'allusion. Faisant tourner son Stetson entre ses mains, il lança un regard vers la salle à manger.

— Ça ne vous dérange pas si on s'assoit un moment ?

— De quoi s'agit-il ?

Elle l'avait vu passer à l'épicerie, l'autre jour, avant de venir prendre son habituel café du matin. Nettie lui avait-elle mis la puce à l'oreille ? Tout le monde dans le comté savait qu'il en pinçait pour Nettie Benton. Même si personne ne comprenait ce qu'il lui trouvait, à cette fouineuse…

— J'aimerais juste bavarder un petit moment avec vous, annonça le shérif en s'installant dans un box.

Kate tentait de deviner ce que cette femme avait bien pu lui raconter. Ça ressemblerait tout à fait à Nettie, de lui avoir fourré des bêtises dans la tête. Ou même des bribes de vérité, ce qui serait encore pis.

— Je peux vous offrir un café ?

— Non, merci, madame LaFond. Je ne voudrais pas vous empêcher d'aller à la foire.

Elle hocha la tête puis, rassemblant tout son courage, le rejoignit dans le box, s'efforçant de dissimuler l'agitation qu'il provoquait en elle. D'abord, le message, et maintenant cette arrivée inopinée...

— Avez-vous lu le journal, ce matin ? demanda-t-il.

Non, elle n'en avait pas eu le temps, et elle le lui dit.

Il sortit un exemplaire de la poche de son blouson et le fit glisser vers elle en travers de la table.

— Si vous voulez bien y jeter un œil...

Elle aplatit le journal devant elle, et le portrait en première page lui sauta quasiment au visage — en même temps que le gros titre : « Connaissez-vous cet homme ? » Le shérif n'avait pu manquer de remarquer sa réaction, elle n'en douta pas une seconde.

— Avez-vous déjà vu cet homme ? demanda-t-il.

Kate pressentit qu'il connaissait déjà la réponse. A la seconde où ses yeux s'étaient posés sur le portrait, elle s'était trahie. Non que cela eût la moindre importance. Il lui était impossible de mentir. Non seulement Jack French l'avait surprise avec cet homme, mais il lui avait flanqué un coup de poing dans le nez.

— Il est *mort* ?

Elle n'avait pas eu à feindre la surprise, ni la fêlure dans sa voix.

— Il a été assassiné.

Elle se renversa contre le dossier de sa banquette et s'appliqua à se redonner une contenance.

— Assassiné ?

Bien sûr, elle avait entendu des clients parler d'un vagabond qu'on avait retrouvé mort sur les berges de la Yellowstone River, mais c'était à plus de trente kilomètres de là. Et personne n'avait évoqué un meurtre quelconque.

Assis en face d'elle, le shérif attendait — et continuait

à l'observer avec cette même intensité qu'elle avait remarquée dans son regard lorsqu'il était entré.

— Comment le connaissez-vous ? demanda-t-il.

— Je ne le connais pas. Je ne l'avais jamais vu avant qu'il ne m'accoste, l'autre soir, dans l'allée qui longe le café. Heureusement, Jack est arrivé…

— Jack ?

— Jack French. Il l'a fait fuir.

— Et ensuite, que s'est-il passé ?

— Rien. L'homme est parti, je suis montée me coucher et Jack a continué son chemin.

— Vous dites que cet homme vous a *accostée* ?

— J'étais sortie pour courir un peu. Il était dans la ruelle sous l'escalier qui conduit à mon appartement. J'ai cru qu'il était soûl, parce que visiblement il me prenait pour quelqu'un d'autre.

— Que vous a-t-il dit ?

— Je ne me rappelle même pas.

Sauf que Jack risquait bien de s'en souvenir, lui, et de le répéter au shérif. C'était à craindre, en tout cas.

— Je vous le répète, je croyais qu'il était ivre. Ce qu'il disait n'avait ni queue ni tête. Je ne l'avais jamais vu de ma vie.

— Avez-vous remarqué quel genre de véhicule il conduisait ?

Elle secoua la tête.

— Peut-être que Jack y a fait attention. Quand l'homme a démarré, ça a ressemblé au bruit d'un pick-up, mais je peux me tromper.

— Jack se promenait là par hasard ?

— Lui non plus, je ne l'avais jamais rencontré auparavant. Ce n'est que le lendemain matin que j'ai appris qui il était et qu'il venait de sortir de prison.

Qu'est-ce qu'il lui avait pris de dire ça ? Elle ressentit une pointe de culpabilité pour l'avoir même mentionné.

— Jack semblait-il connaître cet homme ?

— Non. Il est simplement venu à la rescousse, je suppose, quand il a entendu tout le tapage... Il lui a donné un coup de poing, et l'homme s'est enfui.

— C'était après que celui-ci *vous* eut frappée.

Il ne s'agissait pas d'une question, mais elle acquiesça tout de même d'un signe de tête et porta la main à sa joue.

— Il m'a giflée quand je lui ai dit de me laisser tranquille, sinon...

— Sinon quoi ?

— J'aime croire que je suis capable de me défendre, répondit-elle, de plus en plus ébranlée à l'idée que Jack et elle étaient peut-être les deux dernières personnes à avoir vu l'homme vivant, à l'exception de l'assassin. Je ne me suis pas montrée très reconnaissante envers Jack quand il est venu à mon secours. J'étais encore trop secouée par l'altercation avec cet individu, ajouta-t-elle, tâchant d'accorder sa version des faits avec celle que Jack donnerait au shérif. Mais, bien sûr, à présent...

Frank hocha la tête, comme s'il était, lui aussi, arrivé à la même conclusion : elle avait eu de la chance. Elle jeta de nouveau un coup d'œil sur le portrait du mort, en première page du journal, et ne put réprimer un frisson. Elle ne voulait même pas se demander qui avait bien pu l'assassiner. Ni pourquoi. Elle avait trop peur que le tueur ne s'en prenne à elle, la prochaine fois.

Le shérif roula le journal et le remit dans sa poche.

— Si quelque chose d'autre vous revenait, s'il vous plaît, appelez-moi.

— Je n'y manquerai pas. Comme je vous le disais, je suis sûre que cet homme m'a confondue avec une autre personne.

Si seulement c'était vrai…, soupira-t-elle intérieurement.

Une fois le shérif reparti, elle monta au premier étage et sortit le pistolet qu'elle gardait caché dans l'appartement. Claude l'avait prévenue. Selon toute vraisemblance, il était temps de prendre ses précautions.

— J'ai connu votre mère.

C'était la première chose que Claude Durham lui avait dite. Kate avait levé les yeux. Un homme d'une cinquantaine d'années s'était approché d'elle et la dévisageait.

A l'époque, elle travaillait dans un café du Nevada, juste à la sortie de Las Vegas. Debout près du passe-plat, elle attendait sa dernière commande de la journée avant de pouvoir rentrer chez elle. Pour tuer le temps, elle bavardait avec Connie, l'autre serveuse de cette gargote minable perdue en plein désert.

— Pas très originale, comme entrée en matière! ironisa-t-elle.

Ses pieds la faisaient horriblement souffrir, et elle était trop fatiguée pour écouter ces bobards. Sans compter qu'il était trop vieux pour elle.

Il esquissa une moue d'impatience.

— Vous ne devriez pas le prendre comme ça.

Elle le regarda de nouveau, plus attentivement cette fois. Il était pâle, presque chauve. Les quelques rares cheveux qui lui restaient étaient courts et déjà tout blancs. Il avait du ventre et transpirait abondamment.

Ce type est malade, *se dit-elle.*

— Ecoutez, monsieur…

— Je n'ai pas beaucoup de temps, alors je ne vais pas y aller par quatre chemins, l'interrompit-il. Si vous

tenez à ce que ça se passe ici, je n'y vois pas d'inconvénient. J'ai connu votre mère à Beartooth.

Comme elle ne réagissait pas, il ajouta :

— Dans le Montana. Là où vous êtes née.

— Ma mère n'est jamais allée dans le Montana.

— Pas votre mère adoptive, votre vraie mère, celle qui vous a mise au monde.

— Meg était ma vraie mère.

— Très bien. Je suis content de vous l'entendre dire. Dommage qu'elle n'ait pas vécu plus longtemps — elle aurait peut-être pu vous apprendre à traiter plus gentiment vos aînés. Quant à Harvey, votre père adoptif, je pense aussi qu'il aurait pu faire mieux que ça, en ce qui vous concerne.

— Comment se fait-il que vous sachiez autant de choses sur moi ?

Il ne releva pas la question.

— Ils vous ont dit que vous aviez été adoptée, n'est-ce pas ? demanda-t-il, avant de poursuivre sans attendre la réponse. Ils vous ont expliqué comment ils en étaient venus à vous élever ?

Un sentiment de malaise forma un nœud au creux de son estomac.

— Que voulez-vous dire ?

— Que vous ont-ils raconté à propos de vos vrais... de vos parents biologiques ?

Justement, elle avait interrogé ses parents à plusieurs reprises, quand elle était enfant. Ils s'étaient toujours dérobés, avaient éludé le sujet. Et elle avait fini par renoncer.

— Qu'est-ce qu'il y avait à dire ? A l'évidence, ma mère biologique n'avait pas voulu de moi. Si ça se trouve, elle ne savait même pas qui était mon père.

Le visage blafard de l'homme s'enflamma d'une bouffée de colère qui la surprit.

— Conneries ! explosa-t-il. Votre mère était une sainte. Elle savait parfaitement qui était votre père et elle vous aimait plus que...

— Alors, pourquoi ne m'a-t-elle pas élevée elle-même ?

— Elle est morte quand vous aviez dix-huit mois.

Ces paroles l'arrêtèrent net. Elle mit un moment à se ressaisir.

— Et mon père ?

— C'est pour ça que je suis ici. Pour vous en parler. Alors, maintenant, vous préférez que ça se fasse ici ou vous prévenez votre patron que vous avez terminé votre journée, pour qu'on puisse aller ailleurs ?

Sans attendre sa réponse, il sortit et se dirigea vers un vieux pick-up garé sur le parking.

La commande de Kate arriva enfin.

— Je m'en occupe, lui dit Connie.

— Merci.

Les mains tremblantes, elle ôta son tablier et le jeta dans un box. Puis elle sortit du café, ouvrit la portière passager du véhicule où l'attendait l'homme, mais ne monta pas.

— Vous avez vraiment une sale tête.

Pourquoi avait-elle dit cela ? Elle n'en était pas sûre. Peut-être simplement parce que c'était la vérité et que l'heure était venue de parler sans faux-semblants.

Il eut un petit rire, aussitôt suivi d'une de ces quintes de toux caractéristiques des gros fumeurs.

— Pour la faire courte, déclara-t-il, une fois qu'il eut fini de tousser, je suis en train de mourir.

— Alors, vous avez décidé de venir me voir pour me dire... quoi ?

— Montez !

— Dites-moi d'abord qui vous êtes et pourquoi c'est vous qui venez m'apprendre cette nouvelle.

Il regarda le café à travers son pare-brise moucheté de sable.

— Pourquoi travaillez-vous dans ce trou à rats ? Ça fait deux jours que je vous observe. Vous êtes sacrément bonne, comme serveuse. Vous méritez mieux que ça.

Une vague de colère déferla dans ses veines, pareille à une drogue familière. Un psychologue lui avait dit un jour qu'elle se servait de la colère comme d'un mécanisme de défense. Sans rire !

— Vous êtes bien bon de vous soucier de moi, marmonna-t-elle.

Et elle s'apprêta à claquer la portière du pick-up, avec la ferme intention de partir sans un mot de plus.

— Ta mère m'a laissé quelque chose pour toi, dit-il, passant brusquement au tutoiement. Mais il y a aussi autre chose que je veux te donner. Considère ça comme ton héritage.

Elle scruta son visage à travers la vitre de la portière.

— Si vous avez l'intention de me faire croire que vous êtes mon père ou quelque...

— Monte et écoute au moins ce que j'ai à te dire. Je possède un café à Beartooth...

Elle n'avait pas souvenir de s'être installée sur le siège passager. Mais elle se rappelait lui avoir dit d'aller se faire voir.

La nouvelle locataire de Nettie était une énigme. En surface, elle paraissait douce et innocente, et pourtant il y avait un petit je-ne-sais-quoi en elle qui laissait deviner tout autre chose. Lorsque Nettie lui avait montré l'appartement, la jeune fille avait marché droit vers la fenêtre donnant sur la rue pavée qui traversait la ville. En direction du sud-est, la route allait vers Big Timber. Au nord, elle se couvrait de gravier à la sortie de la ville, avant de se diviser en plusieurs chemins de terre qui se transformaient en pistes cahoteuses à mesure qu'ils s'enfonçaient dans les Crazy Mountains.

Beartooth se trouvait, pour ainsi dire, au bout du chemin. Pas vraiment le genre d'endroit où une jeune fille aimerait s'attarder.

Mais il n'y avait pas que cela qui dérangeait Nettie. Cette gamine avait quelque chose en elle qui lui semblait presque familier, sans pour autant qu'elle puisse mettre le doigt dessus.

Je dois me faire vieille, songea-t-elle. *L'autre jour, je me suis même figuré que Kate LaFond me rappelait quelqu'un.*

Elle secoua la tête. Heureusement que Bob n'était pas là. Si elle avait exprimé ses soupçons devant lui, il aurait levé les yeux au ciel et lui aurait dit qu'elle perdait l'esprit.

— Eh bien, que pensez-vous de l'appartement ? avait demandé Nettie en lui faisant visiter les lieux.

La jeune fille n'avait même pas détourné les yeux de la fenêtre pour lui répondre :

— C'est exactement ce que je cherchais.

Nettie avait essayé de ne pas se vexer de son manque flagrant d'enthousiasme. Elle avait elle-même décoré les pièces et avait le sentiment d'avoir accompli un travail remarquable en les rendant aussi accueillantes et confortables que possible. Mais visiblement, la jeune fille n'appréciait pas ses efforts. Elle s'intéressait davantage à la vue.

Curieuse de voir ce qu'il y avait de si fascinant dehors, Nettie s'était rapprochée pour regarder à son tour par la fenêtre. Les yeux de la jeune fille semblaient rivés sur le Branding Iron Café. Ou peut-être était-ce plus particulièrement sur la grande table des ranchers qui se retrouvaient là chaque matin.

Nettie avait essayé de distinguer les hommes rassemblés là, mais une silhouette dans le café lui bouchait la vue. Avec un sursaut, elle avait reconnu les larges épaules de l'homme.

Frank, le dos tourné à la devanture, discutait avec les consommateurs attablés. Quelques instants plus tard, il avait disparu.

La jeune fille s'était alors retournée, visiblement surprise de trouver Nettie derrière elle.

— Je prends l'appartement, avait-elle déclaré. Enfin, si vous voulez bien me le louer... J'espère que vous accepterez.

De nouveau, cette note de désespoir perceptible dans sa voix.

Après tout, peu importaient les raisons qui poussaient la jeune fille à vouloir absolument cette chambre. Ce n'était pas comme si les locataires se bousculaient à sa porte. Alors, soit ! Qu'elle la prenne, si ça pouvait lui faire plaisir. Nettie avait eu l'intention d'exiger des lettres de recommandation de précédents propriétaires, mais à quoi bon ? C'était sans doute le premier appartement de la jeune fille et, de toute façon, ses parents paieraient le loyer.

— J'aurais besoin de vos nom et adresse et aussi d'un numéro de téléphone en cas d'urgence, avait dit Nettie en tendant à la jeune fille un morceau de papier et un crayon.

Elle l'avait regardée griffonner rapidement les informations demandées, puis sortir une liasse de billets de cent dollars.

— Vous avez bien dit que vous préfériez du liquide pour le premier et le dernier mois de loyer, plus un dépôt de garantie de six mois, n'est-ce pas ? avait demandé la jeune fille avec inquiétude.

Sans doute à cause de l'expression d'ahurissement que Nettie n'avait pu dissimuler.

— Oui, bien sûr, du liquide sera parfait, avait-elle répondu, tandis que sa nouvelle locataire comptait les billets avant de les lui remettre, en même temps que ses coordonnées. Vous êtes sûre que vous n'avez pas dévalisé une banque ? avait-elle ajouté pour plaisanter, tout en prenant l'argent.

— J'ai vendu une de mes actions.

Une de ses actions ? s'était dit Nettie.

— Bon, eh bien, j'espère que vous vous plairez ici…

Nettie avait baissé les yeux sur le morceau de papier que lui avait donné la jeune fille et lut le nom.

— Tiffany Chandler.

— En tout cas, ce sera *parfait*, avait déclaré cette dernière avant d'aller se poster de nouveau devant la fenêtre.

Nettie n'avait pu s'empêcher de soupçonner que ce n'étaient pas des considérations esthétiques, mais bien plutôt un client du café d'en face, qui rendait l'appartement si « parfait ».

Après sa conversation avec Kate, Frank resta quelques instants debout sur le trottoir défoncé. Le soleil printanier était chaud, l'air embaumait le pin et l'eau du ruisseau qui serpentait non loin de là.

Il offrit son visage à la tiédeur ambiante et ferma les yeux, respirant les odeurs familières et savourant la caresse du soleil sur sa peau. Son esprit, cependant, ruminait ce qu'il venait d'apprendre.

Selon Tucker, l'inconnu avait *décrit* Kate et savait qu'elle tenait un café. Il ne s'agissait donc pas d'une erreur d'identité. Pourtant, l'homme ne l'avait pas appelée par son nom, si bien qu'il s'était peut-être tout de même trompé de personne. Peut-être.

Rouvrant les yeux, Frank fut surpris d'apercevoir un visage encadré dans la fenêtre, au-dessus de l'épicerie. Il sursauta, peu habitué à voir quelqu'un là-haut, encore moins une frêle jeune fille.

On aurait dit un spectre, avec son visage diaphane et ses cheveux blonds et raides, presque blancs dans la lumière matinale. Elle portait un haut de couleur claire, qui semblait chatoyer dans la brise entrant par la fenêtre ouverte. Comme si elle s'était rendu compte qu'il l'observait, elle recula brusquement et disparut, se volatilisant en un clin d'œil, comme si elle n'avait jamais été là.

— Ce doit être la nouvelle locataire de Nettie, murmura-t-il dans sa barbe, intrigué par le regard dont la jeune inconnue l'avait gratifié.

Il fallait reconnaître que Nettie n'avait pas mis longtemps à trouver preneur pour son appartement. Ce n'était que la semaine précédente qu'il avait remarqué la pancarte dans la vitrine du magasin.

Il songea un instant à traverser la rue pour entrer, mais abandonna vite cette idée. Il ne voulait pas que Nettie s'imagine qu'il s'inquiétait à son sujet… ou au sujet de sa locataire.

De plus, il avait hâte de s'entretenir avec Jack French. Il avait téléphoné au W Bar G, et on lui avait dit que Jack avait pris une journée de congé, mais qu'il était passé au ranch puis reparti pour Beartooth.

Frank se rappela sa conversation avec Jack, lorsqu'il l'avait interrogé à propos de la cordelette en crin tressé retrouvée sur la scène de crime. Evidemment, il n'y avait aucune raison pour que Jack fasse le rapprochement entre l'homme qu'il avait mis en fuite la nuit précédant le meurtre… et l'arme du crime, n'est-ce pas ?

Jack venait de se garer devant sa cabane lorsqu'il aperçut le shérif assis dans l'ombre de sa galerie.

Aussitôt, il éprouva le vieux sentiment de malaise que lui inspirait toujours la vue d'un représentant des forces de l'ordre. Peut-être cela *aussi* était-il génétique.

En prison, il avait appris que dans certaines familles on avait la violence et le crime dans le sang. Il savait qu'il devait s'estimer heureux que son ADN ne contienne qu'une tendance à s'attirer des ennuis. Sauf que les ennuis n'étaient peut-être qu'une passerelle conduisant à des faits plus graves, et qu'il suffisait d'un faux pas pour sombrer dans la violence.

Toujours est-il qu'il se retrouvait avec un shérif qui l'attendait devant chez lui.

Il coupa le contact et descendit du pick-up.

— Salut, shérif ! Content de voir que vous vous êtes installé à l'aise.

— Je me suis dit que tu n'y verrais pas d'inconvénient.

— Non, bien sûr, répondit-il en grimpant les marches.

Trop tard, il se rappela le message dans sa poche, celui qu'il avait furtivement dérobé dans le tablier de Kate. Si jamais on le retrouvait sur lui…

— Je peux vous offrir quelque chose de frais ?

Il ne fut pas étonné quand le shérif secoua la tête.

— J'ai seulement besoin que tu m'accordes quelques

minutes. La foire ouvre aujourd'hui. J'imagine que, comme tout le monde dans le comté, tu as prévu d'y aller.

Jack opina du chef et s'appuya contre la balustrade. Il se sentait trop nerveux pour s'asseoir. Il n'avait pas oublié comment, deux ans plus tôt, le shérif l'avait embarqué aux premières heures du jour et jeté en prison pour un délit qu'il n'avait pas commis. Et cela pouvait se produire de nouveau, il ne l'ignorait pas. Parfois, il arrivait réellement que des innocents se fassent arrêter et mettre sous les verrous.

— Vous voulez entrer ? proposa-t-il.

— On peut rester dehors, il fait si beau…

« Bon, allez-y, qu'on en finisse… », eût envie de dire Jack. Mais il retint sa langue. Ce que l'ancien Jack French aurait bien été en peine de faire.

— Je ne sais pas si tu as lu le journal d'aujourd'hui…, commença le shérif en plongeant la main dans la poche de son blouson.

C'est quoi, ce cirque ? s'indigna aussitôt Jack. *Combien de temps est-ce que ça va encore durer ?* Il prit le journal, le déplia. Et se figea en découvrant le portrait de l'homme avec lequel il s'était battu l'autre nuit dans la ruelle.

Il sentit le regard du shérif fixé sur lui.

— Tu le reconnais ?

Frank Curry ne se serait pas trouvé là s'il n'avait pas su que Jack avait déjà vu cet homme.

— C'est l'individu qui a importuné Kate LaFond, l'autre soir, dans la ruelle près du café, admit Jack.

Le shérif se redressa légèrement dans le vieux fauteuil à bascule.

— Si j'ai bien compris, tu l'as frappé ?

— Seulement une fois que je l'ai entendu gifler Kate. Je ne savais pas qui elle était. Je venais à peine de rentrer en ville et je n'avais pas vraiment envie de m'en mêler, mais…

Il s'interrompit avec un haussement d'épaules.

— Elle reconnaît qu'elle ne s'est pas montrée très aimable quand tu as volé à son secours, dit Frank.

Jack ne put retenir un sourire.

— Tu n'avais pas fait la connaissance de cet homme en prison ? reprit le shérif.

Jack songea à la cordelette tachée de sang que le shérif lui avait montrée.

— Je ne l'avais jamais vu de ma vie. C'est lui qu'on a retrouvé près de la rivière ?

— Assassiné, précisa Frank.

Vu le sang sur la cordelette, cela n'avait rien d'étonnant.

— Donc, vos chemins ne s'étaient jamais croisés avant l'autre soir ? insista le shérif.

— Non.

Frank se remit sur ses pieds.

— Tu te rappelles ce lacet en crin tressé que je t'ai montré ? Tu m'as dit que ce n'était pas un détenu de la prison d'Etat du Montana qui l'avait confectionné.

Jack attendit la suite.

— Tu avais raison. J'ai vérifié. Il semblerait que, dans tout l'Ouest, on ne tresse le crin de cheval que dans quatre établissements pénitentiaires : Deer Lodge chez nous, Yuma en Arizona, Walla Walla dans l'Etat de Washington et Rawlins dans le Wyoming. Chacun utilise ses propres motifs et ses couleurs particulières. Je pense que la cordelette en question pourrait provenir de la prison de Yuma. Mais je me doute que tu le savais déjà.

Il scruta le visage de Jack, et attendit.

Jack secoua la tête.

— Je vous l'ai dit, je n'ai jamais tressé de crins de

cheval quand j'étais en prison. J'étais trop occupé à travailler dans le ranch. Mais cette corde ne ressemble à rien de ce que j'ai vu là-bas.

Le shérif se frotta la mâchoire.

— Tu sais, je n'ai jamais vraiment cru que tu avais volé ce taureau... J'ai toujours eu le sentiment que c'était plus compliqué que ça.

Son regard accrocha celui de Jack.

— Mais si, comme tu l'as affirmé le jour où je t'ai arrêté, tu étais innocent, je ne peux pas m'empêcher de me demander qui aurait pu te jouer un sale tour de ce genre et pour quelle raison.

Jack ne broncha pas, et retint sa respiration. Il avait eu conscience, ce matin-là, deux ans plus tôt, quand on l'avait traîné hors de chez lui, d'être victime d'un coup monté. Mais après ses premières protestations d'innocence, il avait capitulé. Quand on trouve dans votre corral un taureau primé qui ne vous appartient pas, et que vous ne faites rien d'autre depuis des années que perdre votre temps à des bêtises, il faut reconnaître que vous avez bien cherché ce qui vous arrive.

— Toujours est-il que ça t'a coûté deux années de ta vie, continua Frank. Il y a de quoi mettre n'importe quel innocent en colère. Lui donner même envie de se venger. Mais évidemment, il est impossible de rattraper ces deux années, quoi qu'on fasse.

Jack resta muet.

— Je t'ai toujours bien aimé, Jack, conclut le shérif en repoussant son chapeau en arrière. Je ne voudrais pas que tu t'attires des ennuis.

Jack laissa échapper le soupir qu'il retenait, en même temps qu'un petit rire.

— Moi non plus, shérif. Moi non plus.

Pour l'heure, la vengeance était le dernier de ses

soucis. Ses pensées étaient tout entières occupées par Kate LaFond et l'échange musclé qu'elle avait eu avec l'homme dans la ruelle, cet homme à présent mort.

« Je te cherchais. Mais je ne m'attendais pas à te trouver ici. »

Qu'avait-il voulu dire ?

« Lâchez-moi ! Je vous dis que vous vous trompez de personne. Si vous ne me laissez pas tranquille… »

Vous êtes un homme mort ?

Peut-être s'agissait-il vraiment d'une erreur sur la personne, comme l'avait prétendu Kate. Au plus profond de lui-même, Jack devinait que cette femme n'avait pas tout dit et que les choses n'étaient pas aussi simples qu'elle voulait le laisser paraître.

Il attendit le départ du shérif pour sortir le billet de sa poche. Quelques instants plus tôt, il était passé à la poste pour prendre son courrier, et une sorte de pressentiment l'avait poussé à contourner le café par l'arrière. Lou, le cuisinier, fumait une cigarette dehors.

Jack s'était faufilé dans la cuisine en catimini. Kate était occupée dans la salle avec Cilla, en train de discuter de courtepointes en patchwork. Jack avait remarqué les tabliers sales dans le panier à linge et, obéissant à une brusque intuition, avait fouillé dans les poches.

Sur le moment, il n'avait agi que par curiosité, intrigué par la première réaction de Kate à la lecture du message. A présent, saisi d'une crainte grandissante, il examinait les lettres majuscules tracées avec un crayon mal taillé sur une demi-feuille de papier blanc.

ET D'UN. MAIS IL EN RESTE ENCORE DEUX.
TU FERAIS BIEN DE TE DEPECHER, KATE.
TIC-TAC, TIC-TAC.

A côté du texte figurait un dessin maladroit, lequel,

à première vue, ressemblait à un jeu du pendu. Mais si la cordelette que le shérif lui avait montrée était bien l'arme du crime, comme le croyait Jack, il était clair que ce que Kate cherchait à fuir l'avait rattrapée.

6

Après s'être entretenu avec Kate LaFond et Jack French, le shérif regagna son bureau. Le directeur de la prison de Yuma avait répondu à son appel et lui réclamait des photos du mort et de la corde qui avait servi à le tuer.

Une fois qu'il eut accédé à sa requête, Frank se retrouva désœuvré. Tous ses adjoints s'étaient rendus à la foire pour y maintenir l'ordre. N'ayant rien d'autre à faire qu'attendre, il se rappela de nouveau la promesse qu'il avait faite à Lynette de se renseigner sur Kate LaFond. Il s'était toujours fié à l'intuition de Lynette — excepté quand elle avait épousé cet imbécile de Bob Benton.

Frank secoua la tête. Après toutes ces années, il s'en voulait encore de ne pas avoir fait irruption pendant la cérémonie du mariage et de ne pas avoir enlevé Lynette, et de ne pas l'avoir retenue prisonnière jusqu'à ce qu'elle recouvre son bon sens.

Mais alors, Lynette ne posséderait pas sa chère épicerie. Elle adorait en effet y travailler. Frank n'aurait jamais rien fait pour l'en priver, même s'il avait eu le pouvoir de remonter le temps.

Les choses avaient toujours une drôle de manière de se dérouler comme elles le devaient, se dit-il avec un sourire. Bob était parti depuis longtemps et ne reviendrait jamais.

Il tourna son attention vers la nouvelle propriétaire du café. Kate LaFond était un mystère, force lui était de le reconnaître. A première vue, elle avait tout d'une charmante jeune femme, travailleuse et aimable. Elle tenait à garder ses distances ? Et alors ? Quelle importance si elle préférait ne pas parler de son passé ?

Toutefois, Frank ne pouvait se défaire d'une pensée obsédante qui le turlupinait — le pressentiment que derrière l'apparence bien lisse affichée par la nouvelle gérante du Branding Iron, il y avait quelque chose d'autre, quelque chose de louche.

Il appela une de ses connaissances qui travaillait comme agent immobilier dans la région.

— Je me posais des questions au sujet du Branding Iron Café à Beartooth, expliqua-t-il à son ami après les salutations d'usage. Il s'est vendu si vite, après le décès de Claude Durham… J'imagine qu'il avait dû le mettre en vente depuis longtemps.

— Le café n'a jamais figuré sur les listes des agences, et je ne me rappelle pas avoir vu d'annonce nulle part concernant sa mise sur le marché. Tu es sûr qu'il ne l'a pas légué par testament à la nouvelle propriétaire ?

Frank avait envisagé cette possibilité, mais l'avait rapidement écartée. Elle semblait trop improbable. Claude était un vieux garçon et n'avait pas de famille. Du moins Frank n'en avait-il jamais entendu parler. Et pourtant, s'il fallait en croire les archives publiques, Kate LaFond était bel et bien propriétaire du Branding Iron.

Frank ramassa ses clés et se dirigea vers son véhicule de patrouille. Dix minutes plus tard, il frappait à la porte d'Arnie Thorndike, avocat local et ami de Claude.

Personne n'aurait jamais pris Thorndike pour un homme de loi. La moitié du temps, il ressemblait plutôt à un vagabond. Comme ce matin, lorsqu'il ouvrit sa porte pour trouver le shérif planté sur son perron.

Pieds nus, vêtu d'un jean râpé et d'une chemise en flanelle qui avait connu des jours meilleurs, il passa une main dans ses cheveux blonds en broussaille et arbora un large sourire.

— Il y a bien longtemps que je n'avais pas été réveillé par un shérif sur le pas de ma porte ! dit-il. Bon sang ! il faut croire que je vieillis. Je n'ai même pas envie de résister.

Il tendit ses poignets, feignant de laisser le shérif lui passer les menottes.

— Il s'agit d'une visite amicale, précisa Frank avec un petit rire.

Arnie Thorndike était l'un de ces vieux hippies qui avaient rejoint sur le tard le mouvement du *flower power* en Californie, avant de retourner dans le Montana pour terminer ses études de droit.

— J'ai quelques questions à vous poser au sujet de Claude Durham.

Le sourire s'effaça sur le visage buriné de l'avocat.

— Dans ce cas, vous devriez peut-être entrer. Je viens de préparer du café.

— J'ai besoin de savoir ce qu'il en est du testament de Claude, dit Frank en suivant Arnie dans la cuisine en désordre. Il a bien laissé un testament, n'est-ce pas ?

Thorndike dénicha deux mugs dépareillés, les remplit de café, puis désigna au shérif une petite pièce sur le côté de la maison.

Ce n'est qu'après qu'ils se furent tous deux installés

dans des fauteuils inclinables élimés, le soleil matinal filtrant à travers les vitres poussiéreuses, qu'Arnie commença à parler.

— Claude me manque terriblement, admit-il avant d'aspirer bruyamment une gorgée de son café.

Il sembla se détendre, et ses yeux se voilèrent.

— Il ne se passait pas une journée au café sans qu'il ne lance une vanne ou raconte une histoire. Peu importait que l'histoire soit véridique ou non. Claude savait plaisanter comme personne.

— Avait-il de la famille ?

— Pas que je sache.

— Il ne s'est jamais marié ? Je sais qu'il n'a guère quitté Beartooth qu'en quelques occasions au fil des années, et qu'il n'est jamais resté absent très longtemps. Le café était apparemment sa seule famille. Et toute sa vie.

Excepté que, depuis le temps qu'il exerçait ses fonctions de shérif, Frank avait appris que même les hommes apparemment sans histoire dissimulaient souvent des secrets. Claude avait peut-être une famille cachée quelque part, et c'était peut-être chez elle qu'il s'était rendu, les fois où il avait disparu de Beartooth pendant plusieurs mois.

— Vous avez une idée de l'endroit où il allait quand il s'absentait ? demanda Frank. Il semblait toujours réticent à en parler.

— Vous savez qu'il n'était pas en très bonne santé.

C'était le moins qu'on puisse dire. Nettie avait constamment harcelé Claude avec ses bons conseils, lui enjoignant d'arrêter de manger son propre menu. Pas étonnant qu'un jour, il ait fini par tomber raide mort.

— Vous voulez dire que c'est pour ça qu'il quittait Beartooth de temps en temps ? A cause de sa santé ?

L'avocat avala une autre gorgée de café.

— Je crois qu'il s'est fait opérer une ou deux fois.

— Du cœur ?

Thorndike haussa les épaules.

— Il n'aimait pas parler de ses problèmes médicaux.

— Ni de ses problèmes personnels. Ce qui me ramène à la question de son testament, s'il en a rédigé un. J'ai discuté avec un de mes amis qui est agent immobilier. Il m'a dit que, à sa connaissance, le café n'avait jamais été mis en vente. Alors comment se fait-il que Kate LaFond s'en soit retrouvée propriétaire ?

— Claude le lui a laissé.

Frank en resta médusé.

— Mais pourquoi ?

— Il l'a fait, c'est tout. Il est clair qu'il avait ses raisons. Il ne m'en a pas fait part.

— Que savez-vous d'elle ?

— Excepté le fait qu'elle ne ressemble en rien à Claude ? Cette femme ne raconte jamais de blague cochonne, ne râle jamais contre quoi que ce soit. Le Branding Iron n'est plus le même.

Sirotant son café, Frank feignit de ne pas remarquer que la voix de Thorndike s'était brisée. L'avocat avait perdu son meilleur ami et avait de toute évidence le plus grand mal à surmonter son chagrin.

— Son café non plus n'est pas aussi bon, mais je m'y fais, poursuivit Arnie, d'un ton plus léger, comme pour détendre l'atmosphère. Quoi qu'il en soit, si Claude a voulu qu'elle reprenne cette affaire qui comptait tant pour lui, il devait avoir ses raisons.

Frank approuva d'un hochement de tête. Mais, à l'instar de Nettie, il sentait sa curiosité à l'endroit de Kate plus aiguisée que jamais. Quel lien existait-il entre Claude Durham, un célibataire endurci et irascible, et Kate LaFond, une énigmatique jeune femme dont personne ne savait rien ?

Kate n'avait pas prévu d'aller à la foire de printemps du comté de Sweet Grass. Mais la visite du shérif ne lui avait pas laissé le choix. Elle ne pouvait être certaine qu'il ne la tenait pas à l'œil, et en restant à la maison — ou pis, en partant vers les collines —, elle n'en aurait paru que plus coupable. Comme si c'était possible.

« Et d'un. Mais il en reste encore deux. Tu ferais bien de te dépêcher, Kate. Tic-tac, tic-tac. »

Qui lui avait laissé ce mot ? Quelqu'un qui savait ce qu'elle était venue faire à Beartooth, cela ne faisait aucun doute. « Et d'un. Mais il en reste encore deux. » L'auteur du billet, comme le shérif, la soupçonnait-il d'avoir assassiné l'homme retrouvé au bord de la rivière ? Ou était-ce lui, le meurtrier ?

A la pensée que quelqu'un avait subtilisé le morceau de papier pendant qu'elle était occupée avec Cilla, elle ne put réprimer un frisson. Peut-être était-ce l'auteur du message lui-même qui l'avait récupéré. Et dans ce cas, cela signifiait qu'il l'avait épiée, et l'avait vue mettre le papier dans sa poche puis jeter son tablier dans le panier.

Elle s'avisa alors que n'importe lequel des clients qui s'étaient trouvés dans le café ce matin-là aurait pu glisser le billet sous une assiette avant de quitter les lieux.

Comme elle quittait la ville au volant de son pick-up, elle se fit la réflexion que Beartooth, qui, dans ses bons jours, ressemblait déjà à une ville fantôme, était pour l'heure sinistrement déserte. Même si elle refusait de l'admettre, elle n'en menait pas large, et force lui fut de reconnaître qu'elle était soulagée à l'idée de se rendre à Big Timber.

Cependant, alors qu'à travers prairies et champs cultivés elle parcourait la trentaine de kilomètres qui la séparait de la ville voisine, elle eut l'étrange sensation que le temps lui filait entre les doigts. L'auteur du message avait raison. L'horloge tournait. Maintenant que l'hiver était terminé, la terre enfin dégelée et son matériel fin prêt, rien ne pourrait plus l'arrêter.

Cette idée lui arracha un ricanement amer. Rien ne l'arrêterait ? Il y avait tellement d'embûches, en travers de sa route… Elle se gara sur le parking de la foire, coupa le contact et s'efforça de chasser de son esprit la pensée des deux hommes à ses trousses, qui pourraient se tenir là, en cet instant même, à l'affût, en train de l'observer et d'attendre leur heure.

Sortant dans l'air tiède de cette belle journée printanière, elle se dit que, en fin de compte, elle était parfaitement capable de surmonter tous les obstacles qu'on dresserait sur son chemin. En tout cas, il fallait l'espérer. On lui avait déjà fait quelques coups tordus, dans la vie, mais rien encore qui ressemblait à ça.

La foire de printemps était exactement telle qu'elle s'y attendait. Il y avait des granges pleines de vaches, de cochons, de chevaux, de moutons, de lapins et même de poulets, qui tous avaient été primés lors de concours agricoles. En d'autres endroits, on proposait des vêtements et des gâteaux faits maison, dont certains dignes de remporter des médailles.

Alors qu'elle se frayait un passage dans la foule — les hommes en jean, bottes, chemises western et Stetson ; les femmes attifées de la même façon —, elle eut l'impression de faire tache dans le tableau.

Ce monde était à mille lieues de celui où elle avait grandi. Tout, dans le Montana — et surtout, à Beartooth —, lui paraissait étranger, et cela depuis le jour même de son arrivée. Pourtant, elle s'évertuait à s'intégrer. Elle allait jusqu'à porter des bottes, des jeans *bootcut*, des chemises western à boutons-pression. Elle passait même la plupart de ses dimanches matin sur un banc d'église inconfortable, à côté des autres habitants de la ville.

Tous les matins, elle riait aux plaisanteries des habitués de son établissement. Elle avait appris à conduire un pick-up tout-terrain avec une boîte de vitesses manuelle, et à s'occuper d'un café. L'automne précédent, elle avait coupé du bois en prévision de l'hiver, et quand le blizzard avait commencé à balayer la région, elle avait pelleté de la neige et alimenté le poêle à bois de l'appartement pour se tenir au chaud, comme n'importe quel natif du coin.

Depuis son installation à Beartooth, elle avait fait tout ce qu'il fallait pour s'en sortir.

Mais à présent, le temps pressait, et elle sentait le découragement la gagner. Il lui avait fallu plus de temps qu'elle ne l'avait imaginé pour rouvrir le café et relancer les affaires, pour s'habituer à cette nouvelle vie si étrange. Mais elle n'avait pu se payer le luxe d'embaucher quelqu'un pour tenir le café à sa place.

Puis l'hiver était arrivé trop tôt. Elle n'avait pas eu le temps de prospecter la région avant que la neige ne commence à tomber, que les températures ne dégringolent et que le sol ne gèle, l'empêchant de trouver ce qu'elle était venue chercher.

Tout ce qu'elle avait pu faire, ça avait été de ronger son frein et d'attendre son heure. Tâter le terrain, comme aurait dit son père. Elle pensa à Harvey Logan, le seul père qu'elle eût connu. Il aurait adoré le Montana. Le pays pouvait se glorifier d'un riche passé, foisonnant de récits de hors-la-loi et de chercheurs d'or, de pionniers et d'hivers rigoureux, de trésors enfouis, d'attaques de diligence et de coffres volés et jamais retrouvés. Des histoires de pièces d'or enterrées par de vieux grigous, de pépites grosses comme le poing qui avaient refait surface au moment où on avait creusé les fondations des villes-champignons.

Mais quelle vie difficile ils avaient menée, ces premiers colons ! Rien qu'en se remémorant l'hiver passé, Kate avait du mal à imaginer comment, un siècle plus tôt, les gens avaient réussi à survivre sans aucun des avantages du confort moderne. D'innombrables fois, elle avait eu envie de jeter l'éponge, au cours de ces terribles journées d'hiver, quand le blizzard secouait les fenêtres du café et faisait tourbillonner la neige en rafales glaciales, et que les températures tombaient en chute libre.

Elle n'avait pu s'empêcher de se demander si le jeu en valait vraiment la chandelle.

A ce souvenir, elle puisa une fois de plus dans la détermination inflexible qui l'avait toujours soutenue dans la vie. Elle méritait ce qui allait lui revenir — quoi que ce fût. Un jour, tous ses efforts se révéleraient payants, se disait-elle en flânant parmi les tables chargées de pâtisseries et de diverses productions artisanales, au milieu des femmes qui proposaient leurs marchandises.

Le soleil tapait fort au-dessus de sa tête. Des cris aigus lui parvinrent des manèges alors qu'elle passait devant une rangée de tentes où l'on vendait de tout, de tacos à des pièces détachées pour tracteurs. Les odeurs de barbe à papa et de beignets de saucisse qui imprégnaient l'air lui soulevaient le cœur.

Kate commença à rebrousser chemin. Elle en avait assez vu. Au demeurant, elle se sentait encore passablement chamboulée par ce maudit message et par la visite du shérif, elle devait l'admettre. Elle se faufilait au milieu de la foule lorsqu'elle l'aperçut.

Jack French ne semblait pas l'avoir remarquée. Du

moins l'espérait-elle. Elle s'engouffra malgré tout dans la tente la plus proche.

L'intérieur minuscule était plongé dans la pénombre. A peine eut-elle franchi l'entrée qu'elle se figea. Un lourd parfum d'encens emplit ses narines. Elle cligna les yeux, surprise de se trouver face à une vieille femme qui la fixait du regard le plus sombre qu'elle eût jamais vu.

La femme tendit une main couverte de bijoux.

Kate mit un moment à comprendre dans quel genre d'endroit elle avait échoué.

— Excusez-moi, je n'avais pas l'intention d'entrer, marmonna-t-elle avant de tourner les talons vers la portière en toile par laquelle elle était arrivée.

— Il n'y a pas de hasard, prononça la vieille d'une voix aussi grinçante qu'un gond rouillé, et en même temps étrangement envoûtante. Ne souhaitez-vous pas connaître votre avenir ?

Kate se retourna vers elle, secoua la tête et sourit.

— Je façonne moi-même mon avenir.

— Dans ce cas, vous n'avez rien à craindre, n'est-ce pas ?

De ses doigts noueux, la vieille femme lui fit signe d'approcher.

Kate savait qu'en ressortant tout de suite, elle avait de grands risques de tomber sur Jack. Et puis, il faisait agréablement frais, sous cette tente. En tout cas, l'odeur de l'encens était préférable à celle de la friture. Après tout, pourquoi ne pas se prêter au jeu de la vieille femme, et lui donner quelques dollars ? D'ici là, le cow-boy aurait passé son chemin, et elle pourrait s'éclipser et rentrer à Beartooth.

— Asseyez-vous et donnez-moi votre main.

Kate s'installa sur un siège, admirant au passage les rideaux de velours sombre qui tapissaient la petite tente. La maîtresse des lieux portait un cafetan orné de bijoux tout aussi sombres. Ses cheveux, autrefois noirs, étaient maintenant zébrés d'éclairs argentés, mais ce furent ses yeux noirs qui retinrent l'attention de Kate.

En tendant la main, elle sentit la peau fine et glacée des doigts tordus qui se refermèrent sur les siens.

Kate ne put réprimer un tressaillement en voyant une frayeur soudaine s'allumer dans le regard de la vieille femme. Une sorte de râle s'échappa de ses lèvres. La terreur lui tordit les traits.

Kate tenta de retirer sa main, mais la vieille femme la lui serrait comme dans un étau.

— Je vois quelque chose de sombre, articula-t-elle, comme si on lui arrachait un à un les mots de la bouche. Tout autour de vous. C'est comme une malédiction qui vous poursuit depuis votre naissance. Je vois un homme, plusieurs hommes…

Sa voix se brisa, et ses doigts en forme de griffes se desserrèrent avec une telle brusquerie que la main de Kate retomba mollement. Kate sentit la fraîcheur du velours qui recouvrait la petite table improvisée, lorsqu'elle repoussa celle-ci pour se relever et se dérober au regard angoissé de la vieille femme.

La voyante cligna les paupières, et ses yeux semblèrent s'éclairer. Elle parut contrariée de constater que Kate était encore là. Mais sûrement pas autant que Kate elle-même.

— Vous auriez pu me dire que j'allais rencontrer un bel et sombre inconnu qui tomberait follement amoureux de moi, lâcha-t-elle en se levant.

Elle était entrée dans cette tente presque contre son gré, et n'avait pas besoin qu'on lui prédise un avenir sinistre.

La vieille femme secoua la tête.

— Vous l'avez déjà rencontré. Il est grand. Mais pas si sombre que ça.

Kate pensa à Jack French, avec ses cheveux blonds et ses yeux bleu pâle.

— Mais votre histoire d'amour est maudite à cause de tout ce danger qui vous entoure.

— Quel genre de voyante êtes-vous donc ? s'indigna Kate.

— Je ne peux dire que ce que je vois.

— Si vous croyez que je vais vous payer pour une prédiction aussi minable…

— Je ne veux pas de votre argent.

Se sentant insultée, Kate ouvrit son sac, jeta un billet de 20 dollars par terre et sortit d'un pas digne. Avant que la portière de toile ne se referme derrière elle, elle vit la voyante se signer.

Kate retrouva la chaleur du soleil avec soulagement. Elle en avait bien besoin pour dissiper le voile funèbre que la vieille femme avait jeté sur elle.

Mais au moment même où elle émergeait dans la lumière tiède et dorée, elle aperçut l'homme qu'elle s'était ingéniée à éviter quelques instants plus tôt. Appuyé contre un mât de tente, Jack French, visiblement, l'attendait.

— Mauvaise nouvelle ? demanda-t-il.

Il portait une chemise bleue à carreaux qui faisait ressortir la couleur de ses yeux. Son jean, de même que ses bottes, paraissait aussi neuf que le Stetson incliné en arrière sur sa tête blonde.

Elle lui lança un regard furieux, et eut la folle impression qu'il avait quelque chose à voir avec la prédiction de la voyante. Elle savait qu'elle ne devait pas se laisser perturber par ce cow-boy ni par les paroles d'une diseuse de bonne aventure. Ni l'un ni l'autre ne savaient quoi que ce soit à son sujet. Mais cela faisait déjà un moment qu'elle se sentait à cran.

— Vous écoutez aux portes ? rétorqua-t-elle.

Il secoua la tête.

— Non, je vous ai seulement vue sortir de là, et vous aviez l'air de méchante humeur, répondit-il en s'écartant du mât d'un coup d'épaule pour s'approcher d'elle.

Ainsi donc, elle avait perdu son temps à tenter de lui échapper. Il avait dû la voir se précipiter sous la tente.

— Je croyais que les voyantes n'étaient pas censées révéler ce que votre avenir vous réservait de funeste, poursuivit-il.

— Elle n'a peut-être pas lu le manuel de la parfaite voyante. Ou alors, c'est qu'elle avait prévu que vous m'attendriez à la sortie de la tente.

Il eut un large sourire et repoussa un peu plus son chapeau en arrière.

— Donc, elle a bien parlé de *moi* ?

L'espace d'un instant, il la sonda du regard. Son sourire s'évanouit.

— Vous avez l'air vraiment secouée... A cause de ce qu'une voyante de foire vous a dit ? Je vous croyais plus intelligente que ça.

Elle avait conscience que l'expression de son visage la trahissait. Elle *était* secouée, impossible de le nier. Comme c'était ridicule ! Se pouvait-il qu'elle eût réellement laissé la vieille femme lui faire perdre son sang-froid ? Déjà qu'elle s'en voulait terriblement d'être entrée dans la tente... Mais tout cela, bien sûr, c'était la faute de Jack.

— Ou est-ce le portrait de ce mort qu'on a publié dans le journal d'aujourd'hui qui vous a bouleversée ?

Les paupières plissées, les yeux de Jack la fixaient avec intensité.

Instinctivement, elle leva le menton, prête à lui tenir tête.

— En effet, ça a été un choc.

— Oui, je m'en doute, dit-il, sans cesser de la dévisager.

— Comme je l'ai expliqué au shérif, je n'avais jamais vu cet homme auparavant. Il est évident qu'il s'était trompé de personne.

Elle faillit se mordre la langue. Qu'avait-elle besoin de se justifier devant Jack French ? De toute façon, il ne la croyait pas, cela ne faisait aucun doute.

— Vous savez ce que je pense ? demanda-t-il.

— Non, et ça m'est égal. J'ai déjà dit au shérif tout ce que je savais.

Sur ces mots, elle se remit en route, mais il lui saisit le bras pour l'empêcher de partir.

— Je crois que vous êtes dans un sale pétrin et que je suis tombé en plein dedans, le soir où je vous ai rencontrée.

Kate se rappela ce que la voyante lui avait dit, à propos du danger qui planait autour d'elle. Jack courait un risque du seul fait qu'il se trouvait non loin d'elle. Etait-ce cela qui la mettait à ce point mal à l'aise ? Parce que les prédictions de la vieille femme étaient trop proches de la vérité ? Particulièrement en ce qui se rapportait à Jack, peut-être ? N'était-ce pas pour cette raison qu'elle s'était tellement fâchée contre lui, la nuit où il s'en était pris à l'homme dans la ruelle ? Cet homme qui, depuis, était mort ?

— Vous n'auriez pas dû intervenir, l'autre soir, dit-elle. Je ne vous avais rien demandé et je n'avais nullement besoin de votre aide.

Elle s'arracha à son étreinte, furieuse de se sentir frissonner à son contact.

— En ce qui me concerne, l'incident est clos, conclut-elle.

— Vraiment ? Espérons que le shérif verra les choses de la même façon — et aussi celui qui vous a laissé ce mot au petit déjeuner.

Kate se raidit. Elle ouvrit la bouche et faillit dire : « C'est vous qui avez pris le billet ? » Mais elle se retint à temps.

— Je ne sais pas de quoi vous parlez, réussit-elle à articuler.

— Comme d'habitude.

Le regard du cow-boy était plus brûlant que le soleil au-dessus de sa tête.

— Reste à espérer que vous avez raison et que vous êtes vraiment capable de vous débrouiller toute seule, poursuivit-il.

Kate tourna les talons, mais au bout de quelques pas, elle ne put se défendre de jeter un coup d'œil derrière elle. Il était toujours là, à l'observer. La fixité de ses yeux bleus la troubla encore plus que le contact de sa main.

Jack jura entre ses dents en regardant Kate s'éloigner. Son instinct l'avertissait de garder ses distances vis-à-vis de cette femme. Quelle que soit la nature de ses ennuis, il ne voulait pas s'en mêler.

Il chercha son ami du regard. Si Carson l'avait vu s'entretenir avec Kate, il ne manquerait pas de lui faire de nouveau la morale à propos des risques qu'on courait, à fréquenter certaines femmes. Sa liaison avec Chantell Hyett, la fille du juge, aurait dû lui servir de leçon. Alors pourquoi son esprit ne pouvait-il se libérer de Kate LaFond ?

Jack aperçut Carson en grande discussion avec Lisa Anne Clausen. En réalité, c'était Lisa Anne qui faisait les frais de la conversation ; Carson se contentait, de temps en temps, de hocher la tête. Jack sourit intérieurement. Quand Carson allait-il donc se réveiller et voir ce qui se trouvait juste sous son nez ? Lisa Anne était jolie et gentille, et follement amoureuse de lui. Depuis l'école primaire, se rappela Jack.

Excepté que Carson semblait n'avoir rien remarqué. Il avait été tellement épris de Ginny West qu'il n'avait jamais posé les yeux sur une autre fille. Maintenant que l'assassinat de Ginny était résolu, peut-être Carson pourrait-il enfin trouver la paix. Jack souhaitait de tout cœur voir son ami reprendre goût à la vie.

Et Lisa Anne était exactement celle qu'il lui fallait. Il suffirait de donner un petit coup de pouce au destin, se dit Jack avec une moue amusée. Avant de se rendre soudain compte qu'à vouloir ainsi jouer les entremetteurs, il ne valait pas mieux que Destry et Margaret.

Comme il allait rejoindre Carson et Lisa Anne, il manqua de peu d'entrer en collision avec Chantell Hyett, la femme dont il n'avait pas eu le bon sens de rester à l'écart avant son arrestation.

— Jack ! s'exclama Chantell d'un ton surpris.

Elle portait une tenue western sophistiquée et, sous son chapeau rouge de cow-boy, ses longs cheveux blonds retombaient en boucles sur l'une de ses épaules.

Cette jeune femme était belle, impossible de le nier. Grande, svelte, les yeux bleus, elle était la petite chérie de son papa. Elle le savait et ne se privait pas de jouer de son charme pour obtenir tout ce qu'elle voulait. Il ne devait d'ailleurs plus lui rester grand-chose à désirer.

— Tu es sorti de prison ?

A croire qu'elle n'en revenait pas de le voir.

— Je pensais que ton père t'aurait prévenue. Ça a dû lui sortir de la tête.

Le ton sarcastique de Jack la fit sourire. Le juge Hyett serait certainement le dernier à lui parler de Jack French.

— Tu as été libéré plus tôt que prévu.

Ce n'était pas grâce à son père, en tout cas.

— Pour bonne conduite.

Elle s'esclaffa, puis reprit aussitôt son sérieux.

— Je regrette de ne pas t'avoir écrit plus souvent. Je voulais venir te rendre visite, mais…

— Mais tu as eu mieux à faire, la coupa Jack. C'est compréhensible.

— Ce n'est pas ça, se défendit-elle avec une moue qu'elle voulut boudeuse. Mais tu sais ce que pense Papa des *criminels*.

Justement, à ce sujet, Jack nourrissait de sérieux doutes. Sans le père de Chantell, il n'aurait jamais été considéré comme un « criminel ». Mais il n'avait pas la moindre envie d'aborder cette question avec elle, surtout ici, à la foire.

— Content de t'avoir revue, dit-il, bien que ce ne fût pas tout à fait la vérité.

Il porta la main à son chapeau pour la saluer et reprit son chemin. Sa rencontre avec Chantell lui avait non seulement rappelé qu'il avait passé deux ans derrière les barreaux pour un délit qu'il n'avait pas commis, mais elle avait aussi rallumé un vieux désir de vengeance.

— Jack ! lança-t-elle. Appelle-moi un de ces jours.

Il hocha la tête. Mais il savait qu'il ne lui téléphonerait pas. Il était un autre homme, désormais. Il n'avait pas ignoré que le père de Chantell le voyait d'un mauvais œil sortir avec sa fille. Mais cela n'avait pas arrêté l'ancien Jack French, celui qui ne reculait jamais devant le danger.

Le nouveau Jack French ne prendrait plus de risques inutiles avec les femmes. Cette pensée venait à peine de se former dans son esprit lorsque, voyant Kate LaFond monter dans son pick-up rouge, il éprouva une attirance mille fois plus irrépressible que la force de gravitation.

— Je suis un autre homme, se répéta-t-il en faisant demi-tour.

Un gros pick-up noir, avec deux hommes à bord, démarra dans le sillage du véhicule de Kate.

7

Nettie n'avait pas entendu sa locataire faire le moindre bruit de toute la journée. Pas plus qu'elle ne l'avait vue, cette gamine maigrichonne. Elle se demanda si elle ne devrait pas aller jeter un œil. A coup sûr, la jeune fille projetait de se rendre à la foire de printemps.

La veille, elle l'avait surprise sous la galerie ouverte devant l'entrée du magasin, son bloc à dessin sur les genoux, occupée à exécuter un croquis. Nettie n'avait pu apercevoir ce qu'elle dessinait — quelque chose de mémoire, selon toute vraisemblance, car elle ne levait pas les yeux de son carnet.

Mourant d'envie de savoir ce que la jeune fille pouvait bien représenter sur sa feuille de papier, Nettie était sortie sous la galerie. Nerveuse comme une pouliche, Tiffany avait précipitamment refermé son carnet et déguerpi à toute allure.

De quoi avait-elle eu si peur ? Que Nettie trouve à redire à son travail ? La jeune fille manquait-elle à ce point de confiance en elle ? Comment, dans ce cas, comptait-elle réussir dans une école d'art ?

L'intuition de Nettie lui soufflait que Tiffany avait menti sur les raisons qui l'avaient poussée à vouloir à tout prix louer l'appartement au-dessus du magasin. Beartooth se trouvait à trente kilomètres de Big Timber, et plus loin encore de toutes ces boutiques où les filles de son âge aimaient traîner.

Elle ruminait ces pensées, tout en remettant de l'ordre dans les boîtes de conserve du rayon épicerie, lorsqu'elle entendit le plancher craquer dans son dos.

Elle se retourna brusquement et sursauta en trouvant la jeune fille debout derrière elle.

— Tiffany…, dit-elle, la main pressée sur son cœur, comme pour contenir ses palpitations affolées. Ne vous approchez pas de moi, comme ça, sans bruit, par-derrière. Je suis une vieille femme. Vous allez me faire mourir.

— Excusez-moi, madame Benton.

— Et ne m'appelez pas « madame Benton ». C'est le nom de mon ex-belle-mère. Nettie, ça ira très bien.

La jeune fille acquiesça d'un signe de tête. Elle portait son carnet à dessin sous le bras et un grand sac à bandoulière sur l'épaule opposée.

— Je voulais simplement vous prévenir que le robinet de la salle de bains fuyait. Vous m'aviez dit de vous tenir au courant s'il y avait le moindre problème.

— Exact. Je vais le réparer.

Les battements de cœur de Nettie commençaient seulement à retrouver un rythme normal. Qu'y avait-il donc chez cette fille de si… étrange ?

Tiffany hocha la tête presque timidement.

— Amusez-vous bien et ne vous inquiétez pas pour le robinet, reprit Nettie. Je m'en occupe.

La jeune fille prit congé. Nettie la regarda monter dans sa mignonne petite voiture rouge et s'engager sur la route qui conduisait à Big Timber. Décidément, elle ne manquait de rien. A ce qu'il semblait.

Peut-être qu'elle est réellement ce qu'elle prétend être. C'était encore la voix de ce maudit Bob. Ne réussirait-elle donc jamais à le déloger de ses pensées ?

Tout comme Kate LaFond n'est qu'une femme comme les autres, qui tient un café.

Non, absolument pas, objecta intérieurement Nettie. Kate LaFond représentait un mystère, une énigme qui la tarabustait depuis l'instant où la jeune femme avait débarqué à Beartooth.

Kate était simplement apparue un beau jour, peu de temps après la mort de l'ancien propriétaire du café, Claude Durham. Elle avait emménagé dans l'appartement à l'étage et rouvert l'établissement quelques jours seulement après les obsèques de Claude, auxquelles Nettie n'avait d'ailleurs pas assisté.

Elle avait du mal à comprendre comment la vente de l'établissement avait pu se régler aussi rapidement. Du reste, elle n'avait même pas vu passer de petite annonce pour signaler que le café était à vendre.

Il paraissait déjà assez bizarre qu'une jeune femme, à peine âgée de trente-cinq ans, s'intéresse à un commerce situé dans une ville pour ainsi dire fantôme comme Beartooth. A quoi s'ajoutait le fait que personne ne semblait rien savoir d'elle…

Kate habitait au-dessus du café et gérait l'établissement depuis plusieurs mois maintenant, et on n'en connaissait pas plus à son sujet que le jour où elle était arrivée en ville.

A la connaissance de Nettie, qui ne s'était pas fait faute de la surveiller par la fenêtre, Kate ne s'était liée d'amitié avec personne et n'avait reçu aucune visite.

Certes, Nettie n'était pas elle-même le genre à se faire beaucoup d'amis, mais une femme de l'âge de Kate ? Non seulement elle se tenait à l'écart des autres, mais Nettie l'avait déjà surprise au beau milieu de la nuit, occupée à creuser des trous dans la terre. L'automne dernier encore, elle avait vu Kate rôder dans les environs en pleine nuit avec une pelle, et se mettre à fouiller le sol près du vieux garage à côté du café.

C'est juste pour se moquer de toi, Nettie...

Bob avait peut-être raison... pour une fois, songea-t-elle, tout en plissant les yeux pour observer le café à travers la vitrine poussiéreuse du magasin. Quand elle-même s'était approchée discrètement du garage et avait entrepris à son tour de creuser le sol, elle n'y avait rien trouvé d'enterré, ni aucune trace indiquant que quelque chose avait été exhumé. Pis encore, elle s'était fait prendre sur le fait par une Kate LaFond au regard narquois.

Et voilà que dans le café, de l'autre côté de la rue, Kate levait les yeux de la table à laquelle elle était en train de servir et lui lançait un de ses petits sourires entendus.

Nettie s'écarta vivement de la vitrine, affreusement vexée de s'être laissé surprendre par la jeune femme. Kate LaFond cachait quelque chose, elle le sentait jusque dans la moelle de ses os.

Et maintenant, tu soupçonnes aussi ta locataire d'avoir des secrets ? Il y a des fois où je m'inquiète pour toi, Nettie.

— Ferme-la, Bob, grommela-t-elle.

Elle alla chercher sa boîte à outils dans le bureau avec l'intention de réparer le robinet qui fuyait — et de profiter de l'absence de sa locataire pour jeter un coup d'œil dans l'appartement.

Après sa visite chez Arnie Thorndike, le shérif regagna son bureau. Il consulta son répondeur téléphonique pour vérifier si le directeur de la prison de Yuma avait répondu à sa demande. Pas de message.

Il n'avait pas beaucoup dormi depuis la découverte

du corps de l'homme assassiné — et de la photo — près de la rivière. La raison lui suggérait que les deux choses pouvaient n'avoir aucun rapport. Peut-être s'était-il trompé en déduisant que c'était la victime qui avait laissé tomber le cliché. Peut-être faisait-il fausse route sur un tas d'autres questions.

En règle générale, il s'efforçait de ne pas se laisser emporter par son imagination.

Mais il avait tout de même éprouvé une étrange impression en découvrant ce portrait d'une famille disparue de la surface de la terre, comme volatilisée trente ans plus tôt. Dès l'instant où il avait posé sa loupe sur la photo, il avait su qu'il s'agissait du clan Ackermann. Visiblement, cela n'avait pas échappé à Nettie non plus. Au vu de sa réaction, il avait tout de suite compris qu'elle avait reconnu les visages sur le cliché.

Une telle photo ne surgissait pas ainsi, parmi les roseaux au bord de la rivière, par hasard. Pas quand le cadavre d'un homme assassiné gisait dans les broussailles à quelques mètres de là.

D'un geste las, presque à contrecœur, il ressortit la pochette à scellés judiciaires et la tint sous la lampe de son bureau, comme il l'avait déjà fait d'innombrables fois depuis l'ouverture de l'enquête.

La photo montrait un homme de grande taille, à l'allure dégingandée. A son côté se tenait une femme très mince, portant un bébé dans ses bras. Et autour d'elle, quatre garçons, adolescents ou préadolescents, affichant tous la même expression renfrognée que leur père.

Chacun des membres de la famille portait des vêtements que la plupart des gens auraient jetés à la poubelle. Les enfants paraissaient sales et sous-alimentés. Les Ackermann formaient une bande à la triste figure.

Frank se rappela que, étant jeune, il n'avait jamais fait qu'entrevoir les quatre frères — et seulement quand ses amis et lui avaient eu l'audace de s'approcher du vallon où ils vivaient.

Survivaliste farouchement opposé à toute forme de gouvernement, Cullen Ackermann s'était installé dans la région après avoir empoché une coquette somme d'argent. Il avait acheté des terres dans un vallon au fin fond des Crazy Mountains, les avait entièrement clôturées et avait cloué sur les piquets des pancartes d'avertissement : « Défense d'entrer sous peine de se faire tirer dessus. »

Le bruit courait en ville qu'Ackermann cultivait de la marijuana, et que c'était pour cette raison qu'il avait fortifié l'enceinte de sa propriété et même installé des chausse-trapes et des mines destinées à repousser quiconque serait assez stupide pour s'aventurer sur ses terres.

Le père de Frank était shérif, à l'époque.

— Je ne veux pas que tes copains et toi vous approchiez de cet endroit. Compris ?

Il avait très bien compris. Il avait vu les fils Ackermann, des garçons beaucoup plus jeunes que lui, porter ce qui ressemblait à des mitraillettes. Et malgré tout, ses amis et lui étaient montés là-haut plusieurs fois. Mais ils n'avaient jamais osé franchir la clôture.

Le regard de Frank quitta Cullen Ackermann pour se porter sur sa seconde épouse. Teeny, comme on l'appelait, était beaucoup plus jeune que lui. Ils étaient peu nombreux dans le coin à l'avoir jamais vue, excepté le jour où Cullen l'avait ramenée chez lui. Elle instruisait les enfants à la maison et ne venait jamais en ville, même lors des déplacements occasionnels que faisait son mari pour ravitailler la tribu.

Selon toute vraisemblance, les Ackermann cultivaient

et tuaient tout ce qui constituait leur nourriture, et cette autosuffisance les avait encore plus isolés du reste de la communauté. Non que les interdictions d'entrer n'aient pas suffi à éloigner les habitants du coin. Ce qui se passait dans ce vallon, personne ne tenait vraiment à le savoir. Chacun estimait que cela ne le regardait pas et se contentait de laisser la famille tranquille.

Mais à la suite de plusieurs plaintes déposées contre les garçons qui, livrés à eux-mêmes, s'introduisaient dans les jardins et chapardaient des animaux d'élevage, le père de Frank s'était rendu sur place. Il avait été accueilli par un Cullen Ackermann furieux et armé jusqu'aux dents.

Cullen avait juré ses grands dieux que ses fils n'avaient rien à voir avec les vols qu'on leur reprochait. Le père de Frank avait menacé de revenir s'il recevait d'autres plaintes. Aux yeux de la plupart des habitants de la région, les Ackermann n'étaient qu'une bande d'excentriques, et peu de gens leur accordaient la moindre pensée. Du moins jusqu'à ce jour, plus de trente ans auparavant, où le père de Frank était rentré à la maison pour annoncer la nouvelle. Frank, qui se trouvait dans sa chambre à ce moment-là, était descendu furtivement dans l'entrée pour tendre l'oreille, devinant qu'il se passait quelque chose d'anormal.

— Nous avons donné l'assaut contre la propriété, entendit-il son père expliquer. L'un de mes adjoints a été blessé, un autre a pratiquement eu une jambe sectionnée par un piège à ours installé par ce cinglé de Cullen.

— Vous l'avez retrouvée ? avait demandé sa mère dans un murmure.

De l'endroit où il se tenait, Frank ne pouvait voir son père, mais il l'avait entendu répondre :

— Elle est vivante, mais à peine. Elle était enfermée

dans un cellier creusé à flanc de colline derrière la maison. Probablement depuis des années. C'était horrible, Sadie.

— Et les enfants Ackermann ?

— Ils n'étaient pas là. Ils se sont sans doute enfuis dans la montagne. Nous ne les avons pas trouvés.

Son père avait poussé un soupir avant de conclure :

— Nous aurions dû effectuer une descente beaucoup plus tôt. Je n'ose même pas imaginer ce qui se passait là-haut.

— Encore heureux que Loralee Clark soit venue te voir à temps. Même si tu la prenais pour une vieille folle qui met son nez partout et délire complètement. Au fait, qu'en est-il de l'autre femme, celle qu'elle appelait Teeny ? Vous l'avez retrouvée ?

Frank n'avait pas entendu la réponse de son père, mais sa mère s'était mise à pleurer.

Comme s'il avait senti sa présence, son père avait jeté un coup d'œil par-dessus son épaule et l'avait surpris en train d'écouter aux portes.

— Ne reste pas là. Ce n'est pas pour toi.

Il n'avait eu d'autre choix que d'obéir. Mais les rumeurs les plus folles avaient circulé, se propageant dans la petite ville comme n'importe quelle histoire d'épouvante. Puis la honte avait réduit les voix au silence. En tant que membres d'une même communauté, les habitants s'étaient reproché d'avoir laissé de telles horreurs se dérouler à proximité.

Frank n'avait saisi toute l'étendue de ce qui s'était passé que plusieurs années plus tard, au moment où il avait lu le rapport rédigé par son père. Il avait alors appris que la première femme de Cullen avait été séquestrée pendant des années dans un cellier. Elle avait tellement souffert de malnutrition et se trouvait dans un si triste état qu'elle était morte peu après qu'on l'eut délivrée.

Frank et ses copains s'étaient faufilés en douce dans la propriété pour voir à quoi ressemblait le fameux cellier. En fait, il s'agissait plutôt d'une sorte de grotte creusée dans le versant de la montagne. Le seul souvenir de ce qu'il y avait entrevu lui faisait encore dresser les cheveux sur la tête.

La seconde femme de Cullen, qu'on ne connaissait que sous le nom de Teeny, avait trouvé la mort dans l'une des chausse-trapes dont le terrain était truffé. A la suite du décès de ses deux épouses, Cullen avait été arrêté sous de multiples inculpations, dont deux pour homicide et mise en danger de la vie d'autrui. Condamné à perpétuité, il avait récemment succombé à un cancer.

Le comté avait saisi les terres pour arriérés d'impôts et fait venir l'armée afin de retirer tous les pièges et les mines qu'elle pourrait y détecter. La propriété n'avait jamais été mise en vente. Au lieu de quoi, elle était restée clôturée, et des pancartes avertissaient toujours que l'entrée en était interdite.

Alors que Frank connaissait maintenant les détails horribles de cette journée où son père et ses adjoints avaient lancé un raid dans ce qu'ils appelaient : « le domaine des Ackermann », un grand mystère demeurait toujours inexpliqué.

Qu'était-il advenu des enfants ? Il savait qu'ils s'étaient sauvés dans les Crazy Mountains, ce jour-là, car un an plus tard, on avait retrouvé les restes de l'un des fils dans un bivouac abandonné. Les os du squelette étaient largement éparpillés alentour, donnant à penser que des bêtes sauvages avaient emporté les dépouilles des autres garçons ou les avaient enterrées dans le but de les dévorer plus tard.

C'était ainsi que, pendant plus de trente ans, les Ackermann étaient tombés dans l'oubli.

Jusqu'à aujourd'hui, se dit Frank, le regard rivé sur la photo.

Son ordinateur émit un signal sonore pour lui signaler qu'il avait reçu une réponse concernant sa demande. Il vérifia le nom qui s'affichait à l'écran, attrapa ses clés et son chapeau, et se dirigea vers son véhicule de patrouille.

Kate ne parvenait pas à se débarrasser de la désagréable impression d'avoir été suivie. Et pas seulement cette fois, d'ailleurs. Elle jeta un coup d'œil dans le rétroviseur. Quelques instants plus tôt, elle avait remarqué un pick-up derrière elle au moment où elle quittait Beartooth, mais quand elle avait regardé de nouveau, il avait disparu.

— C'est mon imagination qui me joue des tours, se dit-elle tout haut.

Elle focalisa toute son attention sur l'étroit chemin de terre qui contournait les Crazy Mountains. Après avoir quitté la foire de Big Timber, elle était passée à la poste. Sa caméra à infrarouge était arrivée, en même temps que le détecteur de métaux ultramoderne qu'elle avait commandé. L'heure tournait, et elle disposait à présent de tout l'équipement nécessaire. Elle n'avait plus d'excuse.

Dans un vrombissement de moteur, son pick-up franchit un étroit pont de bois qui enjambait les eaux rugissantes d'un torrent gonflé de neige fondue. Les terres, au pied de la chaîne montagneuse, s'étaient couvertes d'une profusion de jeunes pousses printanières. Les feuilles vert pâle des trembles frissonnaient dans la brise, sur le fond vert sombre des pins.

A quelques kilomètres de Beartooth, au détour d'une route étroite et visiblement peu fréquentée, la clôture apparut. Kate ralentit. Elle regarda une fois encore dans le rétroviseur et ne vit personne. Pourtant, elle ne pouvait se défaire du sentiment qu'elle n'était pas seule, et cela depuis qu'elle avait regagné Beartooth.

Les écriteaux accrochés au fil de fer barbelé de la clôture avaient rouillé au fil des années, mais les inscriptions étaient encore assez lisibles. « Danger ». « Terrain miné ». « Défense d'entrer ». En caractères plus petits, elles avertissaient des sanctions pénales encourues en cas d'entrée non autorisée.

Kate poursuivit sa route. Elle avait découvert un autre chemin qui longeait l'extrémité du terrain, et c'était là qu'elle allait maintenant, bien qu'elle eût de loin préféré sectionner les barbelés et suivre le sentier envahi de mauvaises herbes qui s'enfonçait dans le « vallon des Ackermann », comme l'avait surnommé Claude.

Même si elle n'avait jamais repéré aucun véhicule sur ce chemin, elle se doutait bien que l'un des ranchers qui vivaient dans les environs, et empruntaient cette route à l'occasion, ne manquerait pas de remarquer un trou dans la clôture et de le signaler à la police.

Elle tourna pour s'engager dans ce que les gens du coin devaient appeler une « deux-voies ». Les hautes herbes qui poussaient entre les deux ornières rendaient la piste presque indétectable. Elles frôlèrent le châssis du pick-up, qui poursuivit sa route en bringuebalant parmi les peupliers de Virginie, jusqu'à ce que, par une trouée entre les arbres, Kate aperçoive la silhouette imposante des Crazy Mountains dressée devant elle.

Cela lui donnait toujours la chair de poule de se retrouver là, et elle devait s'armer de courage pour faire ce qui devait être fait. Au début, elle était venue armée seulement d'une pelle et d'un plan. Vu les dimensions du vallon, tous deux s'étaient révélés inutiles.

Elle ralentit, regarda de nouveau dans le rétroviseur. La poussière s'élevait en tourbillons derrière le pick-up, mais il n'y avait pas d'autres véhicules sur la route. Elle se trouvait à des kilomètres de Beartooth, complètement seule.

Et pourtant, alors qu'elle se garait derrière un bosquet de pins, de manière à ne pas être visible depuis la route, elle eut de nouveau l'impression que quelqu'un l'épiait.

Repoussant ses appréhensions, elle suspendit la sacoche de la caméra infrarouge à son épaule, sortit le détecteur de métaux de derrière le siège, et accrocha à sa ceinture le petit outil dont elle se servait pour creuser la terre. Elle pourrait toujours revenir chercher la pelle plus tard.

A son arrivée en ville, elle s'était rendue au siège administratif du comté pour y recueillir des cartes de la région, expliquant qu'elle voulait explorer le pays.

— Vous feriez mieux de ne pas vous aventurer dans ce secteur, l'avait avertie l'employée en lui désignant sur une carte l'endroit qu'elle tenait justement le plus à prospecter. C'est interdit d'accès, dans votre propre intérêt. Une sorte de terrain appartenant au gouvernement, qu'ils ont dû utiliser pour des exercices militaires. Apparemment, ils ont laissé des mines et quantité d'autres pièges derrière eux.

Quelque chose comme ça, en effet, pensa Kate. Elle se faufila dans la brèche qu'elle avait découpée dans la clôture, puis se dirigea vers l'endroit qu'elle voulait examiner de plus près. C'était comme essayer de trouver une aiguille dans une meule de foin, elle en avait conscience, mais pas question de renoncer. Ce qu'elle cherchait se trouvait là — elle le sentait.

Au-dessus de sa tête, un faucon se laissait porter par une ascendance thermique. Non loin de là, un écureuil juché sur une branche d'arbre l'observait en faisant claquer ses petites dents. Le sol craquant sous ses bottes, elle longea les ruines de ce qui avait dû être autrefois une remise.

A quelque distance, elle aperçut une maison, une grange et plusieurs autres dépendances. A force d'essuyer des intempéries trente années durant, toutes les constructions avaient pris la même teinte gris terne. Et même si elles étaient encore debout, le temps ne les avait pas épargnées. La nature reprenait ses droits dans le vallon. Les mauvaises herbes envahissaient les bâtiments de tous côtés. L'eau s'infiltrait par les toits, pourrissait le bois des charpentes. Toutes sortes de bestioles s'étaient installées dans chaque bâtisse, y avaient construit leurs nids et en avaient rongé les murs.

L'endroit avait quelque chose de lugubre et de désolé, qui avait sans doute toujours régné en ces lieux, songea Kate. Elle contourna les bâtiments, préférant rester à proximité des arbres et de la piste à peine visible qu'un animal avait laissée en s'enfonçant dans le vallon.

Les terres les plus basses du domaine s'étendaient en pente douce sur les contreforts de la montagne, avant de s'élever brusquement pour former un canyon large et profond, bordé d'escarpements rocheux et planté de pins imposants, au fond duquel serpentait un ruisseau aux eaux habituellement calmes et limpides. Excepté qu'en cette période de l'année, la neige fondait dans l'ombre qui obscurcissait le flanc nord de la montagne et alimentait le cours d'eau, le transformant en torrent impétueux.

Kate n'eut pas besoin d'aller très loin pour trouver l'endroit qu'elle cherchait. Elle alluma le détecteur de métaux, impatiente de se mettre au travail. Il ne lui fallut pas longtemps pour se rendre compte du problème qu'elle allait rencontrer en se servant de cet appareil.

Elle essayait de repérer un coffre métallique alors que la zone tout entière était jonchée d'épaves de voitures, de boîtes de conserve, de clous et autres morceaux de ferraille.

Son cœur n'en faisait pas moins un bond chaque fois que l'alarme du détecteur se déclenchait — comme en cet instant. Le signal lui indiquait haut et fort qu'il y avait quelque chose sous terre. Elle éteignit l'appareil, s'empara de son outil et entreprit de creuser le sol.

Elle s'apprêtait à retourner au pick-up pour y prendre sa pelle, lorsque l'outil heurta quelque chose qui rendit un son plein. S'avisant que la lumière du jour déclinait et qu'elle commençait à ne plus y voir très clair, elle se mit à fouiller le sol avec une hâte fébrile. Elle eut bientôt dégagé suffisamment l'objet pour constater qu'il ne s'agissait que d'un vieux pare-chocs de voiture.

Avec un dépit grandissant et une douleur croissante dans les muscles, elle commençait à combler le trou lorsqu'elle ressentit des picotements dans la nuque. Elle fit volte-face, s'attendant presque à trouver quelqu'un derrière elle.

Une brise légère souleva quelques mèches folles autour de son visage. Elle tira ses cheveux en arrière, regarda en contrebas la route par laquelle elle était arrivée. Elle ne vit pas âme qui vive, mais quelqu'un aurait fort bien pu se dissimuler parmi les arbres et les bâtiments qui lui obstruaient en partie la vue.

Tout près, une sturnelle siffla dans une touffe d'herbe tendre. La brise soupira dans les pins. Les battements de son cœur s'apaisèrent, mais sa main resta cramponnée à la crosse du pistolet dans la poche de son blouson.

Quelqu'un était là, quelqu'un la surveillait. Et il ne s'agissait pas du fruit de son imagination.

Frank Curry guettait le retour de la nouvelle propriétaire du Branding Iron Café lorsqu'il la vit rentrer. Il remarqua avec étonnement que son jean et sa chemise western étaient maculés de terre, comme si elle avait bêché son jardin. Sauf que Kate LaFond n'avait pas de jardin.

— Shérif…, dit-elle en le voyant. Je ne m'attendais pas à deux visites de votre part dans la même journée.

Elle ouvrit la porte de derrière, et il la suivit à l'intérieur.

— Voulez-vous un café ?

Secouant la tête, il s'assit dans le même box qu'ils avaient tous deux occupé plus tôt dans la matinée. La journée avait été longue, et Kate paraissait aussi fatiguée que lui.

— Vous avez participé au *hog wrestling*[1], à la foire ? demanda-t-il en désignant ses vêtements souillés.

— Je suis allée randonner, répondit-elle. Et j'ai fait une chute, mais sans gravité.

Il n'en crut rien, mais s'abstint de contester ses explications.

— Ça vous plaît de tenir un café, ici, à Beartooth ?

Elle esquissa un sourire.

— Je doute que vous soyez venu m'attendre, par cette chaleur, simplement pour me poser cette question.

Il lui retourna son sourire.

— J'ai cru comprendre que Claude Durham vous avait légué son café. Cela me surprend. Je ne pensais pas que vous le connaissiez.

1. *Hog wrestling* : épreuve disputée dans les foires agricoles, consistant à attraper un cochon dans une arène remplie de boue. Le prix décerné au vainqueur est souvent l'animal lui-même.

— Et moi, je m'étonne que vous vous intéressiez à mes relations avec Claude.

— Quel genre de relations aviez-vous donc avec lui ?

— Amicales.

— Etiez-vous déjà venue à Beartooth avant la mort de Claude ?

— De quoi s'agit-il vraiment, shérif ?

— Vous ne vous appelez pas Kate LaFond.

— Non, pas légalement, mais je suis sûre que vous ne l'ignorez pas. Quand Claude est mort et m'a laissé le café, j'ai voulu prendre un nouveau départ à Beartooth. J'ai choisi un nouveau nom pour aller avec.

— Comment puis-je être certain que vous êtes bien cette Melissa Logan à qui Claude a légué le Branding Iron par testament ?

Elle se leva. Il l'entendit monter à l'étage et écouta le bruit de ses pas se déplacer dans l'appartement. Quelques minutes plus tard, elle revint et laissa tomber sur la table, devant lui, un permis de conduire émis par l'Etat du Nevada au nom de Melissa Logan. La photo n'était pas de très bonne qualité, mais il ne faisait aucun doute que la femme qui y figurait était celle qui se tenait assise dans le box en face de lui.

— Vous vous êtes aussi teinté les cheveux dans une autre couleur, remarqua-t-il.

La femme de la photo était blonde, ce qui n'était manifestement pas sa teinte naturelle.

— En général, on ne change pas d'apparence et de nom, à moins d'avoir quelque chose à cacher, ajouta-t-il.

Kate émit un petit rire.

— Je ne suis pas une femme « en général », et celle qui a attiré votre attention là-dessus ne l'est pas non plus. J'ai remarqué que Nettie aussi avait changé de coupe et de couleur de cheveux. A votre avis, qu'essaie-t-elle de cacher ?

Il sourit. Elle venait de marquer un point.

— Selon la loi du Montana, vous devez vous faire établir un nouveau permis de conduire, dit-il en lui rendant le document. Vous pourriez aussi entreprendre les démarches pour changer légalement de nom. Enfin, si vous envisagez de rester Kate LaFond un certain temps, cela s'entend.

— Shérif, n'avez-vous jamais eu envie d'être quelqu'un d'autre, rien qu'un instant ?

— Je ne dirais pas ça.

Il se leva. S'il avait appris une chose, dans sa carrière, c'était qu'un changement de nom ne transformait pas une personne — ni son passé. Il y avait un corps sans nom à la morgue. Mais, même anonyme, le passé de cet homme le marquait aussi sûrement que n'importe lequel de ses tatouages.

Kate aussi avait un passé, et plutôt trouble, selon toute apparence. Il n'avait pas échappé à Frank que l'homme assassiné n'avait pas seulement cherché Kate. Il l'avait trouvée — et maintenant, il était mort.

Nettie trouva l'appartement au-dessus du magasin impeccablement rangé. Elle n'en fut pas étonnée outre mesure. Tiffany avait apporté trop peu d'affaires personnelles pour y mettre un quelconque désordre. Elle ne semblait d'ailleurs pas appartenir à la catégorie des jeunes gens désordonnés.

Mais en promenant son regard alentour, Nettie se fit la réflexion que l'appartement avait quelque chose de presque *trop* irréprochable. Il n'y avait aucun effet personnel en vue. Ni photos. Ni livres. Ni babioles d'aucune sorte.

Tiffany paraissait pourtant être le genre de fille à ne jamais se déplacer sans sa peluche favorite. Ou sans un collage des photos de ses meilleures amies. Ou, en tant qu'artiste, sans une reproduction de son œuvre d'art préférée.

Or, la pièce se trouvait exactement dans le même état que le jour où Nettie la lui avait fait visiter. A croire que la jeune fille n'envisageait nullement de s'y éterniser.

Mais pourquoi, dans ce cas, avoir payé six mois de loyer d'avance ?

Nettie secoua la tête. La nature humaine la plongeait une fois de plus dans des abîmes de perplexité. Elle entra dans la salle de bains et ouvrit sa caisse à outils. Une fois qu'elle eut remédié à la fuite du robinet, il lui vint une idée.

Elle retourna dans le séjour. Absolument rien dans cette pièce n'indiquait que quelqu'un habitait là. Elle remarqua alors que la porte de la chambre était entrebâillée et s'avisa qu'elle n'y avait pas encore jeté un coup d'œil.

En tant que propriétaire, elle en avait le droit, non ? Elle s'avança à pas de loup et, lentement, poussa la porte, sans bien savoir ce qu'elle craignait de découvrir.

La pièce ressemblait au reste de l'appartement — inchangée depuis le jour où Nettie avait accepté de le louer. Le lit était fait, les oreillers aussi soigneusement alignés que si personne n'avait dormi dedans.

Nettie s'approcha du placard. A l'exception d'une veste et de deux chemisiers suspendus à des cintres, il était vide.

Elle inspecta alors la commode. Les tiroirs contenaient le strict minimum en matière de sous-vêtements, tous extrêmement sages pour une fille de l'âge de Tiffany. Pas de string, ni de dentelle, rien d'un tant soit peu sexy. Comme si la jeune fille avait été élevée chez les religieuses.

Nettie avait soupçonné que la venue de Tiffany à Beartooth avait un rapport avec une histoire de garçon. A présent, elle se demandait si la jeune fille avait même jamais eu un petit ami.

Tout en refermant les tiroirs, elle balaya de nouveau la chambre du regard. Rien de personnel, ici non plus. C'était étrange. Mais il fallait avouer que la jeune fille elle-même était plutôt bizarre. Nettie se rappela le gros fourre-tout à bandoulière. Tiffany emportait-elle toutes ses affaires chaque fois qu'elle sortait ?

Comme elle contournait le lit à deux places, elle s'aperçut que la couette était légèrement de travers. Elle commençait à en lisser les plis lorsqu'elle sentit ses doigts effleurer quelque chose.

Elle se pencha pour y regarder de plus près. Le coin d'une feuille de papier, de l'épaisseur d'une page de carnet à dessin, dépassait d'entre le matelas et le sommier.

Avec précaution, elle souleva le matelas. Une demi-douzaine de dessins étaient étalés sur le sommier. Nettie les ramassa, étonnée de voir qu'ils n'étaient pas mauvais du tout. Surprise aussi que sa locataire n'ait peut-être pas menti, à propos de ses études artistiques.

Je te l'avais dit, murmura Bob dans sa tête. *Ça prouve bien que tu devrais faire davantage confiance aux gens.*

Mais Nettie n'écoutait plus. Les mains tremblantes, elle laissait errer son regard sur les dessins, les uns après les autres.

Elle s'était vite rendu compte, le cœur battant la chamade, qu'ils représentaient tous la même personne.

Tous reproduisaient le même visage buriné. Chaque coup de crayon semblait ajouter non seulement des années supplémentaires, mais aussi quelque chose de plus sinistre. Les traits rudes conféraient au visage un air… menaçant, pour ne pas dire maléfique.

Sur chaque feuille figurait le portrait de Frank.

8

Il était déjà tard lorsque Jack parvint à Beartooth. Il avait fait plusieurs tours de manège — redevenu gamin, l'espace d'un instant —, puis avait bu quelques bières avec Carson, même si son ami s'en était plutôt tenu au soda. Mais il avait eu beau s'amuser, sa rencontre avec Chantell l'avait laissé contrarié et frustré. Il savait très bien que le juge avait voulu le chasser de la vie de sa fille. Mais jusqu'où cet homme serait-il allé pour arriver à ses fins ?

Jack craignait de le deviner. Le vol du taureau et sa condamnation à deux ans de prison étaient vraiment tombés à pic. Le juge Hyett avait toujours obtenu ce qu'il voulait, comme un homme qui s'estime au-dessus des lois.

Mais comment Jack pourrait-il jamais prouver que le juge avait une quelconque responsabilité dans le coup monté contre lui ? Hyett jouissait d'une grande influence dans le comté parce qu'il se montrait impitoyable envers les criminels. Le seul moyen, pour Jack, d'avoir la moindre chance de démontrer l'implication du juge dans cette affaire était de démasquer celui avait accompli la sale besogne à sa place. Hyett était trop intelligent pour prendre le risque de voir les choses se retourner contre lui. Mais en qui avait-il eu suffisamment confiance pour lui demander de piéger Jack et de garder à jamais le silence ?

La réponse le frappa comme un coup de poing en plein visage. Quelqu'un qui avait comparu devant lui.

C'était ça, bien sûr. Et si cette personne avait l'audace de révéler la vérité, le juge n'aurait qu'à nier. Ce serait sa parole contre celle d'un criminel avéré.

Jack gara son véhicule devant la cabane et éteignit ses phares. L'obscurité se referma autour de lui. Même la lueur des étoiles ne parvenait pas à s'infiltrer dans l'épaisseur des pins. Il resta assis un moment, à réfléchir à ce qu'il venait de comprendre. Son raisonnement était tout à fait plausible.

Mais si personne n'était prêt à admettre la vérité, à quoi bon prendre des risques pour tenter de la découvrir ? Dès qu'il commencerait à fouiller dans le passé, le juge en serait informé. Jack soupçonnait déjà Hyett de n'avoir reculé devant rien pour se débarrasser de lui pendant deux ans. Pas difficile d'imaginer jusqu'où il irait pour se protéger ! Jack ne doutait pas une seconde qu'il pourrait facilement échouer de nouveau derrière les barreaux — ou pis encore.

Il se frotta le front, sous le bord de son Stetson, et scruta l'obscurité des yeux. A travers les pins, il arrivait à discerner une lumière dans le lointain. Le Branding Iron Café.

La pensée de Kate LaFond ne fit rien pour adoucir son humeur. Toute la journée, il s'était reproché d'avoir subtilisé le petit mot adressé à la jeune femme. Il s'était encore mêlé d'une affaire qui ne le regardait pas, alors que c'était la dernière chose au monde dont il avait besoin. Kate lui avait bien fait comprendre qu'elle ne voulait pas de son aide. Qui elle était vraiment, ce qu'elle dissimulait, ce n'était pas son problème.

En revanche, il aurait volontiers bu un café et mangé une part de tarte aux pêches — et pendant qu'il y était, il lui rendrait le petit mot. Il entendait déjà les commentaires que son ami Carson ne se priverait pas de faire à ce sujet.

Il sortit de son pick-up, tout en se faisant la réflexion que Kate et lui avaient finalement beaucoup en commun. Ce soir, ils devaient être les deux habitants les plus solitaires de Beartooth. Tous les autres étaient encore à Big Timber, soit au bal de la foire, soit dans un bar en train de faire la fête. Cette nuit, plus que jamais, Beartooth était une ville fantôme.

Jack claqua sa portière, jeta un regard vers sa cabane déserte, puis vers l'enseigne lumineuse du café qui brillait dans l'obscurité. Il se rappela l'expression de Kate au moment où elle était sortie de la tente de la diseuse de bonne aventure. Elle n'avait pas eu l'air seulement fâchée, mais effrayée, aussi. Qu'est-ce que cette vieille femme avait bien pu lui raconter ?

Poussant un juron, il comprit qu'il ne trouverait pas le sommeil avant plusieurs heures. La pensée d'une bonne tarte aux pêches le poussa sur le sentier entre les pins, en direction du café.

Il avait presque atteint la route, toujours à couvert sous les arbres, lorsqu'il entendit un véhicule arriver. Il s'arrêta dans l'ombre des pins pour laisser un gros pick-up passer dans un grondement de moteur. Il l'avait déjà vu quelque part, mais où ? Il ne réussit pas à s'en souvenir. Il y avait des douzaines de véhicules semblables, dans les zones rurales du Montana.

Traversant la route au pas de course dans le sillage du pick-up, il commençait déjà à se dissuader d'aller frapper à la porte de Kate. Sauf que ses bottes semblaient animées d'une volonté propre. L'air nocturne était vif, le ciel au-dessus de sa tête évoquait un dais de velours sombre parsemé de diamants. Une brise légère agitait les pins, émettant des soupirs rassurants. Rien n'égalait le printemps dans le Montana — sauf peut-être l'été, rectifia-t-il avec un sourire.

La route pavée qui traversait l'agglomération était déserte. A l'exception du véhicule qui venait de passer, il ne semblait pas y avoir âme qui vive. Jack en ressentit une impression étrange, comme s'il venait d'échapper à une catastrophe et qu'il était désormais le seul survivant sur la planète.

Il jeta un coup d'œil vers la fenêtre de l'appartement au-dessus du café. Une lampe était allumée. Son estomac gargouilla à la pensée d'une tarte aux pêches, mais il força ses bottes à continuer d'avancer au pas. Il coula un regard dans la ruelle, se remémora la nuit de son retour en ville, la première fois qu'il avait posé les yeux sur Kate LaFond.

Le bruit du pick-up rompit alors l'épais silence nocturne. Jack le vit effectuer un demi-tour au bout de la route et revenir dans sa direction. Instinctivement, il s'enfonça dans l'ombre de la ruelle. Moteur ronronnant, le pick-up remonta lentement la rue.

Au moment où il passait devant le café, le conducteur leva les yeux vers l'appartement à l'étage.

Une fraction de seconde, Jack entrevit les deux hommes dans la cabine du véhicule et sentit un frisson lui parcourir l'échine. Comme le pick-up poursuivait son chemin, il eut le temps de remarquer que la plaque minéralogique, à l'arrière, était couverte de boue fraîche. Il se rappela alors où il l'avait déjà vu.

Il grommela un juron lorsque le conducteur tourna derrière le bureau de poste et s'arrêta. Les phares du pick-up s'éteignirent. Le moteur se tut.

Jack guetta un claquement de portière. Mais seuls les sons habituels de la nuit lui parvinrent. Quelque part, tout près, un hibou hulula. Le vent murmura dans les pins de l'autre côté de la route et, plus près de lui, il distingua soudain un martèlement régulier de chaussures. Quelqu'un arrivait en courant dans sa direction.

Jack se retourna à l'instant précis où une mince silhouette s'engouffrait dans l'allée et accourait vers lui. Comme la première fois qu'il l'avait vue, Kate LaFond était vêtue d'une tenue de sport. Par-dessus le bruit sourd de ses baskets sur le sol dur, il perçut un autre son. Deux portières de pick-up s'ouvrirent et se refermèrent en claquant derrière le bureau de poste.

Il prit conscience que Kate n'avait pas remarqué sa présence dans l'allée obscure. Pas plus qu'elle n'avait entendu les deux hommes arriver. Il lui saisit le bras avant qu'elle n'ait eu le temps de le voir et la tira en arrière contre le mur de pierre, une main plaquée sur sa bouche. Elle se mit aussitôt à se débattre avec une détermination dont il n'avait eu, jusqu'alors, qu'un faible aperçu. En outre, elle était beaucoup plus forte que les apparences le laissaient croire.

— C'est moi, Jack, lui chuchota-t-il à l'oreille.

Pour toute réponse, elle lui asséna un coup de pied dans la cheville. Il laissa échapper un gémissement, mais réussit à ne pas lâcher prise.

Haletante, elle cessa enfin de lutter. Un instant plus tard, il l'entendit reprendre son souffle. Elle aussi les avait entendus. Deux hommes qui longeaient à pas de loup l'arrière du bâtiment. Ils s'arrêtèrent à la porte d'entrée, qu'ils essayèrent d'ouvrir. L'un des deux poussa un juron, puis ils tournèrent l'angle du café et entreprirent de grimper l'escalier au-dessus de leurs têtes.

Bien que Kate eût perdu toute velléité de se battre,

Jack ne desserra pas son étreinte, sa main toujours collée sur sa bouche, juste un peu plus doucement. Alors qu'ils se tenaient tous deux contre le mur, dans la pénombre de l'allée, il crut sentir le cœur de Kate battre contre sa propre poitrine. Mais évidemment, il pouvait aussi bien s'agir du sien. Les deux hommes se trouvaient maintenant juste au-dessus d'eux. L'un d'eux frappa à la porte de l'appartement, attendit quelques secondes avant de frapper de nouveau. Il essaya de tourner la poignée. Fermée à clé. Les deux individus échangèrent un regard, se demandant visiblement s'ils devaient enfoncer la porte. C'est alors que Jack vit le pistolet que l'un des deux avait sorti.

Le bruit d'un véhicule qui approchait précipita les deux complices dans l'escalier. Une voiture pleine à craquer de jeunes passa dans la rue, stéréo à plein volume, traînant dans son sillage musique tonitruante et éclats de rire. D'autres voitures arrivaient — la foire devait avoir pris fin pour la journée. Les gens allaient rentrer chez eux ou se rendre au Range Rider pour continuer la fête jusqu'à l'heure de la fermeture.

Jack se rendit compte que lui aussi retenait son souffle. Il ne reprit pas sa respiration avant d'avoir entendu les deux hommes remonter dans leur pick-up. Le moteur vrombit. Quelques instants plus tard, le grondement régulier du véhicule s'évanouit. Le pick-up était parti. Du moins, pour l'instant.

Dans ses bras, Kate tremblait de tout son corps. S'écartant du mur, il la fit pivoter sur ses talons pour la regarder en face. La peur et la colère formaient en lui un mélange meurtrier.

— Bon sang, qui étaient ces hommes ? fulmina-t-il.

— Comment voulez-vous que je le sache ? répliqua-t-elle.

Il secoua la tête, incapable de contenir sa fureur.

— L'un d'eux avait une arme. Ils auraient forcé la porte de chez vous si la voiture de ces gamins n'était pas arrivée juste à temps. C'est *vous* qu'ils cherchaient.

— La véritable question, c'est plutôt : qu'est-ce que *vous*, vous faites là ? rétorqua-t-elle.

— Je vous tire du pétrin. Une fois de plus. Mais je vous en prie, ne me remerciez pas.

Les mains levées, il recula d'un pas.

— Vous êtes dans de sales draps, ma belle ! Même si vous essayez de prétendre le contraire. Vous préférez faire semblant de ne pas savoir ce que voulaient ces hommes ? Qu'à cela ne tienne ! Comme vous le dites vous-même, vous pouvez vous débrouiller toute seule. Un homme est déjà mort, bon sang ! Vous vous croyez capable d'en affronter deux autres ? Peut-être bien, après tout. Je ne me mêlerai plus de vos affaires.

Il fit demi-tour et avait déjà parcouru la moitié de la ruelle lorsqu'elle l'appela :

— Jack ! Attendez…

Il s'arrêta, mais ne se retourna pas. Levant les yeux vers le ciel étoilé, il s'intima l'ordre de se remettre en route. Mieux encore, de prendre ses jambes à son cou.

Elle l'avait suivi, et lui toucha l'épaule. Le contact de ses doigts lui fit l'effet d'une piqûre.

— Je suis désolée. Je vous remercie mais, voyez-vous, je n'aime pas dépendre des autres. Je suppose que j'ai passé trop d'années seule, à m'occuper de moi-même parce qu'il n'y avait personne d'autre pour le faire. Mais je vous jure, je n'avais jamais vu ces deux hommes avant.

Kate regarda Jack se retourner lentement vers elle. Il avait les yeux les plus bleus qu'elle eût jamais vus.

En cet instant, pareilles à des torches, ces prunelles lançaient des flammes bleuâtres qui la transperçaient. Elle n'était pas certaine de ce qu'il s'apprêtait à lui dire, en tout cas, elle ne s'attendait certainement pas à la question qu'il posa :

— Il vous reste de la tarte aux pêches ?

Elle cligna les yeux, puis éclata de rire. Elle avait pensé qu'il lui ferait subir un interrogatoire serré, qu'il exigerait de savoir ce que voulaient les deux inconnus. Elle en tremblait encore intérieurement. Mais était-ce de l'avoir échappé belle ? Ou d'avoir senti les bras de Jack autour d'elle dans l'obscurité ?

— Il se trouve qu'il m'en reste une part.

— Et du café ?

— Je peux en faire.

— C'est pour ça que j'étais venu. J'ai eu une brusque envie de tarte aux pêches et de café.

— J'en suis ravie.

La tête inclinée sur le côté, elle scruta son visage sous la faible lumière qui leur parvenait de la rue. Il n'était pas seulement beau. Son charme façon cow-boy avait quelque chose d'enivrant. Et il lui avait bel et bien sauvé la vie, ce soir. Elle avait eu tellement de soucis en tête qu'elle était sortie bêtement faire son jogging, sans penser à emporter son pistolet. Elle ne commettrait pas cette erreur une seconde fois.

— Suivez-moi, dit-elle, se demandant avec quelque appréhension où cela allait la mener, mais convaincue néanmoins de sa capacité à affronter la situation.

Elle introduisit la clé dans la serrure et ouvrit la porte de derrière, certaine que Jack avait remarqué le tremblement de ses mains. Rien ne lui échappait, mais savait-il seulement à quel point il la troublait ?

Elle alluma les lumières et se dirigea vers la machine à café.

— J'ai entendu dire que vous sortiez de prison, dit-elle, tâchant d'orienter la conversation vers un sujet autre que ce qui venait de se passer. Vous êtes donc un individu dangereux, pas vrai ?

Il eut un petit rire.

— Oui, tout à fait. Un pauvre imbécile de voleur de bétail. Après une nuit dans un bar, je me suis retrouvé avec un taureau primé dans mon corral.

— Vous l'aviez volé ?

— C'est ce que le juge en a déduit. Il m'a envoyé en prison pour deux ans.

— Je suis désolée.

Il haussa les épaules.

— J'ai travaillé dans le ranch de la prison, ça ne m'a pas beaucoup changé de ce que j'avais fait toute ma vie. Passer mes journées à cheval, à poursuivre du bétail…

— Un vrai cow-boy, hein ? conclut-elle en fronçant le nez.

— Si vous méprisez tant les cow-boys, qu'êtes-vous venue faire à Beartooth ?

Elle s'affaira à lancer la machine à café puis se retourna, s'attendant à voir Jack dans son box habituel ou appuyé nonchalamment contre le comptoir, attendant sa réponse.

Pas de Jack. Mais la porte donnant sur l'escalier qui montait chez elle était ouverte.

Kate lâcha un juron et commença à gravir les marches.

— Le café est…

Le reste de la phrase s'étrangla dans sa gorge.

Jack se trouvait au milieu du petit coin salon de son appartement. En voyant ce qu'il tenait dans ses mains, Kate sentit son cœur faire un bond.

— Vous avez gardé son chapeau, murmura-t-il.

Elle regarda fixement le couvre-chef. Pourquoi diable ne s'en était-elle pas débarrassée ?

— Ce n'est pas ce que vous croyez.

— Vous n'avez aucune idée de ce que je crois.

Il baissa les yeux sur le chapeau entre ses mains.

— Le ruban a été tressé avec du crin de cheval, suivant un motif très similaire à celui de la cordelette que le shérif m'a montrée.

Il releva la tête pour accrocher son regard.

— Cette même cordelette qui a servi à étrangler l'homme retrouvé près de la rivière, j'imagine. Mais bien sûr, vous n'êtes au courant de rien, n'est-ce pas ?

Elle garda le silence. Qu'aurait-elle pu répondre ?

— Ecoutez, je sais déjà que votre ami a passé quelque temps en prison… Et je peux même préciser qu'il était incarcéré dans celle de Yuma.

Il dut détecter une pointe de scepticisme sur son visage, car il ajouta :

— Grâce au crin de cheval tressé. A ma connaissance, il n'y a que quatre établissements pénitentiaires où les détenus tressent du crin de cheval. Walla Walla, dans l'Etat de Washington ; Rawlins, dans le Wyoming ; Deer Lodge, dans le Montana ; et Yuma, dans l'Arizona.

— Yuma ? répéta-t-elle, pour le mettre au défi de s'expliquer.

— A cause des couleurs et des motifs, expliqua-t-il. Il existe une forte influence mexicaine, à Yuma. Ils utilisent beaucoup de couleurs vives pour le tissage. Beaucoup de rose, aussi, ajouta-t-il en lui lançant le chapeau.

Elle le rattrapa sans difficulté et jeta un coup d'œil furtif sur le ruban — où, effectivement, le rose était la teinte dominante — avant de lancer le couvre-chef sur le canapé. Puis, croisant les bras sur sa poitrine, elle décida de mettre ses affirmations en doute :

— Qu'est-ce que ça prouve ?

— Que l'homme qui vous a accostée dans la ruelle, le soir où nous nous sommes rencontrés, a probablement purgé une peine de prison dans la maison d'arrêt de Yuma. Pourquoi avoir gardé son chapeau, si vous ne le connaissiez pas ? Parce que vous vous attendiez à son retour ? Ou parce que vous saviez qu'il ne reviendrait jamais le récupérer ? Dans un cas comme dans l'autre, cela prouve que vous le connaissiez. Ou du moins que vous saviez ce qu'il voulait.

Elle laissa échapper un petit rire nerveux.

— Et tout ça, sur la foi d'un *chapeau* ?

Elle secoua la tête et s'apprêta à faire demi-tour pour regagner l'escalier.

— Votre café est prêt. Si c'est vraiment la raison de votre venue ici ce soir.

Il lui agrippa le bras, la retourna face à lui et la poussa contre le mur, pressant son corps contre le sien. Elle ne bougea pas, retint sa respiration. Son instinct lui souffla de le repousser. Elle l'avait déjà laissé s'approcher d'elle plus près que la sagesse ne l'aurait voulu.

Du bout des doigts, il lui effleura la joue et releva une mèche de ses cheveux.

— Cela vous est déjà arrivé de dire la vérité, une fois dans votre vie ? demanda-t-il, sans qu'il y eût rien d'accusateur dans son ton.

— Je n'en ai jamais eu l'occasion.

Il sourit. Kate n'avait jamais vu pareil sourire. Le diable devait sourire ainsi, se dit-elle. Une lueur de malice dansait dans ses yeux bleu océan. Des reflets dorés y brillaient, pareils à des éclats de soleil à la surface d'un lac, comme pour l'inviter à y plonger.

Il laissa courir la pulpe rugueuse de son index sur sa joue, jusqu'à la commissure de ses lèvres. Décidément, il n'y avait rien du cow-boy urbain dans ses manières. Du pouce, il lui caressa la lèvre inférieure, sans la quitter des yeux. Au début, elle crut qu'il n'avait pas remarqué le frémissement irrépressible qui s'était emparé d'elle. Mais en même temps qu'il laissait de nouveau glisser son regard de sa bouche à ses yeux, il la gratifia d'un sourire entendu.

Levant les mains, elle les appuya contre le torse puissant de Jack.

Elle allait lui signifier que son charme de cow-boy n'avait aucun effet sur elle, mais à la seconde où ses lèvres s'entrouvrirent, il plaqua sa bouche sur la sienne, lui coupant le souffle et la privant de toute volonté.

Il la pressa plus fort contre le mur, son corps aussi dur et solide que la cloison derrière elle. Même lorsqu'elle recouvra enfin ses esprits, se maudissant tout bas de jouer avec le feu, elle ne se déroba pas à son baiser. Avait-elle jamais été embrassée de cette façon ? Elle esquissa une timide tentative pour le repousser, mais c'était comme tenter de déplacer un objet solidement amarré.

Il lui empoigna la taille et l'attira encore plus près de lui. Sa raison lui ordonna de mettre un terme à cette étreinte, mais c'était si agréable et il y avait si longtemps qu'elle ne s'était pas sentie…

Il interrompit le baiser avec une telle brusquerie qu'elle faillit en perdre l'équilibre.

C'est alors qu'elle sentit la main de Jack sur sa cage thoracique, ses doigts qui traçaient…

— Qu'est-ce que c'est que ça ? demanda-t-il en soulevant le bas de son T-shirt.

En découvrant la cicatrice, il laissa échapper un juron. En tout cas, il s'était ressaisi.

— Dans quoi vous êtes-vous empêtrée ? demanda-t-il.

Elle recula, rabaissa brusquement son T-shirt et, pestant contre elle-même pour lui avoir permis de prendre ses aises, répondit :

— Ce n'est rien.

— Rien ? répéta-t-il en tendant la main vers elle.

— Ne faites pas ça.

— Quoi ? Vous toucher ? Ou vous demander d'où vient une pareille cicatrice ?

— Ne le faites pas, c'est tout.

Elle lui tourna le dos.

— Kate, j'ai seulement été surpris, c'est tout, dit-il d'une voix radoucie. Vous avez eu un accident ? Ou une opération ?

— Ça ne vous regarde pas. Vous feriez mieux de partir, d'ailleurs.

— Vous ne vous livrez jamais, n'est-ce pas ? Je me demande combien de secrets vous gardez pour ne pas pouvoir me parler d'une simple cicatrice.

— Jack…

— Ne vous donnez pas cette peine. Tout ce qui sortira de cette jolie bouche sera un mensonge, de toute façon. J'oubliais que la vérité et vous, vous ne faites pas très bon ménage et que vous ne voulez surtout pas que je m'immisce dans votre vie.

Il soutint son regard l'espace d'un terrible instant, puis repoussa légèrement son chapeau en arrière.

— Bonne nuit, Kate.

Et sur ces mots, il sortit.

Après son départ, Kate alla se planter devant le miroir en pied accroché à la porte de sa chambre, releva son T-shirt et examina sa cicatrice. L'incision avait la forme d'une crosse de hockey. Elle commençait sous les côtes, descendait sur treize centimètres puis obliquait vers le côté droit sur dix-huit centimètres. Trente et un centimètres au total.

Kate laissa retomber son T-shirt, regagna le séjour et s'affala dans un fauteuil avant d'enfouir son visage dans ses mains. Elle n'avait pas pleuré depuis la mort de Claude.

Elle redescendit et s'aperçut que Jack avait pris la dernière part de tarte aux pêches, s'était servi une tasse de café et avait laissé de l'argent sur le comptoir pour régler l'addition.

Pendant un moment, elle resta sans bouger, tâchant de maîtriser les émotions contradictoires qui se bousculaient en elle. Puis, prenant une profonde inspiration, elle se dirigea vers la porte, la ferma à clé et s'appuya contre le battant. Elle savait, sans aucun doute possible, que ce ne serait pas la dernière fois qu'elle entendrait parler de Jack French.

Et des hommes qui étaient venus lui rendre une petite visite nocturne.

Chassant de son esprit le cow-boy et son maudit baiser, elle concentra ses pensées sur des problèmes plus importants. Si elle n'agissait pas, ces hommes allaient revenir.

Elle déverrouilla la porte et courut vers le vieux téléphone public qui se trouvait derrière le Range Rider. Il lui en coûta 50 cents pour passer l'appel, et donner à la standardiste du central téléphonique de la police toutes les informations qu'elle pouvait sur les deux hommes.

— Ils conduisaient un pick-up, précisa-t-elle, se fiant au bruit du moteur dont elle se souvenait. Un diesel, je crois, parce qu'il était gros, mais il faisait trop noir pour que je puisse voir la couleur ou la marque. L'un des hommes était armé, et ils ont essayé d'entrer dans l'épicerie de Beartooth.

Elle n'indiqua pas son nom, expliqua qu'elle était seulement de passage et qu'elle ne voulait pas se mêler de tout ça parce qu'elle voyageait seule.

Kate raccrocha et regagna son appartement au-dessus du café. Claude avait eu raison. A cela près que les choses devenaient encore plus dangereuses qu'il ne l'avait prévu.

— Beartooth, Montana, est un petit coin de paradis, avait dit Claude.

Elle était retournée frapper à sa porte pour lui annoncer qu'elle reconsidérait son offre. En fait, elle mentait. Tout ce qu'elle voulait, c'étaient des réponses.

— Oh ! bien sûr, la ville n'aura l'air de rien à tes yeux, avait-il ajouté.

Elle avait remarqué qu'il semblait reprendre des couleurs dès qu'il se mettait à évoquer cet endroit.

— Il faut du temps pour s'y habituer, pour s'y attacher. C'est pour ça que j'ai ajouté une clause à ma proposition.

Elle lui rappela qu'elle n'avait encore rien accepté. Mais cette objection ne l'arrêta pas.

— Une année entière. Tu devras tenir le café pendant une année complète. Ensuite, si tu veux toujours t'en aller, eh bien, je m'en fiche.

— Qu'est-ce que ça peut vous faire, de toute façon ? Vous serez mort. En quoi ça vous regarde, ce que je fais de ma vie ?

Les sourcils froncés, il l'avait longuement dévisagée.

— Je le dois à ta mère. Ta mère biologique.

Elle s'était renfrognée aussitôt.

— Pourquoi lui êtes-vous redevable de quoi que ce soit ? Vous ne m'avez toujours pas dit ce que vous aviez à voir dans tout ça.

— J'ai essayé de lui venir en aide, d'accord ? J'ai échoué.

Et je vais probablement tout rater avec toi aussi. Mais que je sois pendu si je ne fais pas tout mon possible !

Il semblait à bout de souffle et transpirait abondamment.

— Et mon père biologique ? avait-elle demandé.

— Je crois qu'il serait sans doute préférable que…

Sa respiration était devenue sifflante, son visage s'était vidé de son sang. Un instant plus tard, il gisait sur le sol à ses pieds.

Elle s'était trop impliquée pour tout abandonner maintenant. Elle allait devoir terminer ce qu'elle était venue faire à Beartooth… et vite.

Et pas question de laisser quiconque l'en empêcher. Ni les deux hommes qui la cherchaient ni Jack French.

Ce n'est que plus tard, une fois remontée chez elle, qu'elle vit le billet là où Jack avait dû le laisser tomber. Sur le canapé, à côté du chapeau de l'homme assassiné.

9

— Il faut que je te voie.

Frank se redressa sur son lit, jeta un œil vers le réveil sur la table de chevet. On était lundi, et il n'était pas encore 8 heures.

Il se frotta le visage. A cause de la foire, il venait de passer deux journées longues et difficiles. Pareil pour les nuits. Pas étonnant qu'il ait l'impression de ne pas avoir dormi. Il avait à peine fermé l'œil. Et lui qui avait prévu de faire la grasse matinée pour son jour de congé !

La veille au soir, il avait écouté les messages laissés sur son répondeur, mais il était trop tard pour rappeler Lynette. En voyant qui l'appelait maintenant, il avait décroché et dit :

— Lynette, si c'est à propos de Kate LaFond…

— C'est au sujet de ma nouvelle locataire. Il y a quelque chose que je dois absolument te montrer. Je crois qu'elle est peut-être dangereuse.

Lynette prit une inspiration avant de poursuivre :

— As-tu découvert quelque chose en ce qui concerne Kate LaFond ?

Il laissa échapper un soupir, conscient qu'il lui serait désormais impossible de se rendormir.

— Je te le dirai tout à l'heure. J'arrive.

— Dépêche-toi. Elle peut revenir d'un instant à l'autre.

Il raccrocha, balança ses jambes par-dessus le bord du lit et resta assis un moment, la tête entre les mains, tâchant de se réveiller tout à fait.

La locataire de Lynette était peut-être dangereuse ? Il pensa à la jeune fille qu'il avait vue à la fenêtre, au-dessus de l'épicerie. Elle ressemblait à une gamine. Qu'est-ce qui faisait croire à Lynette qu'elle pouvait présenter un danger quelconque ?

Il se leva et s'habilla. Il s'était toujours fié à l'intuition de Lynette, il devait le reconnaître. Elle ne s'était pas trompée sur le compte de Kate LaFond — en tout cas, elle avait vu juste en flairant quelque chose de louche dans la manière dont la jeune femme s'était retrouvée propriétaire du café.

Kate lui avait bien fait comprendre que les raisons qui avaient incité Claude à lui léguer l'établissement ne regardaient qu'elle. Il se demanda quelles conclusions en tirerait Lynette.

En arrivant à l'épicerie, il trouva son amie qui l'attendait avec impatience. Elle paraissait très secouée — mais même ainsi elle était encore belle. Il aimait la façon dont elle prenait de l'âge. Il réprima à grand-peine une folle envie de la prendre dans ses bras et de lui dire de ne pas s'inquiéter, que tout irait bien.

— Ça va ? Tu n'as rien ? s'enquit-il, regrettant maintenant de ne pas avoir donné suite à son appel de la veille, malgré l'heure tardive.

— Je me fais du souci pour *toi*.

— Pour moi ?

Elle tendit le bras derrière le comptoir et poussa vers lui une pleine poignée de feuilles de papier épais.

Il jeta un coup d'œil sur le premier dessin et se rendit compte, avec surprise, qu'il s'agissait de son portrait. Pas si mal, en réalité.

— C'est toi qui as fait ça ? demanda-t-il.

Elle afficha une expression qui semblait clairement mettre en doute son intelligence.

— Ma locataire. Je les ai trouvés cachés sous son matelas.

— Lynette...

— Ne te fatigue pas à me faire un sermon. J'ai tout à fait le droit d'inspecter l'appartement. En l'occurrence, elle m'avait elle-même demandé de réparer un robinet qui fuyait. Regarde plutôt le reste des dessins.

Et elle le mit au courant de ce qu'elle avait appris sur sa locataire.

Il examina le deuxième croquis. Au troisième, son visage se rembrunit. Un frisson glacé lui remontait le long de l'échine à mesure qu'il feuilletait la liasse et s'apercevait que tous les portraits le représentaient.

— Tu dis qu'elle a payé six mois de loyer d'avance ?

— En espèces. Elle prétend qu'elle est en train de préparer son dossier pour entrer dans une école d'art.

Il perçut une note d'incrédulité dans le ton de Lynette.

— Le premier jour, quand elle est venue, elle semblait davantage s'intéresser à ce qui se passait dans le café qu'à l'appartement. Et devine qui était devant le café à ce moment-là ? *Toi*. Plus tard, elle a regardé de nouveau par la fenêtre, et je t'ai aperçu en train de discuter avec un groupe de ranchers à la grande table de devant.

— Je suis sûr qu'il y a une explication, répliqua-t-il, tout en examinant de nouveau les dessins.

Lynette tapota du doigt l'un des croquis.

— Elle t'a représenté sous les traits d'un homme possédé par le diable, fit-elle remarquer.

On dirait, en effet, songea-t-il. Chaque portrait reflétait une malveillance qui éveillait en lui des craintes irraisonnées.

— Où est-elle, en ce moment ?

Lynette secoua la tête.

— Elle a dit qu'elle allait à Bozeman.

Sa mine maussade trahissait les doutes qu'elle nourrissait à ce sujet.

— Tu devrais remettre ces dessins sous le matelas où tu les as trouvés.

— Tu ne vas pas faire comme si tu n'avais rien vu, tout de même ? demanda-t-elle, de nouveau effrayée.

— Non, je vais lui parler.

Lynette sembla se détendre quelque peu.

— J'ai eu l'intuition, le jour où elle a débarqué ici, que je ne devais pas lui louer l'appartement.

— Lynette, ne te mets pas martel en tête à l'avance. Je te le répète, je suis certain qu'il y a une explication.

— Au fait qu'elle te suit partout et épie le moindre de tes faits et gestes ? Tu n'as pas remarqué que quelques-uns des dessins te représentaient assis dans ta propre salle à manger ?

Non, il n'y avait pas fait attention. Il avait été trop choqué par la façon dont la jeune fille avait dessiné ses yeux, la contraction de ses mâchoires, le rictus cruel de sa bouche.

— Remets-les, s'il te plaît, et ne lui dis rien avant que j'aie eu l'occasion de lui parler, d'accord ?

Lynette acquiesça d'un hochement de tête.

— Sois prudent. J'ai l'horrible pressentiment qu'elle est dangereuse.

Ce n'est qu'après l'avoir quittée pour aller patrouiller en ville, puis sur la route conduisant à Big Timber, à la recherche de la voiture que, selon Lynette, la jeune fille conduisait, qu'il mesura à quel point son amie s'était inquiétée pour lui. Elle ne lui avait même pas demandé ce qu'il avait découvert sur Kate LaFond.

Alors que Kate approchait des corrals du W Bar G, elle se prit à regretter d'avoir écouté Jack French. Elle n'avait jamais assisté au marquage d'un troupeau, et plus lui parvenait la cacophonie des meuglements poussés par les bêtes, moins elle était sûre de vouloir y aller.

Mais, au moment où elle se garait, elle aperçut Bethany Reynolds, sa serveuse, debout près de la grange où plusieurs longues tables chargées de victuailles avaient été dressées. Trop tard, se dit-elle. Elle pouvait difficilement s'éclipser maintenant. A contrecœur, elle descendit de voiture, se promettant de ne pas rester longtemps.

Alors qu'elle posait sur une table le plateau de petits pains à la cannelle qu'elle avait apporté, Kate se sentit encore plus mal à l'aise, dans ce milieu qui lui était totalement étranger, que le jour où elle était arrivée à Beartooth.

— Kate ? lança Bethany, tout excitée. Je n'arrive pas à croire que tu sois venue au marquage du bétail. C'est la première fois ?

Kate dut reconnaître que c'était une première pour elle, tandis que Bethany, l'entraînant en direction des corrals, se faisait un devoir de lui détailler le déroulement des opérations. Les beuglements des vaches et de leurs veaux devinrent de plus en plus assourdissants, l'odeur de cuir brûlé de plus en plus forte.

Kate n'avait jamais réfléchi à la manière dont on marquait les bêtes. Elle ne s'était pas doutée qu'il s'agissait d'une opération aussi considérable… et aussi bruyante.

— Le jour du marquage, les trieurs séparent les vaches de leurs veaux, expliqua Bethany. Autrefois, les cow-boys chargés d'attraper les veaux au lasso enroulaient deux ou trois fois l'extrémité de la corde autour du pommeau de leur selle et tiraient les bêtes vers le feu. Là, d'autres ranchers se plaçaient de chaque côté de l'animal et le faisaient tomber pour que le marqueur puisse lui appliquer un fer rougi sur le cuir. On fixait une étiquette aux oreilles des bêtes et on leur injectait un ou deux vaccins pour les maintenir en bonne santé. Ensuite, on les relâchait.

En approchant des corrals, Kate vit une multitude de veaux noirs que l'on faisait entrer dans des enclos plus petits, puis dans une sorte de couloir de bois, avant qu'ils soient conduits à tour de rôle dans un autre passage plus étroit, métallique celui-là.

— Au ranch du W Bar G, les veaux sont rassemblés dans un corral et, de là, envoyés les uns après les autres dans un couloir d'où ils sont poussés dans une cage de contention, continuait Bethany. C'est comme une glissière qui se transforme en table quand on la fait basculer sur le côté. Chaque veau est alors marqué au fer rouge.

Ainsi que Bethany l'avait décrit, une fois que l'animal était pris dans la cage métallique, celle-ci se renversait pour former une planche horizontale sur laquelle le veau, braillant à pleins poumons, était couché sur le flanc.

— Tu vois, la tête de la bête est maintenue sur la planche tandis que le cow-boy passe une boucle autour de ses pattes arrière pour l'empêcher de bouger, poursuivait Bethany.

Kate regarda Jack French sortir un fer à marquer du feu, s'approcher d'un veau et lui appliquer le fer fumant sur le cuir. L'animal poussa un meuglement sonore, une puanteur de peau brûlée et de fumée s'éleva dans les airs, et la bête fut aussitôt relâchée.

Kate dut se couvrir la bouche pour étouffer un cri.

— Ça ne leur fait pas mal ?

— C'est très rapide, et leur peau est plus épaisse que la nôtre, répondit Bethany.

Le veau se mit à courir dans tous les sens à l'intérieur

du corral avant de rejoindre ses congénères, apparemment indemne.

— C'est un honneur d'être choisi pour procéder au marquage lui-même, annonça Bethany, qui avait sans doute remarqué que Kate observait Jack en train de s'activer à l'une des planches de marquage. Je suis tout de même étonnée que Destry ait choisi Jack. Elle ne confie pas le soin de marquer ses bêtes à n'importe qui. Il faut appliquer le fer exactement au bon endroit, et la marque doit être reconnaissable de loin.

Kate n'avait aucune idée de tout ce qu'un tel processus impliquait.

— Il y a trois endroits possibles pour placer la marque, d'habitude : sur l'épaule gauche ou droite, le flanc ou la croupe, expliqua Bethany. La majorité des marques les plus récentes nécessitent deux ou trois fers, car elles comportent plus de deux caractères. Ça prend davantage de temps.

— Pourquoi est-ce que tout le monde n'a pas une marque à deux lettres ? voulut savoir Kate.

— Elles ne sont plus disponibles. Il faut faire une demande pour obtenir le droit d'utiliser une marque, ou alors racheter celle de quelqu'un qui ne s'en sert plus. La plupart des gens se cramponnent à la leur. Une marque composée de deux lettres indique généralement que le ranch existe depuis longtemps. Le vieux Grant a dessiné lui-même celle du W Bar G.

Kate nota que la marque en question était formée d'un W et d'un G surmontés d'une barre. Elle était fascinée par la maîtrise et l'efficacité dont Jack faisait preuve dans l'accomplissement de cette tâche.

— Voilà Chantell Hyett, lui chuchota tout à coup Bethany. L'ex de Jack.

Se retournant, Kate vit une grande et belle jeune femme

aux longs cheveux blonds et aux yeux bleus s'avancer dans leur direction. Arborant une tenue typiquement western, elle respirait la confiance en soi, comme si elle s'était trouvée parfaitement à sa place ici, au milieu des vaches et des cow-boys.

— Vous devez être Kate, dit Chantell en la jaugeant d'un coup d'œil.

De toute évidence, elle ne semblait nullement impressionnée par ce qu'elle voyait.

— Jack m'a dit que vous travailliez au café, poursuivit-elle.

— Elle est *propriétaire* du café, rectifia Bethany.

— Je suis désolée, Jack ne m'a pas parlé de vous, répliqua Kate. Et vous êtes…

La blonde leva le nez en l'air.

— Je suis sa petite amie, Chantell Hyett.

— Je croyais que tu l'avais largué quand il était en prison et que vous aviez rompu, intervint de nouveau Bethany.

Kate lui posa une main sur le bras. Elle était tout à fait capable de se défendre seule.

— Eh bien, Jack est là-bas, dit-elle en le désignant du doigt. Je suppose que c'est lui que vous vouliez voir.

Sans se retourner pour leur accorder un regard, Chantell s'éloigna d'un pas nonchalant pour aller rejoindre Jack, occupé à faire rougir au feu les fers à marquer.

— Je me demande bien ce que Jack lui trouvait, à cette fille, grommela Bethany.

Kate, pour sa part, savait que les hommes ne voyaient souvent pas au-delà d'un joli minois et d'un physique attrayant. Or, Chantell possédait les deux, se dit-elle en regardant la jeune femme s'arrêter près de Jack et se pencher pour lui dire quelque chose, par-dessus le meuglement des veaux qu'on s'apprêtait à marquer.

Après lui avoir décoché un regard moqueur, Chantell saisit la chemise de Jack et l'attira à elle pour lui donner un rapide baiser. Plusieurs cow-boys juchés sur la barrière du corral saluèrent son geste par des huées et des sifflements.

Kate vit Jack répondre quelque chose à la jeune femme avant de jeter un coup d'œil dans sa direction. Elle ne s'attarda pas plus longtemps pour observer la suite. Avec une sensation douloureuse au creux de l'estomac, elle fit demi-tour et lança par-dessus son épaule à Bethany :

— Il faut que je retourne au café.

En vérité, elle avait simplement besoin de prendre ses distances. Vis-à-vis de Jack French, de Beartooth et de cet horrible sentiment de jalousie qui lui serrait le cœur comme un étau.

Elle n'avait qu'à reprendre ses travaux de fouille, se dit-elle en grimpant dans son pick-up. Elle démarra, et se mit en route vers le vallon des Ackermann.

Jack French avait toujours considéré qu'il y avait une explication à tout. En général, la raison de ce qui lui arrivait était que l'univers voulait simplement vérifier jusqu'à quel point il pouvait lui pourrir la vie. En tout cas, c'était ainsi que le Jack d'autrefois raisonnait.

En prison, il avait rencontré beaucoup d'hommes persuadés d'avoir échoué sous les verrous parce que la malchance s'était acharnée sur eux. Il aimait se croire plus intelligent que ça, ce qui impliquait de reconnaître que ce n'était pas seulement par un mauvais coup du sort qu'il s'était retrouvé sous les verrous — mais qu'il y avait contribué par son attitude je-m'en-foutiste.

Il réfléchissait à tout cela en chargeant son pick-up, une fois sa journée de marquage terminée.

— Je viens enfin de me rappeler où je l'ai déjà rencontrée, annonça Carson en le rejoignant.

Jack comprit aussitôt que son ami faisait allusion à Kate LaFond. Sauf qu'il n'était pas certain de vouloir entendre ce que celui-ci avait à dire.

— Elle se faisait appeler Melissa Logan et travaillait comme serveuse dans un bar à la périphérie de Vegas, un endroit appelé Pop's Oasis.

— Melissa Logan ? répéta Jack. Tu en es sûr ?

— Absolument. Il y avait une serveuse nommée Connie. Un de mes amis est sorti avec elle plusieurs fois. Je viens de téléphoner là-bas, il y a quelques minutes. Connie se souvenait de moi, et devine ce qu'elle m'a dit ?

Jack inclina son chapeau en arrière.

— Tu ne vas tout de même pas me faire jouer aux devinettes ?

— D'après elle, un vieux type s'est pointé un jour en disant qu'il connaissait la mère de Melissa. Quelque temps plus tard, Melissa a démissionné. Connie n'a plus jamais eu de ses nouvelles.

— Qui était ce vieux ?

— Connie ne le savait pas. Mais selon elle, Melissa avait paru bouleversée. Quand Connie lui a demandé ce qui se passait, elle lui a répondu qu'elle allait prendre le plus gros risque de sa vie et qu'il fallait lui souhaiter bonne chance.

— Bizarre, conclut Jack. Je me demande bien de quoi il s'agissait.

Carson se gratta la nuque.

— Je me suis tâté avant de t'en parler. Mais j'ai estimé que tu avais le droit de savoir dans quoi tu t'embarquais.

Jack envisagea un instant de nier qu'il se sentait concerné de quelque manière par la vie de Kate LaFond ou de Melissa Logan. Mais Carson ne lui en donna pas l'occasion.

— On se retrouve tout à l'heure au Range Rider ? suggéra-t-il.

— Pour l'instant, je n'ai qu'une envie : prendre une douche et m'écrouler sur mon canapé, répondit Jack. Donne-moi un coup de fil plus tard. Tu as mon numéro de portable.

Jack monta dans son pick-up et reprit la route de Beartooth.

— Melissa Logan..., murmura-t-il pour lui-même. Kate LaFond... Qui es-tu vraiment ?

Il savait que, dans tous les cas, il aurait dû rester à l'écart de cette femme. Il y avait quelque chose en elle qui lui rappelait trop sa propre personne — ce qui n'était pas forcément une bonne chose.

Et malgré tout, il se sentait attiré par elle comme un cow-boy par les grands espaces. Il en avait connu, des femmes, mais aucune ne l'avait intrigué comme Kate, la première fois qu'il avait posé les yeux sur elle.

Il n'arrivait pas à la chasser de son esprit — ni cette cicatrice qu'il avait sentie sur son ventre, juste sous la cage thoracique. Le tissu cicatriciel était épais et mesurait une bonne trentaine de centimètres. Etait-ce le résultat d'un coup de couteau ? Ou d'une intervention chirurgicale ?

Cette femme avait décidément trop de mystères. N'importe lequel de ces secrets aurait pu la rendre dangereuse.

Il poussa un juron de frustration. Ce n'était pas son problème, après tout.

Laisse tomber ! Tu as assez d'ennuis comme ça.

Le souvenir du juge Hyett lui revint à l'esprit, apportant un douloureux désir de justice.

Mû par un soudain pressentiment, le shérif décida de faire un saut à son ranch. A vrai dire, attendu que son travail pour le comté l'occupait déjà à plein temps, la ferme représentait plutôt un hobby, pour lui. Il y élevait quelques bêtes, deux ou trois cochons et suffisamment de poules pour fournir en œufs frais tout le personnel du département en plus de lui-même.

Comme il remontait l'allée qui menait à sa maison, il sentit un nœud se former dans son estomac. Une petite voiture de couleur vive, correspondant à la description que Lynette lui avait donnée du véhicule de sa locataire, était garée derrière sa grange. Même s'il avait vu de ses yeux le portrait qui le représentait assis à sa table de cuisine, il se refusait toujours à croire que la jeune fille l'espionnait.

Mais apparemment, Lynette avait raison. Pour une raison ou pour une autre, cette jeune fille s'intéressait à lui. Peut-être avait-elle un dossier à préparer pour l'école, songea-t-il en se garant en travers de la route — juste au cas où il viendrait à sa visiteuse l'idée de s'enfuir.

Il descendit de son véhicule, parcourut à pied les quatre cents derniers mètres à travers les hautes herbes et arriva derrière la voiture. Elle était vide. Il promena son regard alentour, se demandant où la jeune fille pouvait bien avoir disparu. Sa poitrine se serra lorsque, tournant le coin de la grange, il vit que sa porte d'entrée était grande ouverte. Voilà qui répondait à sa question.

Il songea à dégainer son revolver, mais rejeta aussitôt cette possibilité en se remémorant la jeune fille qu'il avait entrevue dans l'encadrement de la fenêtre, au-dessus de l'épicerie. Quelle que soit son histoire, il ne pouvait croire qu'elle lui veuille le moindre mal.

Il entra dans la maison, s'arrêta pour tendre l'oreille. Il entendit quelque chose claquer, comme un tiroir qui se ferme, et s'avisa que le bruit était venu de l'étage. Grimpant les marches quatre à quatre, il atteignit le palier et longea sans bruit le couloir en direction de sa chambre — la seule pièce meublée d'une commode.

Elle lui tournait le dos et s'employait à fouiller dans le tiroir du bas.

— Vous cherchez quelque chose en particulier ? demanda-t-il.

Il aurait pu jurer qu'elle avait fait un bond de trente centimètres. Elle se retourna brusquement, les yeux écarquillés d'épouvante, son petit visage pâle empreint d'une frayeur intense. Comment Lynette avait-elle pu imaginer une seconde, uniquement sur la foi de quelques croquis, que cette chétive gamine représentait un danger quelconque ?

— Je ne crois pas que nous nous soyons déjà rencontrés, poursuivit-il.

Elle déglutit et s'appuya contre le meuble, comme si c'était la seule chose qui la maintînt debout.

— Je suis le shérif Frank Curry, mais j'ai l'impression que vous le savez déjà. Cependant, je crains de ne jamais avoir eu le privilège de faire votre connaissance.

Sans rien dire, elle le fixait.

— J'aurais besoin de connaître votre nom.

— Vous m'arrêtez ? articula-t-elle enfin, d'une voix qui semblait sur le point de se briser à chaque syllabe.

— Pourquoi ? Je devrais ?

Elle se redressa légèrement, et ses grands yeux bleus se remplirent d'un air de défi.

— Je n'ai rien fait.

— Si vous cherchiez des objets de valeur…

Elle esquissa une moue dédaigneuse.

— Je ne suis pas une voleuse.

— Mais vous êtes tout de même entrée chez moi par effraction.

— Vous n'aviez pas fermé votre porte à clé.

— Ce n'était pas une invitation à entrer et fouiner dans mes tiroirs. Si vous n'êtes pas une voleuse, qu'êtes-vous venue chercher ici ?

Elle releva le menton. C'était incroyable, ce qu'elle pouvait mettre de provocation dans un seul regard. Il n'en revenait pas. Une gamine si menue, si jeune, si... innocente.

— Je cherchais une photo de ma mère.

Il fronça les sourcils.

— Votre mère ?

— Vous n'en avez même pas gardé *une seule*, pas vrai ?

— Je regrette, mais je ne...

— Je m'appelle Tiffany *Chandler*.

Chandler ? Il sentit ses yeux s'agrandir de surprise et d'effarement. Son ex-femme avait donc repris son nom de jeune fille ?

— Vous êtes la fille de Pam ?

— Elle m'a prévenue que vous me renieriez.

La fureur étincelait dans ses yeux bleus, plus brûlants que les braises où on rougissait les fers à marquer.

— Vous renier ?

— Que vous refuseriez de me reconnaître comme votre fille.

10

Frank la regardait fixement, momentanément trop choqué pour prononcer le moindre mot. Son téléphone portable sonna à cet instant. Sans quitter des yeux la jeune fille plantée devant lui, il saisit l'appareil. L'appel venait du central de la police.

— Je suis désolée, il faut que je parte, dit-il après avoir raccroché. Il y a eu un accident. Un semi-remorque s'est renversé sur la 191, entre Big Timber et Harlowton, et bloque la route dans un virage sans visibilité. Est-ce qu'on pourrait discuter de tout cela plus tard ?

— Vous ne voulez pas croire que je suis votre fille.

— Je ne sais pas ce que je dois croire. Si c'est la vérité, pourquoi votre mère ne m'en a-t-elle jamais rien dit ?

Il vit son visage se fermer comme un piège d'acier.

— Elle m'a avertie que vous feriez semblant de ne pas être au courant.

Il réprima un juron. Qu'est-ce que Pam avait bien pu raconter à cette gamine ? Un ramassis de mensonges, très certainement.

— Je dois partir, mais si je ne rentre pas trop tard, je passerai vous voir, et nous pourrons parler. Vous logez dans l'appartement au-dessus de l'épicerie, n'est-ce pas ?

Elle resta muette.

— Je ne nie rien du tout, d'accord ? Pour moi, cette nouvelle est un véritable choc… Je ne sais pas quoi dire.

Elle hocha lentement la tête. Visiblement, elle ne décolérait pas.

— Je passerai plus tard, ou alors à la première heure demain matin, promit-il.

Il tendit le bras vers elle, comme pour lui toucher l'épaule, mais elle se déroba.

— Vous feriez mieux de partir, dit-elle.

Sur ce, elle tourna les talons et s'éloigna.

Il la précéda en voiture jusqu'à la grand-route. Elle tourna en direction de Beartooth. Il alluma son gyrophare et sa sirène, et partit vers le nord, l'esprit en ébullition.

Tandis qu'il se précipitait sur les lieux de l'accident, il essaya de se remémorer ses derniers mois avec Pam, alors qu'il venait de passer presque dix-huit ans à faire tout son possible pour les oublier.

Encore maintenant, les semaines qui avaient précédé le départ de Pam ne formaient qu'une masse confuse de bouderies et de querelles. Elle s'était montrée plus émotive qu'il ne l'avait jamais vue, mais il n'en avait tiré aucune conclusion sur le moment. A présent, il se rendait compte que, si Tiffany était vraiment sa fille, Pam avait peut-être été enceinte à l'époque.

Pourquoi ne lui avait-elle rien dit ?

Se pouvait-il qu'elle ait essayé de lui en parler ?

Comme un éclair lui revint le souvenir de Pam, debout devant l'évier de la cuisine. Elle portait sa robe préférée. L'odeur du rosbif se mêlait à celle de son parfum.

Par la suite, l'odeur suave et écœurante de son eau de toilette l'avait poursuivi pendant des années. Pourtant, Pam avait cessé de la porter lorsqu'il lui avait déclaré qu'il n'aimait pas cette fragrance. Etait-ce cette nuit-là ?

Des bougies… Il y avait eu des bougies sur la table, et ses plats favoris pour le dîner.

Il maugréa, se frappa le front. Comment avait-il pu être aussi stupide ? Tous les signes étaient là, mais lui, où était-il ?

Lynette… Il était allé la voir au magasin, ce jour-là. S'était probablement arrêté pour boire un soda à l'orange ou manger une barre chocolatée. En était sans doute reparti de mauvaise humeur. Il avait constaté que Lynette n'était pas plus heureuse dans son couple que lui dans le sien. Mais au moins Lynette avait-elle le magasin pour se consoler. Il avait voulu des enfants ; Pam s'était toujours fait tirer l'oreille, prétextant qu'elle ne se sentait pas prête.

Avait-elle prévu, cette nuit-là, de lui annoncer qu'elle était enceinte ? Elle savait à quel point il désirait un enfant. La jolie robe, les bougies sur la table, son dîner favori…

Il ne se rappelait rien d'autre de cette nuit, excepté que Pam n'avait pas allumé les bougies et qu'il n'avait jamais goûté au repas. Ils avaient dû se disputer. Pam était tellement jalouse de Lynette que ce sentiment frisait l'obsession.

— C'est *toi* que j'ai épousée, protestait-il.

— Seulement parce que tu ne pouvais pas l'avoir, elle.

C'était toujours la même dispute, celle qui ne menait nulle part.

— Je t'aime, Pam. Combien de fois faudra-t-il que je te le répète ?

Elle n'y avait jamais cru, quand bien même il l'avait réellement aimée. Seulement, il n'éprouvait pas à son égard la même passion qu'il vouait à Lynette, son premier amour.

Une semaine après cette nuit fatidique, il était rentré

du travail et avait trouvé la maison déserte. Pam était partie. Les formulaires du divorce étaient arrivés par courrier quelques semaines plus tard. Il n'avait pas tenté de la faire revenir. Il s'était contenté de signer les documents et de les lui renvoyer par la poste. Pour dire la vérité, il s'était senti soulagé. Continuer à supporter les accusations et les soupçons continuels de Pam aurait été au-dessus de ses forces.

Il avait toujours pensé que s'ils avaient eu des enfants, ils auraient pu surmonter cette situation. Il aurait aimé Pam plus que tout, si elle lui avait donné des enfants. De la même façon, il avait cru que des enfants procureraient à Pam ce dont elle avait besoin — un point d'ancrage pour lui prouver son affection.

Il ne savait pas depuis combien de temps il roulait lorsqu'il aperçut la file de véhicules immobilisés sur la route devant lui. Dans le Montana, on mesurait les distances au temps qu'il fallait pour les parcourir, et au nombre de packs de bière nécessaires pour se rendre d'une ville à l'autre. Dans cette partie de l'Etat, les agglomérations étant très éloignées les unes des autres, les quantités de bière requises s'avéraient souvent considérables. Le Montana n'avait adopté que très récemment la loi prohibant la présence, dans les lieux publics et les véhicules, de récipients ouverts contenant de l'alcool, et certains n'en tenaient aucun compte.

C'était l'une des raisons qui expliquaient que les délits commis dans cet Etat impliquaient souvent la consommation d'alcool et les excès de vitesse. Le meurtre y faisait figure d'exception. Sauf qu'en cet instant précis Frank aurait volontiers assassiné son ex-femme.

A quelque distance devant lui, il vit le semi-remorque retourné sur la chaussée. Se maudissant tout bas de s'être montré si bête en de si nombreuses occasions, il ralentit.

J'ai une fille.

Etait-ce vrai ? Pourquoi Pam le lui aurait-elle caché pendant toutes ces années ? Le haïssait-elle à ce point ? Cela semblait bien être le cas, songea-t-il en se garant sur le bas-côté de la route.

Comme il s'apprêtait à descendre de voiture, sa radio se mit à grésiller. Un instant plus tard, le central lui transférait un appel du directeur de la prison de Yuma.

— Vous avez toujours besoin d'identifier le mort de la photo que vous m'avez envoyée ? demanda ce dernier.

— Oui. C'était l'un de vos pensionnaires ?

— Jusqu'à il y a deux semaines, quand son frère et lui ont été remis en liberté à cause d'une foutue question de procédure. Vous dites qu'il a été assassiné ? Ça ne m'étonne pas. Il s'est toujours attiré des ennuis quand il était en prison. Il s'appelait Darrell Ackermann.

Ackermann ? Le cœur de Franck s'arrêta un instant de battre.

— Vous dites qu'il a été libéré en même temps que son frère ?

— Gallen Ackermann. Et cette photo que vous m'avez envoyée de l'arme du crime ? Gallen a passé le plus clair de son temps ici à tresser du crin de cheval. J'ai interrogé son compagnon de cellule. Il affirme que c'est l'une des cordes tissées par Gallen. En voilà un autre promis à une mort violente !

Une fois qu'elle eut regagné la ville après avoir passé une autre journée frustrante à creuser aux mauvais endroits, Kate se hâta de se changer et redescendit au café. Heureusement, les consommateurs étaient encore peu nombreux. Bethany et Lou avaient parfaitement les choses en main, mais, même si on était lundi soir, il fallait s'attendre à une affluence de clients venus déguster la spécialité de la semaine.

Ce soir, comme plat du jour, il y avait une côte de bœuf avec pommes de terre au four et salade. Kate avait tenu à ajouter une spécialité au menu régulier, et ce malgré les objections de l'ami de Claude, Arnie Thorndike, qui l'avait prévenue qu'elle commettait une erreur.

— Claude ne proposait jamais de plat du jour, lui avait affirmé l'avocat.

— Ma spécialité du lundi remporte beaucoup de succès, avait riposté Kate, un brin agacée qu'Arnie s'immisce dans ses affaires.

— C'était ça qui était bien avec le Branding Iron, avait répliqué Arnie. Claude recherchait la simplicité. Les gens d'ici aiment les choses simples.

Elle avait refusé d'argumenter avec lui, même si l'envie l'avait démangée de rétorquer : « Que savez-vous donc des gens d'ici ? Vous vivez en ermite. Alors si ça ne vous plaît pas, retournez dans votre tanière et laissez-moi tranquille. »

Mais elle n'en avait rien fait.

En revanche, elle se demandait pourquoi, s'ils avaient vraiment été les meilleurs amis du monde, Claude n'avait jamais mentionné le nom d'Arnie Thorndike. Ce silence semblait étrange. Claude lui avait parlé de tant d'autres habitants de Beartooth et de ses environs…

Il l'avait prévenue que Nettie était une enquiquineuse. Au souvenir de ses paroles, Kate sourit en nouant son tablier autour de sa taille. Il fallait avouer que Claude ne s'était pas trompé dans son appréciation de la propriétaire de l'épicerie.

— C'est une fouineuse de première, avait-il dit. Crois-moi, elle essaiera de tout savoir à ton sujet, quitte à y risquer sa peau. La meilleure tactique, avec elle, c'est de lui donner le change le plus longtemps possible.

Alors pourquoi n'avait-il rien dit d'Arnie Thorndike ?

Parce qu'Arnie n'était qu'un casse-pieds et certainement pas quelqu'un dont elle devait se soucier, songea-t-elle, tandis que la clochette au-dessus de la porte se mettait à tinter, et qu'une demi-douzaine de ranchers accompagnés de leurs épouses entraient dans le café.

La seule autre personne contre laquelle Claude ne l'avait pas mise en garde était Jack… et il s'avérait que c'était de lui, à coup sûr, dont elle devait avoir des raisons de se méfier.

— Je crois savoir qui est derrière le coup monté contre moi pour me faire arrêter, déclara Jack à Carson lorsque les deux amis se furent retrouvés au Range Rider, ce lundi soir.

Carson lui lança un bref regard, puis prit son soda au gingembre et en but une longue gorgée.

— C'est la seule explication qui tienne la route, continua Jack.

Il n'ignorait pas que, de l'avis de Carson, il aurait mieux fait de tirer un trait sur cette histoire. Jack était on ne peut plus d'accord avec ce conseil avisé. Mais depuis quand agissait-il dans son propre intérêt ?

La pensée de Kate LaFond surgit à ce moment dans son esprit. Il la repoussa et reprit :

— J'ai probablement trop bu et pris trop de bon temps dans ma jeunesse ; je me suis sans doute fait quelques ennemis sans le savoir, mais personne ne me déteste assez pour m'envoyer en prison pendant deux ans. Personne, sauf le juge Hyett.

Carson secoua la tête.

— Que veux-tu dire ?

— Réfléchis une minute... Je sortais avec sa précieuse fille. Il n'a jamais caché ce qu'il en pensait. Il a peut-être cru que notre aventure devenait sérieuse. Ou il a simplement décidé de la tuer dans l'œuf en se débarrassant de moi. Quel meilleur moyen avait-il que de me coffrer sous une inculpation de vol de bétail ?

Incrédule, Carson secoua de nouveau la tête.

— Même si ce que tu dis était vrai...

— Je sais. Tu n'imagines pas un juge en train de voler un taureau primé en pleine nuit, pas vrai ? C'est tout bêtement qu'il a chargé quelqu'un d'autre de faire le sale boulot à sa place.

Son ami paraissait aussi sceptique que Jack au moment où l'idée lui était venue.

— Tu ne vois pas comme c'était facile pour lui ? Tout ce qu'il avait à faire, c'était de choisir deux hommes parmi les délinquants qui devaient comparaître devant son tribunal. Il leur proposait un marché qu'ils ne pouvaient pas refuser. Et s'ils parlaient, c'était la parole d'un homme de loi contre la leur.

— Tu crois que *deux* personnes pourraient garder un tel secret ?

— Il fallait deux hommes pour voler le taureau et le faire entrer dans mon corral, cette nuit-là.

— C'était un gros risque à prendre pour un juge, estima Carson, avant d'avaler une autre gorgée de son soda. Il aurait été redevable à ces deux types, et il aurait toujours craint qu'ils ne le dénoncent un jour ou l'autre...

— Ça aurait été sa parole, celle d'un magistrat, contre la leur. D'ailleurs, il n'avait qu'à choisir des hommes que personne ne prendrait au sérieux. Des types qui avaient déjà eu des démêlés avec la justice ou qui n'oseraient pas lui tenir tête. Des hommes qui avaient beaucoup à perdre si tout ça venait à se savoir. Quelqu'un comme...

— Hitch McCray.

Dans un éclat de rire, Jack hocha la tête.

— Exactement.

— Mais pourquoi est-ce que Hitch...

— Il avait été arrêté deux ou trois fois pour conduite en état d'ivresse avant qu'on m'expédie à l'ombre. Depuis, il n'a pas cessé d'avoir des ennuis. J'ai entendu dire qu'il était entré en collision avec une voiture en sortant du Range Rider, et qu'il avait eu un accrochage avec ta sœur à son ranch.

Carson le considéra un instant sans rien dire, puis laissa échapper un juron.

— Tu as peut-être raison.

Jack émit un petit rire.

— Super ! Même toi, tu doutes de mon innocence.

— Tu dois reconnaître, Jack, que ça n'aurait pas été la première fois que tu aurais trop bu et que tu te serais fourré dans un sale pétrin.

Précisément, pensa Jack.

— On peut dire que j'ai drôlement facilité les choses au juge, tu ne trouves pas ?

— Tu ne pourras jamais le prouver, et tu sais que le juge Hyett est du genre à envoyer tout le monde au trou. Si tu t'attaques à lui...

— Je devrais laisser tomber, c'est ça ?

Carson garda le silence un instant avant de répondre :

— Je sais. Tu es un ex-taulard et tu as perdu deux années de ta vie à cause d'un délit que tu n'as pas commis. A ta place, je serais fou de rage.

A ces propos, Jack émit un léger gloussement.

— Et toi, tu as perdu onze ans à cause d'un crime dont tu étais innocent.

— C'était différent. J'aimais Ginny. Quand elle est morte, je n'avais plus rien à perdre. Toi, en revanche, tu risques énormément. Même si j'admets que n'importe quel homme à ta place essaierait de poursuivre celui qui tirait les ficelles dans cette histoire, je ne suis pas certain que tu puisses obtenir justice.

C'était bien ça le problème, et Jack le savait pertinemment.

— Quoi qu'il en soit, je me demande qui aurait pu prêter main-forte à Hitch dans cette affaire, fit-il remarquer.

— Un des employés de son ranch ?

Jack secoua la tête.

— Il fallait que ce soit quelqu'un choisi par le juge. Il est même possible que les deux types ne se connaissaient pas. Ce devait être un homme sur lequel Hyett pouvait exercer son autorité, pour le cas où les choses auraient mal tourné. Et il fallait aussi que l'individu en question comparaisse devant le tribunal du juge. Tout cela devrait limiter le champ des possibilités.

— Bon, disons que tu as raison. Et maintenant ? demanda Carson.

Jack avala une gorgée de sa bière.

— Je n'y ai pas encore réfléchi.

— Si le juge a manigancé un coup contre toi la première fois, juste pour te faire sortir de la vie de sa fille, imagine ce qu'il fera pour empêcher que toute cette histoire ne soit révélée au grand jour. Où est-ce que tu vas ?

Jack s'était emparé de son chapeau et avait sauté à bas de son tabouret de bar.

— Il faut que je trouve un ordinateur.

— A cette heure-ci ?

Par chance, Jack avait récemment repéré une machine

dont il pensait pouvoir se servir et faire d'une pierre deux coups, pour ainsi dire.

— Jack, promets-moi de ne pas tenter quoi que ce soit… d'idiot.

Jack s'esclaffa.

— Ai-je l'air d'un homme qui ferait quelque chose d'idiot ?

L'écho de son rire le suivit jusqu'à la porte du bar, tandis qu'il se mettait en route vers le café de Kate LaFond.

— J'ai besoin de votre ordinateur.

Kate s'appuya contre le chambranle de la porte, se reprochant tout bas de lui avoir ouvert. Un vent froid soulevait la poussière dans l'allée sous l'escalier. La température avait chuté, et une tempête se préparait, elle le sentait.

— C'est important, insista Jack.

— Ah bon ! dans ce cas, ça change tout !

Il eut un large sourire.

— S'il vous plaît ? Je sais qu'il est tard, mais j'ai vu de la lumière et…

Elle s'écarta pour le laisser entrer, consciente toutefois de commettre une grosse erreur. Jack et ses allures charmantes de cow-boy décontracté avaient quelque chose de trompeur. Cet homme était capable de s'insinuer dans le cœur d'une femme, comme d'ailleurs dans son lit, si elle n'y prenait pas garde.

Il avait l'air de penser qu'elle lui était redevable de quelque chose, et peut-être était-ce le cas. Il avait croisé son chemin — il lui avait sauvé la vie, en fin de compte, et elle devait le reconnaître en toute honnêteté. Sauf qu'elle détestait devoir quoi que ce soit à qui que ce soit, surtout à un homme tel que Jack French.

— Il est là-bas, dit-elle en pointant le doigt vers son ordinateur portable, posé sur la petite table à manger. Ça vous dérangerait de me dire de quoi il retourne ?

— J'ai besoin de vérifier quelque chose.

Il promena son regard sur le reste de l'appartement.

— Je ne l'avais pas remarqué la dernière fois, mais on dirait que la décoration intérieure, ce n'est pas vraiment votre truc… Je me trompe ?

Elle se hérissa.

— Je n'ai pas eu beaucoup de temps pour ça, si tant est que ça vous regarde.

Il la gratifia d'un sourire moqueur et s'installa devant l'ordinateur.

— Vous aimez la simplicité, c'est ça ?

Elle ne tint aucun compte de sa remarque, et il commença à pianoter rapidement sur les touches du clavier. Elle fut surprise de constater qu'il semblait savoir ce qu'il faisait. Selon toute évidence, ce cow-boy n'avait pas passé toute sa vie en la seule compagnie des chevaux et des vaches. Elle observa ses grandes mains au-dessus du clavier, se rappela la sensation de ses doigts calleux sur sa peau, et se détourna aussitôt pour aller terminer ce qui l'occupait quand il avait frappé à sa porte.

Claude avait installé une machine à laver et un sèche-linge superposables dans un placard du couloir. Tout en tendant l'oreille au cliquetis régulier des touches de l'ordinateur, elle sortit ses vêtements du sèche-linge et les plia encore tout chauds, avant d'aller les ranger dans sa chambre.

Elle venait d'ouvrir le tiroir de sa commode lorsqu'elle se rendit compte qu'elle n'entendait plus le cliquetis de l'ordinateur.

Plus perturbant encore, elle sentit soudain la présence de Jack dans son dos. Elle laissa tomber la pile de linge propre dans le tiroir, qu'elle referma lentement avant de se retourner, pour trouver Jack à quelques dizaines de centimètres derrière elle. Il la troublait d'une façon à laquelle elle préférait ne pas penser, particulièrement quand tous deux se tenaient si près l'un de l'autre, comme à présent, dans sa chambre à coucher.

Elle s'efforça de ne pas réagir à la dangereuse proximité de cet homme, ni au fait qu'il tenait à la main l'un de ses magazines spécialisés dans la chasse aux trésors.

— Je peux vous offrir une bière ? demanda-t-elle en passant devant lui pour gagner la petite cuisine, histoire de mettre un peu de distance entre eux.

Elle ouvrit le réfrigérateur, inspira une bouffée de l'air froid qui s'en échappa et sortit deux canettes. En se retournant, elle constata qu'il l'observait d'un regard amusé. Il savait l'effet qu'il produisait sur elle et n'en perdait manifestement pas une miette.

Elle songea au baiser qu'il avait échangé avec Chantell alors qu'il travaillait au marquage du bétail. Elle n'était pas la seule que Jack French s'employait à séduire.

— Intéressants, ces magazines, dit-il, tandis qu'elle lui tendait une bière et lui prenait la revue des mains pour la jeter sur la pile posée sur la table. Alors, comme ça, vous avez un faible pour les trésors disparus ?

Elle avait semblé nerveuse quelques instants auparavant, dans la chambre, mais toute son assurance lui était maintenant revenue.

— Ils appartenaient à mon père. Je n'ai pas eu le cœur de m'en séparer. J'ai grandi avec des histoires de mines perdues, de cachettes secrètes, d'attaques de diligences et de coffres pleins de pièces d'or et d'argent.

— Votre père était *chasseur de trésors* ? Vous avez dû bien vous amuser, dans votre enfance...

Elle sourit, se pelotonna dans l'un des fauteuils rembourrés et but une gorgée de sa bière. Petit à petit, elle se détendait, comme si elle ne voyait pas d'inconvénient à sa présence — tant qu'elle pouvait maintenir une distance de quelques mètres entre eux.

— Vivre à l'arrière d'un camping-car pour sillonner tout le pays à la recherche de mines d'or désaffectées et de trésors enfouis, c'est propre à faire de n'importe quelle enfance une aventure passionnante, en effet. J'ai connu des moments formidables.

— A-t-il découvert quelque chose d'intéressant ? demanda Jack.

Il retourna une des chaises de cuisine et s'assit à califourchon en face de Kate.

— Il est tombé sur des serpents à sonnette, des éboulis rocheux et des pluies torrentielles qui ont finalement emporté notre camping-car. Il a été tué dans un éboulement en cherchant une mine abandonnée.

— Je suis désolé.

— Inutile. C'est ainsi qu'il aurait aimé partir, de toute façon. Il aurait continué à essayer de dénicher des trésors cachés jusqu'à ce qu'il ne tienne plus sur ses jambes. Ne plus être capable de se livrer à sa passion l'aurait tué d'une façon autrement plus tragique. En fin de compte, s'il fallait qu'il y laisse la vie, je suis contente que ça lui soit arrivé en faisant quelque chose qu'il adorait.

— J'admire ce genre de passion, admit Jack.

Elle inclina la tête vers lui, scrutant ouvertement son visage.

— Vous n'en avez pas ?

Il esquissa un sourire.

— J'en ai pour certaines choses.

Elle secoua la tête d'un air faussement dégoûté.

— Les femmes, par exemple ?

— C'en est une, reconnut-il.

Il la regarda se lever et se déplacer dans la pièce. Elle marchait avec grâce et souplesse, se mouvait comme un chat — silencieusement, sans effort inutile. Elle devait être la seule personne dans tout Beartooth à courir pour le plaisir de faire de l'exercice.

— Est-ce que la plupart des trésors perdus ne sont pas frappés de malédiction ? demanda-t-il.

Le rire de Kate avait quelque chose de musical qui le fit sourire.

— Mon père disait que le mauvais sort n'existait pas, mais vers la fin, à la suite de nombreux accidents inexpliqués, je pense qu'il a fini par y croire.

— Et vous ?

— Nous sommes tous maudits d'une certaine façon. C'est comme pour la chance. Je fais ce qu'il faut pour qu'elle me sourie.

— Je ne sais pas…, dit-il avec un signe de tête pour exprimer ses doutes. Je crois que certains d'entre nous ont la poisse dès leur naissance. La seule chose qui nous pousse à continuer d'avancer, c'est un petit coup de chance de temps en temps.

— Vous seriez poursuivi par le sort depuis votre naissance ? demanda-t-elle, d'un ton tout à la fois amusé et suspicieux. La diseuse de bonne aventure m'a dit que je l'étais aussi. Vous êtes sûr que vous n'êtes pas de mèche, tous les deux ?

Il secoua la tête et traça un signe de croix sur son cœur.

— Parole de scout.

— Vous n'avez jamais été scout.

— Non, vous avez raison, avoua-t-il. C'est cela qui vous perturbait, ce que cette voyante vous a dit à propos d'une malédiction ?

— Nous parlions de vous. Si je comprends bien, vous n'êtes pas né dans une famille privilégiée ?

— Ma mère est morte quand j'avais trois ans, expliqua-t-il, sans toutefois mentionner l'héritage auquel il n'avait jamais touché. Mon père ne s'en est jamais remis. Il était connu pour chercher la bagarre et finir en cellule.

— Je suis désolée.

— Parfois, je pense que l'histoire de ma vie était écrite dès le départ. Ça n'a pas été facile d'essayer de surmonter mon héritage familial, sans parler des gènes paternels.

— J'ai perdu ma mère, moi aussi, seulement mon père a adopté une démarche légèrement différente. Il a tout vendu, et nous sommes partis sur les routes en quête de trésors enfouis. Je suppose que c'était sa manière à lui de fuir, comme votre père cherchait la fuite dans les empoignades.

— On dirait que nos pères se ressemblaient, conclut-il en croisant son regard. Je me demande ce que vous et moi avons d'autre en commun.

Elle posa sa bière et se remit debout.

— Il est peut-être temps que vous partiez.

— J'ai dit quelque chose qu'il ne fallait pas ?

— C'est seulement que je connais les hommes de votre espèce, Jack. Je ne suis pas née de la dernière pluie.

— Moi non plus. Mais il y a quelque chose de différent en vous. En nous.

Elle inclina la tête comme pour lui faire comprendre qu'elle ne mordait pas à l'hameçon.

— Je vous ai vu avec votre chérie pendant le marquage des bêtes.

— Chantell n'est pas ma chérie.

De toute évidence, elle n'en croyait pas un mot.

— Si elle m'a embrassé, c'était juste pour vous faire enrager, précisa-t-il. Et apparemment, elle a réussi, ajouta-t-il avec un sourire.

Il termina sa bière et se leva. En passant près d'elle pour regagner la porte, il lui effleura l'épaule.

— Merci pour la bière et la conversation. Je n'ai pas passé un moment aussi agréable depuis des années. Sans blague.

Il sortit dans le froid. La neige avait commencé à tomber. Rien de tel que le printemps dans le Montana ! Il pouvait faire 27°C un jour et neiger le lendemain. De gros flocons duveteux tombaient en voltigeant dans l'obscurité. Plusieurs centimètres de poudreuse légère s'étaient déjà amoncelés. Elle recouvrait tout, y compris son pick-up.

— Qu'est-ce qui t'a pris de revenir ici ? se demanda-t-il à lui-même, tout en pataugeant dans la neige en direction de son pick-up.

Comme il s'apprêtait à ouvrir sa portière, il jeta un coup d'œil vers la fenêtre de l'appartement au-dessus du café. Kate avait éteint les lumières, mais il distingua sa silhouette, pareille à une ombre noire.

Quelque chose dans cette vision lui fit froid dans le dos. Il débarrassa la poignée de la neige qui s'y était entassée et ouvrit la portière. La neige s'engouffra dans la cabine du pick-up et en tapissa aussitôt le siège. Il la balaya du plat de la main avant de grimper à l'intérieur.

Le moteur tourna au ralenti avec un ronronnement sourd. Le ventilateur se mit à souffler de l'air glacial. Il l'éteignit et regarda de nouveau, à travers les flocons, la fenêtre de l'étage. Elle était vide.

Kate regarda le pick-up de Jack s'éloigner. Elle n'arrivait pas à croire qu'il s'était remis à neiger. Elle avait vu la terre passer d'un morne brun hivernal à un vert éclatant. Les champs se paraient de couleurs chaque jour plus vives et de fleurs sauvages plus nombreuses.

Le ruisseau derrière le café grondait, gonflé par la neige des montagnes et imprégné de l'odeur des pins. Ce matin encore, elle s'était réveillée au chant des oiseaux et au souffle frais de la brise agitant les feuilles nouvelles du peuplier de Virginie qui poussait près de sa fenêtre.

Commençait-elle à s'attacher à cet endroit ? L'idée lui arracha un petit rire dédaigneux.

— Je n'ai plus que quelques mois à tenir, Claude. Ensuite, quoi qu'il arrive, je m'en vais. Bye-bye, Beartooth !

11

— Vous n'avez pas intérêt à mourir !

Comme Claude Durham ouvrait lentement les yeux, Kate se leva de la chaise posée près de son lit d'hôpital et s'approcha de lui. Il avait l'air encore très affaibli, mais il avait retrouvé quelques couleurs.

— Je croyais que tu serais partie depuis longtemps, marmonna-t-il avant de refermer ses paupières.

Elle n'allait certes pas admettre qu'elle avait passé toute la nuit sur une chaise inconfortable à son chevet.

— C'est vous qui avez débarqué sans prévenir dans ma vie. Pas question que je m'en aille avant que vous m'ayez dit la vérité.

— La vérité ?

Il ébaucha un pâle sourire. Et émit un pauvre petit rire. Puis il rouvrit les yeux.

— Je te l'ai déjà dit, je suis en train de mourir.

— Je veux tout savoir sur ma mère, insista-t-elle en accrochant son regard. Et sur mon père.

Ses paupières clignèrent, s'abaissèrent encore une fois.

— C'est une longue histoire, pas très glorieuse.

— Vu que, à cette heure-ci, j'ai probablement déjà été virée de mon travail, j'ai tout le temps qu'il me faut — et comme c'est vous qui avez commencé, vous me devez la vérité. De toute façon, je doute que vous

puissiez dire quelque chose qui vous fasse baisser davantage dans mon estime.

Il sourit, ne se laissant visiblement pas abuser par son mensonge. Pourtant, il s'écoula un long moment avant qu'il ne se mette enfin à parler. Les yeux toujours fermés, il commença :

— J'avais un frère aîné. Il a fugué quand il avait quinze ans. Notre père buvait. Notre mère a fini par le quitter et s'est remariée avec un homme du nom de Bruce Durham. Bruce était un type bien. Nous habitions un ranch dans le Wyoming. Bruce m'a adopté, ainsi que mon plus jeune frère, Everett. Mais Bruce n'a pas duré longtemps. Ma mère a eu quelques ennuis, et les services sociaux lui ont finalement retiré Everett. J'avais dix-sept ans à l'époque, j'étais assez âgé pour quitter la maison. J'ai perdu la trace d'Everett. Comme j'étais costaud pour mon âge, je suis allé travailler sur une plate-forme pétrolière et j'ai mis de côté chaque dollar gagné.

— Passionnant, mais qu'est-ce que ça a à voir avec Beartooth ?

Il ouvrit les yeux.

— Ma mère était née là-bas. Elle nous racontait tout le temps ce que c'était, de grandir au pied des Crazy Mountains. Je me représentais cet endroit comme un lieu utopique, une sorte de Shangri-La. Quand, enfin, j'ai eu économisé assez d'argent pour m'acheter un vieux pick-up d'occasion, je me suis rendu là-bas. J'ai décroché un travail dans les cuisines du Branding Iron Café.

— Alors, c'est comme ça que vous vous êtes retrouvé propriétaire du café… Et ma mère, dans tout ça ? A quel moment est-ce qu'elle apparaît dans l'histoire de votre vie ?

— Il s'est écoulé plusieurs mois avant que j'entende parler d'une espèce de survivaliste dément qui se terrait dans un vallon reculé, au fin fond des montagnes. Il s'appelait Cullen Ackermann.

— Votre frère aîné ? hasarda-t-elle.

Claude hocha la tête.

— Il ne faisait aucun doute que lui aussi se souvenait très bien des histoires que nous avait racontées notre mère. Mon frère avait toujours été une brute. Je n'avais pas la moindre envie de le revoir. Mon travail au café me plaisait, et je voulais laisser tout notre passé derrière moi. Heureusement, il ne venait presque jamais en ville. Quand, un jour, je suis finalement tombé sur lui par hasard, il ne m'a pas reconnu. J'étais tellement soulagé que je n'ai rien fait pour changer les choses. A la longue, j'ai été en mesure de racheter le café à son propriétaire. A ce moment-là, Cullen était devenu encore plus fanatique et menait une vie de reclus. Ensuite, des bruits ont commencé à circuler, disant qu'il avait une nouvelle femme, très jeune et très belle.

Kate sursauta. Elle avait deviné avant même d'ouvrir la bouche.

— Ma mère.

— Elle s'appelait Katherina, mais tout le monde la surnommait Teeny. Elle était vraiment toute jeune et toute menue. Je n'avais aucune idée de la manière dont Cullen s'y était pris pour la convaincre de l'épouser — il était beaucoup plus âgé qu'elle et il avait quatre fils déjà grands. J'ai appris plus tard qu'il l'avait dupée. Il l'avait dénichée dans l'Etat de Washington et l'avait ramenée à Beartooth. La pauvre ne savait pas dans quoi elle avait mis les pieds. Elle n'avait pas vu quel cinglé c'était...

Il prit une inspiration laborieuse et continua :

— *Mais il ne lui a pas fallu longtemps pour se rendre compte de l'erreur qu'elle avait commise en l'épousant, et encore plus en le laissant la dépouiller de tout son argent. Teeny venait d'une famille fortunée. Elle n'a pas mis longtemps non plus à s'apercevoir que Cullen devenait de plus en plus paranoïaque et violent, tout comme ses quatre beaux-fils.*

Pris d'une quinte de toux, Claude s'interrompit quelques instants.

Kate sentit son cœur se serrer.

— *Il se montrait violent avec ma mère ?*

— *Pas de la façon que tu penses. Il patrouillait sur ses terres, dans le vallon, bardé de toutes les armes imaginables. Il n'autorisait personne à entrer dans sa propriété et ne permettait ni à Teeny ni à ses enfants de quitter le domaine. Teeny faisait de son mieux pour éduquer les garçons à domicile. Elle était pratiquement prisonnière, car ils cultivaient eux-mêmes tout ce dont ils avaient besoin pour se nourrir et mangeaient la viande des bêtes qu'ils chassaient. La seule personne qui avait le droit d'aller en ville, c'était Cullen.*

Claude s'arrêta une fois de plus, et elle comprit qu'il était arrivé à la partie la plus pénible de son récit.

— *Mon frère avait truffé tout le secteur de chausse-trapes, et ordonné à ses fils de monter la garde et de se tenir prêts à ouvrir le feu. Malgré tout, j'entendais sans arrêt parler de Teeny. Elle a commencé à m'intriguer.*

— *Assez pour vous risquer là-bas, alors que l'endroit était défendu comme une forteresse ?*

Avec un sourire, il acquiesça d'un signe de tête.

— *J'étais beaucoup plus intrépide dans le temps que je ne le suis maintenant.*

— Alors, tu as trouvé un ordinateur ? demanda Carson avec un petit sourire entendu, lorsque Jack et lui décidèrent de faire une pause dans le marquage des bêtes, le lendemain.

— En fait, oui.

Et comme son ami secouait la tête, il ajouta :

— Kate s'est montrée très aimable, elle m'a laissé utiliser le sien.

— Ça ne m'étonne pas.

— Comme je le soupçonnais, Hitch McCray devait comparaître devant le juge Hyett deux semaines après mon arrestation.

— Tu disais qu'il fallait au moins deux hommes pour réussir à voler ce taureau.

Jack hocha la tête. Parmi les noms qu'il avait découverts, il y en avait plusieurs qu'il reconnaissait. Il savait qu'il n'aurait pas été facile pour un homme doté d'un peu de conscience morale de tendre un piège à un innocent — à moins de le connaître parfaitement, d'être au courant de sa tendance héréditaire à s'attirer des ennuis, et d'avoir beaucoup à perdre. En de nombreuses occasions, Jack n'avait pas été blanc comme neige, loin s'en fallait. Tout le monde ou presque dans le comté s'attendait au pire de sa part. L'inculpation de vol de bétail n'avait fait que donner raison à la majorité des gens.

Ce n'est qu'après être tombé sur un nom auquel il n'avait pas songé que Jack avait compris qu'il avait visé juste.

— Cody West, dit-il.

Il vit la stupéfaction se peindre sur le visage de Carson. Le jeune frère de Rylan West avait été appréhendé trois semaines avant que Jack ne se réveille, un matin, pour trouver un taureau de prix dans sa cour et que le shérif ne l'informe de ses droits.

— Cody avait été arrêté pour possession d'alcool par un mineur et conduite en état d'ivresse. Il avait dû se faire pincer en rentrant d'une beuverie près de la rivière.

Carson savait comme lui que, depuis longtemps, les jeunes organisaient là-bas des soirées arrosées, au cours desquelles ils buvaient de la bière par tonneaux entiers. Le juge Hyett lui-même avait sans doute participé à ce genre de fiestas au temps de sa jeunesse.

A cela près que, au fil des années, Hyett s'était taillé une réputation de juge inflexible en coffrant les fêtards et en se montrant impitoyable envers les adolescents qui buvaient. Il ne manquait jamais de souligner la diminution du nombre des accidents de la route impliquant de jeunes conducteurs, et de s'en attribuer tout le mérite.

— Cody s'en est tiré avec une tape sur les doigts, dit Jack. Les autres gamins ne s'en sont pas aussi bien sortis.

Carson secoua la tête.

— Je ne peux pas croire que Taylor West ait laissé son plus jeune fils accepter un tel marché avec le juge Hyett. Tu connais Taylor. Il serait entré dans une colère noire contre Cody en apprenant son arrestation, et l'aurait sans doute puni plus sévèrement que tout ce que le juge aurait pu lui infliger.

— C'est vrai, mais de là à obtenir que le chef d'accusation soit réduit à une simple possession d'alcool par un mineur ? Le môme a passé un accord avec le juge, parce qu'il savait que son père serait furieux s'il écopait en plus d'une condamnation pour conduite en état d'ébriété.

Taylor West était le genre de père que tout jeune garçon rêvait d'avoir. Sauf quand on le mettait en pétard. Alors, il pouvait se montrer inexorable et dur comme de l'acier.

— Cody a sûrement pris peur, poursuivit Jack. J'imagine à quel point le juge peut être effrayant.

— J'espère que tu as raison, parce que, franchement, Jack, c'est *toi* qui me fais peur. Est-ce que j'ai besoin de te rappeler commel peut s'avérer dangereux de s'attaquer à lui ? Si tu as vu juste, cet homme a déjà commis un délit. Avec tous les pouvoirs qu'il détient, qui sait ce qu'il serait capable de faire pour se débarrasser de toi, et pour de bon, cette fois ?

En abandonnant les poursuites pour les délits les plus graves commis par Hitch et Cody, le juge aurait fait des deux hommes ses débiteurs. Mais ceux-ci se seraient-ils sentis redevables à Hyett au point de faire tomber un homme pour vol de bétail ? Toute la question était là. Jack en était encore à se demander s'il tenait assez à la réponse pour affronter l'implacable juge.

J'ai une fille. Ce fut la première pensée de Frank Curry, le lendemain matin. Il avait régulé la circulation automobile jusqu'à une heure tardive dans la soirée, puis on l'avait de nouveau appelé à se rendre sur les lieux d'un autre accident. Et pendant presque tout ce temps, il avait maudit Pam. Parce qu'il avait évidemment le droit d'être en colère. Il avait perdu dix-sept années qu'il aurait dû passer avec sa fille.

A supposer qu'elle soit bien ma fille.

Si Pam ne s'est pas donné la peine de me parler de cette enfant pendant tout ce temps, n'y aurait-il pas une possibilité que Tiffany ne soit pas ma fille ?

Peut-être celle-ci avait-elle mal interprété les paroles de sa mère. Ou alors Pam ne lui avait jamais révélé l'identité de son père, et la jeune fille en avait simplement déduit qu'il devait s'agir de lui.

Il fallait décidément qu'il ait une sérieuse conversation avec Pam.

Mais en attendant, il voulait revoir Tiffany.

Ce mardi, une fois sa journée de travail terminée, Frank décida d'aller la trouver l'appartement qu'elle louait. L'épicerie étant fermée pour la journée, Lynette n'était pas à son poste habituel, ce dont il se félicita. Il grimpa l'escalier et frappa à la porte.

Tiffany ne répondit pas immédiatement, mais toutes les lumières étaient allumées et sa voiture garée en bas, dans la rue. Elle était forcément là.

Quand elle vint enfin ouvrir la porte, il s'aperçut qu'elle avait pleuré.

— Ça va ? s'enquit-il, aussitôt alarmé.

— A votre avis ?

Et, sur ces mots, elle tourna les talons et repartit vers le fond de l'appartement.

Après avoir refermé la porte derrière lui, il la suivit. Debout devant la fenêtre, elle lui tournait le dos. Il s'avisa qu'elle avait probablement guetté son arrivée tandis qu'il remontait la rue dans son pick-up, fâchée contre lui parce qu'il n'était pas revenu la veille au soir comme il l'avait promis.

— Je suis désolé d'avoir été obligé de partir comme ça hier… Et j'ai dû aussi travailler toute la journée, sans quoi je serais venu plus tôt.

La vérité, c'est qu'il avait eu besoin de temps pour réfléchir — et aussi pour s'employer à retrouver la trace de Pam. Mais il avait eu beau se torturer les méninges, ses réflexions n'avaient servi à rien. Et il n'avait pas non plus réussi à localiser son ex-femme. Après tout, elle avait très bien pu se remarier, changer de nom, ou quitter le pays.

Il ne pouvait risquer de compromettre son travail en lançant des recherches trop approfondies sans raison valable. Malheureusement, découvrir qu'il avait une fille ne suffisait pas à justifier de telles investigations.

— Vous n'étiez pas obligé de venir maintenant, si vous n'en aviez pas envie, répliqua Tiffany, comme si chaque mot lui coûtait.

Il en éprouva de la peine pour elle. C'était elle, la véritable victime, dans cette histoire. D'un geste hésitant, il lui toucha l'épaule. Elle tressaillit, mais se retourna pour le regarder en face.

— Je veux apprendre à te connaître, dit-il. Si j'avais su plus tôt que…

— Qu'auriez-vous fait ? rétorqua-t-elle.

— Je n'aurais jamais laissé ta mère partir.

Ses paroles semblèrent l'apaiser, mais il savait qu'au moindre mot déplacé ou maladroit de sa part, elle se déroberait de nouveau, furieuse contre lui.

Il se tritura donc le cerveau en quête de quelque chose à dire, avec le sentiment de traverser un champ de mines sur la pointe des pieds. Il balaya le petit appartement d'un regard circulaire, surpris de voir à quel point Lynette l'avait arrangé avec goût. C'était un aspect d'elle qu'il ne connaissait pas. Une fois de plus, il ressentit ce pincement au cœur si familier. Il y avait tellement de choses qu'il n'avait pas eu l'occasion de découvrir, à propos de Lynette…

— Alors, tu aimes dessiner ?

Plutôt anodin, comme question. Sauf qu'elle afficha aussitôt une moue mécontente.

— Tiffany, je t'en prie… Je ne sais rien de toi. Pourquoi n'essaies-tu pas de m'aider un peu ?

Elle alla s'asseoir, les jambes croisées, dans un fauteuil rembourré. Il l'imita et s'installa sur le bord du canapé, son chapeau entre les mains.

— Je ne suis jamais montée à cheval, dit-elle. Vous avez des chevaux ?

Il sourit, puis hocha la tête. Enfin, il se retrouvait en territoire connu.

— J'en ai une demi-douzaine. Tu aimerais apprendre à monter ?

— C'est difficile ?

— Non, j'ai une jument très gentille, qui te plairait sûrement. Je pourrais t'apprendre.

— Ma mère a dit que vous étiez un cow-boy shérif.

Il eut un petit rire.

— Je suppose que c'est vrai ! Je fais du cheval, j'élève du bétail, et en même temps je travaille comme shérif. Qu'est-ce que ta mère t'a dit d'autre à propos de moi ?

Elle dut percevoir le trouble dans sa voix.

— Que vous ne l'aimiez pas.

— C'est faux. Ecoute, j'ai besoin de parler à ta mère. Peux-tu me donner son numéro ?

— Non.

— Non, tu ne l'as pas, ou non, tu ne veux pas me le donner ?

Tiffany se renfrogna.

— Tout ça, c'est entre vous et moi.

— Mais il y a des choses auxquelles seule ta mère peut répondre.

Elle écarquilla les yeux.

— Vous ne voulez pas croire que je suis votre fille, c'est ça ?

Soudain, elle s'était relevée.

— Elle m'avait prévenue que vous diriez ça. Allez-vous-en !

— Tiffany, je n'ai pas dit…

— Sortez !

Vu qu'elle s'était remise à pleurer, il jugea préférable de se lever.

— Je suis désolé, mais j'en veux à ta mère de t'avoir tenue éloignée de moi... J'ai besoin de savoir pourquoi elle a fait ça.

— Pourquoi ? cria-t-elle. Parce que vous ne l'aimiez pas, ni moi non plus ! Parce que vous avez divorcé d'elle !

C'est elle qui a demandé le divorce.

Heureusement, il se contenta de formuler cette pensée intérieurement, sans l'énoncer à voix haute.

— Je regrette que tu croies ça, car ce n'est pas la vérité. Je n'aurais jamais laissé ta mère partir si j'avais su qu'elle t'attendait. Jamais !

Elle cessa de pleurer et, d'un poing rageur, essuya ses larmes.

— Je prends une journée de congé demain, poursuivit-il. Pourquoi ne viendrais-tu pas au ranch vers 10 heures ? Mets un jean et des bottes, si tu en as. Sinon, je t'en trouverai une paire. Tu en auras besoin pour monter à cheval. Tu verras, tu t'entendras très bien avec Princesse, ma jument, et tu lui plairas aussi.

Tiffany déglutit péniblement. Plus que jamais, elle ressemblait à une petite fille. Si menue et si frêle, si enfantine malgré ses dix-sept ans... Il fut pris d'une folle envie de la prendre dans ses bras, de la serrer et de ne plus jamais la lâcher. La seule idée du mal qui lui avait été infligé était insupportable. Il aurait volontiers étranglé Pam de ses propres mains.

Il se dirigea alors vers la porte, puis se retourna pour la regarder.

— J'aimerais vraiment apprendre à te connaître, dit-il avec un sourire. Et il n'y a pas de meilleur moyen pour faire connaissance que de monter à cheval ensemble.

Sur le chemin du retour vers Big Timber, il obligea ses pensées à quitter Pam et Tiffany pour se focaliser sur son travail. Il avait le cadavre d'un Ackermann sur une table d'autopsie à la morgue locale, et au moins un membre de la fratrie quelque part dans la nature. Tout en se garant sur le parking de son bureau, il saisit au vol une pensée qui vagabondait dans son esprit et tira dessus, comme il l'aurait fait d'un fil dénoué, pressentant qu'il lui suffirait d'un coup de téléphone pour démêler toute l'affaire.

Il entra dans son bureau, ferma la porte et s'empara de l'appareil téléphonique. Son cœur battait à coups redoublés lorsque le directeur de la prison d'Etat du Montana décrocha.

— J'ai besoin de savoir si Cullen Ackermann a reçu des visites au cours de la semaine qui a précédé sa mort, demanda-t-il.

— Je peux vérifier.

— Je reste en ligne, si ça ne vous dérange pas.

Le directeur était parti depuis si longtemps que Frank commençait à douter de sa propre théorie.

Finalement, le directeur revint en ligne.

— Je ne sais pas si vous êtes assez vieux pour vous en souvenir, mais quand on a coffré Cullen Ackermann, il a été assailli par les médias et par tous les cinglés qui ont surgi de partout. Il adorait attirer l'attention sur lui. Mais avec le temps, il n'a plus voulu recevoir de visiteurs. A la fin, il n'y en avait plus que deux qu'il acceptait de voir.

Frank retint son souffle et attendit que le directeur lui révèle les deux noms.

— Cecil Ackermann.

Un autre de ses fils.

Ce qui voulait dire que trois des garçons avaient

survécu, dont deux se trouvaient à présent dans la nature. Frank étouffa un juron entre ses dents. Ses soupçons se confirmaient.

— L'autre visiteur était un homme du nom de Claude Durham.

Incapable de refréner sa stupeur, Frank laissa échapper un sifflement. Pourquoi diable Claude était-il allé rendre visite à Cullen Ackermann en prison ?

— Encore une question, si vous voulez bien… J'ai cru comprendre qu'Ackermann se vantait d'avoir enfoui un trésor quelque part.

A l'autre bout du fil, son interlocuteur émit un gloussement.

— Il disait avoir épousé une jeune femme pleine aux as et prétendait avoir converti toute sa fortune en lingots d'or avant de l'enterrer. Il portait toujours sur lui une photo de sa famille — enfin, il disait que c'était sa famille — avec, au verso, une carte de l'endroit où le fameux trésor était caché. Il me l'a montrée un jour. Pour moi, ça n'avait ni queue ni tête. Il suffisait de jeter un œil sur la prétendue carte pour savoir qu'Ackermann était fou. Ce n'était rien de plus qu'un ramassis de gribouillages.

Frank pensa à la photo qu'il avait trouvée près de l'homme assassiné. Ainsi, Cullen l'avait donnée à l'un de ses fils. Cecil, selon toute vraisemblance. Il remercia le directeur et raccrocha. Puis il resta un long moment assis sans bouger, le regard perdu dans le vide. Mais, dans son esprit, les pensées tourbillonnaient. Un autre fil reliait donc Cullen, Claude, Darrell Ackermann et Kate LaFond. Pour quelle raison, il n'en avait pas la moindre idée.

Il saisit de nouveau le combiné du téléphone et composa

le numéro du Branding Iron. On lui annonça que Kate avait pris le reste de la journée. Elle avait été vue pour la dernière fois au volant de son pick-up, roulant en direction du nord.

12

L'après-midi touchait à sa fin lorsque Jack chargea son pick-up et se mit en route vers la propriété familiale. Il savait pourquoi il avait retardé ce moment. C'était là-bas qu'il vivait lorsque le shérif l'avait arrêté.

A l'époque, il n'avait pu savoir ce qui l'avait le plus blessé : se faire embarquer, menottes aux poignets, après avoir constaté qu'un taureau qui ne lui appartenait pas avait échoué dans son corral, ou se rendre compte qu'il était victime d'un coup monté par l'un de ses voisins. Il n'avait pas douté un instant que le véritable coupable faisait partie de son entourage.

Sur le moment, il n'avait pas soupçonné le juge Hyett. Ce ne fut qu'après l'énoncé de sa condamnation qu'il avait remarqué l'absence de Chantell dans la salle d'audience. Cela n'aurait pas dû l'étonner, pourtant. Le magistrat n'avait jamais caché qu'il estimait que sa fille méritait mieux que Jack French, et Chantell était la petite fille chérie de son papa.

Il était presque arrivé à l'embranchement d'où partait la route qui conduisait au domaine des French, quand il aperçut un éclair rouge filant au loin. Quelques instants plus tôt, en passant devant le café, il avait remarqué que le pick-up de Kate n'était plus là.

Pour parvenir au ranch de ses parents, il avait fait

un long détour, emprunté une route rarement utilisée, pour la simple raison qu'il ne tenait pas à risquer de tomber sur une personne de sa connaissance. Dans cette région du monde, si le conducteur qui croisait votre chemin reconnaissait votre véhicule, il se sentait obligé de s'arrêter, de descendre sa vitre et d'entamer une conversation.

Ralentissant pour prendre le virage, il vit le pick-up rouge tourner en bordure de l'ancienne propriété des Ackermann et rouler droit vers l'ouest en direction du vallon.

Grommelant entre ses dents, Jack accéléra et s'engagea dans le sillage du pick-up. Il avait beau se dire que ce n'était probablement pas Kate, il savait à quoi s'en tenir. Qu'allait-elle donc faire dans ce vallon ?

Lorsqu'il atteignit la bifurcation, les traces laissées dans les hautes herbes qui avaient repris possession de l'ancien chemin étaient encore visibles. Il continua de rouler quelques mètres, se gara derrière un bosquet de peupliers de Virginie au bord de la route et continua à pied.

Du fond de la vallée, le terrain s'élevait en pente abrupte jusqu'aux hauts sommets déchiquetés des Crazy Mountains. Il ne marcha pas longtemps avant de s'arrêter pour se retourner et contempler la vallée en contrebas. Il distinguait la ferme familiale dans le lointain. Même de cet endroit, il pouvait voir la vieille maison aux pièces en enfilade, à la galerie délabrée. Il aurait fallu remplacer le toit du bâtiment. Bon sang, pour tout dire, il aurait même fallu le raser complètement !

Avant d'être jeté en prison, il avait élu domicile dans une cabane à l'arrière de la maison, cabane qui avait autrefois servi de dortoir. Pas terrible non plus.

Après tout, pourquoi ne vendait-il pas toute la

propriété en bloc à Hitch McCray ? *Toi qui parlais de partir pour le Wyoming et de travailler dans un ranch de Green River, d'élever des chevaux pour un rancher qui te connaîtrait et serait prêt à t'embaucher malgré ton passé... Pourquoi est-ce que tu ne le fais pas ? Pourquoi ne pas laisser Beartooth et ton passé derrière toi une bonne fois pour toutes ?*

Oui, finalement, pourquoi pas ? se répétait-il en reprenant sa marche. Maintenant qu'il était devenu un repris de justice, ses options en matière de travail honnête étaient plutôt restreintes. Il s'empressa de chasser cette pensée, conscient que s'engager dans cette voie ne menait à rien, si ce n'était des ennuis.

La lumière de l'après-midi était intense. Bas sur l'horizon, le soleil baignait le paysage d'une lueur dorée surnaturelle. Jack se frayait un chemin au milieu de la végétation, sentant constamment la présence écrasante des Crazy Mountains dressées au-dessus de lui. Des plaques de neige, vestiges des dernières tempêtes, étincelaient sur les hauts sommets, d'où leur odeur glacée descendait avec la brise. Plus bas, la neige avait fondu.

Au bout de quelques minutes de marche seulement, il repéra le pick-up de Kate garé entre les arbres qui poussaient maintenant plus dru. Mais pas de Kate à l'horizon.

C'est alors qu'il vit l'endroit où les barbelés entourant la propriété des Ackermann avaient été sectionnés. Il ne fallait pas être très malin pour comprendre par où la jeune femme était passée. Mais pour quoi faire, bon sang ? Elle n'avait pu manquer de remarquer les pancartes sur la clôture. Et elle savait sûrement qu'il était dangereux de s'aventurer sur ces terres.

Il perçut tout à coup un bruit qu'il reconnut aussitôt.

Le son métallique d'une pelle heurtant la roche. Cette

terre composée de dépôts glaciaires était criblée de pierres à quelques centimètres seulement sous la surface.

Quelqu'un creusait le sol de l'autre côté de la clôture.

Kate poussa un juron lorsque sa pelle heurta un autre rocher. Elle s'arrêta, se pencha sur l'outil, puis s'essuya le visage avec sa manche. Une chaleur intense irradiait des fondations de pierre de la grange.

Elle considéra le trou qu'elle venait à peine de commencer à creuser. Ce n'était pas le bon endroit. Dans quelques instants, le soleil disparaîtrait derrière le plus haut sommet des Crazy Mountains, et ses longs rayons dorés brilleraient obliquement à travers les pins. Cela lui rappela l'indice qui devait désigner l'emplacement de la fameuse mine d'or perdue du Hollandais.

Pour l'heure, les derniers rayons du soleil se réverbéraient sur le rocher. Elle regretta de ne pas avoir emporté d'eau. Avec un soupir, elle retira sa chemise, pour ne garder que son débardeur et son jean. Elle décida d'aller creuser un peu plus loin, vers l'ouest. Après quoi il lui faudrait retourner en ville, car les femmes du club de patchwork avaient prévu de repeindre la salle à manger du café au cours de la soirée.

Comme elle ramassait sa pelle et faisait un pas dans la direction de l'ouest, une ombre tomba sur le rocher devant elle. Avec un sursaut de surprise, elle souleva la pelle d'un geste vif, pivota sur ses talons, le cœur coincé dans la gorge, prête à défendre chèrement sa peau.

Jack French.

Elle grommela intérieurement. Il était planté là, les mains dans les poches de son jean, l'air légèrement intrigué. Elle ne fut pas dupe une seconde.

— Il y a des manières plus faciles d'aller en Chine, fit-il remarquer.

Elle était prise la main dans le sac. Une demi-douzaine de mensonges lui vinrent aux lèvres, mais Jack ne lui laissa pas le temps d'en proférer un seul.

— J'aurais dû m'en douter quand j'ai vu tous ces magazines de chasse aux trésors chez vous, reprit-il en secouant la tête. Voilà qui explique les raisons de votre présence à Beartooth. Rien à voir avec le café, n'est-ce pas ?

Il avait l'air un peu déçu.

— Et en plus, vous ne savez pas lire. Ce terrain tout entier était bourré de chausse-trapes et de mines. L'armée est venue faire le ménage. Les démineurs en ont éliminé la plus grande partie, mais le secteur est toujours très dangereux. Et s'il y avait un trésor enterré ici, croyez-moi, on l'aurait déjà découvert.

Elle s'appuya sur la pelle, et ne broncha pas. Qu'aurait-elle pu dire ? Il ne l'aurait pas crue, même si elle avait dit la vérité. Mais, à bien y réfléchir, il se pouvait aussi qu'il ajoute foi à ses paroles. Elle eut brusquement envie de tout lui raconter, sans plus tarder. N'était-il pas dans son intérêt de mettre Jack dans son camp ? Il était de la région, après tout. Et costaud comme il en avait l'air, elle ne doutait pas qu'il fût capable de manier une pelle avec beaucoup plus d'efficacité qu'elle.

Il l'observait, comme s'il attendait de voir quelle ineptie elle allait inventer. Le soleil sombra derrière les Crazies, le mur de la grange fut plongé dans la pénombre, mais la chaleur accumulée se dégageait toujours de ses fondations.

Kate sentit un filet de transpiration dégouliner entre ses seins. Le regard de Jack quitta son visage pour venir frôler son débardeur, la faisant frissonner comme s'il l'avait effectivement touchée. Elle sentit ses mamelons se durcir sous le regard intense des yeux bleus de Jack. Pis encore, elle sentit un désir brûlant s'allumer en elle et incendier ses veines.

Mais où avait-elle eu la tête ? Tout révéler à Jack ? Faire confiance à ce cow-boy ? Vu la façon dont il la regardait en cet instant — et l'effet que cela produisait sur elle —, elle ne pouvait imaginer rien de plus dangereux.

— Je crois que j'en ai terminé ici, dit-elle en saisissant le manche de la pelle et en repoussant dans le trou le peu de terre qu'elle avait retournée.

— J'en doute, dit-il d'une voix aussi rugueuse que la pulpe de son pouce quand il lui en avait effleuré la lèvre.

Elle vit son propre désir se refléter dans les yeux de Jack et, aussitôt, détourna la tête. Elle passa devant lui, redoutant qu'il n'en profite pour la toucher — et craignant qu'il ne le fasse pas. Il y avait si longtemps qu'un homme n'avait pas éveillé une telle envie en elle…

La seule pensée de sa peau sur la sienne… Il ne fit rien pour l'arrêter, et elle ferma les yeux l'espace d'un instant. Ouf ! elle l'avait échappé belle !

Mais lorsqu'elle les rouvrit et poursuivit sa marche, elle ne put ignorer l'amertume qui lui serra le cœur. Elle désirait Jack French, et cela le rendait d'autant plus redoutable. Elle se dit qu'elle venait d'éviter un désastre en s'abstenant de mettre son âme à nu devant lui. Elle pressentait qu'avec Jack French elle risquait de dévoiler bien davantage que son âme.

Debout près de la grange, Jack écouta le bruit du moteur du pick-up de Kate s'éloigner. Bon sang, il avait été à deux doigts de la prendre dans ses bras ! Il avait dû faire appel à toute sa volonté pour se retenir, mais il avait senti que s'il posait la main sur elle en cet instant, il ne pourrait plus s'arrêter.

Il chassa de son esprit l'image qui s'imposait à lui : tous les deux, ensemble, elle, le dos appuyé contre le mur de la grange, et lui…

— Qu'est-ce qui ne tourne pas rond chez toi ? marmonna-t-il pour lui-même.

Elle n'était pas la première femme à le rendre fou. Mais elle était la première pour qui il sentait une attirance telle qu'il semblait incapable de demeurer loin d'elle.

Jurant à voix basse, il se rendit compte que l'ancien Jack l'aurait prise, là, contre le mur. Il regretta de ne pas l'avoir fait. Peut-être aurait-il pu enfin se libérer de son obsession.

Il songea à son expression lorsqu'il l'avait fait sursauter en s'approchant d'elle par-derrière. Elle s'était retournée, sa pelle à la main, la surprise et la détermination peintes sur son visage. Elle avait été prête à se défendre bec et ongles. Il devait s'estimer heureux qu'elle ne lui ait pas asséné un grand coup de pelle sur la tête.

Ou qu'elle ne l'ait pas menacé avec l'arme qu'il avait vue coincée dans la ceinture de son jean.

A ce moment, cependant, ses pensées s'étaient surtout focalisées sur la façon dont son débardeur collait à sa peau en sueur. Quant à la manière dont son jean moulait ses longues jambes et épousait les formes de son merveilleux postérieur, il ne voulait même pas y penser.

Jetant un coup d'œil autour de lui, il remarqua que le terrain de la propriété avait été creusé en plusieurs endroits. L'idiote ! Du bout de sa botte, il donna un coup de pied dans la terre qu'elle avait piochée, envoyant quelques mottes voltiger dans les airs.

Cette femme était donc bien une de ces maudites chasseuses de trésors. Il se rappela la pile des magazines consacrés à cette activité qu'il avait vue dans son appartement et secoua la tête. Elle ajoutait manifestement foi à la vieille légende du magot caché des Ackermann. Ce qui signifiait qu'il ne s'était pas trompé quant aux raisons qui l'avaient amenée à Beartooth. L'ennui, c'était qu'elle serait sans aucun doute déçue — et finirait par plier bagage.

Il s'apprêtait à faire demi-tour pour regagner à pied son pick-up lorsqu'il repéra le gant que Kate avait oublié dans sa hâte. Il se baissa pour l'attraper, en secoua la poussière et le fourra dans sa poche.

C'est alors qu'il s'aperçut que la jeune femme avait laissé tomber autre chose. Il se pencha, ramassa un morceau de papier jauni, du genre dont on se servait pour emballer la viande.

— Qu'est-ce que c'est que ça ? se demanda-t-il en dépliant la feuille.

D'un côté, la surface était lisse et cireuse. Sur l'autre face, quelqu'un avait dessiné ce qui ressemblait à une carte.

Sur le chemin du retour, Kate conduisit comme si elle avait eu le diable à ses trousses. Ce qu'elle fuyait, cependant, c'étaient ses propres sentiments. Et avant tout, bien sûr, Jack French.

Il allait faire échouer ses plans, s'il continuait ainsi. Déjà qu'il les avait considérablement compliqués ! Jamais elle n'aurait dû le laisser s'approcher d'aussi près. Maintenant, pour tout arranger, il l'avait surprise à fouiller la terre dans le vallon des Ackermann.

Elle appuya encore sur la pédale d'accélérateur, comme si cela avait pu lui permettre d'échapper à l'extravagante pensée qui venait de surgir dans son esprit. Pourquoi ne pas céder tout simplement à ce désir fou ? Jack French était le genre de cow-boy qui, une fois qu'il aurait obtenu ce qu'il voulait, filerait comme une flèche vers l'horizon.

Il fallait reconnaître que cette idée était tentante à bien des égards. Elle se remémora les paroles de la diseuse de bonne aventure. Tant qu'il se trouverait près d'elle, elle courrait un danger. Mieux valait rompre sans tarder tout lien entre eux, car ce n'était qu'une question de temps avant que les hommes venus à sa recherche l'autre nuit ne rappliquent de nouveau.

D'ailleurs, elle ne pouvait se départir de l'idée qu'ils étaient déjà revenus. Excepté que, maintenant, ils attendaient qu'elle accomplisse le boulot à leur place.

Toute à ses pensées, Kate regagna la ville et se gara derrière le café. Alors, tandis qu'elle attrapait la chemise à manches longues qu'elle avait retirée un peu plus tôt dans la journée, au moment où la chaleur était devenue insupportable, elle s'aperçut qu'il lui manquait un gant.

Elle se mit à fouiller la cabine du pick-up, et se rendit bientôt compte qu'elle avait perdu davantage qu'un simple gant. Prise d'une soudaine panique, elle palpa la poche de sa chemise. Elle était vide.

Une boule d'angoisse se forma dans sa gorge et, pendant quelques instants, elle fut incapable de reprendre son souffle.

— Non !

Elle fourragea de nouveau dans l'habitacle du véhicule. Sans résultat.

La carte avait dû tomber au moment où elle avait ramassé sa chemise, ce qui voulait dire qu'elle se trouvait toujours là-bas, près de la grange. Elle remit le contact, commença à faire demi-tour, puis s'avisa qu'elle n'en avait plus le temps. Les quilteuses ne tarderaient pas à arriver pour entreprendre leurs travaux de peinture.

Sauf si elle arrivait à joindre Cilla par téléphone pour lui demander de changer la date de leur rendez-vous.

Elle grimpa les marches de l'escalier quatre à quatre, et se précipita dans l'appartement pour s'emparer du téléphone. Comment avait-elle pu faire preuve d'une telle négligence ? Et laisser Jack la troubler à ce point ? Elle s'en serait donné des gifles !

Comme elle cherchait fébrilement le numéro de Cilla, une autre pensée vint ralentir ses gestes.

Et si Jack…

Les coups frappés à la porte la firent sursauter. En toute hâte, elle porta la main à sa ceinture pour prendre le pistolet. Et avec un juron, constata que dans sa précipitation, elle l'avait laissé dans son pick-up. Jack French allait décidément finir par causer sa perte.

13

— Madame LaFond ?

Frank Curry frappa de nouveau. Il avait jeté un œil sur son pick-up avant de monter à l'étage. Sous le capot encore chaud, le moteur cliquetait doucement. Il n'y avait pas longtemps que la jeune femme était rentrée.

La porte s'ouvrit enfin. Kate LaFond risqua un regard dehors. Elle avait les cheveux en bataille, ses vêtements étaient couverts de poussière et les genoux de son jean maculés de terre.

— Je vous dérange ? demanda-t-il.

— J'étais partie faire une balade, je viens de rentrer. J'allais prendre une douche.

— On dirait que vous avez encore fait une chute, souligna-t-il en montrant les croûtes de boue sur son pantalon.

Elle sourit.

— Il faut être à moitié chèvre de montagne pour se promener dans les Crazies. Est-ce que ça ne peut pas attendre ?

— Je crains que non, répondit-il. Mais je ne vous retiendrai pas longtemps.

Il entra dans l'appartement. Tout bien réfléchi, c'était la première fois qu'il y mettait les pieds. Claude n'avait pas été le genre d'homme à organiser des soirées chez lui. Il voyait sans doute assez de gens chaque jour dans son café.

L'appartement était agencé selon le même plan général que le café, à ceci près que l'espace était divisé pour former un petit coin séjour, une cuisine, une chambre et une salle de bains, d'après ce que put en voir Frank. Les murs étaient nus, les pièces à peine meublées. L'ensemble donnait la nette impression que Kate n'avait aucune intention de s'y éterniser. Ou bien qu'elle n'avait pas encore eu le temps de s'installer pour de bon.

— Je peux ?

Il désigna la petite table et les deux chaises assorties, en tira une à lui et s'assit.

Elle paraissait mal à l'aise. Repoussant d'un geste nerveux une mèche de cheveux sur son front, elle prit place à son tour.

— Si c'est encore au sujet du café…

— Ça se pourrait bien, en effet, d'une certaine façon, convint-il. Je vais vous expliquer mon problème. Un pêcheur trouve le cadavre d'un homme assassiné sur les berges de la rivière, à une trentaine de kilomètres d'ici. Au début, il ne semble y avoir aucun lien entre la victime et Beartooth, ni avec vous. Mais ensuite, je découvre que la veille cet homme a demandé après vous devant le Range Rider.

A mesure qu'il parlait, il dépliait ses doigts un à un, comme pour ponctuer son raisonnement, sans la quitter des yeux.

— Puis j'apprends que non seulement il a croisé votre chemin, mais qu'il vous a aussi accostée — si je me souviens bien, c'est le mot que vous avez utilisé — et même frappée, avant que Jack French n'entende le tapage et ne vienne à votre secours.

Elle ouvrit la bouche pour dire quelque chose, mais il s'empressa de poursuivre :

— Encore que, sur le moment, vous n'ayez pas eu le sentiment d'avoir besoin de son aide. Vous avez dit que l'homme était ivre, désorienté, qu'il se trompait de personne. Seulement voilà, il vous a décrite à un habitant du coin, ici, en ville, lequel a compris exactement de qui l'inconnu voulait parler. Et le lendemain matin, ce même inconnu était mort.

— Je vous ai dit que...

— Que vous ne l'aviez jamais vu, acheva Frank à sa place. Mais le plus drôle, dans cette histoire, c'est qu'il se trouve que vous avez *un lien* avec lui, ajouta-t-il en hochant la tête. Il s'appelait Darrell Ackermann. Ça vous dit quelque chose ?

— Ça devrait ?

Il sourit.

— Darrell est sorti de la prison de Yuma, dans l'Arizona, en même temps que son frère Gallen. Or, la plupart des gens par ici croyaient que les fils Ackermann étaient morts, et cela depuis plus de trente ans.

Il lui fit un rapide résumé de l'histoire de la famille Ackermann, jusqu'au jour où le shérif, son père, et ses adjoints avaient décidé de pénétrer dans la propriété après qu'une voisine eut signalé qu'une femme y était retenue contre son gré.

— Je ne vois pas en quoi...

— J'en arrive au moment où vous intervenez, l'interrompit-il. Cullen Ackermann a été arrêté ce jour-là. Je n'entrerai pas dans les détails sordides, mais les quatre garçons et la petite fille avaient disparu. Les restes du cadavre d'un des fils ont été découverts au printemps suivant, dans la montagne, et on a supposé que les autres avaient tous péri. C'est pourquoi j'ai été si étonné d'apprendre que le mort de la rivière était un Ackermann.

Kate se cala sur sa chaise, comme si elle s'était rendu compte que l'entretien risquait de durer encore un moment. Elle croisa les bras sur sa poitrine et afficha une expression d'ennui, mais il se douta qu'elle ne voulait pas qu'il remarque le tremblement de ses mains.

— C'est là que ça devient encore plus intéressant, reprit-il. Cullen Ackermann est mort en prison, il n'y a pas longtemps. Vous ne devinerez jamais qui est venu lui rendre visite. Son fils aîné, Cecil, et, je vous le donne en mille, Claude Durham, justement.

S'il avait espéré provoquer une réaction de la part de Kate, il en fut pour ses frais.

— Voilà mon problème, vous comprenez. Claude va le voir en prison et, peu après, il meurt en vous léguant le café. Puis, surgissant de nulle part, l'un des fils Ackermann revient à Beartooth pour vous chercher — et finit raide mort.

Elle haussa les épaules.

— Je trouve ça plutôt mince comme lien, non ?

— Je pense que les choses seraient plus claires si nous savions pourquoi Claude est allé rendre visite à Ackermann en prison. Vous en avez une idée ?

— Pas la moindre, dans la mesure où je connaissais à peine Claude, et où je n'avais jamais vu cet homme auparavant.

Il étudia son visage pendant quelques secondes.

— Bon… Peut-être pourrez-vous m'aider sur un autre point. Samedi soir, le central a reçu un appel d'une femme qui téléphonait de l'appareil public situé derrière le Range Rider, pour signaler qu'elle avait vu deux individus dans un pick-up de couleur sombre essayer d'entrer par effraction dans l'épicerie de Beartooth et que l'un des deux portait une arme. La femme a refusé de donner son nom. L'un de mes adjoints a repéré le pick-up en question et s'est lancé à sa poursuite, mais a fini par perdre sa trace. Je crois que ces hommes pourraient bien être les deux Ackermann manquants. Je crois qu'ils sont venus en ville, non pas pour cambrioler l'épicerie, mais pour vous trouver, et que c'est *vous* qui avez passé cet appel au central.

Kate resta muette. Elle semblait décidée à attendre qu'il ait complètement terminé.

— Kate, je pense que vous avez des ennuis et je veux vous aider. Les garçons Ackermann étaient déjà dangereux quand ils étaient jeunes. Maintenant… j'ignore pourquoi ils sont revenus et ce qu'ils vous veulent, mais j'ai le sentiment que *vous*, vous le savez.

Il marqua une pause, et son regard croisa le sien.

— J'ai dans l'idée que vous êtes la raison de leur présence ici. Quelle que soit la chose qu'ils veulent, ils n'abandonneront pas la partie tant qu'ils ne l'auront pas obtenue. J'ai déjà un meurtre sur les bras… je n'en veux pas un second.

— Quoi que ces hommes recherchent, je vous promets de faire tout mon possible pour ne pas me faire assassiner, répondit-elle en repoussant sa chaise et en se remettant debout. Si c'est tout…

Il ramassa son chapeau, qu'il avait posé sur ses genoux, et l'enfonça sur sa tête tout en se relevant.

— Je ne tiens pas non plus à vous voir morte.

Il jeta un regard furtif sur les bras de Kate, musclés à force de porter de lourds plateaux pendant ce qu'il pensait avoir été de nombreuses années. Etait-elle capable d'étrangler un homme ?

— Si jamais vous aviez besoin de mon aide…

— Je sais me débrouiller seule.

— C'est bien ce qui me tracasse. Je détesterais devoir vous arrêter pour meurtre. Si vous n'en avez pas déjà commis un.

Kate venait à peine de refermer derrière le shérif quand un autre coup fut frappé à la porte. Pensant que c'était Frank Curry qui revenait porter une nouvelle accusation contre elle, elle ouvrit, prête à demander qu'il lui passe les menottes ou qu'il se décide à la laisser tranquille une fois pour toutes.

— Je vais peut-être m'avancer en disant ça..., commença Jack, debout sur le palier.

Il s'appuya contre le chambranle, repoussa son chapeau sur la nuque et lui décocha un large sourire. Il n'aurait pu être plus beau — ni plus exaspérant.

— ... mais je suis prêt à parier qu'il s'agit de ce que cet homme, celui qui est mort, cherchait partout.

Il lui brandit sous le nez la carte qu'elle avait perdue.

Elle ouvrit la bouche pour dire quelque chose, mais il l'arrêta d'un geste de la main.

— J'irai même plus loin, enchaîna-t-il, en disant que les deux hommes armés de l'autre soir sont venus pour la même raison, et que c'est aussi pour ça que le shérif vous a rendu une petite visite à l'instant. Dites-moi si je me trompe. Allez-y !

Kate jeta un regard sur le plan qu'il tenait à la main.

— Je ne sais pas de quoi vous voulez parler.

— Dans ce cas, j'imagine que nous n'en aurons plus besoin.

Et il commença à déchirer le morceau de papier.

— Non, arrêtez ! s'écria-t-elle en essayant de s'emparer de la carte.

— Pas si vite, rétorqua-t-il, levant la main hors de sa portée. Vous allez tout me raconter ou je rappelle le shérif. Il n'a pas pu aller bien loin. Je suis sûr qu'il ne lui faudrait pas plus de quelques minutes pour revenir ici. Je crois qu'il serait très intéressé si je lui parlais de cette carte, du rapport avec l'homme assassiné et de l'endroit où je vous ai surprise aujourd'hui.

— Vous pourriez peut-être au moins entrer et fermer la porte ?

— Pas avant que vous ne m'ayez dit ce que c'est, insista-t-il.

Il tenait toujours la carte à bout de bras au-dessus de sa tête.

Elle planta un regard noir dans le sien.

— C'est un plan, reconnut-elle.

— Je le vois bien. Mais un plan de quoi ?

Elle haussa les épaules. Inutile de mentir, car il était déjà manifestement au courant de tout. Il tenait seulement à ce qu'elle le reconnaisse.

— Une carte au trésor, bien sûr. Que voulez-vous que ce soit d'autre ?

— Le fameux trésor légendaire caché par Ackermann ?

Il éclata de rire.

— Je ne sais pas où vous avez trouvé ça, mais ce n'est rien de plus qu'un croquis rudimentaire gribouillé sur un vieux bout de papier servant à envelopper la viande. On voit même encore les endroits décolorés où on l'avait fermé autrefois avec du ruban adhésif. Celui qui a dessiné cette carte a sans doute d'abord mangé des steaks d'élan pour son dîner.

Il eut un autre rire moqueur.

— Quelqu'un vous a joliment roulée dans la farine, si vous vous imaginez que c'est la carte du prétendu trésor des Ackermann.

— Je me moque de ce que vous pensez, rétorqua-t-elle.
Et elle lui arracha la carte des mains.

Comme elle lui tournait le dos et s'éloignait, Jack entra dans l'appartement et ferma la porte derrière lui. Il observa sa mince silhouette. Elle était très fâchée, de toute évidence : il n'y avait qu'à voir la raideur de ses épaules pour s'en convaincre.

— Saviez-vous qu'on avait donné au Montana le surnom d'« Etat du trésor » ? demanda-t-il. Vous n'êtes pas la première à venir ici à la poursuite d'une légende. C'est vrai, quoi ! Les premiers pionniers, dans cette région, étaient aussi en quête de trésor. L'or de l'Eldorado, de la sierra Madre et tous les autres ont opportunément été découverts puis reperdus.

— Je n'ai vraiment pas besoin que vous me fassiez un cours. Ni un sermon.

Il ne tint aucun compte de sa remarque.

— Toutes ces histoires de trésors perdus ont deux choses en commun. Ceux qui les ont trouvés ont été obligés de les abandonner sur place et n'ont pas pu revenir les chercher, en général parce qu'ils se sont fait tuer. Mais…

Il s'empressa de poursuivre, sans lui laisser une chance de l'interrompre.

— Mais ils ont laissé derrière eux des indices, une carte ou un journal — quelque chose pour que les imbéciles qui viendraient à leur suite puissent passer leur vie à chercher cette fortune mythique. La seconde chose que ces trésors ont en commun, c'est qu'il y a toujours une malédiction qui pèse sur eux. L'exemple de votre père ne vous a donc rien appris ? Toute cette histoire va finir par vous coûter la vie.

— Vous avez terminé ? demanda-t-elle en se retournant pour le regarder, les bras croisés sur sa poitrine généreuse.

Ses cheveux étaient tout ébouriffés, à croire qu'elle avait laissé la vitre de son pick-up baissée tout le long du chemin jusqu'en ville, et elle portait encore son débardeur et son jean taché. Difficile, en vérité, de faire plus sexy.

— Vous perdez votre temps, conclut-il.

— Ça me regarde.

Il l'observa attentivement pendant quelques secondes.

— C'est pour ça que vous êtes ici. Pour le trésor perdu. Ça n'a rien à voir avec le café.

Il avait besoin de l'entendre de sa bouche.

Kate détourna la tête.

— Et même si c'était le cas ?

Alors, songea Jack, raison de plus pour ne pas s'engager plus loin dans une relation avec cette femme.

— Et c'était ça que le type cherchait… Celui qui est mort. Il voulait la carte.

Elle leva les yeux vers lui.

Jack laissa échapper un juron.

— Pourquoi ne lui avez-vous pas tout simplement donné ce foutu plan, s'il y tenait tellement ? Cette carte ne vaut pas le papier sur lequel on l'a griffonnée.

— Parce qu'elle est à *moi*. On me l'a léguée.

Jack songea que, en dehors d'un tas de vieux magazines de chasse aux trésors sans aucune valeur, ce plan constituait peut-être tout ce qui restait à Kate. Elle n'avait pas eu une vie facile. Encore une particularité qu'ils avaient en commun.

Puis il lui revint qu'un homme était déjà mort et que Kate LaFond était plongée dans cette sale affaire jusqu'à son joli petit cou.

— Cela valait-il la peine de tuer quelqu'un ? ne put-il se retenir de demander.

— Je n'ai tué personne.

Pourquoi toutes les paroles qui sortaient de sa bouche sonnaient-elles comme des mensonges ? Mais quelle bouche ! Il avait eu envie de l'embrasser comme un fou dès la première fois qu'elle l'avait ouverte.

Cela dit, il s'en voulait de s'être immiscé dans la vie de Kate cette nuit-là, et encore plus d'être venu ici ce soir.

— Le shérif est passé me voir à deux reprises pour me parler du meurtre, dit-il.

— Il m'en a parlé aussi.

— Je sais. C'est vous qui l'avez lancé sur ma piste.

— J'étais obligée de lui raconter ce qui s'est passé cette nuit-là dans la ruelle. Je ne pouvais pas prendre le risque que quelqu'un d'autre nous ait vus tous les trois et lui ait déjà tout dit.

— Alors pourquoi n'avez-vous pas avoué à Frank que vous connaissiez cet homme ?

— Je ne le connaissais *pas*.

Jack émit un grognement d'incrédulité et se dirigea vers la porte, mais avant qu'il ait pu l'atteindre, elle lui empoigna le bras.

— Je ne le connaissais pas et je ne l'ai pas tué, martela-t-elle.

— Mais lui savait qui vous étiez. Et il voulait la carte.

Il la vit réfléchir pour décider si elle devait ou non continuer à mentir.

Elle hocha lentement la tête, et lui relâcha le bras.

— Comment a-t-il appris son existence ? demanda Jack.

— Je l'ignore, répondit-elle. Franchement. Je croyais que personne n'était au courant, excepté mon père et moi…

Jack se passa une main sur le visage avant de la regarder de nouveau.

— D'accord, admettons que vous disiez la vérité. Mais si votre père détenait cette carte, pourquoi n'a-t-il pas essayé de trouver lui-même le trésor ?

— Il ne pouvait pas.

Jack laissa échapper un petit rire.

— Ou alors, tout ça n'était que du baratin, et il savait que la carte ne valait pas un clou.

Elle afficha encore une fois cette expression déterminée, têtue et fâchée.

Il scruta son visage à certains égards angélique, et vit une lueur diabolique luire dans ses yeux. Qu'y avait-il donc en elle qui le rendait incapable de garder ses distances ?

— Vous feriez bien de prier le ciel pour que ce trésor existe réellement, parce que vous allez avoir besoin de cet argent pour ne pas moisir en prison — à condition, bien sûr, que vous ne vous soyez pas fait assassiner d'abord.

Il se tourna de nouveau vers la porte.

— Vous qui connaissez cette région, vous pourriez m'aider, dit-elle dans son dos.

Il s'immobilisa et, la main sur la poignée de la porte, grommela entre ses dents. Encore quelques pas et il aurait franchi ce seuil, et serait sorti de la vie de cette femme. Du moins essaya-t-il de s'en convaincre.

Tout le bon sens qu'il avait jamais possédé lui conseilla de ne pas se retourner. *Continue d'avancer. Ne regarde pas en arrière.* Ce n'était pas comme s'il avait ignoré ce qui allait se passer.

— Je partage avec vous, offrit-elle. 70/30.

— 70/30 ? répéta-t-il en faisant demi-tour pour la regarder, se sachant aussi irrémédiablement perdu que le trésor en question.

Les yeux plissés, il fit un pas vers elle. Elle ne broncha pas, ne cilla même pas lorsqu'il s'approcha pour la dominer de toute sa hauteur.

— Cette carte est déjà entachée de sang, et nous savons tous les deux qu'il en coulera encore, qu'il existe ou non un trésor caché, déclara-t-il avec chaleur. Si vous n'avez pas tué cet homme, celui qui l'a fait ne tardera pas à essayer par tous les moyens de mettre la main sur le plan. J'imagine que les deux malfrats de l'autre nuit sont mêlés à tout ça. Je m'étonne d'ailleurs qu'ils ne soient pas encore revenus. A moins qu'ils n'attendent que vous ayez découvert l'or pour s'en emparer.

— 60/40, proposa-t-elle, sans un tressaillement de paupière.

Elle s'avança d'un pas.

— Je n'ai pas pour habitude de demander de l'aide à qui que ce soit.

Elle n'était plus qu'à quelques centimètres de lui.

Il comprit ce qu'elle avait en tête avant même qu'elle ne commence à l'embrasser. Il la saisit alors par les épaules et la força à reculer. Maudissant son sort, il se rappela qu'il venait de passer deux années en prison pour avoir noué une relation avec une femme qui n'était pas pour lui.

— Il y a onze ans, j'ai menti au shérif pour protéger un de mes amis, dit-il. Je ne referai jamais ça. Et si nous devons nous embrasser, je ne veux pas que ça ressemble à une tentative de corruption.

Kate le fusilla du regard.

— 50/50, dit-il. C'est à prendre ou à laisser.

Il ne croyait pas à l'existence d'un quelconque trésor enfoui, mais il ne pouvait se retenir. Il fallait qu'il voie jusqu'où cette histoire le mènerait.

— Comme vous l'avez dit, je connais bien le pays, ajouta-t-il.

Kate soutint son regard durant de longues secondes.

— D'accord, 50/50. Mais si vous essayez de me doubler...

— Je sais ce que vous faites aux hommes qui veulent vous tromper, la coupa-t-il, levant la main pour l'empêcher de protester une fois de plus de son innocence. Et je tiens aussi à vous dire que m'injurier n'est pas la meilleure façon d'amorcer notre collaboration.

Elle sembla se mordre la langue.

— Mais pour info, sachez que vous vous méprenez sur mon compte, poursuivit-il. Les autres hommes que vous avez connus n'étaient peut-être pas du genre en qui on peut avoir confiance, mais je ne suis pas de ceux-là.

L'expression de Kate disait clairement qu'elle y croirait quand elle le verrait.

— Topez là, dit-elle.

— Au diable tout ça !

Il l'agrippa, et l'embrassa à pleine bouche. Le seul goût de ses lèvres attisa le feu qui couvait en lui. Elle les entrouvrit, sans doute sous l'effet de la surprise. Peu importait. Il avait senti ce léger frémissement en elle, comme un écho au frisson autrement plus puissant qui le traversait de part en part. Elle le ressentit également. Il mit fin au baiser, restant sur sa faim, mais craignant de se laisser entraîner sur une pente où il ne pourrait plus rien contrôler.

Elle l'avait déjà amené exactement où elle voulait.

Le lendemain, Frank avait sellé deux chevaux et attendait Tiffany lorsqu'il reçut un appel téléphonique.

Son adjoint avait des informations à lui donner sur le pick-up noir qu'il avait pris en chasse l'autre nuit.

— On l'a retrouvé abandonné près de Fishtail, annonça ce dernier. Il avait été volé à Laramie, dans le Wyoming, deux jours avant qu'on le repère à Beartooth. J'ai demandé aux flics de Billings de voir s'ils pouvaient dégoter quelque chose à l'intérieur, par exemple un bon vieux jeu d'empreintes.

Frank supposait qu'au moins l'un des hommes dans ce pick-up était le fils Ackermann manquant, le dénommé Gallen.

— Merci de m'en avoir informé, dit-il, tout en surveillant du coin de l'œil sa fille qui se garait.

Elle lança un regard vers les deux chevaux harnachés, prêts à partir en promenade. A vrai dire, il avait craint jusqu'au dernier moment qu'elle ne vienne pas, et se sentait soulagé de la voir descendre de voiture. Voyant qu'il était au téléphone, elle esquissa une moue boudeuse, comme si elle s'attendait qu'il laisse tout tomber pour elle. Mais elle était jeune encore, se dit-il pour l'excuser.

L'adjoint continuait de parler, le mettait au courant des derniers développements d'une autre affaire en cours. Frank finit par l'interrompre.

— Merci pour les infos, mais je dois y aller. On se rappelle plus tard.

Sur ces mots, il raccrocha.

Tiffany l'observait, son joli visage frémissant d'impatience et d'agacement.

— Un problème de shérif, dit-il en s'avançant à sa rencontre. Désolé. Je vais éteindre mon téléphone, comme ça, nous ne serons pas dérangés pendant notre balade.

Tiffany se tourna vers les chevaux, et son visage s'adoucit quelque peu.

— Lequel est pour moi ?

— Princesse, répondit-il en se dirigeant vers la jument isabelle. Elle est très douce. Viens lui dire bonjour.

Tiffany hésita un instant avant de s'approcher lentement de l'animal.

Il lui expliqua les choses à faire et à ne pas faire, puis conclut :

— Je vais t'aider à te mettre en selle. Tu n'auras qu'à y rester un moment et voir comment tu te sens, ajouta-t-il en voyant l'inquiétude s'emparer de la jeune fille.

Puis une farouche détermination sembla remplacer l'appréhension. Tenait-elle ce trait de caractère de lui ou de sa mère ? se demanda-t-il, tout en l'aidant à enfourcher sa monture.

Les doigts crispés par l'anxiété, elle empoigna le pommeau de la selle. La jument bougea sous elle, et elle poussa un petit cri de surprise. Mais au bout d'un moment, elle parut se détendre. Elle parvint même à lâcher le pommeau d'une main pour caresser l'encolure de l'animal.

— Quand tu seras prête, je te ferai faire le tour du corral pour que tu t'habitues aux mouvements du cheval.

Elle acquiesça d'un signe de tête, et il commença à mener la jument au pas, sans quitter sa fille des yeux afin de s'assurer que tout allait bien.

— Quel âge aviez-vous, quand vous avez commencé à monter à cheval ?

Il ne put s'empêcher de rire en entendant cette question.

— Probablement deux ans. La première fois que je me suis fait désarçonner, j'avais trois ans.

Les yeux de Tiffany s'agrandirent d'horreur.

— C'était ma faute. Je voulais que mon cheval aille plus vite, alors j'ai enlevé mon chapeau pour lui en donner un petit coup. Le vent a emporté le chapeau, l'a rabattu sur les yeux de mon cheval et l'a effrayé. Mais je suis remonté aussitôt en selle.

Visiblement, cette histoire ne la rassura pas du tout. Il se reprocha aussitôt de la lui avoir racontée.

— Donc, j'aurais dû apprendre à monter quand j'avais deux ans ? conclut-elle.

Il comprit aussitôt où elle voulait en venir.

— Seulement si je t'avais tenu sur mes genoux.

Les yeux de la jeune fille se remplirent de larmes. Elle s'empressa de détourner la tête.

— Bon, on va faire un tour quelque part, maintenant ? demanda-t-elle après quelques secondes, d'un ton pincé.

— Tu te sens capable de tenir les rênes ?

Elle les agrippa dans ses mains, et il lui montra comment faire tourner le cheval, comment ne pas tirer trop fort, comment garder son équilibre.

Puis il ouvrit le portail du corral, fit sortir sa propre monture et sauta en selle.

— Vous montez souvent ? demanda-t-elle, tandis qu'ils partaient au pas sur le chemin de terre.

— J'essaie autant que possible tous les jours. Je préfère aller à cheval plutôt que dans un 4x4 pour surveiller mon bétail. C'est beaucoup plus silencieux.

Il ébaucha un sourire, mais s'aperçut vite que ses efforts demeuraient vains.

— Est-ce que votre amoureuse fait des promenades à cheval avec vous ? demanda-t-elle, une pointe de nervosité perceptible dans la voix.

— Je n'ai pas d'amoureuse.

Les paupières plissées, elle lui décocha un regard en coin.

— Et Lynette Johnson, alors ?

Il ne laissa rien paraître de sa surprise, ni de la colère

qu'il éprouvait à l'égard de sa mère. Quelles sottises Pam avait-elle bien pu débiter à cette pauvre enfant ?

— Comme je viens de te le dire, je n'ai pas de petite amie.

Tiffany parut se décrisper sur sa selle. Ils chevauchèrent quelques instants en silence.

— Vous possédez beaucoup de terres ?

— Non, seulement quelques hectares.

— Ça fait beaucoup. Vous êtes riche ?

Il s'esclaffa.

— Je travaille comme shérif ! Les shérifs ne gagnent pas beaucoup d'argent.

— Alors pourquoi faites-vous ce métier ?

Il haussa les épaules.

— J'aime ce que je fais. Un peu comme toi. Tu aimes dessiner. Tu ne gagneras sans doute jamais des sommes folles, mais ça n'aura pas d'importance tant que tu prendras plaisir à ce que tu fais.

Elle releva le menton, et il vit en elle le portrait de sa mère.

— Comment est-ce que vous savez que je ne ferai jamais fortune grâce à mon art ?

Il pesta dans sa barbe de lui avoir fait cette remarque.

— C'est juste que la plupart des artistes ne gagnent pas leur vie. Mais tu pourrais être l'exception qui confirme la règle.

De nouveau, le silence s'installa. Il commençait à se demander s'il arriverait jamais à trouver les mots justes avec elle, s'il serait jamais capable de nouer une relation étroite de père à fille, ou s'il était déjà trop tard à cause des années perdues — et des mensonges accumulés.

Sa question à propos de Lynette l'avait décontenancé. A n'en pas douter, la mère de Tiffany lui avait révélé des choses qu'elle aurait dû taire. En pensant à Pam, il fut obligé de tourner la tête pour que la jeune fille ne voie pas la fureur qui bouillonnait en lui.

Au bout d'un moment, Tiffany déclara qu'elle était fatiguée. Ils rebroussèrent alors chemin.

— Tu veux brosser Princesse ? lui proposa-t-il en l'aidant à sauter à bas de sa monture.

— Non, répondit-elle. J'ai des choses à faire.

Et, sans un regard en arrière, elle se dirigea vers sa voiture.

— J'espère que ça t'a plu, lança-t-il dans son dos.

Apparemment, Pam ne lui avait pas appris les bonnes manières. Tout ce que son ex-femme avait inculqué à leur fille, c'était le mépris de son père.

Arrivée près de son véhicule, Tiffany s'arrêta et se retourna vers lui.

— Merci pour la balade.

Il sentit son cœur se gonfler dans sa poitrine comme un ballon d'hélium.

— Il n'y a pas de quoi. Si un jour tu as envie de revenir, n'hésite pas.

Elle ne répondit pas et s'installa au volant de sa voiture. Il la regarda s'éloigner. La nécessité d'une discussion avec sa mère grandissait de seconde en seconde.

Excepté que, malgré les ressources qu'il avait été capable de mettre en œuvre, il n'était pas encore parvenu à localiser Pam. C'était comme si elle avait disparu de la surface de la terre.

14

Fidèle à la parole de Cilla, le club de patchwork au grand complet débarqua le mardi soir, armé de plusieurs seaux de peinture, de chiffons, de bâches de protection, de pinceaux et de rouleaux.

Après le départ de Jack, c'est une Kate encore toute tremblante qui s'était douchée et changée avant de se précipiter au rez-de-chaussée. Elle poussa les tables et les chaises au centre de la salle et aida à recouvrir les box de bâches, tandis que les femmes, vêtues de leurs « cottes », comme elles appelaient leurs salopettes de travail, se mettaient à la tâche.

Elle s'activa avec elles, tâchant autant que possible de distraire ses pensées de ce qui s'était passé à l'étage un peu plus tôt. Elle ne pouvait s'empêcher de craindre d'avoir conclu un pacte avec le diable. Quant au baiser, elle ne voulait même pas y songer, ni au trouble dans lequel il l'avait plongée.

Les quilteuses formaient une équipe de travailleuses infatigables, la plus jeune étant âgée d'une petite trentaine d'années, la doyenne, Loralee Clark, devant avoir, selon l'estimation de Kate, plus de quatre-vingts ans.

Cilla les lui présenta rapidement :

— Ne vous inquiétez pas, la rassura-t-elle. Vous ne

vous rappellerez jamais tous leurs prénoms avant de connaître chacune en particulier.

Kate s'interrogea sur les motifs qui avaient poussé Loralee à se donner la peine de se déplacer. Elle paraissait trop âgée pour ce genre de travail. Menue, coiffée d'une longue tresse de cheveux blancs pendant librement dans son dos, les yeux bleus perçants, Loralee prit sans tarder les choses en main, se chargeant de diriger la petite troupe. Une fois qu'elle eut assigné à chacune sa tâche, elle demanda à Kate de bien vouloir préparer du café, puis plongea la main dans un grand sac qu'elle avait apporté et en sortit une demi-douzaine de boîtes en plastique.

Kate s'aperçut que les récipients contenaient six parts de gâteau.

— Nous les mangerons quand nous aurons fini de peindre, décréta Loralee.

Kate fit de son mieux pour se rendre utile, mais les femmes avaient visiblement l'habitude d'accomplir ensemble ce genre de travail. En un temps record, elles eurent repeint la salle du café.

— La couleur vous plaît ? demanda Cilla.

— J'adore, répondit Kate sans hésitation.

Et c'était vrai : elle trouvait que la couleur, neutre à souhait, convenait parfaitement à son café, ainsi que Cilla le lui avait assuré. Elle préférait ne pas penser au temps qu'il lui aurait fallu pour abattre seule une telle besogne.

Leur ouvrage terminé, les femmes se mirent en devoir de tout nettoyer et ranger, puis se rassemblèrent autour de la grande table que Kate avait poussée près de la devanture.

Loralee sortit les desserts, tandis que Kate apportait assiettes et couverts. Elle s'apprêtait à servir le café, lorsque Cilla lui prit la cafetière des mains et lui enjoignit de s'asseoir, même si elle n'avait pas travaillé aussi dur que les autres.

Comme elle s'installait sur une chaise, Kate sentit sur elle le regard pénétrant de la doyenne.

— Je suis sûre de vous avoir déjà rencontrée, mais où ? demanda Loralee.

Kate secoua la tête, certaine de n'avoir jamais croisé la route de la vieille femme avant de venir à Beartooth.

— Vous savez, répondit-elle, ça arrive souvent, j'ai un de ces visages passe-partout...

Loralee écarta cette hypothèse d'un revers de la main.

— Je n'oublie jamais un visage. C'est juste que je n'arrive pas à me souvenir où je vous ai déjà vue, et ça m'a turlupinée toute la soirée. Mais ça me reviendra. La mémoire me revient toujours.

— Maman, intervint sa fille, Marian, Kate n'est pas d'ici, et tu n'es sortie du comté qu'en de rares occasions, des années avant même la naissance de Kate. Alors je suis sûre que...

— Balivernes ! rétorqua Loralee.

Un silence gêné s'abattit sur le groupe. Marian adressa un sourire contrit à Kate.

Cilla s'empressa de dévier la conversation sur la confection des couvre-lits, et le restant de la soirée fut consacré à discuter courtepointes et motifs de patchwork, sans oublier le prochain marathon des soldes.

Kate n'avait jamais entendu parler de ces journées de soldes exceptionnels, avec tirage au sort à la clé et prix à gagner, mais elle ne tarda pas à apprendre comment, à l'occasion de ces marathons, les femmes, entassées dans plusieurs voitures en file indienne, faisaient la tournée des magasins de patchwork à travers le Montana.

— Nous reviendrons dans la semaine accrocher

quelques courtepointes sur les murs, décida Cilla. J'en ai déjà sélectionné quelques-unes qui seront du plus bel effet dans cette salle.

Après avoir bu leur café et mangé leur gâteau, les quilteuses se préparèrent à repartir. Marian entraîna Kate à l'écart.

— Je suis désolée si ma mère vous a mise mal à l'aise tout à l'heure, lui dit-elle. Elle commence à avoir des absences de mémoire et elle embrouille tout.

— Ne vous faites pas de souci pour ça, vraiment, lui assura Kate. Votre mère est charmante.

— Voilà un mot que je n'ai jamais entendu utiliser à son sujet ! s'exclama plaisamment Marian.

Kate la raccompagna jusqu'à la porte. Comme Marian écartait son SUV du trottoir, sa mère sortit la tête par la vitre ouverte du côté passager, et attrapa le bras de Kate.

— Je vous ai déjà vue quelque part, dit-elle d'un ton de défi. Je n'oublie jamais un visage. Ça me reviendra, vous pouvez y compter.

Elle ne lâcha sa prise que lorsque le véhicule de Marian s'éloigna.

Debout sur le bord de la route, Kate vit la vieille femme plisser les yeux pour la regarder dans le rétroviseur extérieur. Combien de temps Loralee mettrait-elle pour découvrir le pot aux roses ?

Tic-tac, tic-tac, songea Kate. Claude ne s'était pas trompé. Il l'avait avertie que cela risquait d'arriver.

— Comme je te l'ai déjà expliqué, j'étais intrigué par la femme de mon frère, avoua Claude. J'avais entendu dire qu'elle était beaucoup plus jeune que lui. Je ne pouvais pas m'empêcher de me demander ce qu'il était

advenu de sa première épouse. Et je crois aussi que je m'interrogeais sur la façon dont il s'y était pris pour se trouver une femme si jeune. On m'avait dit que ses fils étaient de vrais fauteurs de trouble.

— Et votre curiosité a fini par l'emporter, dit-elle, s'efforçant de faire avancer le récit jusqu'à la partie qu'elle espérait entendre depuis si longtemps.

— Ce n'était pas si simple. Je ne tenais pas du tout à rencontrer mon frère. Il ne m'avait pas reconnu, la première fois que nous nous étions croisés par hasard, mais je ne voulais pas tenter le sort, si jamais il m'arrivait de tomber de nouveau sur lui. Son domaine était non seulement défendu par une clôture métallique, mais aussi parsemé de pièges, et ses fils ne demandaient qu'à tirer sur celui qui se risquerait sur ses terres.

Elle secoua la tête.

— Mais rien de tout ça ne vous a découragé…

Claude esquissa un sourire, même si elle savait qu'il souffrait terriblement.

— J'avais repéré un endroit d'où je pouvais observer la maison et, un jour, j'ai réussi à l'apercevoir pour la première fois. J'étais sidéré. Teeny était exactement comme on me l'avait décrite : très jeune et très belle. C'est à ce moment-là que j'ai su que je devais tout faire pour tenter de la sauver.

Kate perçut une immense douleur dans l'expression de son visage. Il n'avait pas réussi à la secourir. Mais il avait essayé.

— J'imagine que vous avez fait connaissance.

Il émit un drôle de son, entre le rire et le sanglot.

— Je n'ai pas osé pénétrer dans la propriété. Je savais que mon frère était fou, et d'après la rumeur locale, il devenait pire chaque jour. Par chance, au cours de

la saison des myrtilles, ta mère s'est hasardée à sortir seule de sa prison.

Kate ne savait que dire.

— Et tous les deux, vous…

— Je ne m'étais pas attendu à tomber amoureux d'elle. J'étais beaucoup trop vieux pour elle. Pas autant que Cullen, mais tout de même…

Les yeux de Claude se mirent à briller et, pendant quelques instants, il parut avoir trente ans de moins.

— Quelque chose me dit que vous n'aviez pas non plus prévu qu'elle se retrouverait enceinte, lança-t-elle. C'est bien ce qui est arrivé, n'est-ce pas ?

Derrière elle, l'infirmière entra, une nouvelle dans le service, que Kate n'avait jamais vue.

— Vous ne pouvez pas rester là, déclara-t-elle avec fermeté. Seule la famille proche est autorisée, à cette heure-ci.

Kate regarda Claude.

— Eh bien ? Est-ce que je fais partie de votre famille proche ?

Loralee Clark s'approcha de l'évier et y jeta le comprimé prescrit par le médecin. Quelques instants plus tôt, lorsque sa fille avait insisté pour qu'elle prenne son médicament, elle l'avait dissimulé dans le creux de sa paume. Elle était devenue experte à ce petit jeu. Elle sourit en mettant en route le broyeur et en faisant couler l'eau jusqu'à être certaine qu'il ne restait plus trace de son forfait.

Sa fille croyait bien faire, évidemment. Sauf que ces maudits cachets la plongeaient dans un pénible état de torpeur. Elle n'avait aucune intention de devenir une de ces vieilles femmes qui somnolent toute la journée dans un fauteuil à bascule, jusqu'à ce qu'un jour quelqu'un finisse par remarquer qu'elle avait passé l'arme à gauche.

Non, elle n'était pas du tout prête pour le rocking-chair. Quittant la cuisine, elle se dirigea vers son atelier de couture, à l'autre bout du couloir. Maynard, son mari, avait construit cette pièce suffisamment vaste pour qu'elle puisse y travailler à sa guise sur plusieurs métiers à la fois.

Aujourd'hui, il n'y en avait qu'un en service, dressé au centre de la pièce. Elle s'installa devant son ouvrage en cours et mit un moment avant de trouver l'aiguille qu'elle avait piquée dans l'épaisseur du tissu. Sa vue n'était plus ce qu'elle avait été, et cela ne manquait pas de la préoccuper.

Marian s'évertuait à la convaincre de demander à cette femme si sympathique qui habitait Fort Peck de coudre les courtepointes à la machine pour elle.

— Tant que je serai capable de manier une aiguille, il n'en sera pas question, répliquait Loralee.

Elle retrouva son aiguille et entreprit d'aligner des points de couture, petits et réguliers. Elle aimait particulièrement cette étape de la confection des couvre-lits, et ne projetait nullement d'y renoncer avant d'y être obligée.

Malgré tout, son esprit n'arrivait pas à trouver le repos. Elle continuait à penser à Kate LaFond et à l'endroit où elle avait bien pu la rencontrer. Elle sentait que la réponse se trouvait là, juste au bord de sa mémoire.

Lorsque, pour la troisième fois, elle se piqua le doigt avec son aiguille, elle repoussa le métier d'un geste mécontent. Comment pouvait-elle se concentrer sur son ouvrage de couture, la seule activité à lui apporter la paix, quand non seulement sa propre fille, mais aussi tout le club des quilteuses trouvaient qu'elle commençait à perdre la boule ?

Elle frotta ses yeux fatigués, puis se redressa et se rendit compte que son dos aussi lui faisait mal. La vieillesse n'était pas pour les mauviettes, avait l'habitude de dire sa mère. Loralee n'aurait pu davantage souscrire à cette opinion.

Elle se leva et se mit à errer dans la maison. Ses pensées, pareilles à des vautours planant au-dessus de cadavres d'animaux abandonnés au bord de la route, tournaient sans cesse autour de Kate LaFond.

Ce matin encore, Marian lui avait entouré les épaules de son bras et avait déclaré d'un ton péremptoire :

— Maman, tu ne connais pas Kate. Elle n'est pas du coin. J'ai appelé le médecin, il va te donner quelque chose pour te détendre.

Pour l'assommer, oui ! Loralee avait repoussé le bras de sa fille. Elle détestait que Marian s'adresse à elle comme à une demeurée.

— Je n'oublie jamais un visage, avait-elle riposté, consciente, toutefois, qu'elle aurait mieux fait de ne pas argumenter.

Depuis peu, Marian évoquait la possibilité de la prendre chez elle, dans sa maison de Big Timber, se demandant s'il était vraiment sage de laisser sa mère vivre seule plus longtemps.

— Si tu l'as déjà rencontrée, eh bien, je suis sûre que tu t'en souviendras. Mais en attendant, le médecin va passer.

Lorsqu'elle s'était entêtée à affirmer qu'elle savait parfaitement ce qu'elle disait, Marian avait finalement perdu patience.

— Maman, il faut que tu arrêtes cette comédie. Tu n'as fait qu'embarrasser Kate en la regardant comme ça.

Quelle importance que tu aies déjà fait sa connaissance quelque part ou non ?

Quelle importance ?

Tout le monde croyait qu'elle devenait gâteuse. Mais il n'était pas simplement question, dans cette affaire, de prouver qu'elle en était encore loin. Dès l'instant où elle avait vu Kate, elle avait éprouvé une étrange impression, non seulement un sentiment de déjà-vu, mais presque un choc. Elle était incapable de mettre le doigt dessus, mais elle savait quelque chose sur cette jeune femme. Impossible d'en douter. Et de très mauvais souvenirs y étaient attachés.

Malgré tout, elle ne tenterait pas de l'expliquer à sa fille, même si elle s'estimait capable de formuler ses pensées d'une manière parfaitement cohérente.

— Tu vas tous nous rendre fous, avec cette histoire, s'était plainte Marian en partant, peu après le départ du médecin. Je t'en prie, maman, laisse tomber.

Plus facile à dire qu'à faire, songea Loralee en suivant le couloir pour gagner l'endroit où elle conservait ses vieux albums de photos. D'impatience, son cœur battait la chamade. Son instinct lui soufflait que la réponse se trouvait dans l'une de ces boîtes.

— Alors, Claude ? Quel degré de parenté y a-t-il entre nous ?

Kate se tenait au pied de son lit d'hôpital, se répétant que la réponse n'avait aucune importance, alors qu'en vérité elle comptait plus que tout.

Claude recommença à fermer les yeux. Mais avant que Kate ait pu tourner les talons et quitter la chambre, comme l'infirmière le lui avait ordonné, il rouvrit les paupières.

— C'est ma fille, murmura-t-il en regardant l'infirmière. C'est ma fille, et j'ai besoin de lui parler.

La jeune femme jeta sur Kate un regard sceptique et sortit, l'air un brin vexée.

Craignant qu'il n'eût improvisé un mensonge uniquement pour qu'elle ne soit pas obligée de partir, Kate ne savait plus sur quel pied danser.

— Je regrette de t'avoir fait croire que tu n'étais que ma nièce, dit-il d'une voix rauque.

Il lui fit signe de s'approcher du lit.

— C'est vrai ?

Claude hocha la tête.

— Je comprends que tu sois déçue…

— Dans ce cas, il y a encore plus de chances pour que je sois compatible.

L'espace d'un instant, il la considéra fixement puis secoua la tête.

— N'y pense plus. Ce n'est pas pour ça que je t'ai retrouvée.

— Bien sûr que si !

Ce jour-là, quand elle l'avait rencontré pour la première fois dans le café, il lui avait proposé un marché. Et elle lui avait répondu d'aller au diable.

Les yeux de Claude se remplirent de larmes.

— En effet, c'était le cas à ce moment-là. Mais plus maintenant.

— Comment peut-on savoir si je suis un donneur compatible ?

— Je te répète que…

— Je vais demander au médecin. Y a-t-il autre chose que vous ne m'avez pas dit ?

Il détourna le regard.

— Vous ne possédez pas réellement un café, je me trompe ?

— Si. Il s'appelle le Branding Iron. Il n'a rien d'extraordinaire, mais il y a un appartement à l'étage. Comme c'est le seul café dans un rayon de trente kilomètres autour de Beartooth, les affaires marchent bien. Tu ne vas pas gagner des fortunes avec, mais il te permettra de vivre confortablement.

Il eut un sourire triste.

— C'est tout ce que j'ai à t'offrir.

— Je me fiche de ce café.

— Je regrette d'entendre ça. Je suis plutôt attaché à cet établissement, mais je comprends que tu n'aies pas envie de t'enterrer dans une minuscule bourgade isolée du Montana.

— Ce n'est pas ce que je voulais dire. Je ne fais pas ça pour le café. Je vais passer les examens nécessaires pour voir si vous n'avez pas menti et si je suis vraiment votre fille. Toutes ces analyses qu'ils effectueront pour savoir si mon foie est compatible… Tant qu'ils y seront, ils n'auront qu'à réaliser un test de paternité, et si vous m'avez raconté des bobards…

— Je t'ai dit la vérité.

— Vous devriez vous reposer, maintenant. Je vais demander au médecin de faire en sorte que tout soit fait rapidement.

Elle fit demi-tour, prête à partir.

— Kate…

— Mon nom est Melissa Logan, rectifia-elle en se retournant vers lui.

Ce n'était pas la première fois qu'il commettait cette erreur.

— Désolé. C'est ainsi que ta mère t'a appelée. Elle était née Katherina LaFond et elle t'a donné le nom de Kate LaFond. Tu n'as jamais été une Ackermann. En fait, il s'est avéré que le mariage de ta mère avec Cullen *n'était pas légal. Il n'avait pas divorcé de sa première femme. Mais c'est une autre histoire.*

Kate quitta la chambre, ne sachant trop ce qu'elle devait ressentir. Claude Durham avait fait irruption dans sa vie sans y être invité et l'avait mise complètement sens dessus dessous.

15

Jack se retrouva à la porte de Kate de bonne heure, le lendemain matin, avant même qu'elle ait eu le temps d'ouvrir son établissement.

Elle n'eut pas l'air surprise de le voir. Il lui réclama la carte au trésor, qu'elle lui tendit sans un mot. Puis elle lui apporta un café et, tout en sirotant le sien, l'observa en train de scruter le plan.

Il ne pouvait se défendre d'un certain scepticisme quand il s'agissait de trésors perdus. De celui-là en particulier. Au mieux, il s'agissait d'une chasse aux chimères. Au pis, il y avait des hommes prêts à tuer pour ce morceau de papier sans valeur.

— Pour moi, tout ça n'a aucun sens, dit-il en se tournant vers Kate.

Elle s'approcha de lui tandis qu'il étalait la carte sur la table. Du bout des doigts, il effleura les traits à moitié effacés et sentit l'épaule de Kate frôler la sienne. Il lutta comme un damné pour ne pas trahir le choc qu'il en éprouva.

— Vous voyez, dit-elle, ceci représente un bâtiment de pierre ou les fondations d'une maison. Là, il y a des arbres et ce qui pourrait être un ruisseau ou une route… Ou peut-être une piste qui passe par là.

Bien entendu, elle avait étudié ces grossiers schémas

en long et en large. Et elle était absolument persuadée que quelque chose se cachait derrière.

A l'instar des individus qui s'acharnaient à mettre le grappin sur cette carte, se rappela Jack.

— Quelle quantité d'or cela représente-t-il ? demanda-t-il.

Elle secoua la tête.

— Personne n'en sait rien. Mais apparemment, ça fait beaucoup.

— Assez pour justifier un meurtre ?

Kate soutint son regard sans rien dire, et il maugréa entre ses dents.

— Vous êtes certaine que la cachette se trouve sur les terres des Ackermann ?

Elle acquiesça d'un signe de tête.

Jack se souvint d'un bruit qui courait, selon lequel Nettie aurait vu Kate se livrer à des fouilles au beau milieu de la nuit, près du vieux garage qui jouxtait le café. Nul doute qu'elle avait dû le faire exprès pour agacer cette vieille commère de Nettie.

— Il y a longtemps que vous avez entrepris d'effectuer des fouilles ?

— Je voulais démarrer à l'automne dernier, mais comme je ne connaissais pas la région, je ne savais pas par où commencer. Puis l'hiver est arrivé, le sol a gelé… J'ai finalement eu assez d'argent pour commander le matériel dont j'avais besoin.

— Il va falloir que je réfléchisse à tout ça.

— A notre collaboration ? demanda-t-elle, d'un ton soudain inquiet, alors qu'il se dirigeait vers la porte.

— Non. Nous avons conclu un accord, répondit-il, incapable de retenir un sourire au souvenir de leur baiser. 50/50. Ce à quoi je dois réfléchir, c'est à l'emplacement en question. Selon cette prétendue carte, ça pourrait être n'importe où. Ackermann possédait beaucoup de terrain et, comme vous le savez, il est interdit d'accès au public, car il se peut qu'il recèle encore quantité de pièges et de mines.

Il s'arrêta sur le seuil.

— En attendant, je crois préférable de garder cette carte avec moi.

Elle voulut protester, mais il revenait déjà sur ses pas pour ramasser la feuille sur la table.

— Vous avez eu tout le temps de l'examiner. Pas moi. Mais ne vous faites pas de souci, je ne la perdrai pas.

De toute évidence, elle ne voulait pas se séparer de la carte ne fût-ce qu'une minute. Malgré tout, elle hocha la tête. Jack avait de bonnes raisons d'agir ainsi. Si ces hommes revenaient, ils seraient obligés de la laisser en vie jusqu'à ce qu'ils aient eu affaire à lui.

Dehors, un pick-up s'arrêta.

— Vous devriez aller ouvrir le café. On dirait que vous avez déjà des clients.

Il sortit et, dévalant l'escalier, reconnut le consommateur matinal. Hitch McCray.

Malheureusement, Hitch le vit aussi.

— Tu as passé une bonne nuit ? lui demanda-t-il d'un ton sarcastique, au moment où Jack émergeait de l'allée entre les deux bâtiments, pour rejoindre le trottoir ensoleillé devant l'entrée du café.

Retiens-toi, s'intima Jack. Seulement, il n'avait jamais su écouter aucun conseil, pas même les siens. Il s'avança vers Hitch et lui asséna un coup de poing en pleine figure.

Encore perturbée par la visite matinale de Jack, Kate en était à se demander dans quelle galère elle s'était embarquée. Mais elle avait appris que la vie consistait le plus souvent à faire des choix. Elle s'était liée, pour ainsi dire, à Jack French. Il ne lui restait plus qu'à faire contre mauvaise fortune bon cœur.

Elle venait à peine de descendre dans la salle du café, d'en ouvrir la porte et d'enfiler son tablier que Hitch McCray entra. De tous les habitués de l'établissement, il était celui qu'elle appréciait le moins. Il ne cessait de draguer Bethany, sans se soucier du fait que la serveuse était déjà mariée. Kate l'avait aussi surpris à la jauger du regard. Ce type lui donnait la chair de poule.

— Vous saignez, remarqua-t-elle avec étonnement, avant de s'emparer d'une poignée de serviettes en papier pour qu'il puisse tamponner sa lèvre enflée. Que s'est-il pa…

Elle s'interrompit en apercevant, par la vitre de la devanture, Jack qui remontait la route en direction de sa cabane. Il se frottait les articulations de la main droite.

Kate dut retenir un sourire.

— Le salaud ! Je vais poursuivre votre amoureux en justice ! lança Hitch. Oh ! et puis non, après tout, à quoi bon ? Il n'a pas un sou. Seulement ce bout de terrain miteux dont personne ne veut — même pas lui. Jack n'est bon à rien.

Elle voulut prendre la défense de Jack, mais sentit que ce serait une erreur grossière.

— Vous ignorez sans doute qu'il vous trompe avec son ex-petite amie, Chantell Hyett, poursuivit le rancher.

Hitch éclata de rire, et Kate comprit que l'expression de son visage l'avait trahie.

— Il s'est bien gardé de vous en parler, hein ?

— Jack et moi ne sommes pas…

— Oui, c'est ça, ironisa Hitch en lui prenant le menu des mains. Et il n'est pas non plus sorti en douce de chez vous tout à l'heure, ajouta-t-il avec un regard torve. Je ne suis pas né de la dernière pluie, vous savez…

La clochette au-dessus de la porte d'entrée tinta, lui coupant la parole.

Kate aurait volontiers, elle aussi, flanqué une raclée à Hitch McCray. Au demeurant, elle ne devait pas être la seule à en brûler d'envie, devina-t-elle, tandis que les autres habitués commençaient à arriver et à s'installer à la grande table. Deux ou trois hommes jetèrent sur Hitch un coup œil interrogateur, puis sur Kate, comme s'ils l'avaient crue responsable de la lèvre fendue du cow-boy. Elle ne put réprimer un sourire. *A la bonne heure ! Qu'ils pensent ce qu'ils veulent.*

Quelques instants plus tard, une jeune fille blonde et mince entra à son tour dans le café. Ce devait être cette fameuse Tiffany, dont Kate avait entendu dire qu'elle louait l'appartement au-dessus de l'épicerie. Le bruit courait en ville que cette fille était d'une manière ou d'une autre apparentée au shérif.

Tiffany se glissa sur la banquette du box au fond de la salle. Elle lança un regard furtif vers le groupe de ranchers, à présent lancés dans une discussion animée sur l'agriculture biologique, puis vers Kate et, enfin, baissa les yeux sur ses mains posées sur ses genoux.

— Bonjour, lui dit Kate en s'approchant de la table pour lui apporter un menu. Qu'est-ce que je vous sers ?

— Juste un jus d'orange… et peut-être aussi un toast.

— C'est parti.

Kate laissa le menu sur la table pour que la jeune fille ait de quoi occuper son regard en attendant d'être servie. Elle n'avait jamais vu quelqu'un d'aussi nerveux que cette pauvre gamine. Que pouvait bien penser d'elle cette fureteuse de Nettie ? Ou bien était-ce Nettie, justement, qui la rendait si anxieuse ?

— Je peux vous poser une question ? demanda la jeune fille lorsque Kate lui apporta son petit déjeuner.

— Oui, bien sûr.

— Connaissez-vous une femme du nom de Lynette Johnson ?

Nettie Benton n'avait pas revu Frank depuis qu'elle lui avait montré les œuvres d'art de sa locataire. Et elle ne lui avait pas parlé depuis qu'il l'avait appelée pour lui annoncer la nouvelle qui lui avait fait l'effet d'une bombe : Tiffany était sa fille ! Elle s'était empressée d'éplucher le dossier dans lequel elle rangeait tous les papiers concernant sa locataire pour vérifier son nom de famille. Chandler.

Comment se faisait-il qu'elle n'ait pas reconnu ce nom ? Pour la bonne raison qu'elle n'y avait pas prêté attention, et que cela faisait des années qu'elle n'avait pas accordé la moindre pensée à Pamela Chandler. Dix-huit ans, en fait.

A présent, elle se faisait du mauvais sang pour Frank à plus d'un titre. Voir débarquer une fille — *sa* fille —, dont il avait jusque-là ignoré l'existence, avait été un choc terrible pour lui. Nettie avait perçu de la frustration et du désarroi dans sa voix, lorsqu'il lui avait téléphoné. Sans doute était-il encore en train de s'efforcer de saisir la logique de cette situation. De comprendre, par exemple, pourquoi Pam lui avait caché tout cela pendant tant d'années.

A supposer, bien sûr, que Tiffany fût réellement la chair de sa chair.

Ce n'était un secret pour personne que Frank avait voulu des gosses. Elle l'entendait encore raconter comment, un jour, sa maison retentirait du bruit de leurs petits pas. Au fil des années, elle s'était souvent demandé à quel point sa vie aurait été différente, si elle avait épousé Frank et rempli sa maison de bambins.

Au lieu de quoi, elle était sans enfants. Bob s'était révélé stérile et, de toute façon, elle n'avait pas voulu d'enfants de lui. Frank, de son côté, avait une fille, mais celle-ci lui flanquait la frousse. Au souvenir des portraits que Tiffany avait réalisés de son père, Nettie frissonnait encore. Dès le début, elle avait senti une certaine tension chez cette gamine, tension dont elle supposait à présent qu'il s'agissait d'une colère rentrée.

L'inquiétude qu'elle éprouvait pour Frank l'incita finalement à prendre le téléphone pour l'appeler.

— Lynette, dit-il, l'air heureux d'entendre sa voix.

— Je me faisais du souci pour toi.

— Il n'y a pas de quoi se mettre martel en tête.

Nettie aurait sans peine trouvé à redire à cette affirmation.

— Comment ça se passe, avec ta fille ?

— Nous faisons du mieux que nous pouvons, vu qu'il y a encore peu de temps, je n'étais même pas au courant de son existence, et que sa mère lui a raconté que je ne l'avais pas voulue.

L'amertume qu'elle décela dans la voix de Frank l'étonna. Elle n'en avait jamais perçu la moindre trace chez lui, auparavant. Si la même chose lui était arrivée, elle aurait été furieuse, en plus d'être amère. A sa place, elle aurait déjà commencé à ruminer sa vengeance.

Sauf que Frank ne lui ressemblait pas.

— As-tu parlé à Pam ?

Elle se souvint du jour où il avait épousé Pamela Chandler. Qu'il se marie avec une telle mauviette, une pareille pleurnicharde, lui avait littéralement brisé le cœur. Elle n'avait pas été particulièrement surprise que le mariage ne dure pas.

— Je n'arrive pas à la localiser.

— Mais tu es shérif. Tu dois sûrement disposer des moyens...

— Mes fonctions de représentant de la force publique ne m'autorisent pas à utiliser ces ressources à des fins personnelles. Et apparemment, Pam n'a pas envie qu'on la retrouve.

— Le contraire m'étonnerait, après ce qu'elle a fait.

— Tiffany est-elle encore dans l'appartement ? demanda-t-il.

— Non, elle est partie de bonne heure, ce matin, avec son carnet à dessins.

Nettie dut se mordre la langue pour ne pas ajouter : « Elle est probablement en train de t'espionner, à l'heure qu'il est. »

— Bon, tant pis, soupira-t-il. Oh ! J'ai un appel sur l'autre ligne. Je suis content que tu m'aies téléphoné. C'est gentil de penser à moi.

— Je pense toujours à toi, répondit-elle, mais seulement après qu'il eut raccroché.

Elle se prit à songer à Pamela Chandler. Cette femme avait si peu convenu au style de vie de Frank... Elle détestait le ranch, ne montait jamais à cheval, refusait même de manger de la viande de bœuf.

Nettie avait eu le sentiment, bien qu'il se fût écoulé plusieurs années depuis son propre mariage, que Frank avait pris femme par déception sentimentale. A l'époque, quand il s'arrêtait au magasin, elle voyait bien que son visage ne rayonnait pas de bonheur, loin s'en fallait. Puis le départ de Pam et le divorce l'avaient, semblait-il, libéré. Il avait repris du poil de la bête, mais ne s'était jamais remarié.

A présent, elle se tourmentait à l'idée de n'être pas celle qui lui avait donné un enfant. Tiffany aurait pu être la fille qu'ils auraient élevée ensemble.

Cette seule pensée lui noua la gorge et lui fit monter aux yeux des larmes brûlantes, qu'elle s'empressa d'essuyer.

Frank et elle avaient fait leurs lits, tant d'années auparavant, et maintenant ils devaient s'y coucher, seuls et pleins de regrets.

Pendant un temps, elle avait espéré qu'une fois Bob parti, Frank et elle pourraient enfin bénéficier d'une seconde chance.

Quand la voiture de Tiffany arriva devant le magasin, Nettie la considéra avec le sentiment croissant d'avoir perdu sa vie. C'était comme si la jeune fille avait tué en elle tout espoir de retrouver un jour Frank.

Loralee Clark était couverte de poussière, sale et épuisée, mais il restait encore une vieille boîte de photos à passer en revue.

Elle avait faim, aussi, et regrettait de ne pas avoir pensé à grignoter quelque chose. Cependant, il n'était pas question de s'arrêter maintenant. D'un geste las, elle traîna la dernière boîte jusqu'au fauteuil à bascule et, avec beaucoup moins d'enthousiasme qu'au début, entreprit d'en examiner le contenu.

Le cliché se trouvait au fond du carton. A la seconde où elle l'aperçut, elle sentit son pouls marteler ses tympans. Les mains tremblantes, elle s'en empara, submergée à la fois par un sentiment de désespoir et une bouffée de satisfaction qui lui donna envie de se précipiter sur ce stupide téléphone portable pour appeler sa fille et lui annoncer : « Je te l'avais dit ».

Elle savait qu'elle avait reconnu Kate LaFond. Et

maintenant, elle comprenait pourquoi ce souvenir s'accompagnait d'un tel sentiment de tristesse.

Kate LaFond ressemblait trait pour trait à sa mère quand elle était jeune.

Serrant la photo entre ses doigts, Loralee se rendit dans la cuisine, où l'éclairage était meilleur. A présent, les arbres lui cachaient la vue du vallon, là-bas, dans les Crazy Mountains.

Mais trente et quelques années plus tôt, elle distinguait parfaitement la cheminée de la maison des Ackermann, depuis la fenêtre de sa cuisine. De même, elle pouvait voir Teeny arriver, lors de ces rares occasions où la jeune femme se faufilait jusque chez elle pour y boire un café à la hâte, ou rester quelques instants à bavarder avec elle tandis qu'elle étendait sa lessive ou nettoyait ses vitres.

Cela faisait des années qu'elle n'avait pas pensé aux gens qui avaient habité ce vallon. Mais elle n'oubliait jamais un visage, se répéta-t-elle en scrutant de nouveau le cliché. Elle avait pris cette photo un jour où la jeune femme avait quitté sa maison en catimini pour venir la voir, profitant de ce que son mari s'était rendu en ville.

— Je voulais vous montrer ma petite fille, avait-elle dit.

Loralee avait contemplé l'adorable enfant. Si petite. Si mignonne.

— C'est tout votre portrait ! s'était-elle exclamée. Elle a votre visage en forme de cœur.

Teeny rayonnait. Sur la photo, elle arborait un large sourire, tenant son précieux bébé dans ses bras, debout devant la haie de lilas dans le jardin de Loralee. Mais, dès la photo prise, le visage de Teeny s'était rembruni.

— Mon mari ne serait pas content s'il savait, avait-elle murmuré.

— Votre mari ne le saura jamais. Mais dans quelques années, vous aurez peut-être envie de venir jeter un coup d'œil à ce portrait.

Puis Loralee avait complètement oublié la pellicule et ne l'avait fait développer qu'un an plus tard. Trop tard pour que Teeny voie la photo.

16

Quand elle reçut les résultats des examens médicaux, Kate se rendit dans la chambre de Claude. Elle le trouva allongé sur son lit, les yeux fixés au plafond.

— J'ai bien réfléchi, déclara-t-il aussitôt qu'elle entra et referma la porte derrière elle.

— C'est une première pour vous ?

En le voyant sourire à cette repartie, elle en conclut qu'il se sentait mieux.

— J'ai de bonnes nouvelles, annonça-t-elle. Je ne suis pas seulement compatible. Je suis la donneuse parfaite.

Bien qu'il s'efforçât de le dissimuler, elle vit un immense soulagement se peindre sur ses traits.

— Je suis heureux que tu sois ma fille et que tu n'en aies plus aucun doute, mais je ne veux pas que tu fasses ça. Il s'agit d'une opération très lourde. J'ai déjà vécu ma vie. Ce qui n'est pas le cas pour toi. Je refuse que tu risques la tienne.

— J'en ai parlé avec le médecin. Ce sera un jeu d'enfant. Bien sûr, il faudra que vous preniez des médicaments antirejet, mais le chirurgien est très optimiste. Il pense vous ne rejetterez pas le greffon.

— Pourquoi fais-tu ça ? demanda-t-il d'une voix faible.

— Pour le café. Qu'est-ce que ça pourrait être d'autre ?

Il garda le silence un long moment, puis :

— J'aurais cru que tu me détesterais de ne pas être apparu dans ta vie plus tôt, avoua-t-il. D'avoir attendu d'avoir besoin de toi pour te dire que j'étais ton père.

— Harvey Logan était mon père.

Il hocha la tête.

— Je suis content qu'il ait été là pour toi.

Elle laissa échapper un soupir.

— C'est vous qui aviez tout arrangé ?

Claude esquissa un maigre sourire.

— J'ai dû faire jouer quelques-unes de mes relations, mais mon meilleur ami est avocat. Je savais que Harvey et sa femme Meg voulaient à tout prix avoir un enfant et qu'ils étaient des gens bien.

— Vous auriez pu me garder.

Cette remarque le fit rire.

— Un vieux garçon malade vivant au-dessus d'un café, au milieu de nulle part ?

Il secoua la tête.

— J'ai fait ce que j'ai pu pour toi. Je ne me doutais pas que Meg mourrait si jeune ni que cet imbécile de Harvey te traînerait à travers tout le pays, à la recherche de trésors perdus. Je m'en veux.

— Pourquoi ?

Il émit un petit rire silencieux.

— C'est à cause de moi que Harvey est accro à la chasse aux trésors. Il y a tant de choses encore que je voudrais te dire...

Il était de nouveau pâle comme un linge, et elle se douta qu'il luttait de toutes ses forces contre la fatigue.

— On va d'abord vous remettre sur pied, et ensuite vous pourrez tout me raconter, déclara-t-elle. Vous me parlerez de ma mère et vous me direz pourquoi vous ne vous êtes pas enfuis ensemble.

Il acquiesça d'un hochement de tête. Son visage semblait vieillir de tristesse.

Loralee Clark resta un long moment postée devant la fenêtre de sa cuisine, à regarder au-dehors et à se remémorer le jour où la vie de Teeny Ackermann avait pris fin dans ce vallon — et l'horrible sentiment de culpabilité qui l'avait tourmentée.

Cette femme avait besoin de ton aide, et tout ce que tu as été capable de faire a été de prendre une photo d'elle et de son nourrisson ?

Pourtant, elle était allée trouver le shérif, non ? Elle avait essayé de sauver cette pauvre fille. Et l'enfant, au moins, avait survécu. Apparemment.

A condition que Kate LaFond soit réellement le bébé de la photo.

— Cela ne fait aucun doute, proclama Loralee, s'adressant aux murs de sa maison vide.

Par la fenêtre, elle aperçut quelque chose qui lui fit plisser les yeux. Des lumières dans le vallon. Ce n'était pas la première fois qu'elle les remarquait, depuis quelque temps.

Dans la seconde, elle sut ce qu'elle devait faire. Elle se mit en quête de ses chaussures de marche, tout en tâchant de se persuader qu'à l'époque elle avait fait tout ce qui était en son pouvoir. Trente ans plus tôt, les gens n'avaient pas pour habitude de s'immiscer dans la vie conjugale de leurs voisins. Elle se rappelait avoir parlé de Teeny avec son mari, Maynard.

— A ta place, je m'abstiendrais d'essayer de nouer des liens d'amitié, avait-il dit, sans lever les yeux de son assiette. Surtout pas avec la femme de Cullen Ackermann.

— Elle me fait pitié. La façon dont son mari la traite me donne envie de…

Il avait relevé brusquement la tête, sa cuillère de soupe à la main.

— Ce qui se passe là-bas ne te regarde pas, Loralee. Cette femme l'a épousé. Si tu te mêles de leurs affaires… Eh bien, il n'en sortira rien de bon, je peux te l'assurer.

Il avait secoué la tête avant d'ajouter :

— C'est déjà assez regrettable que Cull ait acheté cette parcelle de terre si près de la nôtre, qu'il ait planté tous ces panneaux d'interdiction et que ses fils et lui menacent quiconque oserait s'aventurer trop près de chez lui. Il a armé ses garçons et leur a ordonné de tirer sur toute personne qui entrerait sans autorisation. Tu ne t'approches pas de cet endroit, compris ? On ne sait jamais ce que ce cinglé et sa famille seraient capables de faire.

Ayant énoncé tout ce qu'il avait à dire sur le sujet, Maynard était retourné à sa soupe.

Loralee n'avait jamais eu l'occasion de poser les yeux sur Cullen Ackermann, mais elle avait entrevu ses garçons à plusieurs reprises — en général quand l'un d'eux venait piller son potager.

La première fois qu'elle les avait pris sur le fait, elle leur avait crié depuis sa fenêtre de déguerpir — comme elle l'aurait fait avec n'importe quels autres garnements.

Les deux aînés s'étaient retournés pour la dévisager. Quelque chose dans leurs yeux sombres lui avait glacé le sang. Elle était restée clouée sur place, impuissante, tandis qu'ils arrachaient ses plantations avant de prendre la fuite.

Elle avait su alors qu'ils reviendraient. Ils l'avaient suffisamment terrorisée pour lui ôter toute envie de rencontrer leur père. C'était à cette époque qu'elle avait décidé de garder un fusil chargé près de la porte de derrière.

Sauf que lorsqu'ils étaient revenus, elle ne s'en était pas servie pour les menacer. Pour la seconde fois de sa vie, elle s'était sentie lâche. La première fois, ça avait été quand elle n'avait rien fait pour venir en aide à Teeny Ackermann et son bébé.

A la suite de la mise en garde de Maynard et de sa prise de bec avec les fils Ackermann, elle avait abordé le sujet de ses inquiétudes avec les membres du club de patchwork.

— La femme de Cull a fait son choix quand elle l'a épousé et prononcé les mots « jusqu'à ce que la mort nous sépare », avait dit l'une des femmes les plus âgées du groupe.

— Si elle est malheureuse, pourquoi n'est-elle pas partie avant ? avait ajouté une autre.

— Je suis d'accord, avait approuvé une troisième. T'a-t-elle jamais suppliée de l'aider ?

— Je vois bien qu'elle a peur de son mari, avait plaidé Loralee.

Elle ne s'en était pas moins promis de voler au secours de Teeny si jamais celle-ci venait à le lui demander. Et tant pis pour ce que les autres diraient.

— Nous faisons toutes des compromis en nous mariant, certaines davantage que d'autres, avait décrété la doyenne. A mon avis, les femmes de la jeune génération sont trop promptes à rompre leurs vœux dès que les choses deviennent difficiles. Une épouse qui sait s'accommoder de sa situation est d'autant plus digne d'admiration.

Ces belles paroles avaient clos la discussion, jusqu'à ce jour terrible où on ne parla plus que des Ackermann dans tout le comté. Mais à ce moment-là, Teeny était déjà morte. Nul ne regretta davantage que Loralee de ne pas avoir secouru la pauvre femme.

Ravalant l'amertume de ses remords, Loralee se mit en route pour le vallon des Ackermann, armée de son vieux fusil de chasse.

En fin d'après-midi, Frank avait de nouveau invité Tiffany à lui rendre visite. Sa fille avait répondu qu'elle n'avait pas envie de monter à cheval.

— Nous pourrions simplement bavarder, apprendre à nous connaître, avait-il alors suggéré.

Cette proposition n'avait pas enthousiasmé outre mesure la jeune fille, mais elle était venue quand même. Il avait fait cuire des steaks hachés sur le gril, pour apprendre trop tard qu'elle était végétarienne. Elle toucha à peine à la salade qu'il lui prépara à la place.

Il n'avait aucune idée de la manière dont il devait s'y prendre pour toucher le cœur de sa fille — il savait simplement qu'il le souhaitait plus que tout. Parfois, quand il était avec elle, il avait l'impression qu'elle désirait faire plus ample connaissance avec lui. Ce qui ne l'empêchait pas, toutefois, de lui résister farouchement.

Peut-être est-ce pour cette raison qu'il décida de lui parler des corbeaux.

Au début, elle sembla croire qu'il plaisantait.

— Vous leur avez donné des noms ?

Il hocha la tête et désigna du doigt les câbles du téléphone, sur lesquels plusieurs oiseaux s'étaient rassemblés.

— Le soir, ils vont se percher tous ensemble dans un endroit élevé pour dormir.

Il lui raconta la fois où, dans l'Oklahoma, environ deux millions de corbeaux étaient venus s'installer au même endroit pour passer la nuit.

— Mais il n'est pas rare que ces oiseaux juchent par dizaines de milliers. Personne ne sait pourquoi ils font ça. Il pourrait s'agir d'une sorte de tactique de défense — tu sais, dans le genre : plus on est nombreux, plus on est en sécurité. Ou c'est peut-être une sorte de soirée pyjama géante, pendant laquelle ils restent debout toute la nuit à jacasser. Les chercheurs se demandent où et comment ils échangent les informations qui leur sont vitales, comme les lieux de migration, les endroits à éviter et ceux où ils trouveront de la nourriture en abondance. C'est peut-être pour communiquer entre eux qu'ils juchent ensemble.

Il se remémora certains récits qu'il avait entendus à propos des tourtes voyageuses. Un seul vol de ces oiseaux migrateurs était capable, en passant, d'obscurcir le ciel pendant des heures. Il aurait donné n'importe quoi pour assister à ce phénomène. Malheureusement, l'espèce était éteinte, ce qui lui faisait redouter que la même chose n'arrive aux corbeaux.

Ses corbeaux... Ils formaient la seule famille qu'il ait jamais eue — avant Tiffany. Il leur donnait des graines et des restes de nourriture à manger. Chaque année, il fêtait la naissance de leurs petits. Il les baptisait en fonction de leur personnalité, et jurait ses grands dieux qu'il pouvait les distinguer les uns des autres rien qu'à leurs cris.

Quand il avoua cela à Tiffany et lui parla du corbeau qu'il avait appelé « Billy the Kid », d'après le surnom de l'un de ses anciens adjoints, Tiffany laissa échapper un petit rire.

— J'ai vu une vidéo sur des corbeaux qui lâchent des noix au milieu de la circulation automobile pour que les voitures les écrasent et ouvrent les coquilles à leur place, dit-elle, avec un entrain qu'il ne lui avait jamais vu. Ensuite, ils attendent que le feu passe au rouge et ils vont ramasser leur butin.

Elle sourit.

— C'est plutôt malin, non ?

Frank lui rendit son sourire, se sentant en cet instant plus proche de sa fille qu'il ne l'avait été depuis la nouvelle de sa paternité.

— Ce sont des oiseaux très intelligents, convint-il. Ils ressemblent beaucoup aux humains. Ils forment des familles très soudées, et les jeunes jouent ensemble. Le couple reproducteur est facile à repérer parce que les deux parents restent toujours l'un près de l'autre. Ce sont les plus noirs et les plus brillants du groupe.

Il les désigna du doigt.

— Le père suit la mère partout où elle va, tout en surveillant son territoire. Si un autre mâle essaie de mettre son grain de sel, il s'interpose aussitôt.

Les conflits et les bagarres entre les oiseaux augmentaient considérablement au printemps, avait-il souvent remarqué.

Mais en se tournant vers Tiffany, il s'avisa qu'il venait de dire quelque chose qu'il aurait mieux fait de taire.

La lueur d'intérêt qu'il avait entrevue dans ses yeux s'était éteinte d'un seul coup.

— Même les corbeaux ont davantage le sens de la famille que vous, lâcha-t-elle.

Il se rendit compte alors de la stupidité de ses paroles, mais il était trop tard.

— Je suis désolé, j'ai tendance à me laisser emporter, quand je parle des corbeaux…

— Ce ne sont que des oiseaux, rétorqua-t-elle.

Pas pour lui. Il savait qu'elle ne comprendrait jamais à quel point ils lui tenaient à cœur.

— Je ne voulais pas te fâcher…

Elle haussa les épaules et détourna la tête. Il surprit un éclat humide dans ses yeux. Un instant plus tard, elle essuyait ses larmes d'un geste hargneux.

— Vous dites que vous n'étiez pas au courant de mon existence ! s'écria-t-elle, la prunelle flamboyante. Mais ma mère affirme que vous le saviez. Vous étiez seulement trop content de vous débarrasser de nous. Alors si vous n'avez que des corbeaux pour toute famille, vous ne devez vous en prendre qu'à vous-même !

En cet instant précis, Frank fut heureux de ne pas avoir Pam sous la main. Comme elle devait le haïr, pour avoir ainsi monté sa propre fille contre lui ! Il n'en croyait pas ses oreilles.

— Tu te trompes. Je tenais plus que tout à avoir des enfants et, évidemment, j'aurais tout fait pour te garder, si j'avais su...

— Vous ne vouliez pas d'enfants *avec ma mère* ! lui lança-t-elle d'un ton de défi.

Non, en effet. Vers la fin de son union avec Pam, il n'avait plus souhaité avoir des enfants avec elle. Aussi préféra-t-il se taire plutôt que de mentir. Tiffany n'aurait pas manqué de flairer le mensonge, de toute façon.

— Je regrette d'avoir été tenu dans l'ignorance à ton sujet.

A propos de mensonges, combien Pam en avait-elle racontés à cette malheureuse enfant ?

— De la crème glacée, ça te dirait ? suggéra-t-il, histoire de détourner la conversation.

Elle le fusilla du regard.

— Je n'ai plus quatre ans, je vous signale. De toute manière, il faut que je rentre chez moi. J'ai du travail.

Encore des portraits du père détesté ? se demanda-t-il en la raccompagnant à sa voiture. Les corbeaux perchés poussèrent des croassements sur leur passage. Ils avaient l'air contrariés. Tiffany leur décocha un regard agacé avant de monter dans son véhicule.

— Ça m'a fait plaisir que tu viennes me voir, dit-il.

Pour toute réponse, elle claqua la portière et, partant dans un nuage de poussière, le planta là, effaré à l'idée de ne plus jamais la revoir.

Sentant le temps filer comme du sable entre ses doigts, Kate attendait avec impatience de pouvoir retourner au vallon des Ackermann. Avec l'aide de Jack, les fouilles allaient désormais progresser plus rapidement.

Jack avait raison, au sujet du manque de précision de la carte. Celle-ci n'indiquait rien de réellement utile. Il existait d'innombrables endroits ressemblant à ceux qui y figuraient, trop nombreux pour qu'on les explore tous en peu de temps. Mais elle ne pouvait renoncer. Il n'en était pas question.

Et comme par un fait exprès, Bethany avait téléphoné pour prévenir qu'elle était malade cet après-midi. Kate devrait donc assurer le service du soir au café. Le temps qu'elle ferme l'établissement, à 21 heures, la nuit serait tombée. Heureusement que, bientôt, il ferait encore jour jusqu'à 22 heures ou presque.

Si elle avait la patience d'attendre jusque-là.

— Tu devras veiller à ce que ça ne tombe jamais entre les mains de ces salauds de voleurs, dit Claude. Je me fiche de ce que tu feras de cet or. Tu peux tout claquer à Las Vegas, si ça te chante. Mais je ne veux surtout pas que les fils de mon frère y touchent. Jure-le-moi.

— Claude, si personne n'a pas été capable de le trouver, comment pouvez-vous espérer que moi…

— *Je connais Cull. Il ne lâchera pas sa carte aussi longtemps qu'il aura un souffle de vie en lui. J'ai appris qu'il était malade. Il va essayer de faire passer le plan à l'un de ses fils. Sans doute l'aîné, Cecil.*

— *Vous n'avez pas dit que tout le monde les croyait morts ?*

Claude confirma d'un signe de tête.

— *Nul ne connaît ces garçons mieux que moi. On n'a retrouvé les restes que d'un seul d'entre d'eux. Les trois autres sont encore en vie, quelque part. Tu peux compter là-dessus. Et ils reviendront à Beartooth. Soit parce que Cull aura enfin confié la carte à l'un d'eux. Soit parce qu'ils auront compris que la seule autre personne à avoir été au courant était ta mère. Ils essaieront de trouver le trésor, et s'ils n'y arrivent pas, ils viendront te chercher, toi. Et peu importe que tu sois en possession de l'or ou pas. Tu comprends ce que je veux dire ?*

Sur le moment, elle n'avait pas vraiment saisi la portée des paroles de Claude. Mais maintenant, elle avait compris. Elle ne pouvait tolérer que les rejetons de l'homme qui avait maltraité sa mère s'approprient l'argent de la malheureuse. Il fallait qu'elle découvre le trésor avant eux.

Jack était son seul espoir. Il connaissait le pays et, de toute évidence, il était aussi malin et rusé qu'un renard.

Elle détestait l'idée d'avoir besoin de son aide. Cela impliquait de passer beaucoup de temps en sa compagnie. Ce qui revenait à se mettre elle-même en danger d'une façon encore plus terrifiante. Jack était manifestement un bourreau des cœurs, et elle ne croyait pas une seconde qu'il épargnerait le sien.

Elle balaya le café du regard. Il était plein, ce soir, résonnant de rires et d'éclats de voix. Elle s'était construit une vie ici, et cette vie n'était pas désagréable. En fin de compte, l'or ne faisait que compliquer les choses.

Cependant, comme Claude l'avait prévenue, elle serait obligée d'affronter les fils Ackermann d'une manière ou d'une autre. Et ses prédictions s'étaient toujours vérifiées, jusque-là.

La maison des Ackermann se trouvait à bonne distance de celle des Clark. Sans hésiter, Loralee avait attrapé son gilet de laine et était partie à pied, bien décidée à découvrir ce qui se tramait là-bas. Arrivée non loin des limites de sa propriété, elle trouva une brèche dans la clôture, par laquelle elle réussit à se glisser.

Elle n'ignorait pas ce que sa fille aurait dit si elle l'avait vue se faufiler en cachette dans le vallon. Tout en poursuivant sa marche, elle imagina la conversation qu'elle aurait eue avec Marian.

— Maman, pourquoi diable tiens-tu tant à aller justement là-bas ?

— Parce que j'en ai envie. Tu n'as jamais fait quelque chose uniquement par envie ?

— Peux-tu m'expliquer ce qui se passe vraiment, maman ?

Loralee palpa la photo qu'elle avait fourrée dans la poche de son gilet. Ce cliché constituait la preuve qu'elle n'était pas sénile. Elle aurait aimé le brandir sous le nez de sa fille et lui dire : « Tu vois ? Et maintenant, qu'est-ce qu'on dit à sa mère ? »

Rien n'aurait rendu Loralee plus heureuse que d'être obligée de reconnaître que Kate LaFond n'avait aucun lien avec Teeny Ackermann. Elle avait abandonné la jeune femme à son sort et, cela, elle ne se le pardonnerait jamais.

Elle dut s'arrêter pour reprendre son souffle. Elle avait oublié à quel point était raide le chemin qui conduisait à ce vallon isolé. Certes, à force de s'occuper elle-même de sa maison et de son jardin, elle arrivait à se maintenir en bonne forme, pour une femme de son âge. Du moins le croyait-elle. Mais cette petite grimpette avait épuisé une grande partie de ses forces. Finalement, elle n'était peut-être plus aussi gaillarde qu'elle le pensait.

Elle continua d'avancer, cependant, résolue à atteindre ce qui restait de la maison et de ses dépendances, et à savoir ce qui s'y déroulait.

Il faisait frais, dans l'ombre du vallon. Elle enjamba un morceau de vieux grillage en fil de fer barbelé gisant sur le sol, à l'endroit où un arbre s'était abattu sur la clôture, et longea le petit ruisseau bordé de peupliers de Virginie. Gonflée par la fonte des neiges, l'eau limoneuse qui dévalait le versant de la montagne semblait exhaler un souffle d'air froid. Loralee serra ses bras autour de sa poitrine.

A quelque distance devant elle, elle aperçut les fondations de pierre de l'ancienne demeure des Ackermann. On racontait que Cullen l'avait construite lui-même. De même que la vieille grange et les dépendances. La plupart des bâtiments tenaient encore debout.

Cette résistance l'étonna. Elle avait pensé que, depuis plus de trente ans, la nature aurait partout repris ses droits. Elle poursuivit sa marche. Le bruissement des hautes herbes contre les jambes de son pantalon, ajouté au murmure du ruisseau, conférait à ces lieux une atmosphère de désolation qui lui donna envie de pleurer.

Ou bien était-ce dû à la vue du trou béant creusé à

flanc de colline, qui avait autrefois servi de cellier ? Et de prison pour la première Mme Ackermann.

Elle sentit un frisson lui parcourir l'échine et se détourna. Sa fille avait raison. Elle était folle, de venir ici. Qu'allait-elle faire, s'il s'avérait que Marian avait raison et que quelqu'un rôdait par ici ?

La maison était envahie de poussière et de bestioles de toutes sortes. A l'évidence, aucun être humain doté d'un minimum de sens commun n'aurait essayé de vivre dans cette propriété. Comme elle s'apprêtait à rebrousser chemin, elle sursauta en voyant un homme sortir de la grange.

Etouffant un cri de surprise, elle eut la présence d'esprit de se cacher derrière le large tronc d'un peuplier de Virginie. Mais, dans sa précipitation, elle se tordit la cheville, perdit l'équilibre et lâcha son arme. Le fusil heurta la roche avec un son métallique. Craignant que le bruit ne l'ait trahie, elle se cramponna à l'arbre. Une douleur atroce irradiait dans sa jambe, mais elle savait que cette souffrance serait le dernier de ses soucis, si par malheur l'homme l'avait vue ou entendue.

Elle attendit quelques instants avant de risquer un œil derrière le tronc d'arbre. Torse nu, l'homme s'avançait dans sa direction, tenant à la main une pelle dont la lame était noire de terre. Sur sa poitrine blafarde, il arborait une véritable mosaïque de sombres tatouages.

Loralee retint son souffle. Ce fut la coiffure de l'inconnu qui fit bondir son pouls, déjà affolé, à la vitesse supérieure. Il portait les cheveux très courts, exactement comme ceux des fils Ackermann. « La boule à zéro », comme on disait trente ans plus tôt. Mais peut-être était-ce seulement dans le Montana.

Le peu qu'il avait de cheveux était noir, du même noir que ses yeux, elle était prête à le parier. Sombres comme un puits sans fond. Comme un abîme sans issue. Il était grand et mince. Semblable à son père, songea-t-elle avec un frisson. Son visage était grêlé et étroit comme celui d'une fouine. Il se déplaçait d'un pas furtif, pareil à un fantôme, et elle se remémora une fois de plus cette affreuse bande de voleurs de légumes — des hommes adultes désormais. Lequel des Ackermann était-ce ?

Tandis qu'il s'approchait de plus en plus, elle s'aperçut avec soulagement qu'une sorte d'appareil pour écouter de la musique dépassait de la poche de son jean et qu'il portait des écouteurs vissés dans les deux oreilles. Elle baissa les yeux sur son fusil, constata qu'il s'était ouvert en deux et que les cartouches étaient tombées par terre. Même à supposer qu'elle fût capable de prendre appui sur sa cheville blessée, elle craignait de ne pouvoir recharger son arme avec la rapidité nécessaire.

Elle releva la tête. L'homme n'était plus qu'à quelques mètres. Elle ne put que fermer les paupières de toutes ses forces et prier le ciel pour qu'il n'ait pas remarqué sa présence. Elle redoutait par-dessus tout d'ouvrir les yeux et de le trouver devant elle, la dominant de toute sa hauteur. La regardant comme il l'avait fait trente ans auparavant, le jour où elle l'avait chassé de son jardin et qu'il était revenu pour arracher ses légumes par poignées.

Mais lorsque, les genoux flageolants, elle rouvrit les yeux, elle vit avec soulagement que l'homme avait disparu. Quelques instants plus tard, elle entendit ce qui ressemblait au moteur d'un véhicule tout-terrain démarrant sur le versant nord de la colline.

Tendant l'oreille au bruit du 4x4 qui s'éloignait, Loralee s'effondra sur le sol, sa jambe valide trop faible pour continuer de la porter. Son cœur battait si fort qu'elle était incapable de réfléchir. Elle resta ainsi prostrée pendant de longues minutes. L'obscurité envahissait peu à peu le vallon. Impossible de demeurer ici plus longtemps. Son instinct lui soufflait que l'homme allait revenir.

Seulement, elle n'était pas certaine d'être en état de marcher. Sa cheville lui faisait toujours un mal d'enfer. Elle se rappela alors le téléphone portable que Marian avait tellement insisté pour lui faire acheter et se mit à fouiller frénétiquement dans sa poche, avec l'espoir insensé de capter un réseau dans ce coin perdu du vallon. Jamais elle n'avait eu besoin de sa fille davantage qu'en cet instant.

Sauf que sa poche était vide. Elle avait laissé son portable chez elle.

17

Il ferait nuit lorsque Loralee regagnerait enfin sa maison. Elle s'était servie de son fusil comme d'une béquille, mais il y avait eu tout de même des instants terribles où elle avait cru qu'elle ne s'en sortirait jamais.

Il n'y a pire imbécile qu'un vieil imbécile.

Cela venait-il d'une chanson ? Ou simplement d'un adage remarquablement lucide ?

Le téléphone portable n'était pas la seule chose qu'elle avait oubliée. Au moment où elle était partie de chez elle, il faisait frais. Elle n'avait donc pas pensé à emporter de l'eau ni même une barre chocolatée.

A présent, elle mourait de faim et se sentait très affaiblie. Sa cheville la faisait horriblement souffrir, et elle aurait donné n'importe quoi pour que quelqu'un s'arrête et lui propose de la ramener chez elle.

Mais elle vivait à des kilomètres de la maison la plus proche, sur une route très peu fréquentée. C'était d'ailleurs pour cette raison que Cullen Ackermann avait acheté son terrain dans ce coin retiré, au nord de la ville, blotti au pied des Crazy Mountains.

Du coup, elle devait parcourir plus de cinquante-cinq kilomètres pour se rendre à Big Timber, au lieu d'une trentaine, comme le faisaient les habitants de Beartooth. La petite ville se trouvait plus près, bien sûr, mais pas de beaucoup, attendu que la route était souvent coupée en hiver et creusée d'ornières le reste de l'année. Au printemps, la boue la rendait même parfois impraticable. Heureusement, le comté s'était enfin décidé à y effectuer des travaux de nivellement avant l'automne.

Loralee avait toujours pensé qu'elle avait une sacrée chance de ne pas ressembler à ces femmes qui se croyaient sans cesse obligées de se rendre en ville.

Comme elle se faisait la réflexion que ses pensées commençaient à s'égarer, elle se demanda tout à coup si elle ne souffrait pas d'hypothermie. Le soleil avait disparu depuis longtemps, le vent s'était levé et soufflait un air froid descendu des montagnes. Du moins la météo n'avait-elle pas annoncé de nouvelles chutes de neige. Sauf qu'on était dans le Montana. Loralee savait qu'il pouvait toujours neiger, quelle que soit la saison.

Epuisée et tremblante de froid, elle avançait en trébuchant dans l'obscurité, priant le ciel de ne pas tomber sur un ours brun. Ou, pis, sur ce maudit fils Ackermann.

Quand elle arriva enfin en vue de sa maison, Loralee éclata en sanglots. Encore heureux que personne ne soit là pour la voir ! Toute sa vie, elle s'était enorgueillie de sa force et de ses capacités. N'était-ce pas cela que Maynard avait aimé en elle ?

Peut-être était-ce vrai, en fin de compte, qu'elle devenait sénile. Peut-être Marian avait-elle raison. Sans doute devait-elle envisager l'éventualité d'emménager dans un appartement à Big Timber. Ou même dans une résidence pour personnes dépendantes.

Cette pensée tarit net le flot de ses larmes. Elle redressa les épaules et boitilla jusqu'à sa porte. L'avait-elle laissée grande ouverte ? Sûrement, puisqu'il faisait beau quand elle était partie.

Elle ouvrit la porte à moustiquaire et entra, heureuse comme jamais de se retrouver chez elle.

C'est alors qu'elle se rendit compte que quelqu'un était venu en son absence. Et ce quelqu'un avait tout saccagé.

Elle songea à appeler le shérif. En fait, elle en avait la ferme intention. Mais, pour l'instant, elle se sentait trop glacée et affamée. Elle laissa tomber son fusil près de la porte d'entrée et pénétra en chancelant dans la cuisine. La pièce était un peu moins en désordre qu'elle ne s'y attendait, même si, visiblement, on avait fouillé dans ses récipients. Le peu d'argent qu'elle avait mis de côté pour ses menus plaisirs et caché dans une boîte en fer-blanc avait disparu.

En sortant une bouteille de lait du réfrigérateur, elle remarqua que l'intrus avait fait main basse sur les restes de poulet frit. La plus grande partie s'était volatilisée, mais il en avait laissé deux morceaux — sans doute ceux qu'il n'aimait pas, songea-t-elle en s'affalant sur une chaise.

Elle but un demi-litre de lait et dévora le poulet qui restait avant de commencer à se sentir mieux. Sa cheville la lançait toujours, mais elle savait qu'elle ne sentirait plus la douleur dès qu'elle cesserait de s'appuyer dessus.

Elle examina la cuisine d'un regard circulaire, tâchant d'évaluer ce qui manquait. Se remettant debout, elle clopina jusqu'au tiroir où elle rangeait l'argenterie qui lui venait de sa mère.

Tout était encore là. Soulagée, elle regagna le séjour. Des bibelots avaient été renversés, des tableaux décrochés des murs. Une lampe était cassée, ainsi que quelques cadres. Elle n'avait jamais aimé ces peintures, de toute manière.

Rien n'avait été dérangé dans la salle de bains, excepté que l'indésirable visiteur avait fouillé dans son armoire à pharmacie et emporté tous les vieux antalgiques qu'elle conservait en cas de besoin. Dans l'atelier de couture, elle remarqua que la machine à coudre n'avait pas bougé. Dieu soit loué, l'inconnu n'avait pas eu idée de ce que valait un modèle dernier cri tel que celui-là.

Dans sa chambre, elle trouva tous les tiroirs de sa commode entrouverts et plusieurs de ses dessous renversés sur le parquet. L'homme devait avoir un besoin pressant d'argent pour fureter ainsi dans le tiroir à sous-vêtements d'une vieille femme, se dit-elle en secouant la tête avec une moue amusée.

Cette pensée l'incita à tourner alors son attention vers sa boîte à bijoux. A son grand étonnement, il lui sembla que rien n'y manquait. Maynard n'avait pas été le genre de mari à offrir des diamants ou de l'or à sa femme. De temps en temps, il lui avait fait la surprise d'un bouquet de fleurs. Mais, généralement, il se contentait d'une boîte de chocolats ou d'une carte pour lui dire qu'il l'aimait. Elle n'avait jamais eu besoin d'autre chose.

Elle remit de l'ordre dans la chambre, mais reporta à plus tard le ménage dans les autres pièces de la maison. Il fallait avant tout qu'elle soulage sa pauvre cheville.

Tout le reste pouvait attendre, décida-t-elle. Et il fallait prévenir le shérif, aussi. Après tout, il n'y avait pas de véritables dégâts. Elle gardait peu d'argent liquide chez elle. Son sac à main était enfoui sous une pile de rouleaux de tissus qu'elle venait d'acheter, aussi le voleur n'avait-il pas pu lui dérober les quelques espèces qu'elle gardait en réserve dans la maison.

Et qu'aurait bien pu faire le shérif, de toute façon ? Le cambrioleur était parti, et ce n'était pas comme s'il avait laissé une carte de visite. Sans preuve pour confondre le coupable, le shérif serait totalement impuissant.

Elle envisagea un instant de téléphoner à sa fille,

mais s'avisa aussitôt que son appel ne ferait qu'inquiéter Marian, et sans raison valable.

Loralee n'était pas idiote. Du moins espérait-elle que les gens ne la considéraient pas ainsi dès qu'elle avait le dos tourné. Elle n'avait jamais été dévalisée de sa vie. Jamais non plus elle n'avait surpris quiconque en train de rôder autour du ranch — hormis les fils Ackermann.

Il ne lui fallut pas longtemps pour faire le rapprochement et deviner l'identité de celui qui s'était introduit chez elle et avait essayé de la cambrioler.

— Tu as dû être déçu, dit-elle à voix haute. Et assez fâché de n'avoir rien trouvé de plus que quelques pièces de monnaie.

C'était d'ailleurs pour cette raison qu'il reviendrait. Pas pour son argent. Il savait maintenant qu'elle n'en gardait que peu dans la maison. Mais il serait vindicatif — comme il l'avait été enfant. Il aurait envie de s'en prendre à quelqu'un. Loralee s'estima heureuse que ces petits voyous n'aient pas eu l'occasion de demeurer plus longtemps dans le vallon, sans quoi ils seraient déjà revenus la harceler bien avant.

Quoi qu'il en soit, elle ne s'attendait pas au retour du voleur cette nuit. Le pire était passé, pour l'instant.

Exténuée, Loralee n'avait qu'une envie : se coucher et dormir. Pour la première fois de sa vie, néanmoins, elle verrouilla les deux portes d'entrée avant de sombrer dans un sommeil profond mais agité.

Billy Westfall leva la tête pour regarder le shérif sur le pas de sa porte. Il cligna les yeux, se croyant le jouet d'une hallucination. Frank et lui ne s'étaient pas séparés dans les meilleurs termes, loin s'en fallait. Cette seule idée lui donna envie de rire. Frank Curry n'avait pas précisément renvoyé son ex-adjoint. Il avait juste refusé de le réembaucher, après que Bill eut commis l'erreur de démissionner, à l'automne précédent.

— Je me doute que vous n'êtes pas venu me souhaiter bonne chance dans ma nouvelle entreprise, commença Billy. Si c'est à propos de ma licence de détective privé…

Il désigna le document encadré qu'il avait accroché au mur. Le seul ornement qui garnît la cloison, du reste. Il n'avait pas encore eu le temps de se livrer à des travaux de décoration.

Le shérif referma la porte et s'avança.

Billy glissa une main dans le tiroir du haut de son bureau, celui dans lequel il cachait son pistolet. Ses doigts agrippèrent la crosse. Ce n'était pas qu'il avait peur de son ancien patron, mais il y avait eu des moments, du temps qu'il était adjoint, où le shérif avait donné l'impression de vouloir le tuer.

Vu l'expression menaçante qu'il affichait en ce moment, Billy préférait donc ne prendre aucun risque.

— N'approchez pas, dit-il.

Le shérif s'arrêta. Il avait l'air exaspéré.

— Sors ta main de ce tiroir. D'ailleurs, j'aimerais mieux que tu te mettes debout.

— Qu'est-ce que vous me voulez, shérif ? demanda Billy. Vous ne pouvez pas entrer ici sans raison et commencer à…

— Pamela Chandler Curry. Je crois qu'elle a repris son nom de jeune fille.

Billy dégagea sa main et se cala dans son fauteuil.

— Votre ex ?

— J'ai besoin que tu la retrouves.

Il lui fallut une minute pour reprendre ses esprits. Cette proposition était bien la dernière chose à laquelle il s'était attendu. Puis il se mit à rire.

— Vous voulez m'engager, *moi* ?

Frank esquissa une moue de déplaisir et détourna le regard, comme si sa demande lui coûtait.

— Pendant tout le temps où j'ai été votre adjoint, poursuivit Billy, vous n'avez pas arrêté de me reprocher mon indiscipline, de me dire que j'avais la gâchette facile, bref, que j'étais un bon à rien, et que sans mon grand-père Bull, vous m'auriez viré depuis longtemps. Ce n'est pas vrai ?

Le shérif fronça de nouveau les sourcils.

— Tu veux le boulot, oui ou non ?

— Pourquoi *moi* ?

— Ce n'est pas évident ?

— Vous pensez que mon grand-père sait où elle se trouve.

Billy faillit éclater de rire en prenant conscience des motivations réelles de Frank. Le shérif avait toujours cru qu'il jouissait d'une plus grande influence auprès de son grand-père qu'il n'en possédait réellement. Mais Billy se garderait bien de le détromper.

— Et donc vous avez besoin de *mon* aide, dit-il avec un sourire suffisant. Mais pourquoi tenez-vous tant à retrouver sa trace ?

— En fin de compte, ce n'était pas une bonne idée, lâcha Frank.

Et il tourna les talons, prêt à repartir.

— Je la trouverai, affirma Billy en toute hâte. Vous ne voulez pas savoir combien ça va vous coûter ?

Il débita ses tarifs à toute allure. Le shérif jeta un coup d'œil sur la pièce. L'expression de son visage disait clairement qu'il n'était nullement impressionné. Billy fut à deux doigts de lui dire de laisser tomber. Sauf que, en vérité, il avait besoin de cet argent.

— D'accord, dit Frank.

Il griffonna son numéro de portable sur le bloc-notes posé sur le coin du bureau.

— Je ne veux pas que tu lui parles. Contente-toi de m'appeler aussitôt que tu l'auras trouvée. Personne d'autre ne doit être au courant.

— Il faudrait me payer la moitié de mes honoraires d'avance.

Le shérif le regarda comme s'il allait changer d'avis et décider de ne pas l'engager.

— Je vais vous prouver que vous vous trompiez sur mon compte, s'empressa de lui assurer Billy.

— Nous verrons.

Sur ce, Frank extirpa de son portefeuille plusieurs grosses coupures et les jeta sur le bureau avant de quitter la pièce.

Depuis qu'ils avaient conclu leur pacte, Kate et Jack avaient consacré plusieurs heures à prospecter le vallon, mais en cette fin d'après-midi, elle voyait bien que de son côté le cœur n'y était pas. Il ne considérait pas comme probable que l'or puisse être caché là, sur les terres des Ackermann. Et même si aucun autre Ackermann n'avait plus donné signe de vie, elle savait que Jack se tenait toujours sur le qui-vive. Croyait-il qu'elle n'avait pas remarqué le pistolet qu'il emportait désormais partout dans son sac à dos ?

— Pourquoi faites-vous cela ? lui demanda-t-elle après une nouvelle tentative infructueuse — une de plus — pour découvrir où était enfoui le trésor.

Elle aurait dû se sentir touchée par son désir de la protéger, elle en avait conscience.

— Que voulez-vous dire ? répliqua-t-il, alors qu'ils quittaient le vallon pour regagner son pick-up.

— Vous voulez réellement trouver cet or, ou vous essayez seulement de me faire plaisir ?

Elle sentait la colère monter en elle.

— Nous sommes associés, répondit-il, la considérant d'un regard déconcerté, comme surpris par son brusque emportement.

Elle eut un petit rire dédaigneux.

— C'est exactement comme le premier soir où nous nous sommes rencontrés. Vous êtes toujours persuadé de venir à mon secours. Eh bien, si vous vous êtes mis dans la tête qu'il s'agit de sauver une demoiselle en détresse, sachez que je n'ai pas besoin de votre aide.

Il s'était arrêté de marcher pour la dévisager. Ils étaient arrivés au milieu d'un bosquet de pins. La tiédeur du jour avait cédé la place à un crépuscule argenté. Des ombres épaisses se tapissaient sous les arbres, et une brise fraîche soufflait de la cime des montagnes.

— C'est vous qui m'avez demandé de vous donner un coup de main, lui rappela-t-il.

Elle secoua la tête. Elle détestait devoir reconnaître qu'il avait raison.

— Seulement parce que je pensais…

— Kate, que se passe-t-il ?

— Vous ne croyez pas à l'existence de cet or.

— Mais vous, si. Alors où est le problème ? Pourquoi essayez-vous de me repousser ?

Comme elle le fixait, il lui vint soudain à l'esprit qu'il disait vrai. Elle venait bel et bien de lui chercher querelle. Elle se refusait à avoir besoin de lui. Et surtout, elle s'interdisait de le désirer.

Depuis l'accord qu'ils avaient passé, il semblait garder ses distances. Ce qu'elle lui fit remarquer.

Jack émit un petit rire.

— Je croyais que c'était ce que vous vouliez.

— En effet. Et c'est toujours le cas.

Elle prit une profonde inspiration puis relâcha lentement son souffle, avant de se retourner vers le vallon.

— Je sais que vous avez peur, déclara-t-il d'un ton tranquille.

Non, en vérité, il n'avait aucune idée de la frayeur qu'il lui inspirait. Elle avait toujours souhaité que sa vie ressemble à une route dégagée et rectiligne. Sans surprises. Claude avait infléchi cette voie, lui avait imposé un brusque et radical virage. Ce que Jack pourrait en faire, elle préférait ne pas y penser.

— Je crois qu'ils nous surveillent, murmura-t-il.

Interloquée, elle reporta son regard sur lui. Et elle faillit éclater de rire. Croyait-il vraiment que c'étaient les Ackermann qu'elle redoutait le plus ?

— Ils attendent que vous ayez découvert le trésor, précisa-t-il.

Sur ce point, il n'avait probablement pas tort.

— Mais puisque, d'après vous, ça ne risque pas d'arriver… Je dois rentrer, maintenant.

Et sur ces mots, elle passa devant lui et reprit sa marche.

Il lui agrippa le bras et la fit pivoter sur ses talons pour l'attirer contre lui.

— Pourquoi est-ce si difficile pour vous, d'accepter de l'aide ?

Elle secoua la tête, se dégageant de son étreinte.

— Vous avez raison, admit-elle. J'essayais de vous écarter. Je regrette de vous avoir embarqué dans cette histoire.

Si seulement la compagnie de Jack lors de leurs expéditions dans le vallon pouvait la laisser de marbre !

— Mais elle me concerne, maintenant, protesta-t-il.

Le regard de Jack accrocha le sien, et elle sentit

un feu lui embraser l'intérieur du ventre. La chair de poule hérissa sa peau nue. Elle frissonna, serrant ses bras contre sa poitrine pour se défendre contre le désir croissant qu'elle éprouvait.

— Vous êtes simplement frustrée parce que nous n'avons pas trouvé l'or, reprit-il.

Oui, c'était exactement ça, se dit-elle en enfonçant le bout de sa botte dans la poussière du sol.

Jack tendit le bras et, d'un doigt, lui releva le menton jusqu'à ce que leurs yeux se croisent de nouveau.

— Peut-être qu'un jour vous me ferez assez confiance pour me parler de votre cicatrice.

Elle en doutait, mais elle hocha la tête malgré tout. En se remettant en route vers l'endroit où il avait garé son pick-up, elle pensa à Claude et à la promesse qu'elle lui avait faite.

Comment expliquer à Jack le flot d'émotions entremêlées qui la submergeait dès qu'il était question de ce vallon ? Comment lui faire comprendre que la seule vue de cette carte hâtivement dessinée sur un vieux morceau de papier de boucherie lui faisait monter les larmes aux yeux ? Que savait-il du sentiment de vide qui la hantait ? Ou des promesses qu'elle craignait de ne pouvoir tenir ?

— Je te dois la vérité, dit Claude quelques semaines après son opération.

Il mettrait un an à se rétablir, mais le chirurgien lui avait affirmé que l'intervention s'était bien déroulée. Son organisme n'avait pas rejeté la partie du foie dont elle lui avait fait don. Sa convalescence à elle nécessiterait beaucoup moins de temps, quelques mois seulement, selon les propos du médecin.

— Vous me devez bien plus que ça, répliqua-t-elle du ton de la plaisanterie. Mais c'est tout de même un début.

— Je regrette d'être celui qui t'annonce la nouvelle.

— Vous n'auriez-vous pas dû me prévenir plus tôt que j'avais trois demi-frères brutaux et psychopathes qui se lanceraient à ma poursuite ?

Il croisa son regard.

— Tu n'avais rien à craindre tant que Cullen Ackermann était en vie. Il est en train de mourir d'un cancer. Il n'a pas encore révélé à ses fils l'endroit où l'or était enterré, sinon ils seraient déjà retournés à Beartooth.

— Vous êtes absolument certain que trois des garçons ont survécu ?

Il hocha la tête.

— Vous m'avez dit que ma mère était morte peu après que vous m'avez emmenée, alors que j'avais dix-huit mois. Pourquoi n'est-elle pas partie avec moi ?

Elle déglutit avant de poursuivre.

— Est-ce qu'il l'a assassinée ?

— Pas de la façon que tu imagines, mais il est responsable de sa mort. Elle a été tuée par l'un des pièges qu'il avait installés autour de la propriété pour empêcher qu'on y entre sans autorisation. C'est ce qui lui a valu d'aller en prison. Ça, et ce qu'il a fait subir à sa première femme, sa femme légitime.

— Sa première femme ?

Kate n'était pas certaine de vouloir entendre la suite.

— Quand le shérif et ses adjoints ont pris la maison d'assaut, ils ont retrouvé l'épouse de Cullen, celle dont il n'avait jamais divorcé. Il la séquestrait dans une grotte creusée à flanc de colline. Personne ne sait combien de temps elle est restée enfermée là-dedans, mais je suis

certain que ta mère n'en savait rien. La pauvre femme était dans un état pitoyable, elle est morte peu après qu'on l'a délivrée.

— Oh, mon Dieu ! s'exclama Kate, au bord de la nausée.

— Tu vois pourquoi je ne veux pas que ce type et ses fils mettent la main sur ce qui appartenait à ta mère ? Ils l'ont déjà assez dépouillée comme ça.

Lui tournant le dos, elle s'approcha de la fenêtre.

— Alors, si je comprends bien, ils sont persuadés que je sais où se trouve cet or ?

Elle se retourna pour le regarder.

— Si je n'avais qu'un an et demi quand les choses ont mal tourné pour eux, pourquoi est-ce qu'ils...

Ses paroles moururent sur ses lèvres lorsqu'il lui tendit une enveloppe en papier kraft.

— Qu'est-ce que c'est ?

Il garda le silence.

Bien qu'elle n'eût aucune envie de connaître le contenu de cette enveloppe, elle s'avança vers lui, la lui prit des mains et la palpa avant de l'ouvrir avec précaution. L'enveloppe n'était pas cachetée, le rabat simplement glissé à l'intérieur. Elle se douta que c'était Claude qui avait tenu à mettre en sécurité le contenu du pli, quel qu'il fût.

Elle sortit la feuille de papier froissé et jauni, et fronça les sourcils.

— On dirait une carte au trésor pour gosses.

— C'est ce que ta mère a pu faire de mieux avec ce dont elle disposait. Mais tu as raison. Il s'agit bien d'une carte.

Elle leva les yeux vers lui pour s'assurer qu'il ne plaisantait pas.

— Vous n'êtes pas sérieux. C'est une carte pour

trouver le chaudron plein d'or enfoui au bout de l'arc-en-ciel ?

Elle rit.

— Vous n'imaginez tout de même pas que je vais gober cette histoire ? Pourquoi votre frère n'aurait-il pas révélé à ses fils où il avait caché son magot — si tant est que ce trésor existe pour de bon ?

— La famille de ta mère avait de l'argent. Elle venait d'en hériter lorsqu'elle a rencontré Cullen. La fortune qu'il a convertie en lingots d'or te revient en héritage. Elle n'appartient pas aux fils de Cullen. J'ai promis à ta mère de veiller à ce que tu en prennes possession.

— On ne peut pas dire que vous vous soyez précipité pour venir me la remettre, n'est-ce pas ?

— C'était trop risqué.

— « Etait » ? Parce que maintenant il n'y a plus de danger ?

Il détourna le regard.

— Je ne suis pour rien dans tout ça, tu dois me croire...

— Comment se fait-il qu'ils n'aient pas encore découvert cet or ? Ils ont bien dû le chercher, non ?

— Le vallon des Ackermann, comme on l'appelle maintenant, couvre un vaste terrain accidenté. Sans carte, cela reviendrait à chercher une aiguille dans une botte de foin.

— Avec cette carte aussi, répliqua-t-elle en la jetant sur la table. Si leur père ne leur a pas indiqué l'emplacement du trésor, qu'est-ce qui leur ferait penser que je le connais ?

Remarquant l'expression sur le visage de Claude, elle ajouta :

— Vous ne m'avez pas tout dit.

— Cullen. Je lui ai rendu visite en prison. Il sait que ta mère a dessiné une carte.

Elle sentit un frisson glacé lui remonter le long de la colonne vertébrale.

— Il l'a dit à ses fils ?

— Il se sent trahi par elle et veut se venger.

— Elle l'a trompé ?

— Il se venge d'elle à travers toi.

Elle le dévisagea un long moment.

— Et il se venge de vous aussi. Il savait que je n'étais pas de lui, n'est-ce pas ?

Il ne répondit pas. C'était inutile.

— Je ne veux rien avoir à faire dans tout ça, déclara-t-elle en croisant les bras.

— Je crains que tu n'aies pas le choix. Que tu décides de partir à la recherche du trésor ou non, ils seront après toi.

— Dans ce cas, je leur donnerai la carte et bon débarras !

— Si c'est ce que tu souhaites...

Il se mit debout, et elle vit que cet effort lui coûtait une grande souffrance. Il avait encore le teint pâle et maladif.

— Cullen a volé l'argent de ta mère, l'a gardée recluse et a fini par la tuer. Maintenant, il lance ses enragés de fils à tes trousses. Es-tu vraiment prête à leur céder l'argent de ta mère ?

Elle s'était toujours considérée comme une battante, mais cela dépassait ce qu'elle était capable d'endurer.

— Je ferais une cible de choix, à Beartooth.

— Si j'ai pu te retrouver, ils y arriveront aussi. Mais au moins, à Beartooth, tu te battras selon tes propres règles. Ils attendront probablement que tu aies découvert l'or à leur place avant de...

— Me tuer ? compléta-t-elle, ébahie. Vous rendez-vous compte de ce que vous me demandez ?

— Je ne fais que respecter la parole que j'ai donnée à ta mère.

Elle lâcha un juron et alla récupérer la carte sur la table. Le plan n'aurait pu être plus grossièrement dessiné, comme si sa mère l'avait exécuté en catastrophe. Elle sentit son ventre se nouer à la pensée de ce que sa mère avait subi, non seulement pour sauver sa fille, mais aussi pour essayer de lui faire parvenir cette carte.

Debout devant son évier, Loralee venait de rincer son assiette et sa tasse lorsqu'elle leva les yeux et l'aperçut.

Habituée à voir des cerfs et des élans à la lisière de son jardin, voire un ours, elle ne sursauta même pas.

Puis il tourna la tête vers elle, et elle sentit son sang se glacer dans ses veines. C'était lui. L'aîné des frères Ackermann. Cecil, si elle se souvenait bien.

La précieuse tasse en porcelaine de sa grand-mère lui échappa des mains. Elle l'entendit à peine se fracasser dans le vieil évier en céramique blanche.

Comme une somnambule, elle attrapa un torchon, s'essuya les mains, le regard rivé sur l'homme qui traversait son jardin en direction de la porte de derrière.

La veille au soir, Loralee avait laissé son fusil de chasse près de l'entrée. Jamais elle n'y parviendrait à temps, elle le savait. Et de toute façon, à son âge, le seul recul du canon, lorsqu'elle ferait feu, suffirait à la projeter en arrière et à la faire tomber sur les fesses.

Mais elle avait plus d'un tour dans son sac et savait comment s'y prendre avec les garnements qui osaient se risquer dans son jardin. Un truc qui lui avait bien servi dans son enfance.

Lorsqu'elle entendit la porte de derrière voler en éclats, elle s'empara du lance-pierre qu'elle gardait près de la fenêtre de la cuisine et d'une pierre ronde qu'elle avait ramassée dans le ruisseau.

D'un seul tir bien placé, avec cette arme redoutable, elle avait déjà réussi à mettre des grizzlys en fuite.

Il lui suffirait de l'atteindre en plein dans le mille, estima-t-elle en se retournant pour faire face à l'homme, debout dans l'ouverture de la porte.

— Vous vous souvenez de moi ? demanda-t-il d'un ton à la fois goguenard et mauvais. Cette fois, vous ne me chasserez pas de votre carré de légumes.

Même si elle n'avait pas remarqué le couteau serré dans sa main, elle n'aurait eu qu'à lire l'expression de son visage pour savoir à quoi s'en tenir. Sans le quitter des yeux, elle glissa la pierre dans la poche de cuir. L'odeur de Cecil parvenait jusqu'à elle, âcre mélange de sueur et de rage.

A la seconde où il esquissa un mouvement, elle leva le lance pierre, visa, et le projectile partit comme une flèche.

En quittant le bureau de Westfall, Frank s'en voulut de ce qu'il avait été obligé de faire. Cependant, il y avait des limites à ce qu'il pouvait accomplir par lui-même sans compromettre sa carrière en tant que shérif.

Mais, tout compte fait, pourquoi avait-il engagé Billy the Kid Westfall ? Les explications qu'il avait invoquées pour se justifier, le matin même, au ranch, lui avaient semblé tenir debout. Ses fonctions de représentant des forces de l'ordre ne lui permettaient d'effectuer qu'une recherche rapide et superficielle au sujet de Pam. Il avait donc besoin de quelqu'un qui ne soit pas soumis aux mêmes contraintes, et Billy Westfall répondait tout à fait à cette exigence.

Il avait eu une autre bonne raison de l'embaucher, toutefois. Bull, le grand-père de Billy, était peut-être la seule personne à qui Pam se serait confiée. Si quelqu'un savait où elle se trouvait en ce moment, c'était bien Bull Westfall.

Quand Pam avait débarqué dans le Montana — avant sa rencontre avec Frank —, elle avait loué un appartement à la sœur de Bull, Elizabeth. La prenant sous son aile, la famille Westfall l'avait adoptée, elle, la pauvre petite citadine perdue au fin fond des régions sauvages du Montana.

— Bull est un peu le père que je n'ai jamais eu, disait-elle souvent. Elizabeth et lui se sont montrés si gentils avec moi…

— Avant que j'arrive, ajoutait-il à sa place.

Frank savait que parler avec Bull ne le mènerait nulle part. Bull ne l'avait jamais aimé et devait toujours le tenir pour responsable de la démission de son petit-fils.

Mais Bull pourrait aider Billy à retrouver Pam. Et puis d'abord, pourquoi se cachait-elle ? Ça n'avait aucun sens. Le craignait-elle vraiment à ce point ? Ou voulait-elle seulement donner à Tiffany l'impression qu'il la terrorisait ?

Frank étouffa un juron. Comme c'était commode de disparaître ainsi, juste au moment où il avait tant de questions à lui poser !

Billy avait toujours été un franc-tireur. Si quelqu'un était capable de retrouver Pam, alors même qu'elle tenait à rester cachée, il se pouvait fort bien que Billy the Kid soit l'homme de la situation.

Frank espérait ardemment ne pas avoir commis d'erreur. Non seulement en recourant aux services de

Billy, mais aussi en s'évertuant à rechercher Pam. Son ex-femme avait sans doute de bonnes raisons de se faire du souci, s'il remettait la main sur elle !

Il regagnait son véhicule de police lorsqu'il reçut un appel du central.

— Loralee Clark déclare avoir le cadavre d'un homme dans sa cuisine. Elle aimerait savoir ce que vous voulez qu'elle en fasse.

18

Jack leva les yeux et vit un pick-up de couleur sombre remonter la route dans sa direction. Comme le véhicule s'approchait, il perçut le grondement de son moteur et la pétarade caractéristique d'un pot d'échappement défectueux. Il se rappela alors où il avait déjà entendu ce bruit familier, et son cœur bondit dans sa poitrine.

Le pied appuyé sur la pédale d'accélérateur et le regard fixé droit devant lui, le conducteur le croisa dans un nuage de poussière. Même si Jack n'avait pas reconnu le bruit du véhicule, il aurait deviné que l'homme n'était pas de la région. Tous les habitants du comté saluaient d'un signe de tête ou d'un petit geste de la main, quand ils croisaient ou doublaient une autre voiture, surtout par ici, sur ces chemins de terre éloignés de tout.

Jack dévala la pente, puis effectua un demi-tour au milieu de la route et se lança à la poursuite du pick-up. En vérité, il n'avait aucune idée de ce qu'il allait faire. Peut-être simplement noter quelle destination l'homme avait prise. Ou relever le numéro de sa plaque d'immatriculation. Toute autre entreprise aurait été imprudente, dans le meilleur des cas, si l'homme au volant de ce véhicule était bien celui qu'il soupçonnait.

Jack gravit plusieurs côtes. Tout ce qu'il distinguait devant lui était une traînée de poussière. La route décrivait une courbe, descendait abruptement avant de remonter le long des contreforts des Crazy Mountains. Parvenu au sommet de la montée suivante, il vit la route s'étirer sur plusieurs kilomètres devant lui. Elle était déserte.

Avec un juron étouffé, il freina brusquement. Des particules de terre voletaient dans l'air, mais il n'y avait de trace du pick-up nulle part. Jack frappa rageusement son volant du plat de la main. L'homme devait avoir bifurqué.

Cette idée fit battre son cœur à coups redoublés. Bifurqué pour regagner la ville — ou le vallon des Ackermann ?

Faisant demi-tour, il reprit la route de Beartooth. Kate avait dit qu'elle travaillerait jusqu'à une heure tardive, dans la soirée. Mais qu'adviendrait-il si les clients du café se faisaient plus rares et qu'elle décide de fermer l'établissement pour aller poursuivre ses fouilles ?

Bouche bée, Kate regarda Jack s'engouffrer chez elle par la porte de derrière. Elle venait à peine de retourner l'écriteau « Fermé » sur la vitre de l'entrée, de verrouiller la porte, et elle s'apprêtait à monter à l'étage pour se changer.

— J'avais peur que vous ne fermiez plus tôt… ,dit-il.

— Si vous avez faim…

— Vous n'aviez pas l'intention d'aller seule dans le vallon, n'est-ce pas ?

Elle posa ses poings sur ses hanches.

— Nous sommes peut-être associés, mais j'ai tout de même le droit…

— Je viens de voir l'un des frères Ackermann. Je crois qu'il se dirigeait vers le vallon.

Kate s'efforça de ne pas montrer à quel point cette nouvelle la terrifiait.

— Vous êtes sûr qu'il s'agissait d'un Ackermann ?

Jack jura entre ses dents.

— C'était l'un des deux hommes qui sont venus vous rendre visite, il n'y a pas longtemps. Cela importe vraiment, qu'il s'appelle Ackermann, ou pas ?

Elle n'aurait su dire pourquoi elle s'obstinait à mettre sa parole en doute. Peut-être parce qu'elle refusait de croire au retour des deux individus.

— Bon sang ! Kate, je vous assure que l'homme que j'ai vu était l'un d'eux. Je l'ai croisé sur la route. Quand je suis parti à sa poursuite, il...

— Pourquoi l'avez-vous suivi ? demanda-t-elle avant de l'écarter de son chemin pour gagner l'escalier. C'est exactement pour cela que je ne voulais pas vous mêler à cette histoire.

Il la rattrapa avant qu'elle n'atteigne les premières marches. L'attrapant par le bras, il l'obligea à se retourner pour le regarder en face.

— Ne faites pas ça, murmura-t-il d'une voix qui se brisait.

— Je remonte simplement chez moi.

— Vous savez très bien de quoi je veux parler. Abandonnez la partie. Aucun trésor ne vaut la peine qu'on y laisse sa vie.

Elle scruta son beau visage, se sentit fléchir au contact de sa peau, à la façon dont il la dévorait des yeux. Sans réfléchir, elle lui effleura la joue de la paume de sa main. Une barbe d'un jour hérissait ses mâchoires crispées.

— J'aimerais le pouvoir.

Il repoussa son chapeau sur sa nuque et plongea son regard dans le sien.

— Il m'est impossible de vous protéger vingt-quatre

heures sur vingt-quatre, et je ne peux pas non plus rester les bras ballants, à attendre que vous vous fassiez tuer.

Il plongea la main dans la poche de son blouson et en sortit la carte.

Le cœur serré, elle prit le plan qu'il lui tendait et haussa un sourcil.

— Vous me laissez déjà tomber, Jack ? Je croyais que vous attendriez d'avoir trouvé le trésor. Finalement, je vous ai surestimé.

Laissant échapper un grognement, il l'attrapa par les épaules et l'attira à lui. Son baiser fut un furieux mélange de frustration et de passion. Elle entrouvrit les lèvres sous sa bouche impérieuse, tandis qu'il la soulevait du sol et la pressait de tout son corps contre le mur.

Elle se cramponna à lui, sans éprouver le moindre remords pour la vague de désir qui déferlait en elle, pareille à un puissant raz-de-marée. Elle avait envie de lui et, en même temps, voulait s'en libérer et l'oublier. Elle le savait bourreau des cœurs, s'était juré qu'il ne lui volerait pas le sien et, pourtant, quand il mit fin à son baiser et qu'il la reposa sur le sol, elle sentit quelque chose en elle se briser.

— Je serai au ranch de mes parents, au cas où tu changerais d'avis, dit-il d'une voix rauque. Je suis en train de remettre la maison en état pour pouvoir la vendre.

Et sur ces mots, il sortit.

Frank Curry se précipita chez Loralee Clark, toutes sirènes hurlantes et gyrophares allumés.

Il trouva la vieille femme assise sous la galerie qui bordait la façade de sa maison, un fusil à double canon posé sur ses genoux.

— Loralee ? appela-t-il en descendant de son pick-up.

— Shérif...

— J'ai cru comprendre qu'il y avait un mort dans votre cuisine ? demanda-t-il en glissant un regard vers la maison. Vous lui avez tiré dessus ?

— Non. Je l'ai descendu avec mon lance-pierre. Je suis une tireuse hors pair, avec ce truc.

— Vous allez rester ici, bien tranquillement, pendant que je vais jeter un œil, d'accord ? suggéra-t-il alors qu'il gravissait déjà les marches du perron.

— Comme vous voulez. Je l'ai assez vu, lui et ses semblables.

« Lui et ses semblables ? » Frank ouvrit la porte à moustiquaire et entra. Il sortit son arme de son étui et avança avec précaution vers la cuisine.

La maison était pleine à craquer de tout ce que Loralee avait amassé tout au long de sa vie. Il y avait des bibelots partout. Et des courtepointes. Accrochées aux murs, posées sur le dossier des fauteuils, étalées sur le canapé.

Comme il pénétrait dans la vaste cuisine de style western, il ne put s'empêcher d'en remarquer l'étincelante propreté. Elle était si impeccable que les traces de sang sur le sol lui sautèrent immédiatement aux yeux. Tout comme le fait que l'homme qui avait perdu ce sang avait disparu.

Les traînées de sang conduisaient à la porte de derrière. Suivant la piste sanglante, Frank sortit, descendit les marches du perron. De là, les empreintes disparaissaient dans l'herbe.

Il promena son regard sur le jardin. Ne voyant personne, il rejoignit Loralee sous la galerie.

— Alors ? demanda-t-elle. Vous allez m'arrêter ?

— Il n'y a personne, ici.

Frank vit la peur se peindre sur les traits de la vieille femme.

— Il n'était pas mort ? s'écria-t-elle.

— Apparemment, non. Il a laissé du sang par terre, jusqu'à la porte de derrière.

Loralee grommela un tel juron qu'il en resta confondu. Elle serra son fusil plus fort entre ses mains.

— Ça veut dire qu'il va revenir.

— Je crois que vous devriez me raconter en détail ce qui s'est passé, vous voulez bien ?

Elle opina du chef, et il lui prêta l'oreille, de plus en plus abasourdi par ce qu'elle avait à lui dire.

— Vous êtes certaine que c'était l'un des fils Ackermann ? demanda-t-il lorsqu'elle eut terminé son récit.

— Je n'oublie jamais un visage. Je n'arrête pas de le répéter à Marian. Je lui ai dit que j'avais reconnu Kate LaFond. Elle ne m'a pas crue. Elle trouve que je deviens gâteuse. J'ai hâte de voir sa tête quand je lui montrerai la preuve que j'ai dénichée.

— Excusez-moi… Vous avez dit « Kate LaFond » ?

— Elle ressemble tout à fait à sa mère, affirma Loralee d'un ton catégorique.

S'il n'y avait eu le sang et les empreintes de pas d'un homme dans la cuisine de Loralee, Frank aurait jugé, lui aussi, que la vieille femme était sans conteste devenue sénile.

— Attendez, je m'y perds un peu… En quoi cela concerne-t-il Kate LaFond ?

Loralee poussa un soupir et enfonça la main dans sa poche pour en extraire une photo toute chiffonnée. Aussitôt, Frank se rappela le cliché qu'il avait trouvé près du cadavre, sur les berges de la rivière.

Il examina la photo, laquelle montrait une jolie jeune

femme portant un bébé dans ses bras. La ressemblance était indéniable.

— Qui est-ce ? demanda-t-il à Loralee.

— Teeny Ackermann.

Frank secoua la tête. Non, c'était impossible. Sur l'autre instantané, la femme de Cullen paraissait terriblement maigre, les traits tirés, les cheveux mal coupés. Il y avait quelque chose de prostré dans son regard. Rien qui rappelât cette douce jeune femme aux yeux rieurs et son bébé.

— C'est moi qui ai pris cette photo, précisa Loralee. Environ un an après que Cullen l'eut épousée et ramenée ici, pour l'aider à élever la marmaille de son autre femme.

Elle émit un clappement de langue désapprobateur, puis ajouta :

— Ce bébé qu'elle tient dans ses bras ? C'est Kate LaFond. Elle peut bien se faire appeler comme elle veut, moi, je vous dis que c'est elle. Même vous, vous admettez qu'elles se ressemblent, non ?

Même moi, concéda-t-il intérieurement.

— Il y a effectivement un certain air de famille, convint-il d'un ton évasif.

Loralee renâcla.

— Comme je vous l'ai dit, je n'oublie jamais un visage. A la seconde où j'ai vu ce malotru, j'ai su que c'était l'aîné de ces petits morveux d'Ackermann. Je l'ai surpris assez souvent en train de voler les légumes de mon potager. Je remercie ma bonne étoile que ces gamins aient quitté la région depuis longtemps. Ils me faisaient peur. Je me suis toujours doutée que l'un d'eux en particulier reviendrait quand il serait grand. Quand je le voyais dans mon jardin, il me lançait de ces regards…

Elle frissonna et jeta un coup d'œil vers l'entrée de sa maison.

— J'aurais dû frapper plus fort.

Frank reporta son regard vers le vallon où avaient vécu les Ackermann. Loralee n'avait pas eu froid aux yeux en se rendant là-bas toute seule, il devait lui rendre cette justice. Il ne connaissait que peu d'endroits où se faisait encore sentir la présence du mal, des années après qu'un crime y eut été commis. Ce vallon en était un.

— Fermez votre maison à clé, déclara-t-il. Je vais vous emmener chez votre fille.

Il s'attendit à de vigoureuses protestations de la part de la vieille femme, mais, à sa grande surprise, elle ne broncha pas.

— Vous pouvez laisser votre fusil ici.

Elle afficha un air sceptique.

— Il ne viendra pas vous chercher à Big Timber. Mais je demanderai à un de mes hommes de surveiller la maison de votre fille, au cas où, jusqu'à ce que nous l'ayons appréhendé.

Pendant que Loralee rassemblait les quelques effets personnels dont elle aurait besoin, Frank passa un coup de fil pour réclamer du renfort. Il ne savait pas avec certitude si l'homme avait perdu beaucoup de sang, mais il espérait qu'il y en avait suffisamment pour qu'on puisse le suivre à la trace.

— Amenez le chien, ordonna-t-il à son adjoint. Je veux à tout prix retrouver cet individu.

Kate venait de tourner dans l'un des chemins de terre qui conduisaient vers les Crazy Mountains lorsqu'elle remarqua le pick-up du shérif qui arrivait dans sa direction.

Sa discussion avec Jack l'avait laissée perplexe et quelque peu désemparée. Il avait probablement raison quand il affirmait que la carte ne représentait rien de plus qu'un fantasme. Pourtant, Claude y avait ajouté foi, et elle avait besoin d'y croire, elle aussi. Elle sentait qu'elle le devait à ses deux pères — celui qui lui avait donné la vie, et celui qui l'avait élevée. L'un comme l'autre avaient admis l'existence d'un trésor caché. Tous deux avaient passé leur vie à poursuivre ce qu'ils avaient perdu.

Elle était également redevable à sa mère, qui avait risqué sa vie pour dessiner cette carte et faire en sorte de la transmettre à sa fille.

Elle espéra que le véhicule de patrouille continuerait sa route vers Beartooth. Mais la chance n'était pas de son côté. Le pick-up ralentit, la vitre s'abaissa, et le shérif lui fit signe de s'arrêter.

Le ventre noué par l'appréhension, elle immobilisa son pick-up à la hauteur de la voiture de police.

— Bonjour, shérif. Quelque chose ne va pas ?

La manière dont il la dévisageait ne laissait rien augurer de bon, mais elle fit tout son possible pour ne pas laisser paraître son appréhension.

— Garez-vous sur le côté et montez donc à côté de moi. Nous serons très bien ici pour ce que j'ai à vous dire.

Il planta résolument son regard dans le sien.

— C'est ça ou je vous emmène dans mon bureau à Big Timber, ajouta-t-il. Comme vous voulez.

A ces mots, le cœur de Kate tomba comme une pierre dans sa poitrine.

— Vous avez raison, votre voiture fera parfaitement l'affaire.

La plupart des gens, dans cette région, ne voyaient aucun inconvénient à s'arrêter en plein milieu de la route pour bavarder. Connaissant le shérif, sa proposition ne la surprenait pas particulièrement.

Le temps qu'elle se range sur le bas-côté et descende de son pick-up, le shérif était déjà occupé à examiner le contenu de son plateau. Il n'avait pu manquer de noter la présence de la pelle maculée de terre, elle le savait, mais, en fin de compte, presque tous les habitants des régions rurales du Montana avaient l'habitude de ne jamais se déplacer sans une pelle, que ce soit pour curer un fossé bouché ou dégager leur véhicule enlisé dans la neige ou la boue.

Ils s'installèrent dans la voiture de patrouille et, redoutant ce qui allait suivre, Kate se prépara mentalement à faire front.

Le shérif retira son Stetson et se passa une main dans les cheveux avant de se tourner pour la regarder.

— Il est arrivé quelque chose.

Elle retint son souffle.

— Hier soir, un homme est entré par effraction chez Loralee Clark. Heureusement, elle n'était pas à la maison. Mais quand il est revenu, aujourd'hui, il était armé et l'a menacée. Elle s'est défendue.

Somme toute, cela ne la concernait en rien.

— Elle va bien ?

Il hocha la tête.

— Elle croyait l'avoir tué, mais en fait elle l'a seulement blessé. Nous sommes maintenant à la recherche de cet individu.

— Très bien, mais en quoi est-ce que ça me regarde ?

— Loralee affirme que l'homme qu'elle a blessé était Cecil Ackermann.

Il fallut un moment à Kate pour assimiler pleinement cette information. Cecil… L'aîné, et sans doute le plus dangereux des frères Ackermann.

— Je ne vois toujours pas…

— Kate, il faut que vous soyez franche avec moi. Je vous ai laissée me mener en bateau, la dernière fois que nous avons parlé, mais les choses ont changé, maintenant.

Il laissa tomber une photo sur le siège entre eux.

Frank Curry regarda Kate ramasser le cliché d'une main aussi tremblante que s'il s'était agi d'un fragile morceau de verre. Il avait vu l'expression de son visage changer, et son regard s'éclairer au moment où elle avait posé les yeux sur les deux personnages figurant sur la photo.

— Où avez-vous trouvé ça ? demanda-t-elle d'une voix brisée par l'émotion.

Elle releva la tête en essuyant ses larmes.

— Loralee Clark. Apparemment, elle n'oublie jamais un visage. Elle était tellement persuadée de vous connaître qu'elle a passé en revue toutes ses vieilles photos jusqu'à ce qu'elle tombe sur celle-ci.

Kate hocha la tête.

— D'après elle, cette photo a été prise peu après votre naissance.

Il ne pouvait s'empêcher, à présent, de trouver ahurissante la ressemblance entre la mère et la fille. De même que la différence entre cette photo et celle représentant Teeny et son enfant dix-huit mois plus tard.

— Alors, comme ça, vous êtes bel et bien la fille de Teeny Ackermann, reprit-il, incapable de dissimuler son étonnement.

Elle ne tenta pas de le nier.

— A en croire Loralee Clark, votre demi-frère est un individu dangereux. S'il vous cherche…

— Il m'a déjà trouvée.

Frank opina du chef.

— C'est vous qui avez appelé, de la cabine téléphonique du bar, pour donner la description du pick-up et des deux hommes qui, selon vous, étaient armés et sur le point de pénétrer dans l'épicerie.

Cela non plus, elle ne le démentit pas.

— Ils ont réussi à échapper à mon adjoint et, apparemment, ils ne sont pas encore revenus, mais il semblerait que Cecil se soit caché dans l'ancienne maison de votre père.

— Cullen Ackermann n'était pas mon père.

Il la considéra avec stupéfaction.

— Ah bon ?

— Mon père était Claude Durham.

Billy Westfall se vantait de posséder quelques talents, talents qui lui avaient permis d'arriver à la place qu'il occupait à présent. S'il avait dû en dresser l'inventaire, il aurait placé la beauté et le charme en tête de liste. Puis venait son patrimoine héréditaire. Il avait, en effet, la chance d'être né au sein de la famille Westfall.

Certains ne considéraient pas cela comme une aptitude particulière, il en avait bien conscience. Ce en quoi ils avaient tort. Rester dans les petits papiers de son grand-père était un art qu'il cultivait depuis sa plus tendre enfance.

Non seulement Bull Westfall gérait la fortune familiale, mais il détenait de nombreux pouvoirs. En tant qu'ancien sénateur, il comptait également parmi ses connaissances des gens haut placés. Si quelqu'un était capable d'accomplir quelque chose, c'était bien lui.

Le ranch des Westfall se trouvait à une cinquantaine de kilomètres en amont de la rivière Boulder — soit à quatre-vingts kilomètres de Beartooth. La maison était nichée au creux d'une vaste cuvette verdoyante.

Comme Billy s'engageait sur la route de terre, plusieurs chevaux se mirent à le suivre en galopant le long de la clôture, leurs longues crinières flottant au vent.

Chaque fois qu'il venait ici, il ne pouvait s'empêcher d'admirer la beauté et la majesté des lieux. Au milieu d'un bosquet d'arbres se dressait l'imposante construction, avec ses murs blancs, son toit rouge et sa large galerie fermée par des moustiquaires, qui donnait sur la rivière et les terres fertiles du domaine des Westfall.

Billy se gara devant la maison au moment où son grand-père y arrivait à cheval.

Bull Westfall était un homme de petite taille, corpulent et doté de larges et puissantes épaules qui lui donnaient l'allure d'un taureau. D'où son surnom.

Billy traversa la cour à la rencontre de son grand-père. Les mains en visière au-dessus de ses yeux, il tenta de deviner l'humeur du vieil homme. Bull avait un tempérament colérique auquel, à n'en pas douter, sa petite stature n'était pas étrangère.

Malgré ses soixante-quatre ans, le patriarche n'était pas homme à esquiver les affrontements. Non que quiconque doté d'un semblant de jugeote se risquât à lui chercher noise.

— Belle journée pour une balade à cheval, lui dit Billy en guise de salutation.

Son grand-père mit pied à terre et tendit les rênes à un cow-boy accouru pour l'en débarrasser.

— William, répondit-il en s'éloignant à grandes enjambées vers la maison.

Billy tenait sa grande taille et son physique avantageux du côté de sa mère, Dieu merci. D'aussi loin qu'il s'en souvînt, tout le monde l'avait toujours appelé Billy —

excepté son grand-père. Mais, même avec ses longues jambes, il était quasiment obligé de courir pour ne pas se laisser distancer par le vieil homme.

— Ça marche, ton nouveau travail ? demanda Bull sans le regarder, alors qu'ils entraient dans l'ombre fraîche de la galerie.

— Super bien. C'est d'ailleurs pour ça que je suis venu. Je suis sur une affaire.

Bull ouvrit la porte de la maison, pénétra dans le vestibule et s'arrêta au bout de quelques pas pour lui jeter un coup d'œil par-dessus son épaule.

— Une affaire, hein ?

Son grand-père n'avait pas caché son mécontentement, quand il avait quitté son poste de shérif adjoint.

— J'espérais que Frank Curry t'apprendrait à devenir un homme, avait-il dit.

— Je *suis* un homme. Je ne dépends de personne. Et je n'ai pas besoin que Frank Curry m'enseigne quoi que ce soit.

Son grand-père avait paru sceptique, mais n'en avait pas moins convenu :

— Je suppose que tu apprendras d'une manière ou d'une autre. Cette histoire de détective privé n'est peut-être pas une mauvaise idée, finalement.

Pour le coup, Billy s'était félicité d'être le préféré de son grand-père.

— Ça veut dire que tu m'aideras à ouvrir mon agence ?

Bull était assez perspicace pour comprendre que ce dont Billy avait besoin, c'était de rentrées d'argent régulières en attendant d'avoir plusieurs enquêtes à son actif.

— Six mois, lui avait-il proposé. Je te donne six mois, après tu te débrouilles tout seul.

Malheureusement, les six mois s'étaient écoulés. Tout en suivant son grand-père à travers la maison, Billy se fit la réflexion que le vieil homme le croyait venu pour réclamer une rallonge financière.

La demeure était vaste et richement meublée, avec ses parquets étincelants, ses imposantes cheminées de pierre, ses canapés et fauteuils de cuir beige, ses tables de bois précieux et ses immenses rayonnages chargés de livres.

— Tu seras content quand je t'aurai dit qui m'a engagé, commença Billy, en entrant, sur les talons de son grand-père, dans une cuisine mieux équipée que celle d'un restaurant quatre étoiles.

Bull se servit un grand verre de lait et en but une longue rasade.

— Le shérif Frank Curry.

Son grand-père abaissa lentement son bras.

— *Frank* t'a embauché ?

Billy tâcha de ne pas s'offusquer.

— Je sais. C'est plutôt drôle, vu qu'il n'avait jamais apprécié mes capacités à leur juste valeur.

Son grand-père le dévisagea d'une façon qui le mit mal à l'aise. Bull avait-il déjà deviné de quoi il retournait ? Billy s'avisa alors — mais trop tard — qu'il aurait mieux fait de taire le nom de son client.

— J'aurais besoin de ton aide sur ce coup-là, hasarda-t-il. Peux-tu me dire si tu as eu des nouvelles de Pamela Chandler ? Je suis sûr qu'elle est restée en contact avec toi, ou en tout cas avec ta sœur…

Le visage de Bull demeura de marbre. Aucun changement perceptible sur ses traits. Il porta son verre à ses lèvres et le termina d'un seul coup.

— Tu as gaspillé de l'essence en venant jusqu'ici, finit-il par laisser tomber.

— Grand-père, il faut que tu m'aides, le supplia Billy d'une voix geignarde qui lui fit horreur.

Bull le fixa d'un regard d'acier, dur et inflexible.

— Même si je savais où se trouve Pamela…

— Si quelqu'un est au courant de ses allées et venues, ce ne peut être que toi.

— Pour combien de clients as-tu travaillé jusqu'à présent ?

La question le prit au dépourvu. Tout comme le regard de son grand-père. Malgré toute l'envie qui le démangeait, il se sentit incapable de mentir.

— Un, répondit-il, avant d'ajouter en toute hâte : C'est pour cela qu'il est tellement important que je trouve Pamela Chandler.

La déception et l'amertume qui se peignirent sur les traits de Bull ne lui échappèrent pas.

— Je viens tout juste d'ouvrir mon agence de détective privé, poursuivit-il. Et j'ai besoin que tu me donnes un petit coup de pouce. Dès que j'aurai…

— C'est entendu.

Il regarda son grand-père d'un air ébahi.

— Sérieux ?

Un large sourire se dessina sur ses lèvres.

— Merci infiniment. Je te suis tellement reconnaissant…

— Pas de courbettes, William.

Une heure plus tard, Bull appelait Billy à son bureau pour lui donner l'adresse et le numéro de téléphone de Pamela Chandler.

La rumeur commençait déjà à se répandre. Le shérif savait qu'il n'y aurait pas moyen de l'étouffer plus longtemps. Un des Ackermann au moins avait été assassiné, un autre était en cavale et armé. Il fallait mettre en garde les habitants du comté pour qu'ils ouvrent l'œil.

Vu les antécédents épouvantables de la famille

Ackermann, il ne faisait aucun doute que les gens seraient terrifiés.

Les crimes étaient si rares, dans cette région, que ce genre d'événement ne manquerait pas de bouleverser la vie de chacun. L'horreur de ce qui s'était passé trente ans plus tôt referait surface dans tous les esprits. Et les médias s'en donneraient à cœur joie.

Après avoir déposé Loralee chez sa fille, Frank se rendit à Beartooth. Lynette s'affairait à vider un carton de chapeaux de cow-boy en paille pour la prochaine saison d'été. Elle releva la tête lorsqu'il fit tinter la clochette de la porte en entrant dans le magasin.

Il décela de la surprise dans le regard de son amie, puis vit la joie illuminer ses traits, avant que l'inquiétude ne lui fasse froncer les sourcils.

— Bonjour, Lynette, lui dit-il en s'engageant dans l'allée pour la rejoindre.

— Il est arrivé quelque chose ? demanda-t-elle, d'une voix un peu effrayée.

Se pouvait-il qu'elle soit capable de lire en lui avec une telle facilité ? Dans ce cas, elle ne devait pas ignorer les sentiments qu'il nourrissait à son égard. Et qu'il avait d'ailleurs toujours éprouvés.

— Et si tu fermais ton magasin un petit moment pour que nous puissions discuter tranquillement ? proposa-t-il.

Elle se précipita vers la porte d'entrée, retourna la pancarte « Fermé », et tourna la clé dans la serrure avant de pivoter sur ses talons.

— Allons dans le bureau.

Il opina de la tête. C'était sûrement une bonne idée, même si le bureau en question lui rappelait immanquablement l'homme que Lynette avait épousé. Bob avait coutume de s'installer dans cette pièce pour vérifier les livres de comptes, l'air aussi terne et ennuyeux que Frank l'avait toujours imaginé.

Lynette tira à elle le fauteuil derrière la table de travail et s'assit. Si bien que lorsqu'il apporta une autre chaise dans la pièce, ils se retrouvèrent face à face, leurs genoux se touchant presque.

— Si c'est à propos de Tiffany, j'ai peur qu'elle ne te veuille du mal, Frank, commença Lynette. J'ai déjà décidé de lui rendre son argent et de lui demander de plier bagage.

Il secoua la tête.

— S'il te plaît, Lynette, ne fais pas ça. Il s'agit de ma fille.

Elle déglutit avec peine et détourna le regard. Mais il eut le temps de percevoir une lueur de regret dans ses yeux. Comme lui, elle avait dû souhaiter avoir un enfant. Peut-être même avec lui.

— Vraiment ? C'est ce que Pam t'a dit ? Ou tu le sais de source sûre ?

— Je n'ai pas encore parlé à Pam, mais j'ai le sentiment que c'est la vérité. J'essaie de la retrouver pour comprendre pourquoi elle ne m'en a rien dit pendant toutes ces années. Apparemment, Tiffany a été amenée à croire que je ne voulais pas d'elle.

— Frank, je suis vraiment désolée…

Elle tendit le bras pour lui prendre la main et la serrer entre ses doigts.

Il s'y cramponna de toutes ses forces, puis se mit en devoir de lui faire part des autres nouvelles.

— Cet homme qui a été assassiné près de la rivière… Eh bien, il s'appelait Darrell Ackermann.

Elle lui lâcha la main et pressa les siennes contre son cœur.

— Pas…

— Un des fils de Cullen. Deux d'entre eux purgeaient une peine de prison à Yuma; ils ont été libérés, il y a peu de temps. Il semblerait que Darrell et Gallen soient revenus dans le Montana. Un autre s'est introduit par effraction chez Loralee Clark. Elle a réussi à le blesser. Nous sommes à sa poursuite. Elle jure ses grands dieux que c'était l'aîné, Cecil.

— Ils ont donc survécu, conclut Lynette en secouant la tête. Et il y en a encore deux en liberté ?

— On peut le supposer.

— Pourquoi sont-ils revenus maintenant ?

— Je n'en suis pas absolument certain.

Il aurait préféré ne pas mentionner Kate LaFond, mais il savait que, à l'heure qu'il était, Loralee en avait sans doute parlé à la moitié du comté.

— Kate LaFond est la fille de Teeny Ackermann.

Les yeux de Lynette s'agrandirent d'ahurissement.

— Et de Cullen Ackermann ?

Il secoua la tête.

— Elle dit que son père était Claude Durham.

Nettie n'aurait pu être plus stupéfaite.

— Voilà donc qui explique pourquoi Claude lui a légué son café...

— Apparemment.

— Et les frères Ackermann seraient revenus en ville à cause d'elle ?

Frank ne sembla hésiter que le temps d'un battement de cils, mais il n'en fallut pas davantage à Nettie pour tirer la conclusion qui s'imposait.

— Elle est là pour chercher le trésor de Cullen, déclara-t-elle.

Frank laissa échapper un petit rire.

— Personne ne pourra jamais te reprocher d'être longue à la détente, Lynette.

— Ces fouilles qu'elle effectue…, poursuivit Nettie, les sourcils froncés. C'est donc pour ça. Tous autant qu'ils sont, ils croient à la réalité de ce magot.

— Je suppose. Mais pour l'heure, Lynette, je me pose plus de questions que je ne trouve de réponses.

Il semblait si découragé qu'elle eut presque pitié de lui. Elle pensa alors à Claude et à son enfant dont nul n'avait soupçonné l'existence. Lui, au moins, avait su qu'il avait une fille.

— Es-tu vraiment persuadé que Tiffany est ta fille ?

— L'âge correspond, et en y réfléchissant bien, oui, je crois que c'est vraisemblable, admit-il.

Nettie n'avait jamais porté Pam Chandler dans son cœur. Cette dernière s'était toujours jugée supérieure à tout le monde — particulièrement à elle, envers qui elle nourrissait une jalousie féroce. Pas étonnant, donc, que Pam se soit montrée vindicative, mais de là à cacher à Frank l'existence de sa fille pendant toutes ces années… A supposer, bien sûr, que Tiffany fût *réellement* sa fille.

— Tiffany m'en veut, reprit-il. A juste titre, d'ailleurs. Elle croit dur comme fer que je les ai abandonnées, sa mère et elle.

Nettie songea qu'il y avait là bien davantage que de la rancune.

— Tu es certain de ne courir aucun danger ? Franchement, Frank, à voir ces portraits qu'elle a réalisés de toi…

Des coups frappés à la porte de derrière les interrompirent.

— Oh ! J'avais oublié, dit Nettie. J'attendais la livraison d'une autre commande cet après-midi.

Elle se leva pour aller ouvrir au livreur.

— Nous en reparlerons plus tard, dit Frank, dont le regard s'attarda sur elle comme une caresse.

Elle lui adressa un petit signe de tête tandis qu'il regagnait l'entrée principale du magasin, retournait l'écriteau « Ouvert » et déverrouillait la porte.

— Sois prudent, lui recommanda-t-elle.

Il se retourna et lui sourit, mais comme il descendait les marches du perron, elle le vit couler un regard furtif vers l'appartement au-dessus du magasin, alors même que la voiture de Tiffany n'était pas garée devant.

— Où voulez-vous que je mette tout ça ? demanda le livreur.

Nettie lui montra où déposer les cartons. Quand elle tourna de nouveau les yeux vers Frank, il avait traversé la rue et discutait avec Arnie Thorndike devant le café.

Frank Curry intercepta Arnie Thorndike alors que celui-ci sortait du Branding Iron. L'avocat mâchonnait un cure-dents coincé dans la commissure de ses lèvres. Un vieux chapeau de paille recouvrait en grande partie ses cheveux grisonnants. Comme à l'accoutumée, il portait une chemise de flanelle effilochée, un jean usé et une paire de bottes qui aurait dû être jetée aux ordures depuis belle lurette.

— Vous avez un moment ? demanda Frank en lui désignant du doigt son véhicule de police garé au bout du pâté de maisons.

Arnie acquiesça d'un haussement d'épaules, comme s'il n'avait rien eu de plus important à faire. Ce qui était probablement le cas.

— J'ai découvert plusieurs choses à propos de Claude Durham depuis notre dernière conversation, commença le shérif une fois qu'ils se furent installés dans le pick-up, vitres baissées pour laisser entrer un souffle de brise tiède.

— Claude ? répéta Thorndike.

Il avait l'air fatigué, à moitié endormi, comme s'il venait d'engloutir un copieux repas et s'apprêtait à rentrer chez lui pour faire une sieste.

— Je comprends que vous vous sentiez un devoir de loyauté envers lui, même par-delà la mort.

— Je peux savoir de quoi il retourne, Frank ?

— Je vous ai demandé si vous saviez comment Kate LaFond s'était retrouvée propriétaire du café.

Thorndike hocha la tête.

— Et je vous ai répondu que Claude le lui avait légué. Qu'il avait eu ses raisons de le faire.

— Mais vous avez omis de préciser que l'une de ces raisons, c'est qu'elle est sa fille. Pas vrai ?

— Claude ne voulait pas que ça se sache — dans l'intérêt de Kate plus que du sien.

— Tenait-il également à ce que personne ne connaisse l'identité de sa mère ?

Comme l'avocat ne répondait pas, Frank ajouta :

— Vous êtes donc au courant, au sujet de Teeny Ackermann.

— Et vous, vous savez très bien pourquoi Claude ne voulait pas que quelqu'un l'apprenne, riposta Thorndike. Pouvez-vous imaginer une seconde la réaction des gens du coin s'ils entendaient dire qu'elle est apparentée aux Ackermann et, pis encore, que sa mère était la femme de Cullen ?

— Pas légalement, souligna le shérif.

— Ils vivaient comme mari et femme pendant que la première épouse de Cullen était enfermée dans une espèce de caverne.

Frank n'avait nul besoin qu'on lui rappelle ces détails.

— Claude a sauvé Kate, reprit Thorndike. Il l'a sortie de là, l'a fait adopter par un couple qui désirait plus que tout avoir un enfant et a continué à veiller sur elle de loin. Il a bien agi envers elle et, à la fin, elle s'est acquittée de sa dette en lui faisant don d'une partie de son foie.

— Pourquoi ne m'avez-vous pas raconté tout ça la première fois ? demanda Frank.

— Parce que vous essayiez de pêcher des informations par pure curiosité. Mais je me rends compte maintenant que les choses deviennent plus graves. J'ai appris que l'homme retrouvé mort au bord de la rivière était l'un des frères Ackermann.

Décidément, les nouvelles circulaient aussi vite que les vents qui soufflaient en tempête des Crazy Mountains.

— Je suppose que vous savez aussi que Claude et Cullen étaient frères.

Cette fois, Frank vit la stupeur se répandre sur le visage de l'avocat.

— Vous l'ignoriez ? Claude ne vous l'avait jamais dit ? Ni Cullen ? Pourtant, vous étiez son avocat, en tout cas avant son arrestation.

Thorndike avait terminé ses études de droit à peu près à l'époque où Cullen Ackermann s'était installé dans la région.

— Sans le savoir, vous travailliez pour les deux frères en même temps.

L'homme de loi émit un petit gloussement et secoua la tête.

— Ni l'un ni l'autre ne m'en ont jamais fait part. Ils se ressemblaient très peu et ne se comportaient certainement pas comme des frères.

Il laissa échapper un petit rire et ajouta :

— Bon sang ! qu'est-ce que je raconte ? Claude a

engrossé la femme de Cullen ! Tout compte fait, ils agissaient *vraiment* en frères.

— Teeny n'était pas légalement mariée à Cullen, puisqu'il n'avait jamais pris la peine de divorcer de sa première femme, précisa Frank. Sans compter qu'il la gardait prisonnière.

— Cullen était un salaud. Je ne peux pas prétendre que je pleure sa mort.

— Vous n'allez pas essayer de me faire croire que vous ignoriez que Cullen cultivait de l'herbe dans son vallon, n'est-ce pas ?

Pour toute réponse, Thorndike se contenta de lui décocher un regard agacé.

Frank secoua la tête.

— Je dois vous avertir. Trois de ses fils s'en étaient apparemment sortis sains et saufs. Cet homme assassiné près de la rivière ? C'était Darrell Ackermann, le plus jeune des trois survivants. Mais je ne vois pas quelle raison ils auraient de s'en prendre à vous, même si vous avez été l'avocat de leur père à une époque. Je présume qu'il ne leur a rien laissé.

Thorndike confirma d'un signe de tête. Toutefois, il semblait inquiet.

— Ces garçons étaient encore plus dangereux que Cullen, déclara-t-il.

— Cecil s'est introduit par effraction chez Loralee Clark. Quand il est revenu sur les lieux du délit, elle l'a sérieusement amoché. Nous sommes toujours à sa recherche.

— Et Gallen ?

Le shérif secoua la tête.

— Je le soupçonne de rôder encore dans la région. D'après Loralee, il semblerait que quelqu'un campe dans l'ancienne propriété des Ackermann. Je suis allé vérifier sur place et j'ai remarqué qu'on y avait retourné la terre.

— Ces imbéciles croient toujours que leur vieux a enterré un coffre plein d'or quelque part, ironisa Thorndike. Je suis étonné qu'ils n'aient pas déjà sauté sur une mine, ou pis encore.

Frank songea à la mère de Kate et à la façon dont elle était morte sur ces terres, tuée par un piège fabriqué par Cullen.

— Y a-t-il autre chose que vous aimeriez me dire, Arnie ?

— Vous en savez plus que moi.

Cela, Frank en doutait. Arnie Thorndike avait toujours été du genre à cacher son jeu. Mais bien entendu, en tant qu'avocat, il avait l'habitude de garder des secrets.

— Je me disais seulement que c'était peut-être pour vous trouver que les trois frères étaient revenus. Pour recueillir l'héritage de leur père.

Thorndike s'esclaffa.

— Qu'ils y viennent, et tout ce qu'ils recueilleront, ce sera une bonne décharge de chevrotine !

19

Jack termina plus tôt sa journée de travail afin de se rendre dans la vieille propriété familiale. La dernière fois qu'il y était allé, il s'était arrêté en chemin à cause de Kate. En tout cas, il s'était servi de cette rencontre inopinée comme excuse pour ne pas avoir à affronter les lieux.

A présent, il était déterminé à faire face à plusieurs choses importantes — à commencer par ce vieux ranch. Pour finir, il s'occuperait de Kate LaFond et du marché qu'il avait conclu avec elle.

Plus il étudiait la carte, plus il se sentait désorienté. Toute sa vie, il avait entendu raconter des histoires à propos du trésor des Ackermann. Mais jamais il n'avait imaginé qu'elles puissent recéler la moindre parcelle de vérité.

Pourtant, il était clair que Kate en aurait mis sa tête à couper.

Lorsqu'il s'avouait à lui-même les motivations qui l'avaient incité à l'aider, il s'en mordait les doigts. Certes, ce n'était pas pour les 50% du butin. Il n'avait nul besoin d'argent. La famille de sa mère lui avait légué ce qu'il considérait comme une petite fortune, et il n'en avait jamais dépensé un dollar.

Alors pourquoi avoir accepté de prêter main-forte à Kate pour trouver un trésor auquel il ne croyait pas ?

Parce qu'il s'était bêtement imaginé qu'il pourrait la protéger.

Quelle blague ! Il était vrai qu'elle avait besoin qu'on veille sur elle, mais il n'avait pas la moindre idée de la manière dont il devait s'y prendre pour assurer sa sécurité. A moins, bien sûr, de la kidnapper.

Eventualité qui ne manquait pas d'attrait, il fallait en convenir.

Un vent frais descendait des Crazies. Le ciel était d'un bleu incroyablement limpide. Gamin, Jack avait toujours adoré ce genre de journée. Se réveiller au pépiement des oiseaux dans les arbres devant la fenêtre de sa chambre, quand la brise agitait doucement les rideaux et que l'arôme du café venait lui chatouiller les narines.

Son père préparait le café sur le fourneau, dans une cafetière à l'ancienne, ayant toujours refusé d'acheter une de ces machines ultramodernes qui ne connaissaient rien à l'art de faire du bon café.

Jack revit son père — grand, le visage buriné, les yeux bleus empreints d'une tristesse silencieuse. Il se demanda s'il avait jamais vraiment connu son père, s'il avait su quels démons le hantaient.

Sans s'en rendre compte, il ralentit en arrivant en vue de la maison. C'était une construction de deux étages, aux fenêtres désormais vides, dont les murs autrefois blancs avaient pris une teinte grisâtre. Elle paraissait complètement délabrée, constata-t-il en s'arrêtant devant et en coupant le contact.

Il resta un instant assis dans son pick-up avant d'en descendre et d'avancer vers la maison. Il se dégageait des lieux une impression de douceur désuète, presque de familiarité réconfortante. Tout près de là, Jack entendit le grincement régulier d'un moulin à vent. Aussi loin que son regard portât en direction de l'est, la terre s'était parée d'un vert éclatant, pareil à un somptueux velours.

Il ne s'était jamais lassé de ce spectacle. Il avait oublié le plaisir de laisser son regard errer sur de grands espaces comme ceux qu'il avait sous les yeux. Il y avait là quelque chose d'apaisant — au contraire de la vue qui s'offrait à l'ouest.

Les Crazy Mountains s'élevaient vers le ciel dans le jour déclinant. Quelques lambeaux de lumière s'accrochaient encore aux escarpements rocheux, mais les pins étaient aussi sombres que la nuit à venir.

Jack poussa la porte d'entrée. Une odeur de renfermé lui assaillit les narines. Tout était recouvert d'une épaisse couche de poussière que rien n'avait dérangée depuis des lustres. Il s'étonna que les gosses du voisinage n'aient pas profité de son séjour en prison pour occuper la maison et y faire la fête, vu qu'il avait laissé la porte déverrouillée. Cela dit, la région ne manquait pas de vieilles granges abandonnées et d'endroits plus adéquats pour y organiser des soirées arrosées.

Pareil à un fantôme, il parcourut la maison, faisant craquer les lames usées du parquet sous ses pas. Dans chaque pièce, des souvenirs resurgissaient, certains agréables, d'autres beaucoup moins.

Il demeura immobile un moment, scrutant la pénombre épaisse, rappelant à sa mémoire la nuit où le shérif était venu lui annoncer la mort de son père.

Il n'avait même pas dix-sept ans, et ne devait fêter son anniversaire que quelques semaines plus tard.

— Il y a eu un accident, avait expliqué Frank Curry. Je suis désolé, Jack. Ton père n'a pas survécu.

Delbert French avait bu, il ne portait pas sa ceinture de sécurité, et les conditions météo étaient très mauvaises.

Ce n'était que plus tard que Jack avait appris qu'un autre véhicule était impliqué dans l'accident. Le shérif en connaissait la couleur, il savait qu'il s'agissait d'un pick-up bleu, vieux modèle.

Une demi-douzaine de personnes dans le Montana conduisaient un véhicule de cette couleur particulière. Mais deux seulement vivaient dans la région. L'un des pick-up avait été abandonné à la casse depuis des années, l'autre roulait toujours.

Cet autre pick-up appartenait à Ruth McCray. C'était celui dont son fils, Hitch, se servait dans le ranch. Avant que le shérif n'eût découvert tout cela, Hitch avait signalé le vol de son véhicule.

Jack s'était toujours douté que Frank n'était pas dupe. Qu'à l'instar de Jack, il soupçonnait Hitch de s'être trouvé au volant du pick-up, cette nuit-là. Mais on n'avait jamais récupéré le véhicule incriminé. Jack ne pouvait que hasarder des hypothèses sur l'endroit où il avait échoué. Dans quelque ravin encaissé des montagnes ? Ou au fond du lac de Saddlestring ?

Quoi qu'il en soit, elle avait disparu, et même si Jack parvenait à la retrouver, qu'est-ce que cela prouverait ? Hitch s'obstinerait à clamer qu'on lui avait volé son pick-up, et n'en démordrait pas.

Connaître la vérité ne suffisait pas toujours à se libérer, conclut Jack avec amertume, tout en traversant la maison pour gagner la porte de derrière. Les marches du perron gémirent sous son poids, et ses pieds s'empêtrèrent dans les feuilles mortes de l'automne précédent.

Comme il se dirigeait vers la grange, un souvenir radieux remonta dans sa mémoire — des images de lui, enfant, jouant dans le grenier à foin par un clair après-midi d'été. Peut-être restait-il encore quelques réminiscences agréables en ces lieux, songea-t-il, alors qu'il atteignait l'ombre fraîche de l'imposante construction.

Il promena son regard sur ce qui subsistait de son héritage. Il faudrait absolument raser la maison, ainsi que certaines des dépendances. Quant à la cabane où il logeait à l'époque de son arrestation, elle semblait en bon état.

Entre les deux poteaux rouillés qui se dressaient derrière la maison, une corde à linge pendouillait encore. Chaque fois qu'il pensait à sa mère, il la revoyait dans sa robe de coton imprimé, occupée à suspendre sa lessive sur les fils dans le jardin de derrière. Mais il était si jeune, alors... Il n'était même pas sûr de la réalité d'un tel souvenir.

Les hautes herbes du pâturage se balançaient sous le vent, ondulant comme des vagues. Et, dominant tout le paysage, se dessinait la silhouette des Crazy Mountains, couronnées de neiges immaculées, froides et impitoyables.

Pendant un instant, il se contenta de rester là, à respirer l'air printanier et à se remémorer les sentiments que lui inspirait autrefois cette terre.

Tout à coup, son téléphone portable sonna dans sa poche.

— Tu ne m'as pas appelée, dit une voix en guise de salutation, lorsque Jack eut décroché.

— Chantell ? Comment est-ce que tu as obtenu mon numéro ?

— Carson. C'est si gentil de sa part de me l'avoir donné... Ne te fâche pas contre lui.

Elle émit le petit bruit caractéristique de la mine boudeuse qui, visiblement, lui réussissait si bien.

— Qu'est-ce que tu veux, Chantell ?

— Tu avais promis de me téléphoner.

Il n'avait rien fait de tel, mais avant qu'il ait eu le temps de contester cette affirmation, elle enchaîna :

— Ce n'est pas à cause de cette femme qui tient le Branding Iron, j'espère ?

Cette idée semblait ne lui inspirer que du dédain.

— Je t'ai vu bavarder avec elle, à la foire... Elle n'est pas du tout ton type, Jack.

Il serra les dents, sidéré qu'elle puisse encore prononcer des paroles capables de le mettre en colère. A l'évidence, mentionner Kate suffisait à produire cet effet-là sur lui.

— Ecoute, Chantell...

— Allez, Jack, rappelle-toi comme nous étions bien ensemble...

— Trop bien même, d'après ton père.

Elle soupira.

— Tu ne peux pas lui en vouloir de t'avoir envoyé en prison, Jack ! Il est juge.

— Même les juges ne sont pas au-dessus des lois.

— Que veux-tu dire ?

— Je n'avais pas volé ce taureau.

— Mon père dit qu'ils affirment tous la même chose ! s'esclaffa-t-elle.

— J'ai été victime d'un coup monté.

Le rire de la jeune femme s'éteignit et, l'espace d'un instant, un lourd silence régna sur la ligne.

— Un coup monté ? finit-elle par répéter. Grands dieux, mais par qui ?

Le « grands dieux » rappela à Jack qu'elle était diplômée de l'une des plus prestigieuses universités du pays. Lui, de son côté, avait suivi ses études à l'université d'Etat du Montana, la « fac des bouseux », comme on la surnommait.

— Ton père.

Cette fois, le silence dura beaucoup plus longtemps.

— Jack ! finit-elle par s'écrier, furieuse.

— Je vais le prouver et le descendre en flammes.

A la seconde où les mots franchirent ses lèvres, il sut que c'était exactement ce qu'il avait eu l'intention de faire depuis le début. Il s'était menti à lui-même en s'imaginant qu'il pourrait tourner la page.

— C'est de la folie ! s'exclama-t-elle.

Elle devait regretter, à présent, de lui avoir téléphoné.

— Pas vraiment. Ça lui a toujours déplu que tu sortes avec moi, Chantell. Il a sûrement pensé que les choses devenaient trop sérieuses entre nous. Ou alors, il en a eu assez de te voir fréquenter un minable tout juste bon à passer sa vie à cheval. N'est-ce pas ainsi qu'il me considérait ? Quelle qu'en soit la raison, c'est lui, le coupable.

— Il aurait volé et mis un taureau dans ton étable pour te faire accuser ? Jack, c'est ridicule !

Mieux valait mettre fin à cette conversation, se dit Jack. S'il comptait réellement poursuivre le juge, il devait à tout prix se garder d'éveiller les soupçons de sa fille. De même, il lui fallait éviter de dévoiler son jeu en racontant à Chantell comment son père s'y était pris.

— Disons qu'il a engagé quelqu'un pour le faire. Et restons-en là.

— Je suis désolée, Jack…

Pas désolée que son père lui ait tendu un piège. Ni qu'il ait passé deux années de sa vie derrière les barreaux pour un délit qu'il n'avait pas commis.

Non, elle était seulement désolée de l'avoir appelé. Il l'imaginait déjà en train de dire à ses amies : « Je m'amusais bien avec Jack French, *avant*. »

Puis d'esquisser une moue de tristesse, tristesse dont elle se remettrait très vite.

— Prends soin de toi, Jack, dit-elle.

Et elle raccrocha.

Il ferma le clapet de son téléphone d'un claquement sec et grimpa dans le grenier à foin pour embrasser du regard les lieux où il avait grandi. Le vent sifflait sous les avant-toits. Sous la galerie située à l'arrière de la maison, un vieux fauteuil à bascule oscilla sous une bourrasque. Il avait eu l'habitude de s'asseoir dans ce rocking-chair, le soir, pour contempler les Crazies, boire de la bière et rêver à son avenir.

Voilà des années qu'il n'avait pas rêvé à son avenir.

Le bruit d'un véhicule sur la route l'arracha à ses pensées nostalgiques. Il regarda par la porte ouverte du grenier. Au milieu d'un nuage de poussière, un pick-up rouge déboula en vrombissant dans la cour.

— Kate ?

La poussière retomba autour du pick-up, et Kate en émergea. Elle aperçut la silhouette de Jack se découpant dans l'ouverture de la porte du grenier. Il s'appuyait contre le chambranle, affichant cet air effronté qu'il prenait quand il n'était pas certain de ce qui l'attendait.

Elle non plus n'en avait pas la moindre idée. Tout le long du chemin, elle s'était s'interrogée sur le bien-fondé de ce qu'elle était en train de faire. Pendant des années, elle s'était flattée de n'avoir besoin de personne pour mener sa vie. Puis, un jour, Claude avait fait irruption dans le café où elle travaillait et avait chamboulé toute son existence.

— On se promène ? lui demanda Jack alors qu'elle grimpait l'échelle menant au grenier.

Il y flottait une odeur chaude comme un jour d'été, l'émanation puissante du foin séché.

Jack plissa les paupières. Dans le bleu de ses yeux, la perplexité le disputait à la curiosité. Elle s'approcha.

— Je te cherchais, dit-elle, soudain consciente de l'exactitude de cette remarque, et pas seulement en cet instant.

Peut-être avait-elle cherché Jack French toute sa vie, sans le savoir. La question qui se posait, à présent, était celle-ci : qu'allait-elle bien pouvoir faire avec lui ?

— Tu m'en diras tant ! s'exclama-t-il. Eh bien, dans ce cas, on dirait que tu m'as trouvé.

Il attendait qu'elle fasse le premier pas, et la mettait quasiment au défi de s'y risquer. Une lueur de provocation brillait dans ses yeux. Elle s'immobilisa à quelques centimètres de lui.

— Tu as quelque chose en tête ? demanda-t-il.

Le timbre chaud de sa voix était pareil à une caresse sur sa peau.

Elle plongea les yeux dans ceux de Jack. Pour la première fois, elle remarqua des éclats dorés dans tout cet océan de bleu. Son regard l'invitait à bien plus qu'un rapide plongeon.

Elle lui posa une main à plat sur la poitrine, et crut sentir son cœur battre comme un tambour de guerre sous la fraîcheur de sa chemise. Mais il pouvait aussi bien s'agir de son propre cœur. Elle n'avait pensé qu'à une chose, pendant tout le trajet jusqu'ici : se blottir dans les bras de Jack. Elle s'efforça de ne pas se poser de questions, refusant de croire que la terreur la gagnait et que c'était la peur qui la précipitait vers lui.

Pourtant, ce sentiment aurait sans doute été plus facile à admettre que le désir brûlant qui l'avait poussée jusqu'ici. Un désir qu'elle était lasse de refouler. Se hissant sur la pointe des pieds, elle posa ses lèvres sur les siennes.

Le regard de Jack se riva au sien.

— Tu es sûre de vouloir t'aventurer sur ce terrain-là ? demanda-t-il, la voix grave et voilée.

Dès l'instant où elle le regarda dans les yeux, Jack sut qu'il était perdu. Il s'empara de la main de Kate et l'entraîna dans la pénombre fraîche du grenier. Il sentit contre lui la douceur de son corps souple et séduisant en diable. Il lui prit le visage dans les mains, son regard toujours accroché au sien, et il l'embrassa, comme il en mourait d'envie depuis longtemps.

La bouche de Kate s'entrouvrit sous la sienne, et un léger gémissement s'en échappa. Jamais il n'avait désiré une femme comme il la désirait. Il y avait si longtemps qu'il attendait cette étreinte, comme s'il avait été écrit dans les étoiles qu'ils finiraient un jour par se retrouver ici.

— Kate…, chuchota-t-il, en s'écartant pour contempler son adorable visage.

Lorsqu'il croisa de nouveau son regard, le feu de la passion qui y brûlait l'embrasa tout entier.

Il la souleva dans ses bras et la porta jusqu'à une botte de foin. Ils basculèrent ensemble dans la paille, s'arrachant l'un l'autre leurs vêtements, pressés de se débarrasser de tout ce qui s'interposait entre leurs corps.

Dans sa hâte d'ouvrir la chemise de Kate, il écarta brusquement les deux pans du vêtement, faisant cliqueter les boutons-pression. Puis il dégrafa le devant de son soutien-gorge et saisit ses seins ronds et pleins dans ses mains. Il se pencha pour titiller de sa langue les pointes roses et dures. Elle gémit sous lui et, avec un grognement sourd, il plaqua de nouveau ses lèvres sur les siennes.

Elle le fit rouler sur le dos pour se retrouver au-dessus de lui, retira sa chemise, puis pressa les paumes tièdes de ses mains sur sa poitrine, le regard cloué dans ses yeux. Il défit les boutons de son jean et l'aida à s'en extirper. A son tour, elle trouva la fermeture de son pantalon et, quelques secondes plus tard, ils finissaient nus au milieu de leurs vêtements jetés en tas sur le foin.

Ils firent l'amour avec passion, avec une ardeur dévorante, sans aucune retenue. Enfin, à bout de souffle, Jack s'affaissa dans le lit de paille et demeura étendu au côté de Kate. Il ne pouvait la quitter du regard. Elle était si belle, et si mystérieuse, aussi. Elle s'était donnée à lui mais, malgré toute l'intimité à laquelle ils étaient parvenus dans leurs ébats, il se rendait compte qu'il n'en savait pas plus sur elle qu'auparavant.

Il promena un doigt sur sa cicatrice et la sentit se crisper. Il s'inclina alors pour suivre la marque sur son ventre à petits coups de baisers. Elle émit alors ce qui ressemblait à un sanglot, un son plus profond, plus déchirant que tout ce qu'il avait entendu jusque-là. Il eut l'impression que son cœur se brisait.

Elle lui prit la tête entre ses mains, la tira vers son visage et ouvrit la bouche pour parler, mais la referma sans avoir prononcé un mot.

— Tu n'es pas obligée de m'en parler, murmura-t-il.

— J'ai donné une partie de mon foie pour une transplantation.

De stupéfaction, il écarquilla les yeux.

— C'est incroyable…

— Il n'y a pas de quoi en faire une montagne.

— Bien sûr que si ! Ce devait être pour quelqu'un à qui tu tenais énormément.

Elle ne répondit pas, mais ses yeux se remplirent

brusquement de larmes. Il l'attira alors contre lui, la serrant très fort.

— Dès l'instant où je t'ai rencontrée, je t'ai trouvée merveilleuse. Et tu continues à m'étonner.

— Non, Jack.

Elle s'écarta et, lui tournant le dos, ramassa sa chemise avant de l'enfiler.

— Qu'y a-t-il ?

— Je ne suis pas la femme que tu imagines, répondit-elle, sans se retourner.

— Kate...

Lui touchant l'épaule, il la fit rasseoir près de lui.

— Je t'aime telle que tu es. Mais tu ne crois pas que le moment est venu de te montrer sincère avec moi ?

Les larmes lui brouillaient la vue. Kate s'était convaincue qu'elle avait seulement besoin de se libérer de la pensée obsédante de Jack. Elle avait réellement cru qu'une fois qu'elle se serait offerte à lui, elle pourrait s'en détourner. De toutes ses forces, elle se retenait de pleurer, mais la passion et la tendresse de Jack allaient causer sa perte, elle en avait la conviction. Cette façon qu'il avait eue, quelques instants plus tôt, de caresser sa cicatrice, de baisser la tête pour déposer un chapelet de baisers sur son ventre... Un frisson de désir avait traversé son corps déjà brûlant. Cet homme pouvait se montrer si dur, et en même temps si tendre... Si exaspérant et pourtant si... adorable.

Elle le repoussa en douceur.

— Il y a quelque chose que je dois te dire...

Il se souleva sur un coude.

— Je t'écoute.

Elle se passa la langue sur les lèvres, tâchant d'apaiser

les battements désordonnés de son cœur. Elle aurait dû tout lui confier dès le début. Sauf que passer aux aveux était la dernière chose à laquelle elle avait songé, quand elle l'avait aperçu à la porte du grenier.

— Ça concerne le mort trouvé près de la rivière, n'est-ce pas ? demanda-t-il.

Elle soutint son regard, hochant lentement la tête.

— Le shérif l'a identifié. L'homme s'appelait Darrell Ackermann.

Jack la considéra avec ahurissement.

— Ackermann ? Un parent de Cullen Ackermann ?

Elle pouvait presque voir les rouages de son cerveau fonctionner, et débrouiller peu à peu l'énigme. Il lâcha un juron et se redressa.

— Qu'es-tu en train de me dire ?

— Je ne l'ai pas tué à cause de l'or, si c'est ce que tu crois, s'empressa-t-elle de répondre.

— Mais c'est bien de cela qu'il est question, dans toute cette histoire. De la carte. Du trésor.

Il secoua la tête.

— Je croyais que les fils Ackermann étaient tous morts.

— Apparemment, trois d'entre eux s'en sont sortis, expliqua-t-elle avant de déglutir et d'ajouter : De même que la petite fille.

Les yeux de Jack s'agrandirent de surprise.

— Darrell Ackermann était en quelque sorte un demi-frère pour moi, poursuivit-elle.

— Comment est-ce possible ? soupira Jack, incrédule.

— Je suis née dans la propriété. Ma mère était la femme que tout le monde appelait Teeny Ackermann, mais Cullen et elle ne s'étaient jamais mariés, et il n'était pas mon père.

Le voyant déconcerté par cette nouvelle, elle hocha la tête et reprit :

— Mon vrai père s'est arrangé pour me faire quitter les lieux juste avant que le domaine soit pris d'assaut par la police, voilà trente ans de cela. Il m'a confié à un couple de sa connaissance qui désirait à tout prix avoir un enfant. J'ai été adoptée, mais c'était à peu près tout ce que je savais… jusqu'à une date récente.

Jack ne savait plus quoi penser. Sceptique, il la dévisageait avec attention, tandis que les morceaux du puzzle qui constituaient l'énigme Kate LaFond tentaient de se ranger dans son esprit — mais refusaient de s'emboîter.

— Tu as dit que Cullen n'était pas ton père ?

Elle secoua la tête.

— Claude Durham était mon père.

Une autre pièce du puzzle se mit en place.

— Et la cicatrice ? demanda-t-il.

— J'ai fait don d'une partie de mon foie à Claude. J'étais parfaitement compatible. Mais il était trop tard. Je n'ai pas pu le sauver.

— Alors il t'a légué le café et la carte.

Elle opina du chef.

Les éléments du puzzle s'assemblaient désormais à toute vitesse, au point que la tête lui tournait. Il se rappela le billet que quelqu'un avait laissé à Kate dans le café. Un autre élément s'imbriqua dans l'ensemble.

— Mais maintenant, il y a des gens qui savent qui tu es…

— Loralee Clark m'a reconnue. Elle connaissait ma mère. Elle a donné au shérif une photo de moi, bébé. Je ressemble à ma mère quand elle était jeune. Cependant, il semble que seules de rares personnes l'aient rencontrée, car Cullen Ackermann et ses fils la retenaient prisonnière dans le vallon.

— Mais si ce n'est pas Loralee qui t'a laissé ce mot anonyme, cela veut dire que quelqu'un d'autre est au courant de ta véritable identité et de la raison de ta venue.

Elle hocha la tête.

— Ils croient que je vais dénicher le trésor à leur place. L'un d'eux a dû voir ma mère dessiner la carte.

— C'est aussi mon avis. Alors, que comptes-tu faire, maintenant ?

— Je n'ai pas le choix. Je dois retrouver cet or.

Bougonnant dans sa barbe, Jack se leva et enfila son jean. Il entendit Kate se lever à son tour et le suivre jusqu'à la porte du grenier. Il tressaillit lorsqu'elle posa une main sur son dos nu. Elle la retira aussitôt.

— Je voulais te dire…

Il fit volte-face.

— Combien de secrets caches-tu encore ? J'ai l'impression de n'en avoir qu'effleuré la surface. As-tu jamais eu l'intention de me révéler toute la vérité ? Ne réponds pas. Nous savons tous les deux que la seule raison pour laquelle tu as évoqué le sujet avec moi, c'est parce que tout le monde dans le comté est déjà au courant.

Il marmonna un juron avant de poursuivre.

— C'est pour ça que tu es venue ici, que tu…

Il désigna le tas de foin sur lequel ils s'étaient tenus enlacés quelques minutes auparavant.

— Non, ce n'est pas vrai !

Il balaya d'un geste ses protestations.

— Il n'y a que l'or qui compte, à tes yeux.

— Tu te trompes, Jack.

Mais ces mots manquaient de conviction, ils en avaient l'un et l'autre conscience.

— Certainement pas. Tu es prête à tout risquer pour cet or, et tant pis pour ceux qui se mettront en travers de ton chemin. Pourquoi ne peux-tu te contenter de ce que tu as ?

— Parce que je ne suis pas comme toi, rétorqua-t-elle. Ce que je veux, je me donne du mal pour l'obtenir.

A la seconde où ces paroles franchissaient ses lèvres, elle les regretta, il le vit clairement. Mais c'était trop tard. Il savait désormais avec certitude qu'elle le considérait ni plus ni moins comme un perdant.

Dépité, il secoua la tête, finit de s'habiller et dégringola l'échelle du grenier avant de regagner son pick-up.

— Jack…

Il ne se retourna pas. Il s'en sentait incapable.

20

Lorsque Frank avait appelé Tiffany, elle lui avait annoncé, à son grand étonnement, qu'elle avait envie de faire un tour à cheval, un peu plus tard dans la journée. L'après-midi venu, il se fit donc une joie de seller leurs montures, et tous deux se mirent en route pour une longue balade. La jeune fille commençait à prendre goût à l'équitation et, de temps en temps, ébauchait même un sourire.

Il s'était dit qu'ils pourraient en profiter pour bavarder, mais toutes ses tentatives pour engager la conversation se heurtèrent au caractère maussade de la jeune fille, si bien qu'il y renonça et se contenta de savourer le plaisir de la promenade.

Tiffany était un mystère pour lui. Son humeur semblait changer d'une minute à l'autre. Les choses qu'il croyait susceptibles de la rendre heureuse obtenaient rarement l'effet escompté. Et alors qu'elle aimait visiblement chevaucher, même si elle se gardait bien de l'admettre, elle déclara vouloir rentrer chez elle dès la balade terminée.

— Je pensais qu'on aurait pu aller manger une pizza à Big Timber, proposa-t-il.

— Je déteste la pizza, répliqua-t-elle, comme si elle lui reprochait de ne pas mieux connaître ses goûts.

Quel genre de fille était-elle donc pour ne pas aimer la pizza ?

— On pourrait prendre un hamburger, si tu préfères… Un hamburger au tofu ou avec ces espèces de champignons qui sont censés avoir le goût du steak haché, se hâta-t-il d'ajouter, se rappelant qu'elle était végétarienne.

Encore une idée de sa mère, probablement. Pam savait qu'il élevait des bœufs.

Tiffany secoua vigoureusement la tête.

— Je suis fatiguée. Je veux retourner à la maison.

— Où est-elle, ta maison ?

Elle le fixa d'un regard qui disait explicitement qu'elle n'était pas assez naïve pour tomber dans le panneau.

— Est-ce trop difficile pour toi de comprendre que je veuille parler à ta mère ?

— Vous ne voulez pas lui *parler*. Vous voulez *crier* après elle. Ou même, peut-être, la coffrer.

— Sous quelle inculpation ?

Elle haussa les épaules et détourna la tête.

— Elle n'a pas envie de discuter avec vous.

— Ça ne m'étonne pas.

— Vous voyez ? Vous voulez juste l'engueuler.

Il capitula, mais cela continua de le tarauder. Il pouvait comprendre que Tiffany veuille protéger sa mère. Mais que Pam n'ait pas le cran de s'expliquer avec lui, c'était une autre affaire.

Il songea à ceux de ses amis qui avaient divorcé. Dans la plupart des cas, les enfants prenaient le parti de leur mère. Les pères ne récoltaient que les reproches, les factures et les problèmes de comportement. Frank leur demandait souvent pourquoi ils ne se défendaient pas, ne racontaient pas à leurs enfants ce qui se passait réellement, mais ils se contentaient de lever les mains au ciel en disant :

— A quoi bon ? Mon ex s'arrangerait pour retourner les choses à son avantage et me faire passer pour le méchant. Et même dans le cas contraire, les gosses ne croiraient pas un mot de ma version de l'histoire. Ils ont pitié de leur mère, ils veulent la protéger et, crois-moi, elle sait jouer comme une pro le rôle de la pauvre femme sans défense.

Frank avait constaté que ce qui arrivait d'ordinaire, c'était que l'ex-femme se remariait, les enfants revenaient, et tout rentrait dans l'ordre. Il faisait peut-être bien, finalement, de se taire, de se contenter de jouir de la compagnie de sa fille et de tourner la page.

N'empêche ! La seule idée que Pam puisse s'en sortir en toute impunité, après ce qu'elle avait fait…

Il aurait voulu expliquer à Tiffany qu'il était un homme raisonnable, et que sa mère était ridicule d'agir comme si elle avait affaire à un individu dangereux.

Même si elle n'avait pas tout à fait tort sur ce point.

Après sa querelle avec Kate, Jack retourna en ville, se gara devant sa cabane et resta assis dans son pick-up, trop secoué encore pour en descendre. Faire l'amour avec Kate s'était révélé une expérience incroyable. Il n'avait jamais éprouvé une sensation qui ressemble de près ou de loin à ce qu'il avait ressenti avec elle.

Ce qui rendait d'autant plus douloureux le fait qu'elle se soit servie de lui. Depuis le début, il n'avait toujours été question que du trésor et de rien d'autre. Il repensa au corps nu de Kate dans ses bras. Il savait à présent jusqu'où elle était capable d'aller pour obtenir ce qu'elle voulait.

Il sentait qu'il était au-dessus de ses forces de supporter la solitude de la cabane, et dans l'état d'esprit où il se trouvait, il y avait de grandes chances pour qu'il s'attire des ennuis s'il allait au Range Rider. Le sang des French bouillonnait en lui : il se sentait démangé par l'envie de provoquer une bagarre.

Mais il n'était pas plus capable d'empêcher ses pieds de se diriger vers le bar qu'il ne pouvait se défendre de penser à ses étreintes amoureuses avec Kate.

Depuis sa sortie de prison, il avait mis un point d'honneur à éviter le bar, excepté dans les rares occasions où il y avait retrouvé Carson. Mais ce soir, il avait besoin de la fraîche pénombre qui régnait dans l'établissement, et l'idée d'une bonne bière n'était pas non plus pour lui déplaire. Et si quelqu'un en ville était animé du désir d'en découdre, il se ferait un plaisir de lui rendre service.

Comme il se dirigeait à pied vers le Range Rider, il se demanda si Kate avait jamais été honnête avec lui, ne serait-ce qu'une seule fois.

Jurant entre ses dents, Jack désirait plus que tout oublier cette femme, au moins quelques minutes. Il poussa la porte du bar et entra. Il lui fallut un certain temps pour que ses yeux s'accommodent à la pénombre de la salle. Il s'étonna tout d'abord que l'endroit soit si désert, avant de se rendre compte de l'heure qu'il était.

Le soleil était couché depuis longtemps. C'était le moment du dîner, ce qui signifiait qu'aucun des hommes présents dans le bar n'avait une femme ni un repas pour les attendre à la maison. Deux ranchers étaient attablés à côté du juke-box. Le seul autre consommateur se tenait au bar.

Avec une grimace de mécontentement, Jack le reconnut. Hitch McCray.

Son instinct lui dicta de faire demi-tour et de déguerpir au plus vite. Hitch avait sans doute passé la majeure partie de l'après-midi perché sur son tabouret. Il devait être passablement ivre, à présent, et vu l'animosité qui existait entre eux...

— Salut, Jack ! s'exclama Clete Reynolds en sortant de la glacière avec une caisse de bières qu'il posa derrière le comptoir.

— Salut, Clete, répondit-il.

Jack s'approcha d'un pas nonchalant et s'installa sur un tabouret à quatre sièges de celui de Hitch. Lors des dernières occasions où il était venu au bar, Clete ne travaillait pas, si bien que c'était la première fois qu'ils se revoyaient.

— Content que tu sois rentré, dit le propriétaire du Range Rider. J'ai entendu dire que tu travaillais au W Bar G. Qu'est-ce que je te sers ? C'est la maison qui régale, pour fêter ton retour.

— Une bière, ça ira très bien, merci.

Clete lui décapsula une bouteille bien fraîche et la posa devant lui sur une serviette en papier. Les deux ranchers, dans leur coin, réclamèrent une autre tournée.

Le propriétaire du bar alla les servir, et Jack sentit tous les muscles de son corps se raidir tandis que Hitch se laissait glisser de son tabouret, attrapait sa bouteille de bière et longeait le comptoir pour venir s'asseoir à côté de lui.

— On dirait que Clete te traite en héros, comme si tu étais parti te battre pour défendre ton pays, au lieu d'être allé en prison, commença Hitch avec un rictus de mépris. Ce n'est pas à *moi* qu'il autoriserait une ardoise et encore moins qu'il offrirait un verre.

Jack savait que la mère de Hitch lui avait coupé les vivres à la suite de sa dernière arrestation pour conduite en état d'ébriété. Il n'éprouvait que mépris pour ce quadragénaire toujours cramponné aux jupes de sa mère. A quoi s'ajoutaient ses soupçons concernant la responsabilité de Hitch, non seulement dans la mort son père, mais aussi dans la machination ourdie pour l'expédier en prison. Ce que Jack ressentait, dans ces conditions, était une haine violente à l'égard de cet homme.

Et de sa mère également, s'avisa-t-il. Ruth McCray avait forcément couvert son fils, la nuit de l'accident qui avait coûté la vie à son père. Elle était donc tout aussi coupable que lui.

— Mais bon sang ! après tout, tu es plein aux as… Je viens d'apprendre que ta mère t'a laissé un bon paquet de fric. Pas étonnant que tu refuses de me vendre ton ranch.

Hitch fit pivoter son tabouret pour regarder Jack en face.

— Tu pourrais au moins me payer une bière.

Le patrimoine de Jack était placé dans des fonds d'investissement. Voilà pourquoi il n'y avait jamais touché. L'autre raison étant qu'il craignait de faire des bêtises avec cet argent, et ainsi de décevoir sa mère. Le capital avait donc continué à générer toujours plus de revenus, des gains dont Jack ne savait que faire. Il se demanda comment Hitch était au courant de son héritage, même si cela, au demeurant, n'avait pas la moindre importance.

— Alors, tu m'offres un coup à boire, oui ou non ? insista Hitch.

La première impulsion de Jack fut de l'attraper par le col et de le traîner derrière le Range Rider pour lui flanquer la raclée de sa vie. Mais il avait dû changer plus qu'il ne l'avait imaginé. Il perçut soudain cet instant comme l'un de ces carrefours de la vie où se présente une occasion de s'engager dans la bonne voie. Il était parvenu à plusieurs croisements, au cours de ses trente et une années d'existence — et avait souvent pris le mauvais tournant.

En regardant Hitch, il sut qu'il était arrivé à un moment où une chance lui était offerte de pouvoir changer de direction.

— Pourquoi pas ? répondit-il en faisant signe à Clete de revenir pour servir Hitch.

Interloqué et quelque peu alarmé, le patron du bar ouvrit une autre bière et la posa devant Hitch.

— Je ne pourrai pas le laisser reprendre le volant, s'il continue à boire.

— Pas de problème, lui assura Jack.

Il s'empara des clés de Hitch, sur le comptoir où ce dernier les avait laissées avant de venir s'asseoir près de lui.

— Je me chargerai de le raccompagner chez lui.

Hitch commença à protester, mais Jack leva sa bouteille de bière.

— A la tienne, dit-il avant de boire une gorgée. Et qui a dit que je n'avais pas envie de vendre mon ranch ?

Hitch parut un brin déconcerté. Selon toute vraisemblance, il était venu le rejoindre pour lui chercher querelle. Il ne s'était certes pas attendu à pareille réaction de la part de Jack. Par chance, il avait déjà suffisamment ingéré d'alcool pour que Jack n'ait aucune difficulté à le convaincre de boire davantage.

Trois bières plus tard, Hitch n'arrivait plus à articuler correctement et avait peine à se maintenir sur son tabouret.

— Je ferais mieux de te ramener à la maison, proposa Jack en lui prenant le bras. J'ai aussi peur que toi de ce que va dire ta mère.

Hitch tenta de protester, mais Jack l'entraînait déjà vers la porte de l'arrière-salle.

— On va prendre ton pick-up, Hitch. Je m'arrangerai pour que tu le récupères demain.

Il fit glisser Hitch sur le siège du passager, et avant même qu'il ait eu le temps de contourner le véhicule pour s'installer au volant, ce dernier dormait déjà à poings fermés.

Jack le laissa dormir. Arrivé à une bifurcation après la sortie de la ville, il prit la direction opposée de celle du ranch McCray et s'engagea sur la route qui conduisait au lac de Saddlestring.

Dans la semi-obscurité, les bois de pins étaient aussi sombres que l'intérieur d'une botte de rancher, le ciel d'une luisante couleur argentée. La route s'enfonçait de plus en plus au cœur des Crazy Mountains. Jack ne pouvait se défendre d'une certaine crainte à la pensée de ce qu'il pourrait faire une fois parvenu au lieu qu'il avait en tête. Mais il n'y avait plus moyen de faire marche arrière. Tout cela couvait depuis trop longtemps.

La route grimpait en lacets sur les flancs de la montagne avant de déboucher sur un haut plateau. Jack ralentit en arrivant en vue du lac. Saddlestring était l'un de ces lacs de montagne sertis comme des joyaux au milieu des rochers et des pins. Ses eaux étincelaient d'un bleu-vert sombre et cristallin.

Il arrêta le pick-up au sommet d'un escarpement abrupt surplombant le lac et coupa le contact.

— Il est l'heure de te réveiller, dit-il à Hitch en descendant du véhicule.

Il fit le tour pour gagner le côté du passager et sortit le dormeur du pick-up.

Le coup de téléphone de son grand-père avait quasiment fait bondir de joie Billy. Il avait tellement hâte de voir la tête du shérif, quand il lui annoncerait qu'il avait retrouvé son ex-femme !

Cependant, il n'aimait guère l'idée de fournir l'information à Frank, sans lui demander davantage d'explications.

Billy surprit son reflet dans la fenêtre de son bureau et se frotta la joue. Avec sa barbe de trois jours, il ressemblait à une vedette de cinéma. Nombre de femmes lui avaient déjà fait le compliment.

Peut-être pour cette raison, il s'était toujours cru destiné à accomplir de grandes choses. Et il avait souvent l'impression d'avoir attendu toute sa vie que ces « grandes choses » arrivent enfin.

Tout en étudiant son image dans la vitre, il se rendit compte à quel point son uniforme de shérif adjoint lui manquait — pour ne rien dire de son arme. Il était devenu expert dans l'art de dégainer plus vite que son ombre — autre motif de mécontentement de la part de Frank, qui avait menacé de le démettre de ses fonctions.

« Tu finiras par te tirer une balle dans la jambe, Billy. Conduis-toi donc un peu en adulte. »

Il lui vint ce goût amer dans la bouche, comme chaque fois qu'il se rappelait la façon dont le shérif l'avait traité, l'appelant Billy the Kid pour se moquer de lui.

Il baissa les yeux sur l'adresse et le numéro de téléphone qu'il avait inscrits sur son bloc-notes.

Certes, il jubilerait en voyant la tête de Frank, mais lui donner ce qu'il voulait sans d'abord savoir pourquoi, il ne pouvait s'y résoudre.

Le shérif lui avait ordonné de ne pas prendre contact avec son ex-femme. Sauf que Frank n'était plus son patron, n'est-ce pas ?

Billy saisit le combiné du téléphone et composa le numéro. Si Pam se cachait de son ex-mari, elle refuserait peut-être d'accepter un appel venant du Montana. Mais si elle voyait « W. Westfall » s'afficher sur son cadran...

— Allô, Bull ?

— Pam, c'est Billy Westfall.

— Billy, je croyais que c'était Bull qui m'appelait.

Il ébaucha un sourire, satisfait que sa ruse ait fonctionné comme prévu.

— Je ne sais pas si mon grand-père vous l'a dit, quand il vous a téléphoné...

— Je ne l'ai pas eu en ligne. Pourquoi ? Il est arrivé quelque chose ?

Il perçut une note d'inquiétude dans sa voix.

— Non, Bull va très bien. Il s'agit d'autre chose.

— Oh !

Quelle suffisance elle était capable de mettre dans une seule syllabe, il n'en revenait pas ! A n'en pas douter, elle s'attendait à un appel de Frank et savait pertinemment dans quel but il la cherchait.

— J'ai ouvert ma propre agence de détective privé, expliqua Billy. Et devinez qui a été l'un de mes premiers clients.

— Je ne vois pas.

Elle mentait mal.

— Frank Curry.

— Je ne suis pas certaine de comprendre pourquoi, d'après vous, cela devrait m'intéresser, Billy, dit-elle avec circonspection.

Il s'esclaffa.

— On arrête la comédie, Pam ! Donnez-moi une bonne raison de ne pas lui fournir le renseignement qu'il m'a demandé. Mieux encore, disons plutôt 1000 dollars, plus quelques informations.

— Quel genre d'informations ?

— Dites-moi pourquoi il tient tellement à vous

retrouver, et je vous explique comment transférer ces 1000 dollars sur mon compte professionnel.

A la seconde où Kate ouvrit la porte de son appartement, elle se figea. Ses pensées restaient tout entières occupées par Jack et ce qui s'était passé entre eux. Elle s'était sentie tourmentée par un profond regret, surtout en songeant aux propos qu'ils avaient échangés avant son dépar :

« Pourquoi ne peux-tu te contenter de ce que tu as ? »

— Parce que je ne suis pas comme toi. Ce que je veux, je me donne du mal pour l'obtenir. »

Si seulement elle avait pu retirer cette remarque désobligeante, et effacer la peine qu'elle avait lue sur son visage ! C'était comme si chaque mot lui avait fait l'effet d'une flèche en plein cœur.

Elle était tellement rongée par le remords qu'elle mit un certain temps à mesurer la signification du spectacle qui s'offrait à ses yeux.

L'appartement avait été complètement saccagé. Ses magazines de chasse au trésor étaient éparpillés dans tous les coins du séjour, la plupart avaient été piétinés, leurs couvertures déchirées et maculées de terre.

Prise de colère, elle entra, consciente toutefois que l'auteur de ce saccage pouvait encore se trouver dans l'appartement. Elle n'avait avancé que de quelques pas lorsqu'un coup de vent fit claquer la porte derrière elle. Elle sursauta.

Puis, de nouveau, elle s'immobilisa, l'oreille aux aguets, ne percevant que les battements de son propre cœur. En rentrant, elle était passée à la cabane de Jack pour voir s'il s'y trouvait, avant d'aller à sa recherche au ranch des French.

Pour comble de malchance, elle avait oublié de reprendre son pistolet, la dernière fois qu'elle s'était changée. Elle en aurait bien eu besoin maintenant, songea-t-elle, tandis qu'elle entreprenait d'inspecter chaque pièce. Heureusement, l'appartement était petit, et il y avait peu de cachettes possibles.

Le cambrioleur avait fouillé les lieux de fond en comble, mais n'avait pas trouvé la carte, comme elle le constata avec soulagement. Le plan était toujours en sa possession depuis que Jack le lui avait rendu. Ce bout de papier avait beau ne posséder aucune valeur, il était tout ce qui lui restait de sa mère.

Soudain, une pensée lui traversa l'esprit comme un éclair. Elle se précipita dans sa chambre, et fouilla dans le tiroir de sa commode.

Le pistolet avait disparu.

— C'est quoi, ce bordel ? hurla Hitch tandis que Jack le traînait jusqu'au bord du ravin.

La terreur l'avait quelque peu dessoûlé.

— Voilà ce que je te propose, lui dit Jack. Je sais que c'est toi qui as percuté la voiture de mon père, cette nuit-là, il y a des années. Tu conduisais ton vieux pick-up bleu, pas vrai ? Probablement à moitié ivre.

Hitch remua la tête, s'escrimant par tous les moyens à s'éloigner du bord du précipice.

— Non, je te l'ai dit, tu te trompes… Ce n'était pas moi !

Plusieurs grosses pierres se détachèrent du sol sous ses pieds et plongèrent dans le vide. Elles heurtèrent le fond du gouffre avec un bruit pareil à la détonation d'un fusil.

— Ton pick-up n'avait pas été volé, comme tu l'as

raconté au shérif, n'est-ce pas ? continua Jack. Tu essayais seulement de te couvrir. Ta mère connaît la vérité ? Elle a dû t'aider à te débarrasser du pick-up.

— On me l'a volé. Je ne te mens pas, Jack, il faut que tu me croies…

— Tu n'as pas non plus mis ce taureau dans mon corral, peut-être ?

Hitch garda le silence et, l'espace d'un instant, Jack craignit que cet imbécile n'ait perdu connaissance. En fait, Hitch peinait à se maintenir sur ses pieds.

Mais finalement, il releva lentement la tête.

— Ce ne devait être qu'une plaisanterie.

Jack sentit le rythme de son pouls monter en flèche. Il avait soupçonné qu'il pouvait s'agir de quelque chose de ce genre et, malgré tout, il avait craint de ne jamais connaître la vérité. Il savait que Hitch était le candidat idéal pour accomplir cette sale besogne, mais il n'en avait pas été absolument certain jusqu'à cet instant.

— Qui t'a chargé de le faire ?

Hitch secoua de nouveau la tête.

Jack le serra plus fort par le col de sa chemise et le poussa un peu plus près de l'abîme. Hitch se débattit pour tenter de garder son équilibre, faisant dégringoler d'autres pierres dans le gouffre.

— Qui t'en a chargé ?

— Tu ne vas tout de même pas me *tuer* !

— Soûl comme tu l'es, il se pourrait très bien que tu tombes tout seul dans le ravin. Tout le monde croirait que tu as raté un virage.

— Non, Clete sait que tu as pris mes clés en disant que tu allais me ramener chez moi.

— Clete sait aussi quel connard tu es. Je n'aurais qu'à lui dire que j'ai essayé de te raccompagner, mais que tu as refusé et pris ton pick-up. Comment sais-tu que je n'ai pas appelé le shérif, avant de venir ici, pour lui signaler que je t'avais vu conduire soûl comme une barrique, une fois de plus ? Que j'ai tenté de t'arrêter, mais sans succès ?

Une nouvelle vague de terreur se répandit sur les traits de Hitch.

— Ça tiendrait debout, comme explication, continua Jack. Je dirais que tu as roulé jusqu'ici pour dessoûler avant d'affronter ta mère. Je le jurerai sur l'honneur, comme tu as juré n'être pour rien dans la mort de mon père. A moins, bien sûr, que tu ne m'avoues tout de suite la vérité.

Comme Hitch ne répondait pas, Jack accentua sa pression pour le faire reculer vers le vide. Une grosse motte de terre se détacha, une avalanche de pierres dévala la pente. Hitch se mit à hurler en même temps que le sol se dérobait sous ses pieds.

21

Frank Curry ne fut pas surpris lorsque Billy Westfall l'appela à une heure tardive. Il n'ignorait pas que Bull Westfall avait toujours cédé aux caprices de son petit-fils.

Frank avait craint, néanmoins, que Bull n'ait gardé aucun contact avec Pam. Mais ce coup de fil confirmait ses soupçons. Bull Westfall jouissait d'une plus grande influence dans le comté que n'importe qui. Hormis, peut-être, le juge Hyett.

— Frank, il faut que je vous voie, dit Billy, toujours aussi sûr de lui.

— Contente-toi de me donner l'information que je t'ai demandée, et je t'envoie un chèque.

— Passez à mon bureau.

Et, sans plus d'explications, Billy raccrocha.

Frank referma le clapet de son téléphone en poussant un juron. Il avait dû supporter les frasques de Billy au temps où celui-ci était son adjoint, jusqu'au jour où, Dieu merci, Billy avait fini par franchir les bornes une fois de trop, au point que même son grand-père n'avait pu lui sauver la mise.

Cinq minutes plus tard, il entrait dans le bureau du détective privé. Affalé dans son fauteuil, les pieds posés sur sa table de travail, ce morveux affichait un air hautain et suffisant.

— Epargne-moi tes fanfaronnades, grogna Frank en sortant son chéquier. Je dois retourner travailler.

Il se pencha sur un coin du bureau et commença à rédiger le chèque.

— Je l'ai trouvée, annonça Billy.

— J'avais compris, dit-il, sans lever les yeux.

Il avait déjà rempli le chèque, à l'exception du montant.

— Elle m'a raconté quelque chose de très intéressant, poursuivit Billy.

Frank s'arrêta net et lentement releva la tête.

— Je t'avais ordonné de ne pas lui parler.

— Cette fille qui loge au-dessus de l'épicerie. C'est votre fille, celle que vous avez reniée pendant dix-sept ans.

Frank se considérait d'ordinaire comme un homme pacifique. Il en fallait beaucoup pour le mettre en boule.

— Billy…, maugréa-t-il entre ses dents serrées.

Il contourna le bureau pour venir se planter devant son ancien adjoint.

Pris de court, Billy tenta de balancer ses jambes par-dessus le bord du bureau pour se remettre debout, mais Frank était déjà sur lui, lui immobilisant les jambes tout en faisant basculer le fauteuil en arrière jusqu'à ce que celui-ci soit près de se renverser.

— Je te laisse cinq secondes pour me donner cette information, gronda-t-il d'un ton sans réplique. Ensuite, je vais te faire un chèque et m'en aller d'ici.

— Lâchez-moi ! cria Billy.

— Est-ce qu'on s'est bien compris, Billy ? demanda Frank, ignorant ses protestations. Parce que si je continue à pousser ton fauteuil en arrière, j'ai bien peur que tu ne passes par la fenêtre et tombe du deuxième étage. Je ne crois pas que la chute te tuerait, mais je peux me tromper.

— Vous n'avez pas le droit de me *menacer* !

— Je ne te menace pas. Je m'efforce seulement de quitter ce bureau avec le minimum d'effusion de sang.

Billy déglutit péniblement et tendit le bras vers son bureau.

Frank le relâcha pour lui permettre de se redresser. Billy ouvrit un dossier sur la table et en sortit un morceau de papier sur lequel étaient inscrits une adresse et un numéro de téléphone.

Frank le lui prit des mains.

— J'ai changé d'avis. Tu n'auras qu'à me faire parvenir ta facture.

Il se dirigea vers la porte.

— Mais j'ai trouvé ce que vous vouliez ! s'indigna Billy.

Frank s'arrêta, se retourna pour le regarder.

— J'imagine qu'à partir du moment où tu lui as parlé, je ne pourrai plus la joindre à ce numéro ni à cette adresse, expliqua-t-il en pliant le papier avant de le fourrer dans sa poche. Si c'est le cas, je ne te paierai pas, Billy, parce que tu n'as pas effectué le travail que je t'ai demandé. Considère cela comme une leçon. Ton prochain client pourrait se montrer moins accommodant et te balancer par la fenêtre.

— Je vais vous poursuivre en justice !

— Ne te gêne surtout pas.

Là-dessus, Frank sortit.

Au début, les explications de Hitch furent impossibles à distinguer de ses braillements. Mais une fois que Jack les eut assimilées, il l'écarta du bord du ravin.

Hitch s'affaissa sur le sol.

— Répète ce que tu viens de dire, lui ordonna Jack.

Hitch peinait à reprendre son souffle. Lorsqu'il releva

enfin la tête, il était pâle et transpirait à grosses gouttes. En tout cas, il semblait en partie dégrisé.

— Ma mère m'a laissé conduire notre nouveau pick-up la nuit où ton père est mort. Je n'ai pas pris le vieux pick-up bleu. Je te le jure. Je suis allé participer à une beuverie sur les berges de la Yellowstone. Le lendemain matin, quand j'ai voulu utiliser mon vieux pick-up pour aller chercher du fourrage, il avait disparu. Alors, ma mère m'a dit d'appeler le shérif pour lui signaler qu'on l'avait volé. D'après elle, c'étaient des mômes qui s'en étaient servis pour un rodéo. Nous avons pensé qu'il finirait par refaire surface, probablement bon pour la casse…

— Mais on ne l'a jamais retrouvé.

Hitch secoua la tête.

— C'est tout ce que je sais. Je te le jure.

— Et le taureau volé dans mon corral ?

Hitch contempla ses genoux pendant un moment avant de marmonner :

— Je n'avais pas le choix.

C'étaient ces mêmes mots que Jack avait entendus à travers ses hurlements pendant qu'il le tenait au bord du précipice.

— On a toujours le choix, Hitch.

— Je ne pouvais pas me permettre une autre arrestation pour conduite en état d'ivresse, gémit Hitch. Ma mère menaçait de me déshériter. J'aurais perdu le ranch et tout le reste.

— Alors, qu'as-tu fait ?

— Le juge Hyett m'a proposé un marché, répondit Hitch, à présent en larmes.

— Quel marché ?

— Je croyais qu'il voulait seulement te donner une bonne leçon. Il m'a dit que tu sortais avec sa fille, que ça devenait sérieux, et qu'il fallait te rappeler à l'ordre avant qu'il ne soit trop tard. Qu'il ne s'agissait que de te jouer un tour, histoire de te remettre à ta place.

Jack hocha la tête.

— Tu vas répéter tout ça au shérif, et si jamais il te prenait l'envie de revenir sur tes aveux, je m'arrangerais d'une façon ou d'une autre pour te faire basculer dans le ravin.

Hitch opina gravement du chef.

— Je parlerai au shérif.

— Alors, allons chercher Cody West pour qu'il confirme ton histoire.

— Tu savais aussi, pour Cody ? demanda Hitch, éberlué.

— Maintenant, je le sais.

Frank n'appela pas le numéro de Pam. Pas immédiatement. Quand, finalement, il se décida, ce fut sans grand espoir qu'elle réponde, étant donné l'heure tardive. Aussi demeura-t-il quelques secondes interdit lorsqu'elle décrocha.

— Allô ?

En entendant sa voix, il dut s'avouer que Tiffany avait raison. Il ne voulait pas parler avec elle. Il avait envie de lui hurler des injures.

— C'est toi, Frank ? demanda-t-elle.

Comme si elle n'avait pas déjà vu le numéro de son correspondant affiché sur l'écran de son téléphone ! Il était clair qu'elle attendait son coup de fil.

Il compta jusqu'à dix avant de répondre :

— Pourquoi, Pam ? Explique-moi simplement pourquoi.

Il décela un aveu de défaite dans sa propre voix et sut qu'elle aussi l'avait perçu.

— Je te demande pardon, pourquoi quoi ?

— Arrête ton cinéma. Je sais ce que tu as fait. Je peux même deviner pour quelle raison. Mais, Pam, tu savais à quel point je désirais un enfant. Pourquoi as-tu fait ça ?

Un lourd silence s'installa à l'autre bout du fil, et il crut un instant qu'elle avait raccroché.

— Tu as perdu tous tes droits sur moi et sur l'enfant que je portais, il y a dix-huit ans.

Cette voix cassante et sans pitié, il l'avait déjà entendue, mais tout ce que les gens voyaient d'elle, c'était son visage innocent, celui qu'elle montrait pour masquer ce qui se cachait sous la surface — une aptitude incroyable à faire preuve de cruauté et de méchanceté.

— C'était une chose d'éloigner Tiffany de moi par rancune, mais pourquoi lui raconter des mensonges à mon sujet ? Tu sais très bien que je n'ai jamais souhaité te faire de mal.

— Oh ! je t'en prie !

— C'est la vérité. Je t'assure que j'ai essayé, Pam.

— Oui, en effet, convint-elle. Tu ne comprends pas que ça ne faisait justement qu'aggraver les choses ? Je te voyais essayer chaque jour. Ça te coûtait de gros efforts de m'aimer, n'est-ce pas, Frank ?

Sa voix se brisa, et il éprouva un élan de pitié à son égard. Il n'avait pas totalement pris la mesure de la peine qu'il lui avait causée.

— Ce que tu trouvais si naturel avec Lynette te paraissait impossible avec moi, continua-t-elle. J'étais vraiment si peu digne de ton amour ?

— Non.

Malgré tout, la sympathie qu'il avait un bref instant éprouvée pour elle fut de nouveau éclipsée par la pensée de ses agissements.

— Pam, tu t'es conduite d'une façon abominable envers ta propre fille et, en essayant de m'atteindre, tu lui as fait beaucoup de mal.

— Oh ! s'il te plaît ! rétorqua-t-elle. Elle s'en remettra. Et toi aussi. J'aurais pu lui dire que tu étais mort. Je suis sûre que tu ne t'es pas privé de lui raconter ta version des faits. Alors quel mal y a-t-il ?

Ignorait-elle vraiment les ravages qu'elle avait causés dans l'esprit de Tiffany ?

— Est-ce que tu me détestes à ce point ? demanda-t-il.

Le rire de Pam sonna comme un bris de verre. Il sentit un frisson le secouer tout entier. Son expérience de shérif lui avait appris qu'il n'existait rien de plus mauvais ni de plus dangereux qu'une femme humiliée.

— Je regrette que tu aies passé ces dix-huit dernières années à ruminer des idées de vengeance, dit-il. Je doute que cela ait embelli ta vie ou t'ait rendue plus heureuse.

— Détrompe-toi, répliqua-t-elle. Je me suis juré, en te quittant, qu'un jour tu ressentirais ce que j'avais ressenti.

— Eh bien, tu as atteint ton but. Tu dois être pleinement satisfaite.

— En effet. Je regrette seulement de ne pas avoir pu te faire souffrir davantage. Tiffany est ta fille, désormais. Je ne veux plus avoir affaire à elle.

— Tu ne parles pas sérieusement ?

— Oh si ! Je l'ai prévenue que si elle partait à la recherche de son père, il était inutile qu'elle revienne.

— Pam, comment as-tu pu…

Mais elle avait déjà raccroché.

Pauvre Tiffany… Le cœur de Frank se brisait à la pensée de ce qu'elle devait traverser. Il fit une boulette du morceau de papier sur lequel étaient inscrites les coordonnées de Pam et la jeta au feu. Il ne partirait plus à sa recherche, car il savait que s'il la trouvait, il ne pourrait répondre de lui-même.

Un bruit de moteur l'arracha à ses réflexions. Il leva la tête et vit le pick-up de Hitch McCray s'arrêter dans la cour de son ranch.

— Que diable vient faire Hitch…

A son grand étonnement, Jack French descendit du côté conducteur. Et quelques instants plus tard, Cody West sortait par la portière du côté passager, suivi d'un Hitch McCray passablement éméché.

Frank Curry écouta avec attention Jack raconter ce qu'il avait découvert au sujet du juge Hyett. Que Jack eût été victime d'une machination ne l'étonna pas outre mesure. Il s'était toujours douté qu'il y avait eu d'autres protagonistes impliqués dans cette affaire, et que Jack avait porté le chapeau à leur place. Il avait même soupçonné que la raison pour laquelle le juge lui avait infligé la peine maximale avait quelque chose à voir avec la fille unique de Hyett.

Mais que le magistrat fût lui-même mis en cause le prit complètement au dépourvu.

— C'est vrai ? demanda-t-il à Hitch.

L'homme empestait la bière. Il était évident qu'il venait à peine de dessoûler.

— J'ai été obligé d'accepter le marché, sinon je plongeais, répondit Hitch. Et ma mère n'était pas capable de s'occuper seule du ranch.

Frank savait que, en réalité, Hitch se faisait surtout du souci à l'idée que sa mère puisse le rayer de son testament. Il lui fallait rester dans les bonnes grâces de la vieille femme pour espérer un jour prendre possession du ranch familial. Tout le monde, dans le comté, était au courant. Ruth McCray avait déjà tiré son fils d'affaire à deux reprises. Une nouvelle arrestation aurait été la goutte d'eau qui faisait déborder le vase, Hitch ne l'ignorait pas.

— Et toi, dans tout ça ? demanda Frank à Cody West.

Le gamin n'avait pas vingt ans. Il était beau comme tous les hommes de la famille West, et cow-boy jusqu'au bout des ongles.

— Oui, m'sieur, j'ai aidé M. McCray à mener le taureau dans le corral de M. French. Le juge m'a fait croire que c'était une farce. Je n'aurais jamais fait ça si j'avais su que M. French serait condamné à la prison.

— Et quand tu t'es aperçu que c'était le cas ? voulut savoir Frank.

Cody West baissa le regard sur l'extrémité de ses bottes et tritura nerveusement le bord de son Stetson.

— Je suis allé voir le juge Hyett, mais il m'a dit de la fermer, sinon il pourrait bien m'arriver la même chose.

— Donc, tu as gardé le silence.

— Je ne voulais pas, mais ça aurait été ma parole contre celle du juge, se défendit Cody. Et puis, je n'avais pas envie que mon père apprenne ce que j'avais fait.

— Je vais devoir prendre vos dépositions, déclara Frank. Je veux tout savoir en détail : ce que le juge vous a dit, comment vous avez procédé, et tout ce qui s'est passé cette nuit-là. Jack, il vaudrait mieux que tu restes en dehors de tout ça, ajouta-t-il. Quand l'affaire commencera à s'étaler au grand jour, tu pourras intenter une action en justice pour emprisonnement arbitraire, si tu y tiens vraiment.

— Ça ne m'intéresse pas, répondit Jack. Je voulais seulement tirer les choses au clair.

Frank hocha la tête.

— Ça, je m'en charge.

— Que va-t-il se passer, maintenant ? s'inquiéta Hitch après que Cody et lui eurent rédigé et remis leurs dépositions à Frank.

— On va ouvrir une enquête, et une plainte sera déposée. Le juge Hyett s'est rendu coupable de forfaiture et a enfreint le code d'éthique judiciaire. Il devra comparaître devant la commission disciplinaire de la magistrature, un comité de réglementation placé sous les auspices de la Cour suprême de l'Etat.

— Qu'est-ce qu'ils lui feront ? demanda Cody.

— Ça dépend, répondit Frank. Il écopera d'un blâme ou d'une suspension. On pourrait aussi le mettre d'office à la retraite.

— On devrait l'envoyer en prison, comme il l'a fait pour Jack ! s'indigna Cody.

Le shérif secoua la tête.

— Ça n'arrivera jamais. Mais le juge Hyett ne sera pas assez stupide pour tenter de récidiver — si on ne l'a pas obligé avant à prendre sa retraite.

Frank interrogea Jack du regard.

— Ça ira comme ça, concéda ce dernier.

— Toutefois, à ta place, je ne m'approcherais plus de sa fille, lui conseilla le shérif. Juste par précaution.

Jack eut un petit rire.

— Aucun problème, en ce qui me concerne.

Frank songea à le mettre en garde aussi contre Kate LaFond. Mais, malgré toute l'affection qu'il nourrissait à l'égard de Jack — il aurait pu avoir un fils du même âge, si Lynette et lui avaient été ensemble —, il se savait impuissant à le sauver de lui-même.

Réflexion faite, peut-être toute cette histoire aiderait-elle Jack à retourner les choses en sa faveur. Frank l'espérait de tout cœur.

Il pensa alors à sa fille, Tiffany. Il aurait tant aimé

lui venir en aide… Il se sentait tout aussi désarmé vis-à-vis d'elle.

Cody promit de reconduire Hitch chez lui une fois qu'il aurait déposé Jack au pied de la colline sur laquelle était située sa cabane.

— Je lui rapporterai son pick-up demain, assura Cody.

Ni lui ni Hitch n'avaient ouvert la bouche depuis que tous trois avaient quitté le bureau du shérif. Les deux hommes avaient avoué leur forfait. Le shérif avait ordonné à chacun de rédiger ses aveux, de les signer et de les dater, et les avait avertis qu'ils seraient sans doute convoqués pour témoigner devant une commission judiciaire.

Jack grimpait maintenant la pente qui menait à sa cabane. A l'est, l'aube pointait. Il avait espéré que, après les événements de la nuit, il se sentirait mieux. Qu'il ne serait plus considéré comme un voleur. Mais rien ne pourrait jamais lui rendre les deux années de sa vie perdues en prison.

Le shérif l'avait prévenu que le juge Hyett ne risquerait probablement rien de grave.

— Jack, il existe tout un éventail de mesures disciplinaires possibles qui pourraient être prises contre lui, du simple avertissement à la mise en retraite forcée. Mais, à mon avis, s'il n'a pas déjà fait l'objet d'une plainte pour faute professionnelle, il s'en tirera avec un blâme, au maximum.

— C'est bien ce que je pensais.

Frank avait posé une main sur son épaule.

— Je suis désolé que tu aies eu à subir tout ça, Jack.

Lui aussi était désolé. Désolé de ne ressentir aucune satisfaction. Néanmoins, ce qui s'était passé entre Kate et lui pesait encore plus que le fait de n'avoir réussi qu'à blanchir son nom.

Tout ce dont il avait envie, pour l'heure, c'était de s'écrouler sur son lit et sombrer dans l'oubli du sommeil.

Comme il franchissait le sommet de la colline, il aperçut un SUV garé derrière son véhicule et lâcha un juron entre ses dents. Il n'était pas d'humeur à supporter certaines personnes.

Dès qu'elle le vit, elle descendit de son 4x4 et s'avança vers lui. Elle n'avait visiblement pas fermé l'œil de la nuit, elle non plus. Il détecta sur elle les effluves de son parfum mêlés à une odeur d'alcool, mélange qu'il ne connaissait que trop bien.

— Qu'est-ce que tu fais ici, Chantell ? demanda-t-il en passant devant elle sans s'arrêter. Je n'ai vraiment pas envie de te parler maintenant.

— J'attendais que tu rentres. Il faut que nous discutions.

Elle le suivit à l'intérieur de la cabane.

— Jack, mon père m'attendait, ce matin, quand je suis arrivée à la maison. Il dit que tu colportes partout des mensonges à son sujet.

Il retira ses bottes et ses chaussettes, se débarrassa de sa chemise, et se retourna pour la regarder. Dans la lumière de l'aube, la silhouette de la jeune femme se découpait dans l'encadrement de la porte. Il mesurait à quel point elle serait anéantie en apprenant la vérité à propos de son père. Mais peut-être refuserait-elle de l'admettre. En tout cas, une chose était sûre : elle ne viendrait plus traîner à Big Timber, une fois que les détails de l'affaire auraient été rendus publics.

— Au revoir, Chantell, dit-il.

Il s'approcha, posa les mains sur ses épaules et la repoussa vers le perron.

— Nous ne nous verrons plus.

— Non, Jack...

Elle lui jeta les bras autour du cou.

— Je sais que tu ne me ferais jamais aucun mal, à mon père non plus...

Elle l'attira contre elle pour l'embrasser.

Il se dégagea doucement de son étreinte.

— Ne remets plus les pieds ici.

Il s'écartait déjà de la porte lorsqu'il aperçut Kate, debout à l'orée de la clairière.

Après une nuit de sommeil agité, Kate s'était réveillée avant l'aube. A grand-peine, elle s'était dissuadée de foncer vers la cabane de Jack avant d'aller travailler. Tout bien pesé, la meilleure chose à faire était de laisser les choses en l'état. Que Jack demeure persuadé qu'elle ne s'intéressait qu'à l'or. Mieux valait, pour sa sécurité, qu'il ne s'occupe pas de ses affaires. Il lui avait adressé un ultimatum : c'était lui ou le trésor. Avait-il peur qu'en cherchant cet or elle ne coure le risque de se faire assassiner ? Ou redoutait-il encore davantage ce qui arriverait une fois qu'elle l'aurait découvert ?

Comme le shérif l'en avait avertie, il y avait encore deux frères Ackermann en cavale, rôdant dans la région. Pourquoi entraîner Jack dans ce guêpier ? Elle avait eu tort de le faire depuis le début.

Mais tous ces bons conseils n'empêchaient pas son cœur de souffrir. Sans cesse lui revenait à la mémoire la douleur qu'elle avait lue dans les yeux de Jack. Elle ne pouvait laisser les choses continuer ainsi.

Comme le soleil s'élevait au-dessus de l'horizon, elle avait décidé de se rendre à la cabane à pied. La journée s'annonçait déjà chaude. Une partie d'elle comptait qu'elle reviendrait peut-être à la raison avant d'arriver chez Jack.

Elle venait de gravir la pente lorsqu'elle vit Chantell sortir à reculons de la cabane. Kate se trouvait encore trop loin pour saisir ce qui se disait, mais il était impossible de se méprendre sur la façon dont la jeune femme enlaçait Jack et lui inclinait la tête pour l'embrasser avant de partir.

Kate tourna les talons et s'enfuit en courant sur le sentier qui conduisait au café. Le cœur plus meurtri que jamais, elle se maudit intérieurement. Il fallait reconnaître que Jack n'avait pas traîné. Peut-être même n'avait-il jamais cessé de voir Chantell, comme Hitch McCray avait jugé bon de l'en informer.

Elle crut entendre Jack appeler son nom, mais elle continua à courir. Elle aurait tellement souhaité qu'il soit différent des autres hommes qu'elle avait connus… Quelle idiote ! Dès le départ, elle avait su à qui elle avait affaire.

Parvenue à son pick-up, elle se retourna, et regarda derrière elle. La route était déserte. Avait-elle cru que Jack se lancerait à sa poursuite ? Elle l'avait vu planté sur le pas de la porte au moment où Chantell s'en allait, le torse et les pieds nus, l'air de celui qui vient de se réveiller — ou qui n'a pas dormi de la nuit.

Furieuse contre elle-même, elle déverrouilla la portière de son véhicule et se glissa derrière le volant. Un instant plus tard, le moteur grondait, et elle démarrait dans une pluie de gravier.

Elle allait rouler, rouler sans jamais se retourner. Que les frères Ackermann dénichent le trésor — et qu'ils la trouvent, elle, s'ils y tenaient tant que ça. Elle s'en moquait, désormais.

Malgré tout, en même temps que ces pensées amères

lui venaient, elle savait qu'elle n'avait pas du tout envie de passer le reste de sa vie à trembler. Pas plus qu'elle ne disposait des ressources financières nécessaires pour disparaître de la circulation.

Non, il fallait en finir ici — exactement comme Claude le lui avait dit. Selon ses propres règles. Elle devait trouver l'or et, ensuite, quitter cet endroit à tout jamais. Sans un regard en arrière. Sans le moindre regret.

Cette idée lui fit remonter un sanglot dans la gorge. D'un geste rageur, elle essuya ses yeux qui se remplissaient de larmes. Voilà pourquoi elle n'avait pas voulu accepter l'aide de Jack, pourquoi elle avait refusé de succomber à son charme : parce qu'elle avait toujours deviné qu'il lui briserait le cœur.

Tout le matériel dont elle avait besoin se trouvait déjà dans le pick-up. Elle appela Lou, lui annonça que Bethany et lui devraient s'occuper du café sans elle. Puis elle prit la route en direction du vallon des Ackermann.

Jack pesta tout bas en constatant, à son arrivée au café, que le pick-up de Kate était parti. Il rebroussa chemin, furieux contre lui-même, contre Chantell et, surtout, contre Kate.

Elle ne lui avait même pas laissé une chance de s'expliquer. Quel fichu caractère ! Si elle lui avait seulement accordé le temps d'enfiler ses bottes et de se lancer à sa poursuite…

Percevant un léger bruit, il releva la tête et trouva Chantell toujours debout sur le seuil de sa cabane.

— Tu ne crois pas que tu en as fait assez pour ce matin ? fulmina-t-il.

— Ce n'est pas ma faute si Kate s'est fait de fausses idées, répondit-elle, sans chercher à dissimuler sa satisfaction. Jack, elle n'est pas comme toi et moi. Elle essaiera de te mettre la corde au cou.

— Alors que toi, tu veux seulement me planter tes éperons dans les côtes.

— Ça te plaisait, avant, répondit-elle, avec une fausse timidité.

— Je te répète que tu perds ton temps, affirma-t-il en l'écartant de son chemin. Je ne peux pas faire comme s'il ne s'était rien passé. Et ton père non plus.

— Tu te méprends sur son compte. Il m'a juré…

— Chantell, il t'a menti. La vérité va éclater au grand jour, et très bientôt. Tu ferais bien de t'y préparer.

Elle le regarda, interdite. Visiblement, jamais personne ne lui avait opposé un refus.

— Reconnais que je t'ai manqué, Jack. Quand tu auras réglé tout ça…

— Chantell, trouve-toi une autre bonne poire, d'accord ?

Comme elle lui emboîtait le pas vers l'intérieur de la cabane, il secoua la tête.

— Tu m'as complètement ignoré jusqu'à ce que tu te mettes en tête que je m'intéressais à une autre femme. Mais te jeter à mon cou ne sauvera pas ton père. Rien de ce que tu pourrais faire ne lui permettra de s'en tirer à bon compte, cette fois.

— Ce n'est pas vrai, Jack, gémit-elle en tendant les bras vers lui.

Il s'empara des clés de son pick-up.

— Je ne saurais être plus clair. Entre toi et moi, c'est fini depuis longtemps.

— Je ne te crois pas.

— Pourtant, tu devrais.

Il la repoussa.

— Tu ne vas pas courir après elle ! l'implora-t-elle.

— Je vais me gêner...

Kate n'avait parcouru que quelques kilomètres quand elle se rendit compte qu'elle avait pris la mauvaise route. Elle voulut faire demi-tour, mais s'enlisa dans une flaque de boue et ne réussit pas à se dégager.

Lasse et démoralisée, elle s'assit à l'ombre d'un arbre et pleura toutes les larmes de son corps. Puis elle s'endormit. L'après-midi touchait à sa fin lorsqu'elle se réveilla. Elle dénicha deux vieilles barres chocolatées dans la boîte à gants de son pick-up, les engloutit et remarqua que, pendant son sommeil, le soleil et le vent avaient séché la boue dans laquelle ses roues s'étaient enfoncées.

Cette fois, elle parvint à désembourber le pick-up sans problème. Avec le sentiment que la chance avait tourné en sa faveur, et constatant qu'il ferait jour pendant encore un bon moment, elle poursuivit sa route vers le vallon des Ackermann. Elle effectua ensuite la dernière partie du trajet à pied et s'arrêta non loin des ruines de la maison pour étudier la carte. Le papier avait jauni, s'était effrité, presque désintégré sous ses yeux. Elle l'examina, comme elle l'avait déjà fait d'innombrables fois auparavant.

Dans sa hâte, sa mère n'avait pas indiqué le nord ni le sud. Peut-être ignorait-elle où se trouvait le nord. Avec si peu d'indices — et quasiment aucun repère distinctif —, la carte était sans valeur, comme l'avait fait remarquer Jack.

— Le trésor est là, se répéta-t-elle tout haut, comme pour s'en convaincre.

Elle ne serait pas libre tant qu'elle ne l'aurait pas trouvé. Pourquoi Jack était-il incapable de comprendre une chose aussi simple ?

Qu'en feras-tu une fois que tu auras mis la main dessus ?

Elle n'y avait pas encore réfléchi, et dut se l'avouer. Mais en vérité, elle devait reconnaître que Jack avait peut-être raison. N'était-ce pas précisément pour cela qu'il croyait qu'elle lui préférait le trésor ?

Repoussant ces pensées, elle reporta son regard sur les montagnes.

Sur le croquis réalisé par sa mère figurait le ruisseau, ainsi que plusieurs gribouillis qui auraient pu représenter aussi bien des bâtiments que des rochers, ou même des bosquets d'arbres. Il y avait des douzaines d'endroits où le trésor aurait pu être enterré.

La première fois que Kate était montée jusque-là, elle avait essayé d'imaginer sa mère vivant en ces lieux. Claude n'avait possédé qu'un unique portrait de Katherina LaFond, dite Teeny.

La ressemblance lui avait immédiatement sauté aux yeux — tout comme elle avait frappé Loralee Clark sur l'unique photo que la vieille femme avait prise de Teeny.

— Cullen a dû se montrer irrésistible pour convaincre ma mère de venir habiter ici, dit-elle à voix haute, en contemplant ce qui avait été le cœur du domaine des Ackermann. Ou alors, il mentait comme un arracheur de dents.

Sentant une bouffée de colère monter en elle, elle se remit en route vers la maison. Comme lors de sa première visite, il régnait alentour un calme inquiétant. Nulle brise n'agitait les branches des pins ni ne murmurait dans les feuilles nouvelles des trembles. Les rayons ardents du soleil filtraient à travers les arbres. Tout en se faufilant entre les puits de chaleur, Kate se maudit une fois de plus d'être tombée amoureuse de Jack French.

L'image de Chantell sur le seuil de la cabane resurgit dans sa mémoire, déclenchant une douleur aiguë qu'elle s'efforça d'étouffer dans une flambée de colère. En vain. Alors qu'elle longeait les flancs de la bâtisse, elle décida de s'aventurer plus haut dans la montagne, vers une zone qu'elle n'avait pas encore explorée, avec l'espoir de trouver un peu de fraîcheur en altitude.

Elle s'arrêta à l'ombre de la maison pour éponger la sueur de son front et fit passer le détecteur de métaux dans son autre main. Il était trop tard pour se mettre à creuser, aussi n'avait-elle pas emporté sa pelle. Si d'aventure elle tombait sur quelque chose d'intéressant, elle se servirait du petit outil attaché à sa ceinture et marquerait l'endroit pour sa prochaine expédition.

Levant les yeux vers la montagne, elle changea subitement d'avis. Le dépit que lui inspirait Jack lui avait ôté toute volonté de se battre. Même si elle avait dormi une bonne partie de la journée, elle se sentit soudain épuisée. Tout ce qu'elle désirait, à présent, c'était rentrer chez elle, se rouler en boule dans son lit et dormir tout le reste de la semaine.

Tout bien réfléchi, le café lui donnait suffisamment de travail sans qu'elle aille passer son temps libre à escalader des montagnes et creuser la terre à la recherche d'un trésor. Tout cela pesait trop lourd sur ses épaules.

Elle s'apprêtait à tourner les talons pour regagner son pick-up lorsqu'un homme surgit de derrière la maison.

22

Kate était tellement perdue dans ses pensées qu'elle n'avait pas senti la présence de l'homme qui la guettait, tapi dans l'ombre. Ce ne fut qu'en le voyant bouger qu'elle se rendit compte de son erreur.

Lorsqu'il s'élança en avant, elle jeta de toutes ses forces le détecteur de métaux dans sa direction. L'appareil retomba par terre, après avoir frôlé l'inconnu sans ralentir le moins du monde son élan.

L'homme était costaud et bénéficiait de l'effet de surprise. Il la saisit à bras-le-corps et la renversa sur le sol pierreux, lui coupant la respiration.

Elle n'avait pas eu le temps de se procurer un autre pistolet pour remplacer celui qui avait été dérobé dans son appartement. De toute façon, il ne lui aurait servi à rien.

L'inconnu l'avait clouée au sol avec une telle rapidité qu'elle n'aurait pas eu la possibilité d'utiliser son arme. Sans compter que son adversaire n'aurait pas manqué de s'en emparer pour la retourner contre elle.

— Merde alors ! s'exclama-t-il. Tu lui ressembles comme deux gouttes d'eau !

Elle profita de sa surprise pour tâcher de se débarrasser de son agresseur, et y parvint presque en le repoussant violemment contre le côté de la maison.

Il poussa un cri au moment où son épaule heurta les fondations de pierre.

— Salope ! lança-t-il.

Il lui saisit les poignets et s'assit à califourchon sur elle. Il avait le visage étroit, les yeux noirs et rapprochés, les joues grêlées.

— Lâchez-moi ! cria-t-elle.

Elle se débattit de nouveau pour tenter de le faire basculer, mais avec moins de succès, cette fois.

Il lui lâcha un poignet, le temps de la gifler à toute volée.

De sa main libre, elle essaya de le frapper à la tête, avec pour seul résultat de se retrouver écrasée sous son poids.

Elle sentit son haleine âcre contre son visage. A lutter ainsi, avec une telle rage, tous deux étaient à bout de souffle.

— C'est ta faute si je vis ici, comme une bête, fulmina-t-il, avec force postillons.

Il réussit de nouveau à lui immobiliser les bras.

— Cecil disait qu'il fallait attendre notre heure, reprit-il avec un grognement. Le bon moment ! Tu parles ! « Si elle n'est pas capable de le trouver, comment est-ce que nous, on y arrivera ? »

Il avait prononcé ces derniers mots d'une façon qui, devina-t-elle, imitait la manière de parler de son frère.

— Je lui ai dit que tu te foutais sûrement de notre gueule, ajouta-t-il.

Détectant un brusque changement dans son expression, elle craignit soudain pour sa vie.

— Vous êtes Gallen, pas vrai ? Je ne me suis jamais moquée de vous.

— Je lui ai dit que même si tu cherchais vraiment

le magot, j'étais sûr qu'on le retrouverait avant toi. On connaissait cette région. Pas toi.

Kate comprit qu'il tentait de se justifier à ses propres yeux : son frère aîné lui avait sans doute interdit de s'en prendre à elle et, manifestement, il n'avait tenu aucun compte de ses ordres.

— Cecil dit qu'il a vu ta mère dessiner une carte. C'est ce qu'elle a fait, non ?

La gorge sèche, Kate déglutit avec difficulté.

— Tu l'as sur toi, hein ? poursuivit-il. Evidemment.

Il jeta un coup d'œil vers son sac à dos. Elle le portait en bandoulière sur une épaule, au moment où il l'avait renversée à terre. La lanière s'était détachée, et le sac était tombé un peu plus loin.

Elle sut alors qu'il allait la tuer. Mais d'abord, il devait s'assurer qu'elle avait apporté la carte avec elle. S'il la supprimait sans pour autant récupérer le plan, il risquait d'avoir de sérieux problèmes avec son frère, et cela, il devait évidemment en avoir conscience.

Il lui releva les bras au-dessus de la tête et, d'une main, agrippa ensemble ses poignets, se figeant quelques secondes, le temps de voir s'il serrait suffisamment fort pour l'empêcher de remuer.

Elle ne résista pas. Elle attendit qu'il attrape le sac à dos et le tire vers lui pour en ouvrir la fermeture à glissière.

Le sac contenait une grande bouteille d'eau, des gants, une serviette pour se débarbouiller dans le ruisseau avant de retourner en ville, un couteau de poche, sa collection de cartes topographiques, un petit GPS et la caméra infrarouge qu'elle avait achetée.

Elle s'efforça de ne pas penser à ce qu'il lui ferait quand il s'apercevrait que le plan n'y était pas.

Pendant qu'il vidait entièrement le sac et entreprenait

de trier les cartes, elle s'employa à échafauder un plan. Elle savait qu'elle aurait une seule chance de s'en sortir. Il n'était pas question de la rater.

Au moment où Gallen avait déplacé sur le côté la masse de son corps pour atteindre le sac à dos, elle avait senti la mini-pioche attachée à sa ceinture. Le manche s'enfonçait dans sa hanche, là où il avait glissé lors de sa chute.

Gallen s'attaqua avec maladresse à l'ouverture de la poche latérale du sac — le dernier endroit qu'il n'avait pas encore inspecté. Aux prises avec la glissière, il peinait à maintenir son équilibre.

Kate comprit que c'était l'instant ou jamais. D'un violent coup de reins, elle repoussa son adversaire vers le sac à dos et tenta de libérer ses poignets.

La brusquerie de son geste le prit par surprise et, le corps déjà incliné en position instable, il s'affala sur le côté sans pouvoir se rattraper.

Dès qu'elle eut dégagé une de ses mains, elle s'empara de l'arme de fortune accrochée à sa ceinture. La lanière en scratch s'ouvrit sans difficulté.

Elle sortit le petit outil à lame pointue de son étui, roula sur le flanc et ramena tant bien que mal ses pieds sous elle.

C'est alors que Gallen lança son poing et l'atteignit en plein dans la tempe. Elle sentit sa peau se déchirer, le sang commencer à lui dégouliner dans les yeux. Elle ne s'était pas aperçue qu'il s'était emparé du couteau dans son sac.

Il se jeta sur elle, brandissant son arme d'une main, essayant de l'empoigner de l'autre. La lame du couteau la manqua de peu. Instinctivement, elle se rua à son tour en avant et lui asséna un grand coup de mini-pioche.

Le son produit par l'outil de fer heurtant l'os fut

aussitôt suivi d'un cri effroyable. Sous la violence du choc, la lame s'était profondément enfoncée dans le bras de Gallen, et Kate avait lâché son arme. Poussant un autre hurlement, il l'arracha de sa blessure, une lueur meurtrière dans le regard.

Kate recula en chancelant, atterrée par ce qu'elle venait de faire et plus terrifiée encore par ce qu'elle serait obligée de commettre si elle voulait s'en sortir vivante. Essuyant le sang de ses yeux, elle aperçut une pelle appuyée contre le mur de la maison. Ce n'était pas la sienne. Comme elle s'en saisissait d'un geste vif, elle comprit que Gallen l'avait utilisée pour creuser avant qu'elle ne vienne le déranger dans ses activités.

Il bondit alors sur elle. Elle leva la pelle et l'abattit de toutes ses forces. Le manche vibra dans ses mains lorsque la lame retomba sur le crâne de son agresseur, dans un fracas qui allait la hanter pour le reste de ses jours. Une secousse ébranla le corps tout entier de son adversaire, et il tomba comme une pierre sur le sol. Un son pitoyable s'échappa de ses lèvres, puis il demeura silencieux.

Elle se tint quelques secondes au-dessus de lui, le souffle court, la pelle toujours à la main. Elle avait vu trop de films dans lesquels l'héroïne abandonnait son arme, tournait le dos à l'assassin, et se faisait de nouveau attaquer par l'homme qu'elle avait cru mort.

Gallen ne bougeait plus. De l'endroit où elle se trouvait, elle ne pouvait voir sa poitrine se soulever et s'abaisser — et elle n'allait certainement pas risquer de faire un pas de plus pour s'en assurer.

Une chasse à l'homme avait été lancée pour retrouver Cecil Ackermann, porté disparu et, selon toute vraisemblance, sérieusement amoché. Frank restait en contact permanent avec ses adjoints, mais il n'y avait toujours aucun signe de vie du fugitif. Ni de son frère Gallen.

A mesure que le temps passait, Frank espérait que tous deux avaient quitté le comté. Non qu'il s'attendît, pour autant, à ne plus jamais les revoir.

Il faisait réchauffer de la soupe sur sa cuisinière lorsque le téléphone sonna. C'était la standardiste du central téléphonique de la police. Elle lui expliqua qu'elle n'avait pu joindre aucun de ses adjoints, mais qu'un rancher de la région avait appelé pour dire que, en passant en voiture devant la maison de Loralee Clark, il avait aperçu une lueur dans le vallon des Ackermann.

— Depuis quelque temps, j'avais remarqué des lumières dans le vallon à plusieurs reprises, lui avait raconté la vieille femme. J'ai cru que mon imagination me jouait des tours. Mais hier soir, en les revoyant, j'ai décidé de mener ma petite enquête.

— Je vais monter y jeter un œil, dit-il à la standardiste, tout en retirant sa casserole du feu.

Il avait déjà dépêché des adjoints sur place pour surveiller les alentours du vallon, mais leur avait expressément ordonné de ne pas franchir la clôture.

Il se mit en route vers l'ancienne propriété des Ackermann. L'idée de tomber sur l'une des mines dont Cullen avait truffé son terrain ne le préoccupait pas trop. L'armée avait dû en désamorcer la plupart, sinon la totalité. Non, ce qu'il l'inquiétait davantage, c'était que dans l'éventualité où les fils Ackermann seraient revenus vivre sur les terres du domaine, ils n'aient installé de nouveaux pièges.

Il ne pouvait donc prendre le risque d'envoyer l'un de ses adjoints dans la gueule du loup. Il se rappelait trop le sentiment de culpabilité qui avait rongé son père à la suite de l'assaut lancé trente ans plus tôt.

Comme il suivait la route en direction du vallon, il remarqua des empreintes de pneu sur le chemin de terre qui longeait la clôture. Il s'engagea sur la piste, passant devant plusieurs pancartes interdisant de pénétrer dans la propriété.

Visiblement, les panneaux n'avaient pas suffi à décourager les curieux, constata-t-il en s'arrêtant à un endroit où les fils de fer barbelés avaient été sectionnés. Des traces étaient encore visibles, là où un véhicule avait fait demi-tour. Plus d'une fois. S'agissait-il de Kate ? Ou des Ackermann ?

Il porta son regard vers la maison, mais le bois de pins était trop épais pour qu'on puisse distinguer la moindre lumière. La dernière chose dont il avait envie, c'était de se risquer sur ces terres. Or, si Cecil et Gallen Ackermann s'étaient réfugiés là-haut, il se pouvait fort bien qu'ils s'y trouvent encore.

Frank prit son fusil, descendit de voiture et se faufila dans la brèche de la clôture. Deux séries d'empreintes de pas étaient repérables dans la poussière du chemin : celles laissées par des bottes d'hommes, d'autres appartenant à ce qui devait être des chaussures de femme ou d'homme de petite taille.

Aussi silencieusement que possible, Frank se fraya un chemin parmi les pins. Une brise légère murmurait dans les hautes branches. Même dans la pénombre du crépuscule, la chaleur pesait encore sur le vallon comme une lourde chape. A quelques mètres de la maison, Frank s'immobilisa, et les petits cheveux sur sa nuque se hérissèrent.

Quand il était enfant, déjà, cet endroit lui faisait froid dans le dos.

Portée par la brise, une odeur familière lui parvint. Son estomac se souleva. Rien ne ressemblait tout à fait à l'odeur de la mort, et il avait toujours trouvé qu'une mort violente sentait plus fort que les autres.

Il s'avança de quelques pas. Par l'ouverture de la porte, on ne voyait qu'un trou noir s'enfonçant dans les profondeurs de la maison. Un autre bruit le fit sursauter. Une rafale de vent secoua la porte, qui grinça en raclant le plancher usé. Frank se figea de nouveau.

Ses nerfs étaient tendus comme des cordes de piano, ses mains moites sur la crosse de son fusil. La sueur ruisselait sur son visage. Il l'essuya d'un geste de la main.

Il pensa alors à sa fille, et son cœur se serra douloureusement. Il commençait à peine à la connaître et, soudain, il avait peur de se faire tuer, ici, dans ce vallon perdu, et de ne plus jamais passer un moment avec elle.

Prenant son courage à deux mains, il tourna au coin de la maison.

Kate entra d'un pas chancelant dans l'arrière-salle du café. Seule une petite lumière près de la chambre froide luisait faiblement. Sans allumer d'autres lampes, elle marcha droit vers l'évier, ouvrit le robinet et attrapa une serviette qu'elle mouilla pour s'en tamponner doucement le front. L'eau froide lui fit du bien. Mais en retirant le linge humide, elle s'aperçut qu'il était couvert de sang.

Pendant quelques secondes, elle s'agrippa au bord de l'évier, attendit que l'étourdissement s'estompe. Elle avait encore mal à la tête, mais au moins elle ne voyait plus double. Quelle imprudence d'avoir effectué, dans cet état, tout le trajet du retour au volant de son pick-up ! Mais elle n'avait pensé qu'à une chose : regagner le café.

Des larmes lui voilaient les yeux. Qu'avait-elle fait ? L'avait-elle tué ?

Il t'aurait massacrée si tu ne l'en avais pas empêché. C'était vrai, difficile de le nier… Il n'en restait pas moins que cette idée la rendait malade.

— Je laisse tomber, Claude, dit-elle en s'adressant à la salle déserte.

Cependant, qu'elle s'obstine dans sa chasse au trésor ou renonce, elle savait que l'homme reviendrait lui régler son compte. A moins qu'elle ne l'ait fait passer de vie à trépas.

Et dans ce cas, son frère prendrait la relève.

Cette histoire était loin d'être terminée.

En entendant la porte de derrière s'ouvrir, elle se retourna, adossée à l'évier. Elle se rendit compte avec horreur qu'elle avait omis de refermer la porte à clé. Et qu'elle était désarmée.

Jack apparut sur le seuil. Il fallut au cœur de Kate quelques instants pour cesser de battre à tout rompre, comme s'il avait voulu bondir hors de sa poitrine.

— Salut, dit Jack.

Il plissa les paupières pour mieux la voir. Mais elle devina qu'il ne pouvait distinguer rien de plus qu'une vague silhouette, dans la pénombre où elle se tenait.

— Je regrette que tu te sois sauvée si vite, ce matin.

— Ah ?

— J'ai essayé de te rattraper. Je t'ai cherchée partout… Ecoute, à propos de Chantell et moi…

Il s'avança d'un pas.

— Ça ne me regarde pas, laissa-t-elle tomber.

Elle s'enfonça dans l'obscurité de la salle. Elle préférait qu'il ne la voie pas ainsi. Surtout, elle ne voulait pas avoir besoin de lui. Et, par-dessus tout, elle refusait de se jeter dans ses bras, de le supplier de la tenir serrée contre lui jusqu'à ce que s'atténue le tremblement convulsif qui s'était emparé d'elle.

— Bon sang ! Kate, je n'ai plus aucune relation avec Chantell Hyett ! Pour être franc, je ne peux plus la supporter. Elle n'est venue chez moi que pour me parler de son père. C'est une longue histoire. Quant à ce baiser, eh bien… je n'y suis pour rien. J'ai voulu te courir après, mais tu as filé si vite…

Il fit un autre pas en avant.

— Qu'es-tu venu faire ici, Jack ? demanda-t-elle.

Alors seulement, il vit la serviette ensanglantée qu'elle avait laissée tomber sur le bord de l'évier.

— Kate ?

Il s'approcha, la tira par le bras vers le cercle de lumière près de la porte.

— Mon Dieu, qu'est-ce qui t'est arrivé ?

Elle déployait des efforts surhumains pour ne pas s'effondrer, mais à l'instant où il la prit dans ses bras, elle éclata en sanglots sans pouvoir s'arrêter. Jack la souleva de terre et l'emporta à l'étage. Il ouvrit d'un coup de pied la porte de la salle de bains, la remit sur ses jambes le temps d'allumer et d'ouvrir le robinet de la douche.

En surprenant son reflet dans le miroir, Kate faillit s'évanouir. Elle était couverte de sang. Jack ne prit même pas la peine de retirer ses bottes avant d'entrer avec elle dans la cabine de douche.

L'eau chaude lui inonda le visage, entraînant avec elle des filets de sang noir. Jack la maintint debout jusqu'à ce que tous deux soient complètement trempés, et que l'eau qui s'écoulait en tournoyant soit de nouveau limpide. Alors, il la déshabilla et l'enveloppa dans son peignoir. Il fouilla dans l'armoire à pharmacie et appliqua un pansement sur l'entaille au-dessus de son œil gauche.

Puis il la porta jusque dans sa chambre, l'étendit avec précaution sur le lit et lui promit de revenir sans tarder. Elle crut l'entendre parler au téléphone, mais, quelques minutes plus tard, il revint dans la pièce, une serviette autour des reins.

Elle avait cessé de pleurer, même si elle ne se rappelait pas à quel moment exactement. La vue de Jack éveilla en elle un besoin plus intense qu'aucun de ceux qu'elle avait jamais ressentis.

— Raconte-moi ce qui s'est passé, dit-il en s'allongeant près d'elle sur le lit.

Elle effleura son beau visage, caressa du bout des doigts ses fortes mâchoires, ses lèvres. Le souvenir de ces lèvres sur les siennes…

Un coup frappé à la porte la fit sursauter. Elle retira vivement sa main.

— C'est lui, souffla-t-elle d'une voix cassée par la frayeur, le cœur battant à coups redoublés.

— Ce n'est que Carson. Je l'ai appelé pour lui demander de m'apporter des vêtements de rechange et m'aider à t'emmener à l'hôpital.

— Je n'ai pas besoin d'aller à l'hôpital, protesta-t-elle.

Il lui entoura le visage de ses mains en coupe, plongeant son regard dans le sien.

— Si, Kate. Tu dois te faire poser des points de suture, et j'ai peur que tu n'aies subi aussi une commotion cérébrale.

Décontenancée, elle le regarda se lever pour aller ouvrir la porte. Il revint peu après, habillé de propre, et l'emporta vers le pick-up de Carson pour la conduire à l'hôpital de Big Timber.

Frank scrutait à présent le visage du mort. Le vent qui gémissait dans la cime des pins lui donnait la chair de poule. La température dégringolait rapidement, et il ferait bientôt noir comme dans un four, dans ce maudit vallon. Il ne pouvait se défaire de l'impression qu'il n'était pas seul. Pourtant, après avoir appelé le coroner et réclamé du renfort, il avait inspecté le périmètre autour de la maison et n'avait trouvé âme qui vive.

Vu sa ressemblance avec Darrell, le mort était sans conteste l'un des frères Ackermann. Il avait ce même visage étroit de fouine, les mêmes yeux noirs rapprochés. Une tête de tueur, songea Frank.

Sauf que quelqu'un l'avait tué en premier.

La victime, semblait-il, avait été mêlée à une altercation avant que son adversaire ne mette un terme définitif à la bagarre. Un objet muni d'un manche rouge, ressemblant à une petite pelle, était planté dans la poitrine du cadavre.

— Qu'est-ce que c'est que cet endroit ? demanda Charlie Brooks derrière lui.

Frank n'avait pas entendu arriver le coroner adjoint. Il ne put réprimer un violent tressaillement.

— Désolé, je ne voulais pas vous faire peur, dit Charlie.

— C'est à cause de cette maison, expliqua Frank. Je ne sais pas si vous avez entendu parler du vallon des Ackermann.

— Les urgentistes m'ont fait un résumé par radio, répondit Charlie.

Il jeta un coup d'œil vers le cellier creusé dans la colline derrière la maison, et frissonna.

— C'est là qu'on a découvert sa première femme ?

Frank hocha la tête.

— Elle était dans un tel état quand on l'a retrouvée qu'elle est morte peu après. Mon père s'est toujours reproché de ne pas avoir effectué une perquisition plus tôt.

— Et la seconde femme est morte, elle aussi ?

— Tuée par un piège de son soi-disant mari.

Charlie promena son regard autour de lui, comme s'il s'attendait qu'une mine explose à tout moment. Ou peut-être pis encore, que le fantôme d'un des membres de cette famille de cinglés surgisse brusquement. Frank connaissait cette impression.

— Et la victime est l'un des fils Ackermann ?

— Je ne sais pas bien duquel il s'agit. J'espère que c'est celui qui a mis à sac la maison de Loralee Clark, celui qu'elle a blessé avant qu'il prenne la fuite. Il a une plaie à la tête, mais il pourrait avoir reçu cette blessure au cours la bagarre où il a trouvé la mort.

— En tout cas, l'arme du crime ne fait aucun doute.

Charlie s'accroupit près du corps.

— Qu'est-ce que c'est que ce truc ?

— Je n'en ai aucune id…

Frank s'interrompit net. Un souvenir venait de refaire surface dans sa mémoire. L'autre jour, alors qu'elle quittait le café, il avait vu Kate LaFond porter un objet similaire attaché à sa ceinture. Un outil à manche rouge.

— Aucune idée, dit-il pour achever sa phrase. Mais je crois savoir d'où ça vient.

23

Kate se réveilla pour trouver Jack endormi au chevet de son lit d'hôpital. Elle porta la main à son front, et palpa le pansement. Elle se sentait désorientée, ne savait plus où elle était. Une brise légère entrait par la fenêtre partiellement ouverte de sa chambre en rez-de-jardin.

Au mouvement qu'elle fit, Jack ouvrit les yeux et lui sourit.

— Tu es resté ici toute la nuit ? s'étonna-t-elle.

— Comment te sens-tu ? demanda-t-il, sans répondre à sa question.

— J'ai mal à la tête.

— Le toubib a dit que tu avais subi une légère commotion. Avec, en plus, l'entaille à ton front et la perte de sang, ça ne m'étonne pas que tu aies mal au crâne !

— En fait, tu n'arrêtes pas de me sauver la vie, n'est-ce pas ?

— Ça doit être ma vocation, répondit-il en se levant pour s'approcher du lit.

Il prit sa main dans l'une des siennes et, de l'autre, lui repoussa les cheveux du front.

Devant tant de douceur, tant de gentillesse, elle sentit les larmes lui monter aux yeux. Elle s'efforça néanmoins de les retenir.

— As-tu le moindre souvenir de ce que je t'ai dit hier soir avant de t'emmener à l'hôpital ? reprit-il.

Non, bien sûr, elle n'avait pas oublié. Elle secoua faiblement la tête. Ce simple geste lui causa une horrible nausée.

— Je ne sors plus avec Chantell, je ne la fréquente plus depuis ma sortie de prison et je n'ai aucune envie de la revoir. Elle a débarqué chez moi et essayé d'user de son… charme pour me dissuader de me retourner contre son père.

— Son charme, hein ? répéta Kate avec un sourire, avant de prendre la pleine mesure des propos de Jack. Tu as l'intention de t'attaquer au juge ?

— C'est déjà fait. Mais ne t'inquiète pas, j'utilise des moyens tout à fait légaux. Hyett était derrière les accusations montées de toutes pièces contre moi. Il voulait me voir sortir de la vie de sa fille. Alors, il n'a rien trouvé de mieux que de m'expédier sous les verrous pendant deux ans.

— Apparemment, sa tactique n'a pas obtenu le résultat escompté.

Il esquissa un geste de dénégation.

— Entre Chantell et moi, il n'y a jamais rien eu de sérieux. La seule raison pour laquelle elle m'a embrassée, l'autre jour, pendant que je marquais le bétail, c'est qu'elle voulait te rendre jalouse. Elle ne supporte pas l'idée que j'aie fait une croix sur notre relation. Chantell s'imagine que tous ses ex-petits amis se doivent de dépérir loin d'elle.

— Mais pas toi, remarqua Kate avec calme.

— Non, pas moi.

— Jack, ce qui s'est passé dans ta grange… ça n'avait rien à voir avec…

— Excusez-moi.

D'un même mouvement, ils tournèrent la tête et s'aperçurent qu'une infirmière attendait, debout dans l'encadrement de la porte.

— Je vais vous demander de bien vouloir sortir pendant quelques instants, dit-elle à Jack. Je dois examiner la patiente.

Comme Jack relâchait doucement sa main, Kate serra la sienne plus fort. Il soutint un instant son regard puis sourit, inclina légèrement la tête et quitta la chambre.

— Où est Mme LaFond ? demanda le shérif, le lendemain matin, à Bethany qui apportait leur petit déjeuner à toute une tablée d'habitués.

— Je ne sais pas, répondit la serveuse en jetant un coup d'œil par-dessus son épaule en direction de la cuisine. Lou est peut-être au courant.

Elle repartit avec son plateau chargé d'assiettes pleines à ras bord, et Frank se dirigea vers la cuisine où Lou s'activait à ses fourneaux.

— Je cherche Mme LaFond, dit-il.

Lou leva les yeux du gril sur lequel il faisait cuire en même temps galettes de pomme de terre, œufs, pancakes, saucisses et bacon.

— Elle a pris une journée de congé, répondit le cuistot.

Il retourna les pancakes à l'aide d'une large spatule puis ajouta un peu de graisse sur la plaque pour faire griller une nouvelle fournée de galettes.

Frank coula un regard à travers la porte à moustiquaire et vit le pick-up de Kate garé dans l'arrière-cour. Au moment où il s'apprêtait à sortir, quelque chose attira son attention. Il s'arrêta net.

— Quelqu'un s'est coupé ? demanda-t-il à Lou, en

désignant du doigt une serviette tachée de sang près de la machine à laver.

— Pas moi, répondit le cuisinier sans le regarder. Vous devriez peut-être interroger Bethany.

Non, c'était Kate que Frank désirait interroger. Il sortit et remarqua que la portière du côté conducteur du pick-up était entrouverte.

Tout en extirpant de sa poche une paire de gants en latex, il s'approcha du véhicule. Il glissa un regard à l'intérieur, et remarqua la présence d'une tache sur le siège. Au moment où il ouvrit en grand la portière, une forte odeur de sang assaillit ses narines.

Il regagna la cuisine, prit un sac-poubelle neuf et y fourra la serviette ensanglantée. Trop occupé par ses commandes, Lou ne s'aperçut de rien.

Après avoir déposé la pièce à conviction dans sa voiture de patrouille, Frank grimpa l'escalier jusqu'à l'appartement de Kate. Il frappa. Pas de réponse. Il était prêt à défoncer la porte, tant son inquiétude n'avait fait que croître, depuis la découverte de la serviette et du sang sur le siège du pick-up.

La sonnerie de son téléphone portable retentit à ce moment. Voyant que l'appel provenait du central de la police, il décrocha.

— Un homme correspondant à la description de Cecil Ackermann a été vu au coin de Hooper Street et de la 9e Avenue, à Big Timber. Un adjoint est en route, mais vous aviez demandé à être prévenu au moindre signalement.

Avant qu'il ait eu le temps de répondre, Bethany apparut au pied de l'escalier.

— Elle n'est pas là-haut, dit-elle. Jack vient d'appeler. Elle est à l'hôpital.

Et, sans plus d'explication, la serveuse se hâta de retourner à son travail.

— Shérif, vous êtes toujours là ? demanda la standardiste.

— Oui, oui.

Cette histoire ne tenait pas debout. Il doutait fort que Cecil Ackermann soit tranquillement en train de flâner dans les rues de Big Timber.

— Tenez-moi informé.

— Loralee Clark est aussi venue pour identifier le corps.

Frank pesta entre ses dents. Il avait complètement oublié que la vieille femme s'était proposée pour une identification du cadavre. A sa connaissance, Cecil Ackermann était étendu dans un tiroir de la morgue, une étiquette accrochée au gros orteil.

— Dites-lui que j'arrive.

Il regagna son véhicule. Préoccupé par la pensée de Kate et de tout le sang qu'il avait trouvé dans son pick-up, il appela un de ses adjoints pour lui demander de passer à l'hôpital, afin de s'assurer que la jeune femme allait bien et qu'elle ne partirait pas avant qu'il ait eu le temps de lui parler.

En arrivant à la morgue, il trouva Loralee qui l'attendait avec impatience. S'il avait craint une seconde qu'elle soit dégoûtée par la vue du cadavre, il s'était fait inutilement du souci. Elle jeta un œil sur le corps et affirma :

— Ce n'est pas lui.

— Vous ne voulez pas regarder de plus près ?

— Non, répliqua-t-elle promptement, avant de pincer les lèvres en secouant la tête d'un air catégorique. J'y vois encore parfaitement. Ce n'est pas l'homme de l'autre fois. Croyez-moi, je l'ai bien regardé. Je dirais qu'il s'agit plutôt de son frère, Gallen. Celui que j'ai estourbi était Cecil, ajouta-t-elle d'un ton agacé. Vous ne lui avez pas encore mis la main au collet ?

— Non, pas encore.

Le standardiste du central ne l'avait toujours pas recontacté à propos du signalement de cet individu qui ressemblait aux frères Ackermann.

Loralee esquissa une moue de mécontentement.

— Eh bien, je vous suggère de vous y mettre sans tarder. Aucun de nous n'est en sécurité tant qu'il sera en cavale. En particulier Kate LaFond.

Il eut envie de rétorquer qu'aucun des Ackermann ne serait à l'abri avec Kate LaFond en liberté, quand, brusquement, il se souvint de l'adresse où, d'après le central de la police, on avait repéré Cecil Ackermann.

L'endroit en question ne se trouvait qu'à deux pâtés de maisons de l'hôpital.

Jack suivit le couloir qui menait à la cafétéria, pressé par un besoin urgent de caféine. Il avait peu dormi, la nuit précédente. Kate avait frôlé la mort. Elle avait déliré durant tout le trajet jusqu'à l'hôpital, mais il ne pouvait oublier ce qu'elle lui avait raconté sur sa vie, sur Claude, sur les sentiments qu'elle éprouvait à son égard.

Il s'attachait à se convaincre de ne pas ajouter foi aux divagations de la jeune femme, surtout à la partie concernant cet homme qu'elle disait avoir tué.

— C'était l'un des frères Ackermann, avait-elle affirmé. D'abord, je ne l'ai pas vu, puis…

Elle avait fondu en larmes, mais il avait réussi à saisir quelques bribes de son récit, même entrecoupées de sanglots, assez en tout cas pour se faire une idée du sens général.

— Il était étalé par terre. Je n'ai pas osé vérifier, mais je suis sûre qu'il était mort.

Alors que Jack avait été ravi de l'entendre avouer ses sentiments réels pour lui — à supposer qu'elle ait dit la vérité —, il se refusait à croire qu'elle avait tué quelqu'un, quand bien même il se serait agi d'un cas de légitime défense. Sans doute racontait-elle n'importe quoi, sous l'effet du choc.

A leur arrivée à l'hôpital, le médecin avait confirmé que Kate souffrait d'une commotion et avait perdu beaucoup de sang. Il avait fallu quinze points de suture pour recoudre l'entaille sur son front. A ce moment-là, plus personne ne parvenait à comprendre ses divagations.

Jack sentait toujours son cœur se serrer au souvenir de l'état dans lequel il avait trouvé Kate, la veille au soir. Que lui serait-il arrivé s'il n'était pas parti à sa recherche ?

Secouant la tête à ce souvenir effrayant, il entra dans la cafétéria et fonça droit vers le distributeur de boissons.

— Jack ?

Il se retourna. C'était Carson. Jack n'avait jamais été aussi heureux de voir son ami. A tour de rôle, ils retirèrent un gobelet de café de la machine, puis allèrent s'installer à une petite table dans un coin.

Même si la salle était quasiment vide, Carson regarda autour de lui et chuchota :

— J'ai entendu dire que le shérif et le coroner sont allés dans le vallon des Ackermann, hier soir. Apparemment, ils en ont ramené quelqu'un dans une housse mortuaire.

Jack fut pris d'un haut-le-cœur. Se pouvait-il que Kate ne lui ait dit que la stricte vérité ?

— Veux-tu que j'appelle Arnie Thorndike ? proposa Carson.

En tant que juriste, Arnie ne payait certes pas de mine, mais cela ne l'empêchait pas, semblait-il, de bien connaître son métier. Du moins avait-il été, à une époque, un très bon avocat.

— Laisse-moi d'abord parler à Kate.

En entendant s'ouvrir la porte de sa chambre d'hôpital, Kate leva les yeux, s'attendant à voir Jack. Le sourire qui s'était instantanément formé sur ses lèvres s'évanouit dès que l'homme entra dans la pièce. Il ressemblait tellement à l'individu qui l'avait attaquée dans le vallon que, l'espace d'un instant, elle crut que c'était lui, revenu d'entre les morts.

Kate tendit le bras pour attraper le bouton d'appel, mais l'homme fut plus rapide qu'elle, saisit l'appareil et le jeta hors de sa portée. Puis il s'empara d'une chaise et la coinça sous la poignée de la porte, le tout avec une telle rapidité qu'elle n'eut pas le temps de crier. Se ruant de nouveau vers le lit, il lui couvrit la bouche d'une main et lui enfonça la tête dans l'oreiller.

Kate tenta de se débattre, mais elle était encore très faible, et lui, beaucoup trop fort pour elle. Il était plus grand que l'homme qui l'avait assaillie dans le vallon, comme elle eut à peine le temps de le remarquer. Mince mais vigoureux, avec des bras très musclés. Il avait le même visage étroit et grêlé, les mêmes petits yeux rapprochés, la même haine dans le regard que son agresseur. Son front s'ornait d'une bosse de la taille d'un œuf d'oie et, dans sa main, il tenait un pistolet, celui qu'il avait dérobé chez elle après avoir saccagé son appartement.

— Salut, sœurette ! lança-t-il. Tu ne te souviens probablement pas de moi. Cecil Ackermann ? Quand tu étais petite, je te pinçais pour que tu pleures, histoire de faire enrager Teeny.

Il émit un ricanement et reprit :

— Mais le temps presse, ce n'est pas le moment de nous attarder sur nos souvenirs d'enfance, tu es d'accord ? Où est la carte ?

Elle essaya de secouer la tête.

— Je vais retirer ma main de ta bouche, mais si tu cries, je te brise la nuque comme une brindille. Tu ne m'en crois pas capable ?

Si, évidemment, se dit Kate. A n'en pas douter, il savait que la carte n'avait aucune utilité, vu qu'elle n'avait toujours pas découvert le magot. Mais, dans son arrogance, il devait présumer que, une fois en possession de la carte, il saurait bien mieux qu'elle la déchiffrer.

— Alors, maintenant, tu me le dis à l'oreille, continua-t-il. Où est la carte ?

Il enleva sa main. L'espace d'un instant, elle avait envisagé de se mettre à hurler à pleins poumons, mais s'était ravisée. Jack reviendrait bientôt. Elle devait se débarrasser de cet homme avant son retour. Si seulement elle arrivait à l'embobiner…

— Je l'ai perdue dans le vallon.

L'incrédulité et la fureur tordirent les traits de Cecil en une horrible grimace.

— J'étais retournée là-bas pour la chercher quand je suis tombée sur votre frère, ajouta-t-elle.

Se rappelant que l'infirmière avait rempli d'eau un grand pichet de verre, sur la table de chevet, elle fit glisser sa main sous les couvertures en direction du petit meuble.

— Et tu espères que je vais gober ça ? gronda-t-il à voix basse, alors que quelqu'un tentait d'ouvrir la porte.

— C'est la pure vérité.

Elle coula un regard furtif vers la fenêtre et vit que le shérif venait de se garer sur le parking et descendait de son véhicule. Mais au moment où elle reporta les yeux sur Cecil Ackermann, elle prit conscience qu'elle ne s'en tirerait pas à si bon compte. Il allait la tuer — sans doute en rêvait-il depuis des années. La seule chose qui l'avait retenu, jusque-là, c'était l'espoir qu'elle trouverait le trésor à sa place.

Sa main n'était plus qu'à quelques centimètres de la cruche, lorsqu'on se mit à frapper à la porte. Il n'en fallut pas davantage pour distraire un instant l'attention de Cecil.

Kate saisit l'anse du pichet. Le récipient était lourd, et son bras encore faible, mais elle réussit à le soulever et à le lancer à la figure de son agresseur. Elle ne s'était même pas rendu compte qu'elle avait crié pour appeler à l'aide. Sa voix remplit la pièce en même temps que son arme improvisée atteignait Cecil en pleine tête.

Il poussa un beuglement de douleur et l'attrapa à la gorge. Il l'aurait étranglée ou lui aurait brisé la nuque, comme il l'en avait menacée, si, au même moment, la porte ne s'était ouverte avec fracas.

Du coin de l'œil, Kate vit Jack et Carson s'engouffrer dans la chambre. Cecil fit volte-face et sauta par la fenêtre à travers la moustiquaire. Elle le vit atterrir sur ses pieds, se relever et prendre ses jambes à son cou. L'instant d'après, elle était dans les bras de Jack, qui la serrait contre lui et lui demandait si elle n'avait rien.

— Je vais bien, maintenant…, murmura-t-elle, la tête enfouie contre sa poitrine. Je vais bien.

— Nous avons mis le grappin sur Cecil, annonça le shérif quelques heures plus tard, après avoir approché une chaise du lit de Kate pour s'y installer. Comment vous sentez-vous ?

— Je survivrai, répondit-elle.

— J'ai besoin de vous poser quelques questions.

Frank n'avait pas manqué de remarquer la pâleur de la jeune femme, mais au fond cela n'avait rien d'étonnant, vu que, selon les dires de Jack French, elle avait failli se faire tuer deux fois au cours des dernières vingt-quatre heures. Il avait déjà entendu le récit de Jack. A présent, il voulait connaître sa version de l'histoire.

— Décrivez-moi ce qui est arrivé. Commencez donc par ce qui s'est passé dans cette pièce aujourd'hui.

Il alluma l'enregistreur numérique et écouta Kate lui expliquer comment Cecil avait fait irruption dans sa chambre, avait bloqué la porte et l'avait menacée de lui tordre le cou si elle criait.

Quand elle eut terminé, il déclara :

— Maintenant, racontez-moi l'incident qui a eu lieu dans le vallon hier soir.

Elle lui fit alors le récit de sa rencontre inopinée avec Gallen Ackermann et de la lutte qui avait suivi.

— Vous ne savez pas s'il était encore en vie quand vous êtes repartie ?

Elle secoua la tête.

— Je n'ai pas pu voir s'il respirait encore, et j'avais trop peur de vérifier.

— Vous l'avez frappé avec une pelle.

Elle opina du chef.

— Où se trouvait l'outil à manche rouge, à ce moment-là ?

Kate fronça les sourcils.

— Il l'avait retiré de son bras et jeté au loin. Je n'ai pas vraiment vu où il était tombé.

— Et vous dites que vous lui avez porté un coup dans le bras — pas dans la poitrine ?

— Oui, c'est exact, en haut du bras, confirma-t-elle, la mine sombre. Etes-vous en train de me dire qu'il a été tué avec mon outil ?

Il la considéra un instant, puis éteignit l'enregistreur.

— J'aurai peut-être d'autres questions plus tard.

Il se leva.

— Ça n'a rien à voir avec l'or, dit-elle.

Il croisa son regard.

— Vraiment ? Cela signifie-t-il que vous allez renoncer à le trouver ?

— Ma mère voulait que j'en prenne possession.

Frank hocha la tête.

— Vous continuerez donc à le chercher, conclut-il, avec un brusque élan de pitié à son égard. Comment saurez-vous à quel moment il faudra vous arrêter, si vous ne le découvrez jamais ?

Elle ne sut que répondre.

— Et Jack, dans tout ça ? demanda-t-il.

Visiblement, elle n'avait pas non plus de réponse à cette question.

— Eh bien, je vous souhaite bonne chance. En tout cas, maintenant, vous n'avez plus rien à redouter des frères Ackermann. Cecil va retourner en prison, et les autres sont morts.

— Cecil a-t-il avoué l'assassinat de ses frères ? demanda-t-elle.

— Il jure qu'il ne les a pas tués.

Frank riva de nouveau son regard dans celui de Kate.

— Il dit que c'est vous, la meurtrière.

— Et maintenant, qu'est-ce qu'on fait ? demanda Jack, une fois que le médecin eut autorisé Kate à rentrer chez elle.

Il poussa le fauteuil roulant jusqu'à son pick-up, l'aida à monter, puis se mit en route vers Beartooth.

Kate ne fit même pas semblant d'ignorer de quoi il voulait parler. Elle ne se rappelait pas grand-chose de son transport à l'hôpital, la nuit précédente, mais elle avait le sentiment d'avoir mis son âme à nu devant lui.

— Je t'ai dit, hier soir, que j'étais amoureuse de toi ? voulut-elle savoir.

Il lui adressa un regard surpris.

— En effet, il me semble bien que tu as mentionné quelque chose dans ce goût-là.

Avec un sourire, elle se laissa aller en arrière sur son siège et ferma les yeux.

— C'est vrai ? demanda Jack.

Kate émit un léger rire, médusée de voir comme il était facile de distraire un homme avec des mots tels qu'« amour » ou « sexe ». Elle rouvrit les paupières et l'observa.

— C'est vrai.

Il la dévisagea d'un regard si ébahi qu'il faillit verser dans le fossé.

— Tu voulais que je sois franche, dit-elle en voyant sa stupeur. Eh bien, tu vois, j'essaie.

Ils roulèrent un moment en silence. Kate savait qu'elle l'avait blessé, le jour où ils avaient fait l'amour dans la grange. Elle aurait dû lui avouer la vérité bien avant. Depuis longtemps, peut-être.

— Tant que tu y es, tu pourrais aussi répondre à ma question, suggéra-t-il. Tu n'as pas abandonné ta chasse au trésor, n'est-ce pas ?

— Non.

Il soupira.

— Et si tu ne le trouvais jamais ?

Le shérif avait évoqué exactement la même éventualité. Elle n'avait pas su quel argument lui opposer. Elle n'en avait pas davantage, à présent.

— Ne t'inquiète pas, je ne t'oblige pas à respecter notre accord, rétorqua-t-elle. Je ne compte pas sur ton aide.

Il tourna de nouveau la tête pour la sonder du regard.

— De quoi est-il réellement question dans cette histoire ? Je ne peux pas m'empêcher d'avoir l'impression qu'il s'agit d'autre chose que d'argent. Je me trompe ?

— Non.

Les yeux rivés sur le pare-brise, elle regardait la campagne verdoyante s'estomper peu à peu. Devant eux se dressaient les Crazy Mountains, leurs cimes enneigées transperçant l'immensité du ciel bleu. C'était un spectacle à couper le souffle ; chaque fois, il produisait sur elle le même effet.

— Je ne peux pas l'expliquer..., reprit-elle au bout d'un moment. Au départ, il ne s'agissait que d'un refus de voir mes ignobles demi-frères mettre leurs sales pattes de vautours sur l'argent de ma mère.

— Mais maintenant, ils ne sont plus dans la course.

Elle hocha la tête.

— Maintenant, je veux le trouver parce que c'était la volonté de ma mère.

Elle n'ignorait pas ce qu'il voulait l'entendre dire. Qu'elle laisserait tout tomber si, par son obstination à poursuivre sa chasse au trésor, elle risquait de le perdre.

Mais elle avait fait une promesse, il y avait longtemps de cela, bien avant de rencontrer Jack French. Et elle était bien obligée de tenir parole ! Si les frères Ackermann n'avaient pas réussi à la mettre en échec, elle n'allait certainement pas laisser ses sentiments envers Jack l'empêcher de respecter son serment.

Elle ne pouvait supporter l'idée que Jack disparaisse de sa vie. Pourtant, elle craignait de l'avoir déjà perdu. Il avait bien l'intention de vendre son ranch et de quitter la région, non ?

Et Claude lui avait fait jurer de s'occuper du café pendant seulement une année.

Rien ne les retenait ici. Ni Jack ni elle.

Ils n'abordèrent plus le sujet de tout le reste du trajet. Deux cerfs à la superbe robe brun-roux jaillirent des hautes herbes et traversèrent la route en bondissant, quelques dizaines de mètres à peine devant le pick-up. Perché sur la cime d'un peuplier de Virginie, un pygargue à tête blanche les regarda passer. Plusieurs faucons planaient au-dessus des pâturages en décrivant des cercles, s'élevaient dans les airs, portés par un courant thermique. Arrivé à la périphérie de la ville, Jack ralentit.

— Tu ne comptes pas reprendre le travail tout de suite, n'est-ce pas ? demanda-t-il en se garant devant le vieux garage en pierre qui jouxtait le café.

— Non, pas aujourd'hui.

— Le médecin a dit que tu devais y aller doucement.

Elle acquiesça d'un signe de tête.

— C'est exactement ce que je vais faire.

Elle tendit la main vers la poignée de la portière.

— Kate ?

— Oui ?

Elle se retourna vers lui, avec l'espoir de l'entendre prononcer les mots qui la feraient frémir de bonheur.

— Je suis content qu'il n'y ait plus d'Ackermann pour te faire du mal.

Elle sourit.

— Moi aussi.

Elle descendit du véhicule et se dirigea vers la porte de derrière du café. Il était temps de voir comment son personnel se débrouillait en son absence.

Dans son dos, elle entendit le pick-up de Jack s'éloigner.

Frank ne rentra pas chez lui avant la fin de l'après-midi. Il avait désormais deux Ackermann assassinés sur les bras et un autre sous les verrous. Cecil Ackermann avait exigé l'assistance d'un avocat, et Frank n'avait été que modérément surpris lorsqu'il avait demandé le numéro d'Arnie Thorndike.

Ereinté, il entra dans la cour et remarqua avec étonnement la voiture de Tiffany garée devant sa maison. Puis il se rappela qu'ils avaient prévu de faire une balade à cheval cet après-midi. Il maugréa dans sa barbe. Il avait complètement oublié que cette journée aurait dû être un jour de congé pour lui.

Il descendit de son véhicule de police et vit Tiffany qui l'attendait sous la galerie. Elle était manifestement furieuse contre lui ; même de loin, cela se voyait sans la moindre équivoque.

— Tiffany, je suis désolé…

Elle bondit de sa chaise.

— Vous êtes toujours désolé ! lança-t-elle en passant en trombe devant lui.

Il lui saisit le bras pour l'empêcher de partir.

— Laisse-moi au moins…

Elle se dégagea d'un geste brusque.

— Je sais, le coupa-t-elle. Vous étiez en train de travailler. J'ai appelé votre bureau. Vous avez attrapé un chauffard ? Ou un piéton qui traversait en dehors des passages cloutés ? ajouta-t-elle d'un ton sarcastique.

— Il y a eu un meurtre. Et une femme a failli se faire

tuer. J'ai capturé le méchant et l'ai mis sous les verrous. Tu peux te moquer de mon travail si ça t'amuse, mais parfois je suis obligé d'accomplir mon devoir même pendant mes jours de repos. En tant que shérif, je suis responsable de la sécurité des habitants de ce comté.

Elle s'immobilisa à quelques pas de lui, les bras croisés sur sa poitrine. Elle paraissait si jeune, si fragile...

— Je t'aime, ajouta-t-il, d'une voix brisée. Je me couperais le bras droit plutôt que de te faire du mal.

Les yeux de la jeune fille s'embuèrent aussitôt de larmes.

— Vous avez téléphoné à ma mère.

Il confirma son propos d'un hochement de tête.

— Elle m'a dit que vous aviez hurlé, continua-t-elle. Que vous la détestiez, et moi aussi...

— Ce n'est pas vrai, nia-t-il doucement, vidé de toute énergie.

Il n'aurait pas dû s'étonner que Pam ait menti, et qu'elle n'en ait pas terminé avec son désir de les faire souffrir l'un et l'autre.

— Elle dit que ça lui est égal que je rentre à la maison ou pas, reprit Tiffany.

— Tu peux rester à Beartooth aussi longtemps que tu le souhaiteras. Je paierai ton loyer, ou alors tu t'installeras ici, dans le ranch.

— Et ma mère ?

— Quoi, ta mère ?

— Elle est toute seule.

— Ta mère est tout à fait capable de s'occuper d'elle-même, affirma-t-il prudemment.

Il prit alors conscience que Pam avait exercé une pression sur cette gamine pendant toute sa vie, et s'était servie d'elle comme d'une arme tout en se prétendant sans défense.

— Il est temps que tu commences à vivre ta vie, Tiffany. Et le meilleur moyen pour cela est peut-être de mettre une certaine distance entre ta mère et toi.

— Elle m'a prévenue que vous essaieriez de me monter contre elle.

— Ce n'est pas du tout ce que je m'efforce de faire.

Il fit un pas vers elle et se pétrifia. Etendu sur le côté près de la voiture de l'adolescente gisait l'un de ses corbeaux. Il y avait du sang sur ses ailes et sur la pierre à côté de lui. Quelqu'un lui avait fracassé la tête.

Frank leva les yeux sur sa fille.

— Tiffany, qu'as-tu fait ?

Une expression de satisfaction flotta sur le visage de la jeune fille, qui lui brisa le cœur. Il reporta son regard sur le petit oiseau noir sans vie dans la poussière, puis sur sa fille.

— Pourquoi ?

Les traits de Tiffany s'étaient durcis, démentant son âge. La brise agitait ses longs cheveux blonds autour de son visage. Son regard alla du corbeau mort à son père.

— Ce n'est qu'un oiseau.

Alors seulement, il s'aperçut qu'il n'avait pas entendu les corbeaux. D'ordinaire, quand il rentrait chez lui, ils étaient perchés sur les câbles du téléphone, comme s'ils attendaient son retour. Quelques-uns se mettaient à croasser, à croire que certains lui souhaitaient la bienvenue tandis que d'autres le houspillaient parce qu'il rentrait tard.

Il ne les avait pas entendus parce qu'ils n'étaient plus là. Le câble était désert.

— Tu me hais tellement que tu n'as pas hésité à t'en prendre à ce que j'aimais…

Ce n'était pas une question. La réponse se lisait dans les mâchoires serrées de Tiffany, dans la fureur qui étincelait du fond de ses yeux. Il avait déjà été alerté, mais n'avait jamais imaginé que le poison l'infectait si profondément.

— C'est juste un crétin d'oiseau, répéta-t-elle en haussant la voix.

Il s'avança d'un pas.

— Je veux te venir en aide. Nous aider tous les deux. Nous irons voir un psychothérapeute. Je paierai…

— Vous croyez que je suis folle ? rétorqua-t-elle avec un mouvement de recul.

Elle se mit à fouiller dans son grand sac à bandoulière, comme pour y chercher ses clés de voiture.

— Non, je ne pense pas que nous soyons fous, ni l'un ni l'autre, répondit-il d'un air las.

Il se sentait trop harassé pour affronter cette situation maintenant. Trop meurtri, trop anéanti.

— Je crois que nous avons besoin d'un regard neuf sur tout ce qui s'est pa…

Sa phrase s'étrangla dans sa gorge. Incrédule, il regarda fixement sa fille extraire un pistolet bon marché de son sac et, le tenant à deux mains, le braquer sur lui.

— Tiffany, ne fais pas…

Frank se figea. Ce n'était pas la première fois qu'il faisait face au canon d'un pistolet. Il s'efforça d'oublier que c'était sa fille qui le visait ainsi. De tout oublier, excepté la nécessité de désamorcer cette situation.

— Ne fais pas ça, tu le regretterais. Je sais que ta mère te manque.

Un gémissement s'échappa des lèvres de Tiffany.

— Mais en me tuant, tu ne pourras qu'aggraver les choses.

Elle lui lança un regard chargé de mépris, lui signifiant qu'il se trompait lourdement sur ce point.

— Pas parce que je suis ton père, mais parce qu'on

te jettera en prison. Je n'ai pas envie que ça t'arrive. Tu as encore toute la vie devant toi.

— Je n'irai pas en prison. Je n'ai que dix-sept ans.

Horrifié, il se rendit compte qu'elle n'avait pas agi sur un coup de tête. Elle avait tout prévu.

— Tu seras jugée comme une adulte.

— Parce que vous êtes *flic* ?

— Parce qu'il s'agit d'un acte prémédité.

Elle secoua la tête d'un air narquois, mais le pistolet ne trembla pas dans ses mains.

— Comment le sauront-ils ?

— Grâce à tes dessins.

Les grands yeux de Tiffany s'écarquillèrent. Elle avait le regard bleu de sa mère. Elle était belle, d'une beauté certes fragile, mais elle était surtout brisée. Détruite par la haine de sa mère et sa soif de vengeance.

— Nettie, articula-t-elle, les lèvres tordues par une grimace hargneuse. J'aurais dû deviner qu'elle allait fourrer son nez dans mes affaires.

Lynette s'était tourmentée à propos des intentions de sa locataire. Pourquoi diable ne l'avait-il pas écoutée ? Depuis le début, elle redoutait ce que la jeune fille projetait de faire.

Frank comprenait à présent que Tiffany n'était pas venue ici pour apprendre à le connaître. Elle avait décidé de se rendre à Beartooth pour le tuer. Elle s'en était déjà prise à ce qui lui tenait à cœur. Il ne doutait pas qu'elle le supprimerait avec moins de regret qu'elle n'en avait éprouvé vis-à-vis de l'oiseau.

Une nouvelle pensée le frappa alors, et son cœur s'arrêta de battre. Il y avait une autre personne que Pam détestait autant que lui.

— Lynette ! Tu n'as pas...

Il s'interrompit, incapable d'achever sa phrase.

L'espace d'un instant, Tiffany sembla déstabilisée.

— Lynette ?

Puis une lueur de compréhension s'alluma dans ses yeux bleus.

— Nettie est le diminutif de Lynette !

Pendant un moment, le pistolet vacilla entre ses mains, et Frank envisagea la possibilité de se jeter sur elle. Mais elle se ressaisit rapidement. Une rage meurtrière brûlait dans son regard.

— C'est la femme dont vous étiez amoureux, à la place de votre épouse ? A la place de ma mère ? Vous l'aimez toujours ?

Il s'attendait qu'elle presse la détente. Peut-être pourrait-il bondir sur elle et la renverser. Avec un peu de chance. Sauf qu'il se trouvait trop loin pour l'atteindre avant qu'elle ait eu le temps de tirer au moins deux coups de feu.

Il savait qu'il serait inutile de tenter de faire appel à ses sentiments filiaux. Ils étaient étrangers l'un à l'autre. Les moments qu'ils avaient passés ensemble n'avaient pas compté pour elle — elle n'y avait trouvé que des occasions supplémentaires de le blesser.

En tout cas, elle n'avait pas compris qui était Nettie, ce qui signifiait que Lynette était saine et sauve. Mais il devinait que Tiffany irait lui régler son compte dès qu'elle en aurait terminé avec lui. Et cela, il n'était pas question de le permettre.

— Tiffany, je t'aime. Tu es ma fille.

Il fit un pas en avant, s'appliquant à réduire autant que possible la distance qui les séparait.

— Non !

Voyant sa main serrer la crosse du pistolet, son doigt s'enrouler autour de la détente, il se prépara à encaisser l'impact du tir en même temps qu'à se ruer sur elle.

Mais au moment même où il allait s'élancer, il aperçut du coin de l'œil quelque chose de noir. Un corbeau fondait sur Tiffany. L'oiseau lui heurta le côté de la tête, agrippant dans ses serres la masse de ses longs cheveux soyeux.

Elle ouvrit la bouche pour pousser un cri, mais la déflagration du pistolet étouffa son hurlement. Son visage se tordit en une expression d'horreur, tandis que le corbeau s'éloignait à tire-d'aile, traînant derrière lui plusieurs mèches de cheveux blonds.

Sentant une brûlure lui déchirer l'épaule, Frank essaya d'atteindre Tiffany avant qu'elle ne fasse feu encore une fois.

Le corbeau, qui redescendait en piqué vers elle, l'obligea à se couvrir la tête du bras, déviant du même coup le second tir.

Puis Frank fut sur elle, lui arracha le pistolet des mains. Elle continuait de hurler. Comme il l'attirait dans ses bras pour la protéger contre le corbeau, il sentit un filet de sang poisseux lui couler le long du torse, puis tremper sa chemise.

L'oiseau se posa sur le sol à quelques mètres d'eux seulement. Frank scruta ses yeux noirs et perçants. Il lui semblait le reconnaître. C'était l'un des « oncles ». Lui revinrent alors à la mémoire des histoires de corbeaux qui s'étaient attaqués à ceux qui leur avaient fait du mal, ou à l'un de leurs proches.

Celui-là lui avait sauvé la vie. Il ressentit dans sa chair la douleur de l'oiseau. L'animal venait de perdre un membre de sa famille. Comme lui. Ils restèrent ainsi un long moment, Frank et l'oiseau, à s'observer l'un l'autre. Tiffany pleurait et gémissait, les bras croisés sur sa tête. Au bout de quelques instants, le corbeau poussa deux croassements, puis s'envola et disparut derrière la grange.

— Ça va aller, murmura Frank à sa fille, qu'il tenait toujours contre lui.

Mensonge. Il n'était pas du tout certain que les choses s'arrangeraient jamais. Mais Tiffany avait besoin d'aide. Il veillerait à ce qu'elle en reçoive. Il serait là pour elle.

Quand ses larmes se furent taries, il la regarda dans les yeux et n'y vit que du regret. Le regret de ne l'avoir que blessé. Il appela alors le numéro des urgences.

24

Cela faisait maintenant presque une semaine que Kate n'avait pas vu Jack. Il n'était pas revenu au café. Bien qu'elle n'eût pas encore repris le travail, elle y passait beaucoup de temps. Le club de patchwork de Beartooth avait apporté les courtepointes promises par Cilla et les avait suspendues aux murs de la salle.

Kate avait eu plaisir à revoir Loralee.

— Merci d'avoir essayé de sauver la vie de ma mère, avait-elle dit à la vieille femme dès qu'elles s'étaient retrouvées seules un instant.

— Hélas ! je n'ai rien pu faire…

— Seulement parce que ma mère est retournée sur ses pas après qu'elle m'eut fait passer à travers la clôture. Apparemment, elle m'avait confectionné un jouet auquel je tenais beaucoup. Je l'ai fait tomber pendant notre fuite…

Les yeux de Loralee s'étaient remplis de larmes.

— Mais elle a réussi à vous faire sortir.

— Ça ne serait pas arrivé si vous n'étiez pas allée trouver le shérif.

— J'ai toujours eu le sentiment que j'aurais dû faire davantage. Pendant dix-huit mois, j'ai…

— Vous et moi devons tirer un trait sur le passé, la coupa Kate.

— Oui, convint la vieille dame. Ces horribles garçons sont morts, à présent, ou en prison. J'espère que l'aîné ne reverra jamais la lumière du jour.

— J'en suis sûre.

Loralee avait secoué la tête.

— J'ai entendu dire qu'il niait être coupable du meurtre de ses frères. Ce sale individu affirme que c'est vous qui les avez assassinés.

— Ce sera au jury d'en décider.

— Eh bien, j'aimerais bien faire partie de ce jury, avait déclaré Loralee.

Kate était remontée à l'étage, une fois toutes les courtepointes mises en place et les femmes reparties dans leurs foyers. Elle se sentait dégoûtée. Non pas surprise par les mensonges de Cecil, mais étonnée que le shérif eût encore des doutes à son sujet.

Le bras en écharpe, il venait presque chaque matin pour le petit déjeuner. Kate sentait sur elle son regard qui semblait s'interroger. A l'évidence, ses propres problèmes lui pesaient. Tout le monde dans le comté avait appris la nouvelle, à propos de sa fille. Tiffany avait été envoyée à l'hôpital psychiatrique de l'Etat pour y subir une évaluation psychologique, mais le juge Hyett répétait à qui voulait l'entendre qu'elle devait être jugée comme une adulte pour tentative d'assassinat sur la personne d'un représentant de l'ordre.

Kate venait à peine de rentrer chez elle lorsqu'un coup fut frappé à la porte. Probablement le shérif, pensa-t-elle. Elle avait l'impression que ce n'était plus qu'une question de temps avant qu'il ne vienne l'arrêter. Dès le lendemain de son retour de l'hôpital, il avait obtenu un mandat de perquisition et passé son appartement au peigne fin.

Un nœud s'était formé dans sa gorge. Elle avait oublié

de se débarrasser du chapeau de cow-boy de Darrell Ackermann ! Par chance, le couvre-chef n'avait pas refait surface au moment où Frank fouillait l'appartement.

Jack était sans doute à l'origine de cette disparition, avait-elle supposé. Quel risque il avait pris, en se défaisant du chapeau ! Le cœur de Kate s'était gonflé de reconnaissance à cette idée. Elle l'aimait, inutile de le nier. Une part d'elle était heureuse de lui avoir avoué son amour, même s'il était trop tard. Jack était persuadé qu'elle lui avait préféré le trésor, et peut-être avait-il raison. Les Ackermann l'avaient moins effrayée que l'idée de tomber amoureuse de lui.

Elle rassembla tout son courage et se dirigea vers la porte, s'attendant au pire.

— Jack ?

Il la regarda de la tête aux pieds et répondit :

— Content de voir que tu vas mieux.

Elle sourit et recula d'un pas.

— Tu veux entrer ?

Il secoua la tête.

— Je me disais que tu aimerais peut-être aller faire un tour en voiture.

— Un tour en voiture ?

— Enfin, si tu n'es pas trop occupée, s'empressa-t-il d'ajouter.

— Non, bien sûr, ça me plairait beaucoup. Je vais chercher…

— Tu ferais peut-être mieux de te changer.

Elle s'immobilisa.

— Tu veux que je me mette sur mon trente et un ?

Jack portait ses vieilles bottes, celles dont il jurait qu'elles lui portaient bonheur et qu'il ne s'en séparerait jamais, un jean usé et une chemise western d'un bleu fané.

— Au contraire, je voudrais que tu enfiles des vêtements plus pratiques. Pour creuser.

Abasourdie, elle le dévisagea, et ravala la boule dans sa gorge.

— Je te demande pardon ?

— Vois-tu, j'avais toujours pensé que cette carte n'avait aucun sens, et pourtant les Ackermann étaient prêts à tuer pour mettre la main dessus. Ça m'a fait réfléchir : quelque chose avait dû nous échapper. Et puis, l'autre jour, je suis tombé par hasard sur le shérif, et il m'a parlé d'une photo qu'on avait retrouvée de la famille Ackermann, avec au dos une sorte de plan. J'ai demandé à le voir et je l'ai comparé avec ta carte.

— Jack...

— A moins que tu n'en aies pas envie.

Elle plongea le regard dans ses yeux bleus, du même bleu que son jean délavé.

— Es-tu sûr de toi ?

— Je ne voudrais pas te donner de faux espoirs, mais il y a un endroit qu'à mon avis nous devrions vérifier...

— Non, je veux dire...

— Je sais ce que tu veux dire. Je suis sûr de souhaiter ton bonheur. Si mon intuition m'a induit en erreur, je laisse tomber. Mais si je ne me suis pas trompé... Comme tu l'as dit, cet or t'appartient. Ta mère désirait que tu en prennes possession, et désormais plus rien ne se met en travers de ton chemin.

— Vous êtes très occupés en ce moment, au W Bar G ? demanda-t-elle.

Elle avait changé de vêtements, et ils roulaient à présent vers la sortie de la ville.

Jack secoua la tête.

— Je travaille sur mon propre ranch.

Le cœur de Kate se serra.

— Ah oui ! bien sûr… Pour pouvoir le vendre.

— En fait, je vais recommencer à l'exploiter. Il y a de bons pâturages, là-bas, et si je construis quelques nouveaux corrals…

— Alors, tu vas rester ! s'exclama-t-elle, incapable de dissimuler sa surprise.

Il lui décocha un regard en coin.

— Oui, je pense.

Elle s'accorda quelques instants pour assimiler l'information.

— J'ai appris que le juge Hyett avait été cité à comparaître devant une commission pour répondre de ce qu'il t'avait fait. Je n'arrive pas à croire qu'il n'ait écopé que d'une suspension de trois mois. Vas-tu leur intenter un procès, à lui et à l'Etat, pour les deux années que tu as perdues en prison ?

— Non.

Dès que la nouvelle avait été rendue publique, Arnie Thorndike avait contacté Jack pour lui proposer de l'assister dans une éventuelle action en justice. Mais Jack avait estimé que l'avocat avait déjà fort à faire avec son autre client, Cecil Ackermann.

— Ça ne m'intéresse pas, avait-il répondu à Thorndike.

Il tenait maintenant à l'expliquer à Kate :

— Je ne récupérerai jamais le temps perdu. Il appartient au passé. Je préfère me tourner vers l'avenir.

Kate retomba dans le silence. Elle n'ouvrit plus la bouche jusqu'à ce qu'ils se soient engagés sur la route qui longeait les limites de la propriété des Ackermann et garés au milieu des arbres.

— Ma mère est morte sur ces terres, murmura-t-elle.

Je le savais, mais je crois que j'avais toujours refusé de l'admettre, jusqu'à présent.

— Que veux-tu dire, Kate ?

— Tu te rappelles la fois où tu m'as dit que tous les trésors perdus étaient maudits ?

— Kate…

— Regarde ce que celui-là a déjà coûté.

Il la dévisagea ouvertement.

— Es-tu en train de me dire que tu as décidé d'abandonner ?

Kate contempla le vallon devant eux. La dernière fois qu'elle avait quitté cet endroit, elle croyait avoir tué un homme.

— Non, je refuse de m'avouer vaincue, répondit-elle avant de laisser échapper un petit rire. Je ne sais pas si c'est par orgueil ou simplement par entêtement. J'ai lutté contre la peur et les pressentiments et… La valeur monétaire du trésor ne m'a jamais intéressée. Tu avais raison. Si je tiens à le trouver, c'est seulement parce que ma mère a risqué sa vie en dessinant cette carte.

— Dans ce cas, j'espère ne pas faire fausse route, déclara Jack en ouvrant sa portière.

— Tiffany a besoin d'aide, expliqua Frank au procureur du comté. Sa mère l'a programmée pour venir s'en prendre à moi. La pauvre gamine n'y est pour rien. Ce n'est qu'une enfant.

— Elle aura dix-huit ans dans quelques mois, objecta le magistrat. Mais même si elle était plus jeune, elle a tout de même tenté de vous tuer, Frank. Et elle l'aurait fait si vous ne l'en aviez pas empêchée.

Frank n'avait parlé à personne du corbeau qui lui

avait sauvé la vie. Personne ne l'aurait cru. Il fallait connaître un tant soit peu ces oiseaux pour comprendre.

Les corbeaux étaient dotés d'une redoutable mémoire visuelle. Dans le rapport d'une étude scientifique qu'il avait lu, il était question de chercheurs qui avaient mis des masques pour capturer et baguer les oiseaux. Des années plus tard, chaque fois que quelqu'un avait essayé de porter le même masque, il s'était immanquablement fait attaquer par les corbeaux.

Tiffany avait tué un membre de la famille de *ses* corbeaux. Les oiseaux n'oubliaient jamais ceux qui leur avaient fait du mal. Frank ne pouvait que trouver parfaitement logique l'agressivité du corbeau envers sa fille.

Le procureur du comté soupira.

— Attendons de recevoir l'évaluation de l'hôpital psychiatrique pour savoir si elle est apte à comparaître devant la justice.

— Je ne porterai pas plainte.

— Mais l'Etat le fera, lui. Elle a tiré sur un représentant des forces de l'ordre. Nous savons qu'elle avait prémédité son geste.

— C'est ma fille.

— En êtes-vous si sûr, Frank ? Vous dites que votre ex-femme ne vous en avait jamais parlé, qu'elle a programmé cette adolescente pour vous éliminer. Je vais réclamer un test de paternité.

Frank se prit la tête entre les mains.

— Où est sa mère ? demanda le procureur.

— Elle a sans doute pris le large depuis longtemps. J'ai jeté son adresse et son numéro de téléphone, mais Billy Westfall les a sûrement conservés.

— Je vais faire lancer un avis de recherche pour la retrouver. Il faut à tout le moins qu'elle soit informée des événements et interrogée. Il est également possible qu'une inculpation soit prononcée contre elle.

— Ça m'est égal. Tout ce que je veux, c'est que Tiffany reçoive l'aide dont elle a besoin. Même s'il s'avérait que Pam a menti et que Tiffany n'est pas ma fille. Dans tous les cas, je ferai tout ce qui est en mon pouvoir pour lui venir en aide.

Ils s'enfonçaient dans le vallon. Le soleil de l'après-midi filtrait entre les branches des pins pour éclabousser le sol d'éclats dorés. On entendait le murmure du ruisseau, tout près. Le niveau de l'eau était encore très haut du fait de la neige fondue en provenance des sommets, mais elle était assez limpide pour qu'on puisse distinguer les gros galets colorés qui tapissaient le lit du torrent.

L'air sentait le soleil et les pins. A l'ombre, il faisait frais, comme pour rappeler que l'été n'était pas encore là. Kate aurait préféré que Jack et elle soient partis se promener dans les Crazy Mountains pour pique-niquer ou se baigner dans le lac de Saddlestring. Elle tâcha de faire comme si c'était le cas. Ils n'étaient plus que deux amants en quête d'une cachette secrète pour faire l'amour, allongés sur une couverture.

Tout à coup, elle sentit des picotements dans sa nuque. Elle s'arrêta, se retourna pour regarder derrière elle. Elle ne vit que des pins à l'écorce épaisse et une partie du toit de la vieille grange. Un écureuil les apostropha du haut d'un arbre tout proche. Un faucon qui planait en cercle au-dessus de la cime des pins projeta son ombre noire sur sa tête.

— Quelque chose ne va pas ? s'enquit Jack.

Il l'avait devancée de plusieurs mètres en grimpant la

côte, et venait seulement de s'apercevoir qu'elle n'était plus derrière lui.

Elle porta de nouveau son regard en contrebas, puis chassa de son esprit cette désagréable impression d'être épiée.

— Je suis un peu parano, c'est tout, marmonna-t-elle pour elle-même.

— Comment ?

Elle secoua la tête.

— Rien.

— Nous sommes presque arrivés.

Jack s'était chargé de porter tout le matériel, y compris la pelle. Il avait insisté, arguant qu'elle n'aurait jamais dû monter jusque-là à pied, qu'il avait exprès attendu une semaine pour qu'elle recouvre ses forces.

Ils n'avaient pas parcouru beaucoup de chemin que déjà le terrain commençait à s'aplanir et qu'ils parvenaient à une ancienne route forestière.

— Nous nous sommes obstinés à creuser aux alentours de la maison parce que nous étions sûrs que Cullen n'aurait pas transbahuté un tas de lingots d'or dans la montagne, expliqua Jack avant de désigner le sentier. Mais avec un 4x4, tout ce dont il avait besoin, c'était d'un passage dans la clôture.

Elle suivit Jack sur quelques dizaines de mètres, jusqu'à l'endroit où on avait pratiqué une sorte d'ouverture camouflée dans les broussailles. Son pouls s'accéléra.

— On dirait que tu as raison.

Jack sourit, repoussa son chapeau sur sa nuque pour la regarder.

— Nous le saurons bientôt, dit-il en sortant la carte de son sac. A mon avis, la ligne qu'on voit là ne représente pas un ruisseau, mais ce chemin forestier.

Il se remit en route et Kate lui emboîta le pas, laissant

son regard aller tour à tour de Jack à la carte. Lorsqu'il s'arrêta, elle retint son souffle. Ils étaient arrivés, elle le sentait.

— A toi l'honneur, dit-il en lui tendant le détecteur de métaux.

Sa main trembla en saisissant l'appareil. Elle jeta un coup d'œil à Jack, puis mit l'instrument en marche et entreprit de le déplacer lentement, dans un mouvement de va-et-vient au-dessus du sol herbeux.

La sonnerie du détecteur de métaux se déclencha, haut et fort. Le regard éberlué de Jack croisa celui de Kate. Se pouvait-il réellement qu'il ait vu juste ?

— Jack ? souffla-t-elle d'une voix étranglée, alors qu'elle repassait une seconde fois l'appareil au-dessus du même endroit.

Aucun doute. Il y avait quelque chose là-dessous.

Jack s'empara de la pelle et se mit en devoir de creuser. Kate éteignit l'appareil, le posa par terre et s'agenouilla pour commencer à déblayer le terrain des pierres qui l'encombraient. Bientôt, Jack se mit à creuser le sol plus profondément, Kate à son côté, retirant tout ce qu'elle pouvait pour lui faciliter la tâche.

Puis elle reprit le détecteur de métaux, et il s'arrêta pour la regarder allumer l'appareil et le suspendre au-dessus de la petite cavité qu'il venait de creuser. Le signal sonore retentit plus fort que jamais.

Il se remit sans tarder au travail. Il avait le plus grand mal à contenir son excitation. En comparant le plan tracé au dos de la photo avec la carte que Kate lui avait donnée, il avait compris où ils s'étaient fourvoyés. Malgré tout, il en était resté au stade de la conjecture jusqu'à ce qu'il vienne lui-même sur le terrain et découvre le sentier forestier et la barrière cachée.

Alors, il avait su qu'il devait amener Kate ici, lui donner une chance de dénicher le trésor enfoui que sa mère avait voulu lui transmettre, avec un acharnement tel qu'elles en avaient toutes deux risqué leur vie.

Cependant, alors même qu'il s'imaginait la joie qu'elle éprouverait à découvrir ce trésor, Jack n'ignorait pas ce qui s'ensuivrait. Elle quitterait Beartooth. L'or était la seule raison de sa présence dans cette ville. Le café n'était qu'une façade qui lui servait à se dissimuler et à subvenir à ses besoins en attendant de dénicher le magot.

L'excavation progressait lentement. Le soleil glissa derrière les Crazies. Un vent frais agitait les feuilles des trembles et faisait doucement gémir les branches des pins. Jack avait fini par creuser un trou assez large pour s'y faufiler.

Il avait atteint un bon mètre cinquante de profondeur, lorsque la pelle heurta quelque chose de dur. Il leva les yeux vers Kate, lut l'expression de peur et d'excitation mêlées sur son visage. De regret, aussi. Son cœur se serra. La dernière chose dont il avait envie, en cet instant, c'était de voir Kate quitter Beartooth. Et le quitter, lui.

— Avant que nous poursuivions, commença-t-il d'une voix qui sonna étrangement à ses propres oreilles, il y a une chose que je dois te dire.

Elle le considéra comme s'il avait perdu l'esprit.

— Je t'aime. Je crois que je t'ai aimée dès le premier soir où j'ai posé les yeux sur toi et où tu m'as reproché de vouloir t'aider. Je sais que ça a l'air dingue, mais c'est la vérité. Je veux lancer une nouvelle tradition familiale. J'ai envie de construire quelque chose, de planter des racines à l'ombre de ces montagnes, de rêver de nouveau à mon avenir.

Kate planta son regard dans le sien.

— Maintenant, Jack ? Tu as attendu cet instant pour me dire ça ?

— Exactement. Quoi qu'il y ait là-dessous, je t'aime et je veux ton bonheur. S'il faut un coffre plein d'or pour te rendre heureuse, alors j'espère que c'est ce que nous allons trouver. Mais j'ai besoin de savoir si tu es prête à me suivre.

— Jack, qu'est-ce que tu racontes ? demanda Kate en riant.

Il regarda les cimes enneigées pendant un moment avant de reposer les yeux sur elle.

— Je te demande d'être ma partenaire.

— Ta partenaire ? répéta-t-elle, sceptique.

— 50/50.

Il s'approcha du bord du trou, et posa une main sur le genou de Kate.

— Tu vois cette terre, là-bas ? dit-il en pointant le doigt vers le domaine des French, dans le lointain. Elle est à nous. Nous pouvons raser la maison et en bâtir une nouvelle, acheter du bétail et cultiver un potager. Nous pouvons planter des arbres et…

— Jack, le café ne me rapporte pas assez d'argent pour…

— J'en ai, de l'argent. Ma mère m'en a laissé. Il a été placé, et je n'en ai jamais dépensé un centime.

Il scruta son regard sombre avant de reprendre :

— Je ne savais pas ce que je voulais en faire, mais maintenant j'en suis sûr. Et je n'ai aucun doute que ma mère m'approuverait.

— Je ne sais pas quoi dire.

— Dis que tu m'épouseras.

— Jack…

— 50/50. Pense aux possibilités qui s'offriront à

nous, ici, dans le Montana, Kate. Nous pouvons réécrire l'histoire de nos familles. Pourquoi pas ici ?

Kate contempla le vallon dans lequel elle était née et où sa mère était morte.

— Je ne sais pas, Jack. Je ne suis pas certaine de pouvoir faire une bonne épouse de rancher. Je suis incapable de faire la cuisine, le ménage, la couture…

Il éclata de rire.

— Tu ne seras pas obligée de faire quoi que ce soit.

— J'aimerais garder le café, ajouta-t-elle.

Elle pensa à Claude. Il l'avait prévenue qu'elle finirait par s'attacher à cet endroit. Elle ne put s'empêcher de sourire intérieurement.

— C'est ce que Claude aurait voulu. Et moi aussi.

— Tu as pris goût à cette région, n'est-ce pas ?

Ou était-ce à lui ?

— Oui, Jack, elle commence à me plaire.

— Eh bien, veux-tu m'épouser ?

— Tu as besoin d'une réponse *tout de suite* ? demanda-t-elle, surprise.

Il hocha solennellement la tête.

— Oui, avant que nous découvrions ce qu'il y a dans ce trou.

Elle jeta un coup d'œil à Jack.

— D'accord.

En entrant dans la cour de son ranch, Frank jeta machinalement un regard vers les câbles téléphoniques, espérant y voir une rangée d'oiseaux noirs attendant son retour.

Le fil était vide. De même que la corde à linge et le

toit de la grange. Les corbeaux étaient partis. Ils avaient quitté les lieux le jour où l'un d'eux était mort dans la poussière du sol, à quelques pas du seuil de sa maison.

Frank avait autrefois lu un article à propos d'une ville du Canada qui, devenue une escale pour les corbeaux migrateurs, s'était bientôt retrouvée envahie par un demi-million d'oiseaux.

Incapable de faire face à une telle multitude, la municipalité avait pris des dispositions pour éliminer trois cent mille oiseaux. Armés de fusils, le maire et plusieurs de ses administrés avaient effectué des battues.

Ils avaient tué un corbeau.

Il n'en avait pas fallu davantage. Les oiseaux avaient sonné l'alarme. La nouvelle s'était répandue parmi eux comme une traînée de poudre, et ils avaient aussitôt modifié leur route migratoire de manière à éviter la ville. Génération après génération, les corbeaux s'abstenaient de passer par les fermes où l'un de leurs congénères avait été tué dans le passé.

Frank savait donc que ses oiseaux ne reviendraient pas. Et qu'aucun autre ne les remplacerait.

C'était ridicule, il en avait bien conscience, cet affreux sentiment d'avoir perdu quelque chose, quand il pensait à sa famille de corbeaux.

Il avait beau s'efforcer de minimiser l'importance des faits, de se rappeler qu'il s'agissait seulement d'oiseaux, il n'en restait pas moins que c'étaient *ses* oiseaux, sa famille. Pam lui avait volé dix-sept années avec sa fille. A présent, cette même fille l'avait privé de la seule famille qu'il eût jamais connue.

Le soir tombait sur la vallée, et Frank sentait croître son désespoir. Il grimpa les marches du perron, frappé par le profond silence qui régnait autour de la maison en l'absence des corbeaux.

Comme il poussait la porte à moustiquaire, il entendit le bruit d'un véhicule qui approchait. Un SUV qu'il ne connaissait pas entra dans la cour ; le conducteur éteignit les phares et coupa le contact. La portière s'ouvrit, et il vit qui c'était.

— Lynette ?

Sans dire un mot, elle referma la portière et s'avança vers lui. Les paroles étaient inutiles. Il ouvrit les bras, et elle se blottit contre sa poitrine. Il la serra si fort qu'il craignit un instant de l'étouffer.

Elle n'essaya pas de lui dire que tout irait bien. Elle garda le silence, se contentant de le laisser la serrer contre lui.

Les paroles de Jack lui avaient gonflé le cœur comme une bouffée d'hélium. Kate en avait le tournis. Le soleil, l'ascension de la montagne, l'idée qu'elle touchait peut-être au but, que l'héritage quc Cullen Ackermann lui avait volé était enfin à portée de main, tout cela lui donnait le vertige.

Elle fut obligée de s'asseoir au bord du trou. Jack lui effleura la jambe, la regarda dans les yeux puis se remit à pelleter la terre pour mettre au jour le couvercle d'un vieux coffre de bois et de métal.

Tout en regardant les nuages s'accumuler au-dessus des Crazies, Kate songea à Claude. Elle comprit ce qu'il avait dû éprouver ce jour-là, dans le vallon. La femme qu'il aimait était morte, il se retrouvait avec un bambin dans les bras, tandis que, au milieu du chaos le plus total, le shérif et ses adjoints prenaient d'assaut la propriété.

— Vous m'avez sauvé la vie.

— Si seulement j'avais pu emmener ta mère dès qu'elle avait appris qu'elle était enceinte de toi...

Il secoua la tête.

— Mais Cullen surveillait ses moindres faits et gestes. Il avait aussi ordonné à ses fils de garder un œil sur elle. Je crois qu'il se doutait de quelque chose.

— Vous l'aimiez.

Il opina du chef.

— Vous avez risqué votre vie pour elle.

Il sourit et lui prit la main.

— C'est ce qu'on fait quand on aime quelqu'un. Tu le sais mieux que moi. Regarde ce que tu as fait pour sauver la mienne. Je voudrais tant être en mesure de te protéger...

Oui, bien sûr, elle lui avait permis de prolonger sa vie, mais pas suffisamment. Il était mort moins d'un an plus tard. Son foie ne l'avait pas lâché, c'était son cœur qui avait flanché.

— Ça va ? s'enquit Jack en levant les yeux vers elle.

Elle hocha la tête.

— Je pensais à Claude. J'aurais tellement aimé qu'il soit là pour voir ça... Il le voulait si fort, en souvenir de ma mère.

L'instant tant attendu était enfin arrivé. Elle le sentait jusque dans la moelle de ses os, et il en était de même pour Jack, elle le voyait bien. Si insensé que cela pût paraître, elle faillit lui demander d'arrêter. Elle venait de comprendre pourquoi il avait choisi cet instant pour lui avouer son amour. Parce que cette minute pouvait tout changer. Les moments passés avec lui à chercher le trésor avaient été les meilleurs de sa vie.

Il entreprit de fouiller la terre pour atteindre la serrure du coffre.

— Jack…, dit-elle avant de déglutir. Je ne veux pas que cela change quoi que ce soit entre nous.

Il s'esclaffa.

— Trop tard, Kate.

Il se remit au travail. Au bout de quelques minutes, la pelle heurta quelque chose avec un son métallique.

— C'est fermé par un cadenas.

Jack cessa de creuser et s'agenouilla pour déblayer la terre et examiner la serrure.

— Je crois pouvoir casser le cadenas avec la pelle. Comme ça, nous verrons ce qu'il y a à l'intérieur.

Elle comprit ce qu'il voulait dire. Il n'avait pas envie de déterrer le coffre pour s'apercevoir ensuite qu'il ne contenait rien de précieux. Mieux valait savoir à quoi ils avaient affaire, avant de poursuivre leurs efforts.

Il leva la pelle très haut au-dessus de sa tête et l'abattit avec force sur la serrure et le cadenas. Le bruit se répercuta dans tout le vallon. Jack recommença. Encore et encore. Le vacarme était si assourdissant que ni l'un ni l'autre n'entendirent que quelqu'un approchait.

25

Le cœur de Jack tambourinait dans sa poitrine. Avait-il jamais vraiment cru à l'existence de ce trésor, sans parler de la possibilité de le découvrir ?

Pour l'heure, il tenait à savoir ce qu'il y avait dans le coffre. Pas par intérêt pour l'argent. Il était seulement dévoré par la curiosité.

Kate s'était accroupie au bord du trou. Il l'interrogea du regard.

— Tu veux…

— Non, toi, tu l'ouvres.

Il acquiesça d'un signe de tête et, de nouveau, donna un grand coup de pelle sur le cadenas rouillé. La lame s'abattit avec un fracas métallique. Sans succès. Il fit une nouvelle tentative, avec encore plus de vigueur.

Le fer résonna contre le fer, un craquement retentit, et la serrure céda.

Jack déglutit avec peine, s'intimant de ne pas se laisser aller à de faux espoirs. Mais c'était évidemment impossible. Il regarda Kate. Elle semblait pétrifiée, ses yeux bruns grands ouverts emplis d'incrédulité. D'autre chose aussi : d'un respect mêlé d'effroi.

Il tendit la main vers le coffre, força ses doigts à palper les bords du couvercle avant de le soulever, lorsque, soudain, une ombre noire l'enveloppa. Il entendit Kate pousser un cri.

Il leva les yeux, et son cœur, qui cognait déjà à grands coups dans sa poitrine, se mit à battre à tout rompre. Muette de saisissement et de terreur, Kate regardait fixement un point au-dessus de sa tête.

Lentement, Jack se retourna et vit la silhouette d'un homme se découper sur le ciel. Il ne distinguait pas les traits de l'inconnu, mais il lui était impossible de ne pas remarquer le pistolet dans sa main.

— Jack ? souffla Kate d'une voix rauque.

Immobile, il se mit à réfléchir à toute vitesse. Le shérif avait affirmé que seulement trois des quatre frères Ackermann avaient survécu après la descente de police, trente ans plus tôt. Deux étaient à présent morts et un autre sous les verrous. Alors, à moins que celui-là ne soit un complice…

— Bon travail, Jack.

Un frisson glacé lui parcourut l'échine lorsqu'il reconnut la voix.

— Vous aussi, Kate, ajouta Arnie Thorndike. Je commençais à désespérer que vous le trouviez. Ce qui aurait été très décevant, attendu que j'ai tout misé, pour ainsi dire, sur vous.

— Votre métier d'avocat n'était pas assez lucratif pour vous ? ironisa Jack.

La pelle était à portée de sa main, mais Thorndike était armé et lui-même se trouvait encore dans le trou, ce qui le mettait dans une position nettement désavantageuse.

— Je croyais que vous étiez l'ami de Claude, intervint Kate.

— Je l'étais ! s'indigna Arnie. Son *meilleur* ami. Mais cela n'a rien à voir avec Claude.

— Comment pouvez-vous dire ça ? s'insurgea Jack. Kate est sa fille.

Thorndike hocha la tête.

— Sauf que l'argent dans ce coffre me revient. Cullen me le devait.

Jack laissa échapper un petit ricanement.

— Je savais que les avocats se faisaient grassement payer, mais à ce point-là…

— Cullen et moi avions conclu un accord. Mais il m'a laissé le bec dans l'eau. Je suis venu récupérer ce qui me revient de droit.

— De l'herbe…, fit remarquer Kate. Oui, bien sûr, Cullen et ses fils cultivaient de la marijuana. Mais comme Cullen ne sortait que rarement de la propriété, ils avaient besoin de quelqu'un à l'extérieur pour la vendre. Qui était mieux placé pour se charger de ce boulot qu'un ex-hippie devenu avocat ?

Thorndike sourit et effleura son chapeau, comme pour la féliciter de sa perspicacité.

— Claude ne pouvait être au courant de vos arrangements avec son frère, remarqua Jack.

— Il semblerait que Claude et moi avions chacun nos petits secrets, répondit le juriste avec un regard oblique vers Kate, avant de reporter son attention sur Jack. Allez, finissons-en, ce suspense est insoutenable. Ouvre le coffre, Jack.

Kate ne voulait pas croire ce qui était en train d'arriver. Se pouvait-il que, au bout de tant d'efforts, Jack et elle soient arrivés jusque-là pour voir les choses se terminer ainsi ?

— Ouvrez-le vous-même, répliqua Jack.

Thorndike agita la tête, comme pour manifester son dépit.

— Ne le prends pas comme ça. Tu devrais m'être reconnaissant.

— Et de quoi ?

— A ton avis, à qui ta petite amie doit-elle d'être encore en vie ? rétorqua l'avocat. Quand Darrell et Cecil ont débarqué en ville, leur plan consistait à la tuer, s'emparer de la carte pour la comparer avec celle que leur père leur avait laissée, faire main basse sur le magot et disparaître dans la nature.

— Ils sont venus vous trouver ? s'étonna Kate.

— Normal, j'étais l'avocat de leur père et son associé. De plus, ils espéraient que le vieux leur avait légué quelque chose dans son testament.

Il secoua la tête.

— A la place, je leur ai donné quelques conseils.

— Vous leur avez dit de s'entretuer ? demanda Jack.

— Non, ça, c'était leur idée, protesta Thorndike. Apparemment, Darrell n'était pas d'accord avec mes recommandations. Cecil et lui se sont battus, ajouta-t-il avec un haussement d'épaules.

— Et Gallen ? demanda Kate.

— Il fallait s'occuper de lui. Il aurait pu vous tuer et tout gâcher en vous agressant.

— N'est-ce pas ce que vous projetez de faire : nous tuer ? demanda Jack.

— Le coffre, Jack, s'impatienta Thorndike en agitant le pistolet. Je suis fatigué de ces bavardages.

Jack jeta un regard vers Kate. Elle retint son souffle tandis qu'il se penchait, saisissait le couvercle du coffre et le soulevait. Les charnières rouillées grincèrent avec un bruit sinistre.

— Attends ! s'écria-t-elle.

Jack suspendit son geste. Le couvercle n'était ouvert que d'un centimètre.

— Vous pouvez prendre tout ce qu'il y a dans ce coffre, dit-elle.

Thorndike éclata de rire.

— Je sais !

— Non, je veux dire que j'abandonne. Laissez-nous partir. Personne ne saura jamais ce qu'il est advenu du trésor des Ackermann.

Pendant quelques secondes, l'avocat sembla l'observer avec attention.

— Vous me prenez pour un imbécile ? Vous allez foncer droit chez le shérif.

— Pour lui dire quoi ? répliqua-t-elle. Que nous avons trouvé les lingots, mais que vous nous les avez pris ? Qui croira une chose pareille ? Et même si nous faisions ça, le temps que le shérif arrive ici, vous aurez déjà disparu avec le trésor. Il y a une barrière cachée dans les buissons, là-bas, et aussi une piste praticable avec un 4x4.

— Vous espérez me faire croire que vous êtes prête à renoncer au contenu de ce coffre, juste comme ça ? demanda-t-il en faisant claquer les doigts de sa main libre.

Kate opina du chef.

— Juste comme ça.

Thorndike s'esclaffa.

— Vous n'êtes même pas curieuse de savoir de quoi vous allez vous priver ?

— Non, répondit-elle, en se tournant vers Jack. En fait, j'ai déjà trouvé ce que je cherchais, mais je ne m'en étais pas rendu compte.

Jack la considéra avec étonnement, puis lui sourit.

L'avocat les scruta longuement.

— Vous direz au shérif que j'ai tué Gallen.

— Même si nous vous dénoncions, le shérif ne pourrait jamais le prouver, intervint Jack. Maintenant que presque tous les Ackermann sont morts, Frank ne va pas continuer à rechercher leurs assassins. La balle est dans votre camp. Retirez-vous pendant qu'il est encore temps. Mais si vous nous tuez, ce sera une tout autre affaire, et vous le savez.

— Vous auriez dû vous faire avocats, tous les deux, ironisa Thorndike en abaissant son arme. Vous savez présenter des arguments très convaincants.

— Aidez-moi à sortir de ce trou, et le coffre est à vous, dit Jack en tendant la main.

Épilogue

L'été arriva à Beartooth, porté par un vent tiède en provenance des Crazy Mountains. Il se produisit trois événements qui resteraient longtemps dans les mémoires et dont on parlerait pendant des années.

Le premier, et le plus important de la saison, fut le mariage de Destry Grant et Rylan West. Les amoureux du lycée enfin réunis, le récit de leur histoire fit maintes et maintes fois le tour de Beartooth au cours des trois journées que dura la noce.

Peu après cette splendide réception, le deuxième événement eut lieu. Ruth McCray mourut des suites tragiques d'une chute dans un escalier de son ranch. Au service funèbre célébré le dimanche à l'église, Hitch pleura sans se cacher. Qui allait le sauver de lui-même, désormais ? s'interrogea-t-on.

Jack fut surpris de recevoir un appel d'un avocat de Bozeman lui annonçant que Ruth l'avait couché sur son testament. Il se rendit sur place, plus par curiosité qu'autre chose. En entrant dans le bureau du juriste, il croisa un Hitch extrêmement contrarié qui en sortait.

— Ça va ? s'enquit Jack.

Hitch se borna à baisser la tête et se hâta de passer son chemin.

L'avocat apprit à Jack l'incroyable nouvelle en lui lisant une lettre manuscrite signée par Ruth.

Je lègue mon ranch à Jack French, bien que j'aie conscience que cela ne saurait réparer le mal que je lui ai causé. Je ne me pardonnerai jamais ce qui est arrivé la nuit où son père est mort. Je suis responsable de l'accident qui a coûté la vie à Delbert French. Quand je me suis rendu compte qu'il était mort, j'ai paniqué. Je me suis débarrassée du vieux pick-up que j'avais conduit cette nuit-là, et fait en sorte que mon fils découvre sa disparition et déclare qu'il avait été volé. Pendant toutes ces années, j'ai vécu avec un sentiment de culpabilité et la peur d'être démasquée. Je sais que mes terres ne pourront pas racheter ce que j'ai fait, mais je vais du moins reposer en paix, sachant que j'ai soulagé ma conscience et donné ce que je pouvais.

Jack fut trop abasourdi pour parler. Il avait toujours été persuadé que Hitch était à l'origine de l'embardée qui avait fait quitter la route à son père, et voilà qu'il apprenait que Ruth était seule en cause. Même son fils avait ignoré la vérité. Jusqu'à ce jour, visiblement.

— Je ne veux pas de ses terres, décida-t-il.

Et il se leva pour partir.

— Elles sont à vous, insista l'avocat. Vous pouvez les vendre ou les donner si ça vous chante, mais elles vous appartiennent.

Jack songea à toutes ces années pendant lesquelles Hitch avait dû endurer la tyrannie de sa mère dans l'espoir d'hériter du ranch.

— Et son fils ? Que lui a-t-elle légué ?

— Elle a pris des mesures pour pourvoir à ses besoins, lui assura l'avocat.

Ce ne fut que plus tard que, de retour à Beartooth, Jack apprit que Hitch avait arpenté la ville de long en large, clamant qu'il était enfin libéré, non seulement de sa mère mais aussi du ranch. La dernière fois que Jack vit Hitch, celui-ci partait pour l'aéroport de Yellowstone, annonçant à qui voulait l'entendre qu'il allait « voir le monde ».

Ce départ fracassant fut suivi par un dernier événement, le plus affreux des trois. Le cadavre d'Arnie Thorndike fut découvert au fond d'un trou profond, dans le vallon des Ackermann.

— Il a apparemment été tué par l'explosion d'un engin artisanal, après l'ouverture d'un vieux coffre enterré dans le vallon, déclara le shérif à la presse. C'est d'ailleurs pour cela, entre autres, que les habitants du comté avaient été prévenus de ne pas s'approcher de cette propriété. L'engin explosif a sans doute été fabriqué par le défunt Cullen Ackermann. Le coffre a été retrouvé vide, à l'exception de l'attirail nécessaire au déclenchement de l'explosion qui se trouvait à l'intérieur. M. Thorndike a visiblement actionné le détonateur au moment où il a ouvert le couvercle.

Les habitants de Beartooth furent consternés par la nouvelle.

— Je n'aurais jamais cru qu'Arnie Thorndike était un chasseur de trésors, déclara un habitué du café, à l'annonce de la mort de l'avocat. Je n'arrive pas à imaginer ce vieux hippie lever ses fesses de son canapé, et encore moins sillonner tout le vallon à la recherche d'un magot. Tout ça pour finir déchiqueté par une bombe… Au fond, il n'y a jamais eu d'or, là-haut, conclut-il en secouant la tête.

Jack et Kate se gardèrent bien de le détromper. Mais, par la suite, Kate jeta tous ses magazines de chasse au trésor et revendit son détecteur de métaux et sa caméra infrarouge sur eBay.

Leurs fiançailles passèrent presque inaperçues, de même que leur mariage, célébré au café en compagnie d'un petit cercle d'amis. Ils s'installèrent dans l'appartement au-dessus du café en attendant que soit achevée la maison que Jack faisait construire dans la propriété des French. Carson avait convaincu Jack d'accepter les terres que Ruth McCray lui avait laissées par testament.

— Fais-en quelque chose de bien, pour ton père, avait plaidé son ami.

Pendant ce temps, Kate continua à tenir le café et chercha une nouvelle serveuse pour remplacer Bethany, enceinte de son premier enfant.

La vie à Beartooth fut tellement calme et tranquille, après cette série d'événements, qu'il n'y eut presque plus de ragots à colporter. Nettie avait été si bouleversée en apprenant que la fille de Frank lui avait tiré dessus qu'elle ne se leva même pas pour regarder par la fenêtre, la nuit où Jack et Kate enterrèrent une grosse et lourde boîte, près du vieux garage à côté du café.

A la grande stupeur de Kate et de Jack — et naturellement d'Arnie Thorndike — le coffre enfoui dans la terre du vallon des Ackermann avait recélé davantage qu'une bombe artisanale. Kate était enfin entrée en possession de l'or que sa mère avait désespérément voulu lui léguer. Elle le conserverait en prévision des mauvais jours, lorsque Jack et elle pourraient en avoir besoin.

— Jack ?

— Oui, Kate ?

Ils étaient tous deux allongés, nus, dans le grenier à foin. Une brise légère soufflait des Crazies, chargée d'odeurs d'été et de pins.

— Que dirais-tu d'avoir un bébé ?

Il tourna la tête pour la regarder. Ses yeux bleus brillaient comme le soleil sur le lac de Saddlestring. Elle songea au pique-nique qu'ils avaient fait là-bas, aux longues balades à cheval, au jardin qu'ils cultivaient ensemble derrière la maison.

Elle s'était bien accoutumée à sa nouvelle vie de femme de rancher, le café prospérait, et elle avait même commencé à prendre des cours au club de patchwork de Beartooth pour apprendre l'art de confectionner des courtepointes.

— Kate ? demanda Jack en roulant sur le côté pour lui faire face. Es-tu en train de me dire que tu...

Elle sourit et se tourna à son tour sur le flanc. Quelques minutes plus tôt, il lui avait fait l'amour avec passion. A présent, il laissait courir ses doigts sur son corps, rallumant en elle une étincelle de désir. Elle hocha la tête.

D'un geste plein de tendresse, il lui effleura le visage, puis enroula la main autour de sa nuque et l'attira à lui. Le baiser qu'il lui donna était plus délicieux que les fraises qui commençaient à mûrir dans leur potager.

Kate se blottit dans ses bras, tandis que la main de Jack caressait sa cicatrice avant de s'immobiliser sur son ventre. Elle ferma les yeux. Jack affirmait qu'elle lui avait rendu son envie de rêver à l'avenir. Il lui avait donné tellement plus que cela... Souvent, elle se demandait ce qui serait arrivé si elle n'était jamais venue à Beartooth. L'idée qu'elle aurait pu ne jamais rencontrer Jack lui était insupportable.

Mais le destin les avait réunis. Peut-être tout avait-il été écrit d'avance, depuis le jour où Claude Durham, parti à sa recherche, était entré dans ce café du Nevada. A l'époque, elle ne portait pas seulement un nom différent. Elle était une tout autre personne.

Claude lui avait offert une vie nouvelle, dans un lieu nouveau. Il lui avait aussi restitué tout un pan de son passé, celui qui lui avait tant manqué. Sur la fin, elle l'avait chéri, chose qu'elle avait craint de faire depuis la mort de ses deux parents adoptifs.

Son seul souhait, à présent, était que Claude sache que tout s'était bien terminé, se dit-elle en plongeant son regard dans celui de son mari. Peut-être le savait-il déjà.

— Es-tu inquiète à cause de mon patrimoine génétique ? demanda Jack.

Elle secoua la tête en riant.

— Le problème ne réside pas dans tes gènes, répondit-elle.

Il lui décocha un regard qui signifiait sans équivoque qu'il n'en était pas aussi certain.

— Je ne me fais pas de souci, reprit-elle. Toi et moi… Tant que nous resterons ensemble, nous pourrons tout surmonter.

— L'amour nous a sauvés tous les deux, conclut Jack.

Kate approuva d'un hochement de tête. Elle songeait souvent à ce jour fatidique, là-haut, dans le vallon. Elle préférait ne pas penser à ce qui serait arrivé si elle n'avait pas été disposée à tout abandonner pour l'amour de Jack French.

Mais parfois, quand l'amour est assez fort et que le ciel vous est favorable, il n'y a pas besoin de renoncer à quoi que ce soit, se dit-elle.

Jack l'embrassa et, ensemble, ils se perdirent dans l'ombre des Crazy Mountains. Parfois, tout vous sourit.